山东师范大学中国现当代文学学科重大科研项目

20世纪中国文学主流·历史档案书系

魏建 / 主编

文学历史的跟踪

——1980年以来的中国当代文学史著述史料辑

王万森 刘新锁／编

人民出版社

文学史的另一种做法

——《 二十世纪中国文学主流·历史档案书系》序

    《二十世纪中国文学主流》是山东师范大学中国现当代文学学科申请的特色国家重点学科重大科研项目。《二十世纪中国文学主流》的学术参照首先是来自丹麦文学批评家、文学史家格奥尔格·勃兰兑斯所著《十九世纪文学主流》。

一

    一百多年来,勃兰兑斯的《十九世纪文学主流》一直是中国文学研究界公认的文学史经典之作。中国学人为什么推崇这部著作? 为什么能推崇一个多世纪? 究竟是书中的什么东西构成为中国学人的集体性认同呢?

    就中国现当代文学研究界来说,给大家留下深刻印象的是,1907年鲁迅先生写《摩罗诗力说》的时候就向中国人介绍这位"丹麦评骘家"①。此后鲁迅多次提及勃兰兑斯和他的《十九世纪文学主潮》②。鲁迅先生不仅是伟大的文学家、思想家,还是一位优秀的文学史家。他对文学史有很高的鉴赏水平,但很少向人推荐文学史著作。勃兰兑斯的这部书却是他向人推荐的为数极少的文学史著作之一。《十九世纪文学主流》的学术生命力主要来自它作为文学史的独标一格。直至今日,第一次阅读这套书的中国学人,依然大为惊叹:文学史原来也可以这些写! 这种惊叹包括很多内容:文学史原来也可以这样抒情! 文学史原来也可以写那么多的故事! 文学史的行文原来可以这样自由的表达! 文学史的结构原来可以这样的随意组合……当然,惊叹之余,读者大都少不了对这种文学史写法的将信将疑。"将信"是因为被书中的观点

---

① 《鲁迅全集》,第一卷,人民文学出版社2005年版,第91页。

② 这是当时的译名。现在通译为"《十九世纪文学主流》"。

和引人入胜的文字打动，"将疑"是因为书中有太多名不副实的东西，如：名为"十九世纪文学主流"，实为十九世纪初至二、三十年代的文学现象，最晚的才到1848年；书名没有地域范围（好似十九世纪世界文学主流），然则只是欧洲，又仅仅限于英、法、德三国；名为"主流"，有些分册论述的像是"支流"，如"流亡文学"、"青年德意志"等。

虽然中国学界不断有人对此书提出一些异议和保留，但《十九世纪文学主流》作为文学史著作的经典地位始终没有动摇。究其原因，很大程度上是因为但凡是经典著作都有可供不断阐释的丰富内涵。起初中国学者首先看重此书的，大约是认同其革命主题（如"把文学运动看作一场进步与反动的斗争"①）和适合中国人的文学价值观（为人生、为社会、为时代），还有对欧洲文学浪漫主义和现实主义（当时多称之为"自然主义"）文学潮流的描述。1980年代是《十九世纪文学主流》在中国最走红的时期，书中"文学史，就其最深刻的意义来说，是一种心理学，研究人的灵魂，是灵魂的历史"②成为中国大陆文学史研究界引用最多的名言之一。书中"处处把文学归结为生活"③的"思想原则"成为当时中国文学研究者人所共知的文学理念。后来，书中标榜的精神追求（"无拘无束、淋漓尽致的表现""独立而卓越的人类灵魂"④）和比较文学的研究视角和方法更为中国的学术新生代所接受。近年来，中国学界对《十九世纪文学主流》的关注热情虽然有所减弱，但对它的解读更为多元，少了一些盲目的崇拜，多了一些客观的认知。正是在这种相对客观的解读和对话中，《十九世纪文学主流》给我们的启示越来越多。

综上，《十九世纪文学主流》总是能够不断地进入不同时期中国学者的期待视野。其内涵的丰富完全是由阅读建构起来的，换句话说这是一部读出来的文学史巨著。我们的《二十世纪中国文学主流》的学术起点是以对《十九世纪文学主流》的全面认同为基础的。《二十世纪中国文学主流》的学术目标就是想撰写一部像《十九世纪文学主流》那样的文学史著作。

---

① 〔丹麦〕勃兰兑斯著：《十九世纪文学主流》，第一分册，张道真译，人民文学出版社1980年版，《出版前言》第1页。

② 〔丹麦〕勃兰兑斯著：《十九世纪文学主流》，第一分册，张道真译，人民文学出版社1980年版，《引言》第1页。

③ 〔丹麦〕勃兰兑斯著：《十九世纪文学主流》，第二分册，刘半九译，人民文学出版社1981年版，第1页。

④ 〔丹麦〕勃兰兑斯著：《十九世纪文学主流》，第五分册，李宗杰译，人民文学出版社1982年版，第36页。

二

当然,《十九世纪文学主流》也不是尽善尽美的。中国人对这部巨著的认识还有很多误读,所得观点有很多属于望文生义的想当然,还有很多重要的东西被忽略。例如,对其中独具特色的文学史研究方法就缺乏足够的重视,而我们《二十世纪中国文学主流》课题组在文学史研究方法上就从《十九世纪文学主流》中获得了诸多启示。

我们《二十世纪中国文学主流》课题组在文学史研究方法上所获得的第一个启示是思辨与实证的结合。《十九世纪文学主流》是将抽象思辨与具体实证结合在一起的一部著作,并且结合得比较成功。可是,迄今为止中国学人的谈论《十九世纪文学主流》,更多地看取了前者而忽视了后者:过于渲染《十九世纪文学主流》如何"哲学化"地"进行分馏"①,如何高屋建瓴般将文学"主流"提炼出来,却大都忽视了这是一部实证主义倾向非常显明的文学史著作。读过《十九世纪文学主流》的人一定不会忘记,在第二册的目录之前,整整一页只印着这样几个字:

敬 献

伊波利特·泰纳先生

作 者

除了对伊波利特·泰纳,没有第二个人在书中获此殊荣。而伊波利特·泰纳是主张用纯客观的观点和实证的方法解说文学艺术问题的最有影响的美学家、文艺理论家之一。勃兰兑斯在相当长的时间里师法伊波利特·泰纳"科学的实证"的批评方法。在《十九世纪文学主流》中,他将思辨与实证相结合,所以才能把高远的学术目标落实到脚踏实地的具体研究工作中,才能做到既有理,又有据。这是勃兰兑斯的做法,也是前人成功经验的总结,尤其在当下中国学术界依然充斥"假、大、空"学风的浮躁氛围里,思辨与实证的结合更应成为我们在研究方法上的首选。

在文学史的叙述方法上,《二十世纪中国文学主流》课题组所获得的启示是宏观概括渗透到微观描述中。作为文学史的叙述方法,《十九世纪文学

---

① 〔丹麦〕勃兰兑斯著:《十九世纪文学主流》,第二分册,刘半九译,人民文学出版社1981年版,扉页1。

主流》在宏观历史叙述与微观历史叙述结合方面做得相当成功。然而,多年来中国学者更多地看取其宏观历史叙述一面而忽视了它微观历史叙述的另一面。对此,勃兰兑斯在书中讲得很清楚,他"有许多作品需要评论,有许多人物需要描述,面面俱到是不可能的。只从一个方面来照明整体,使主要特征突现出来,引人注目,乃是我的原则。"①在《十九世纪文学主流》中,勃兰兑斯的宏观历史叙述就是概括"主要特征",其微观历史叙述就是凸显历史细节、包括许许多多的逸闻趣事。这二者如何结合呢?勃兰兑斯的做法是:"始终将原则体现在趣闻轶事之中"②。的确,《十九世纪文学主流》中的大多数章节都是从小处入手的,流露出对"趣闻轶事"的浓厚兴趣。然而,无论勃兰兑斯叙述的笔致怎样细致,但他叙述的眼光可不是就事论事,而是从时代、民族、宗教、政治、地理等大处着眼。让读者从这些琐细的事件中看到人物的心灵,再从人物的心灵中折射出一个社会、一个时代、一个种族、乃至整个人类的某些东西。这就是《十九世纪文学主流》中一个个小事件里所蕴含的大气度。

在文学史的结构方法上,《二十世纪中国文学主流》课题组所获得的启示是以个案透视整体。从著作结构上来看,《十九世纪文学主流》好像没有任何外在的叙述线索,全书呈现给读者的是把英、法、德三个国家的六个文学思潮划分为六个分册。每一分册之间没有任何明显的逻辑关系。对此,勃兰兑斯做过两个形象的比喻解说他的各分册与全书之间的关系。第一个比喻是:"我准备描绘的是一个带有戏剧的形式与特征的历史运动。我打算分作六个不同的文学集团来讲,可以把它们看作是构成一部大戏的六个场景。"③第二个比喻是:"在本世纪诞生之初,我们发现一种美学运动的萌芽,这种美学运动后来从一个国家蔓延到另一个国家,在长达五十年之久的一段时期内……如果以植物学家的方式来解剖这种萌芽,我们就能了解这种植物复合自然规律的全部发育史。"④第一个比喻是强调这六个分册之间独立、平等、连续的并联关系;第二个比喻揭示了这六个分册之间发育、蔓延、

①〔丹麦〕勃兰兑斯著:《十九世纪文学主流》,第二分册,刘半九译,人民文学出版社1981年版,第1页。

②〔丹麦〕勃兰兑斯著:《十九世纪文学主流》,第二分册,刘半九译,人民文学出版社1981年版,第1页

③〔丹麦〕勃兰兑斯著:《十九世纪文学主流》,第一分册,张道真译,人民文学出版社1980年版,《引言》第3页。

④〔丹麦〕勃兰兑斯著:《十九世纪文学主流》,第四分册,徐世谷等译,人民文学出版社1984年版,第71页。

生成的串联关系。这两个形象的比喻从不同的侧面说明,《十九世纪文学主流》的各分册与全书存在着深层的有机关联,看似孤立的每一个个案都具有透视整体文学运动的效用。

三

我们编写的《二十世纪中国文学主流》显然受到了《十九世纪文学主流》的种种启发,但启发不能只是简单的模仿。如果《二十世纪中国文学主流》变成对《十九世纪文学主流》的照搬或套用,那就只能收获东施效颦式的尴尬。《二十世纪中国文学主流》之于《十九世纪文学主流》有继承,也有创造。

"创造"之一是通过"地标性建筑"展现二十世纪中国文学地图。

我们的《二十世纪中国文学主流》不仅追求像《十九世纪文学主流》那样在实证的基础上思辨、在微观叙述中显现宏观、通过个案透视发育的整体,我们还为以上所说的"实证基础"、"微观叙述"和"个案透视"找到了一些合适的"载体"。这些"载体"好比是二十世纪中国文学地图中的一个个"地标性建筑"。将这些"地标性建筑"作为历史叙述的基本单元,我们对二十世纪中国文学发展的重新阐释,才能落实到操作层面。这些构成《二十世纪中国文学主流》基本叙述单元的"地标性建筑",就是二十世纪中国文学发展史上那些重要的文学板块,如:言情文学、白话文学、青春文学、乡土文学、左翼文学、京派文学、海派文学、武侠小说、话剧文学、延安文学、红色经典、散文小品、台港文学、新诗潮、女性文学、少数民族文学、历史叙事、文学史著述、影视文学、网络小说等。我们的《二十世纪中国文学主流》作为丛书,各分册由以上具体的文学板块组成。各分册与整个丛书的关系是分中有合、似断实连。所谓"分"与"断",是要做好对每一个"地标性建筑"(文学板块)的研究。这样的个案透视既能使实证研究获得具体的依傍,又能把微观描述中落到实处;所谓"合"与"连",是要在对一个个"地标性建筑"(文学板块)聚焦中观测整个二十世纪中国文学的历史嬗变。

"创造"之二是通过"历史档案"和"学术新探"两套书系深化二十世纪中国文学史的研究。

勃兰兑斯的《十九世纪文学主流》的确给予我们许多有价值的东西,但这只能说明我们从中获得了西方学术的有效营养。然而,西方的学术资源无论具有多少普适性,对于解读中国的文学艺术、中国人的心灵,毕竟是有限度的。今天,在超越株守传统的保守主义、走向全面开放的今天,在超越盲目崇洋的虚无主义、畅想民族复兴的今天,中国本土的学术资源更要得到应有的重视并加以现代转化。

"我注六经"与"六经注我"一直是中国人文学术的两大传统。我们的《二十世纪中国文学主流》力求"我注六经"与"六经注我"的结合。这既是本课题学术目标和学术规范的要求,也是本课题的特色所在,更是本课题学术质量的保证。由于目前学界相对忽视"我注六经"的研究,因此本课题提倡在做好"我注六经"的基础上,做好"六经注我"。为此,本课题成果分为两套书系:《二十世纪中国文学主流·历史档案书系》和《二十世纪中国文学主流·学术新探书系》(以下分别简称《历史档案书系》、《学术新探书系》)。出版这两套书将有助于深化二十世纪中国文学史的研究。

首先,出版《历史档案书系》无疑体现了对文学史文献史料的高度重视。这种重视既强化了文献史料对于文学史研究的基础作用,又传达出一种重要的文学史理念——文献史料是文学史"本体"的重要组成部分。通过对每一个文学板块的文献史料进行多方面、多形式的搜集和整理,展现这一文学"地标性建筑"的原始风貌,直接、形象、立体地保存了这一文学板块的历史记忆。这岂能不是文学史的"本体"呢? 如傅斯年宣扬过"史学便是史料学"[①]再如,勃兰兑斯《十九世纪文学主流》中的文献史料多不是以论据的形式出现,而常常构成叙述对象本身。当今天的读者同时看到《二十世纪中国文学主流》这两套书系平分秋色的时候,这种理念应是一望便知。

其次,《二十世纪中国文学主流》的每一个文学板块都有"历史档案"和"学术新探"两部著作。二者的学术生长关系将会推动这一板块的研究甚至整个二十世纪中国文学史研究的深化。两套书系中的所有文学板块完全相同,即每一个文学板块是同一个子课题,如朱德发教授负责"五四白话文学"子课题。他既要为《历史档案书系》编著"五四白话文学"卷的文献史料辑,还要在"五四白话文学文献史料辑"的基础上撰写《学术新探书系》中刷新"五四白话文学"问题的学术专著。显然,这样的两部著作之间具有学术生长关系。前者既重建了这一文学板块活生生的历史现场,又为后者的学术创新做好了独立的文献史料准备;后者的"学术新探"由于是建立在

---

① 《傅斯年全集》,第二卷,湖南教育出版社,2003年版,第309页。

"历史档案"的基础上,不仅能避免轻率使用二手材料所造成的史实错误和观点错误,而且以往不为所知的文献史料会帮助研究者不断走进未知世界,不断获得全新的学术发现。所以,"历史档案"会成为"学术新探"的不竭的推动力。

四

《二十世纪中国文学主流》还有几个需要说明的具体问题:

1. 关于"主流"

本课题组将《二十世纪中国文学主流》中的"主流"界定为:"以常态形式随着社会变化而变化的文学"。也就是说,所谓文学"主流",不是先锋文学,而是常态的文学。常态文学的发展,总是与和读者紧紧结合在一起的。例如,"五四"时期的启蒙文学是属于少数读者的文学,也就是"先锋"文学,所以不是当时的"主流"文学;而这一时期的白话文学适应了多数读者的要求,成为晚清以来不断转化成的常态文学。

2. 关于《历史档案书系》

如前所说,《历史档案书系》不仅是为重新勾勒20世纪中国文学主流的历史发展提供文献和史料基础,而且通过各个重要文学板块文献史料的整体复原,尽可能直观、立体地呈现二十世纪中国文学史"本体"的原生态风貌。因此,《历史档案书系》追求文献和史料的"原始"性。《历史档案书系》各卷的主要内容以"原始史料"和"经典文献"为主,以"回忆与自述"和"历史图片"为辅。所有文献和史料凡是能找到初版本的,我们均选初版本;个别实在找不到初版本的,我们选尽可能早的版本。

3. 总课题与子课题

《二十世纪中国文学主流》是山东师范大学中国现当代文学学科承担的集体项目。总课题的选题及其初步编写方案由主编设计,在课题组成员认真讨论的基础上形成实施方案。子课题作者均为山东师范大学中国现当代文学学科的团队成员。各个子课题的承担者大都是这一文学板块的研究专家。主编和课题组成员充分尊重各子课题作者的学术个性,以保证各卷作者学术优长的发挥和各子课题学术质量的提升。各卷作者拥有独立的著作权,文责自负。

读者目前看到的只是《历史档案书系》已经完成的大多数子课题书稿。

根据本课题设计方案,还有少部分子课题没有完成,如言情文学、京派文学、海派文学、延安文学、台港文学、影视文学……等,尚未完成的子课题待日后推出。虽然"面面俱到是做不到的",但我们还是想尽可能地完成这一课题的学术目标。

4. 并非题外的话

本课题首先从历史档案做起。这也是继承了山东师范大学中国现当代文学学科一脉学术传统。1951年,田仲济教授来到山东师范学院国文系任教不久就开设了"中国新文学史"课程、很快就组建了独立的教研室。山东师范学院遂成为国内最早建立中国现代文学学科的少数几个高校之一。1955年又成为国内最早招收中国现代文学专业研究生的四所学校之一。田仲济先生作为中国现代文学学科奠基人之一,高度重视文献资料的建设。在他的直接领导和支持下,山东师范学院图书馆很快成为国内很有影响的中国现当代文学资料中心之一。我校的另一位前辈学者薛绥之先生尤其擅于研治文献和史料。以薛绥之先生为代表的一批学术前辈,早在1950年代后期就推出了国内第一批中国现代文学文献史料收集、整理和研究的资料成果。在"三年自然灾害"期间,以"山东师范学院中文系"名义编印的《中国现代作家研究资料丛书》(近20册)成为国内学界公认的中国现代文学文献史料学的奠基之作。其中有《中国现代文学史参考资料》、《中国现代作家研究资料索引》、《中国现代作家著作目录》、《中国现代作家小传》,以及十几位重要作家每人一册的研究资料汇编。1970年代薛绥之先生等人又完成了《鲁迅生平资料丛抄》11册。1980年代我学科冯光廉、查国华、韩之友等人又参与了《鲁迅全集》、《茅盾全集》的编注工作。他们与我校其他老师还完成了国家社科基金重大项目《中国现代文学史资料汇编》的6个子课题。此后,文献史料研究一直是山东师范大学的优势研究方向,在老舍生平资料、郭沫若文献辑佚等方面保持领先地位。回顾这一切,只是想说明本学科承担《历史档案书系》具有学术传统的积淀和文献史料的积累。

《二十世纪中国文学主流》这两套书系是一种全新的文学史实践,难免存在尝试之作的稚嫩和偏差。我们渴望得到专家们的批评和帮助。我们最忐忑的是,不知学界的同行们能否认同——文学史的这样一种做法。

魏 建

2013 年春

目　录

一、著述现场

二、理念建构

三、反响与争鸣

四、史家访谈

一、著述现场

当代文学史写作及相关问题的通信

李杨　洪子诚

洪老师：

您好！

很高兴能有机会与您讨论文学史写作的有关问题。近年来当代文学界对这一问题的广泛关注，缘起于您的《中国当代文学史》（以下简称《文学史》）和陈思和先生主编的《中国当代文学史教程》（以下简称《教程》）的出版。我曾经在一篇讨论《教程》的文章中说，我对这两部文学史的敬意，不仅仅针对它们解决的问题，同时还针对它们在探索中暴露或"制造"出来的新问题。用一位学者的话来说，"批评是要怀有敬意的"，所以，我们应该批评值得我们批评的东西。

在我看来，20世纪90年代以后的文学史著述，都有一个潜在的对话对象，那就是80年代占主导地位的文学史叙述方式。90年代以来，包括文学史写作在内的人文学科的知识状况都发生了变化，这些新的知识范型在文学史的写作中有什么体现，两部当代文学史在哪些方面提供了新的写作经验，在哪些方面仍然受到80年代文学史叙述方式的制约，无疑都是圈内人非常关心的问题。

80年代的文学史叙述方式以一种著名的"断裂论"结构中国现当代文学史，即所谓左翼文学开创、到"文革"文学发展到顶峰的"政治化文学"中断了"五四文学"的"纯文学"传统，"文革"后的"新时期文学"接续了"五四文学"，使文学回到了"文学"自身。这一模式在"现代文学"中的实现，是"五四文学"（启蒙文学）主体地位的重新确立以及左翼文学、延安文学的边缘化，表现在"当代文学"中，则是"新时期文学"的主体地位的确立以及"50—70年代文学"的边缘化。"50—70年代的中国文学"被逐步排除在"现代文学"之外，其至在一些更为激烈的"断裂论"中被置入文学／非文学（政治）、启蒙／救亡乃至现代／传统等类型化的二元对立中加以确认。

《文学史》对80年代文学史的超越，正是从这一关键的性质认定上展开的。在您的《关于50—70年代的中国文学》中我读到了如下的文字：

> 50—70年代的文学，是"五四"诞生和孕育的充满浪漫情怀的知识者所作出的选择，它与五四新文学的精神，应该说具有一种深层的延续性。

许多讨论《文学史》的文章，都注意到了一个重要的特点，那就是这部文学史不同寻常的"冷静"的历史感，有人称之为"史家笔法"与"史家风范"。然而，这些评论大多从"叙述风格"甚至作者个性、修养中给予解释，而对《文学史》在方法论上的创新却注意不够。其实，从《文学史》表现出来的这种让人久违的"冷静"来源于不同于80年代的"史识"。将50—70年代中国文学视为中国"现代文学"重要而不可分割的组成部分，意义决不仅仅在于命名的差异，而是在这样的构架中，我们再也难以用一种简单的二元对立模式来结构文学史，至少，当我们不再用"现代"与"传统"、"文学"与"非文学"、"现代文学"与"非现代文学"、"启蒙"与"救亡"这些二元对立的价值范畴来结构文学史时，另一种文学史——一种具有"学术"意义的文学史才有可能生长起来。

这显然已成为《文学史》的自觉意识：

> 对于具体的文学现象的选择与处理，表现了编写者的文学史观和无法回避的价值评析尺度。但在对这些文学现象，包括作家作品、文学运动、理论批评等进行评述时，本书的着重点不是对这些现象的评判，即不是将创作和文学问题从特定的历史情境中抽取出来，按照编写者所信奉的价值尺度（政治的、伦理的、审美的）做出臧否，而是努力将问题"放回"到"历史情境"中去考察。[1]

---

①《中国当代文学史·前言》，第5页。

对于这一时期的激进文学思潮及其实践（"大跃进"文学、"京剧革命"等），也试图摆脱单一的政治伦理评价的方式，在文学史的"学术"层面上给予评价。①

以80年代的文学史眼光理解这种对"价值"保持警惕的"学术"立场，恐怕并不容易，讨论"50—70年代文学"的现代性更不是一个轻松的话题。因为在"十七年"乃至"文革"时期的主流文学叙述框架中，"革命文学"继承、发展了五四文学革命的精神实质，并且成为了无产阶级革命运动的一个重要组成部分，理所当然应属于现代文学的范围。这种叙事方式对以"社会主义现实主义"为主体的"当代文学"（50—70年代的中国文学）的理解就是建立在对具有"新民主主义"性质的"现代文学"的发展和超越之上。而80年代文学史叙述的重构正体现为对这种"等级制"的颠覆。因此，可以说80年代的文学史研究者建构和维护的，是一种经过艰难的拨乱反正才建立起来的"正确的"等级制。

构成《文学史》的理论突破显然不是在两种"等级制"之间进行的选择，而是对"等级制"本身的质疑。我注意到您的一篇文章明确谈到过这个问题，您认为，在80年代以前占主流地位的文学史如王瑶、唐弢的文学史中，"现代文学"的核心，"是一种'等级制'"，表现为左翼文学或左翼文学的派别处于"主流的、支配、唯一合法存在的位置上"，具有"社会主义"性质的"当代文学"高于只具有"新民主主义"性质的"现代文学"。而80年代以后，"现代文学"与"当代文学"的等级又被颠倒过来；"现代文学"而不是"当代文学"的学科规范、评价标准，成为统领20世纪中国文学的线索②。

这种以"真实性"为名、在"现代文学"与"当代文学"之间不断互换的等级制正是福柯一再讨论的"排斥机制"。在福柯看来，"真实性"是历史地分化和发展的，不同时期的真假标准完全可能不同，一个时期的真理在另一个时期可能作为假的知识受到排斥。与此同时，认知意志受到制度的支持，不同的制度会支持不同的真假标准，人们

---

① 洪子诚：《当代文学概说·序言》，广西教育出版社2000年版。
② 见洪子诚谈《中国现代文学三十年》的'现代文学'"，《文学评论》1999年第1期。

都寻求把自己的话语建立在真实话语标准之上，而把其他话语作为虚假的话语排斥出去。"我认为如此依赖于制度支持和分配的认知意志倾向于对其他话语形式施加一种压力，一种限制的权力"。福柯的"知识考古／谱系学"正是以这一排斥机制为解构对象的。福柯主张将知识放在更广泛的社会范畴中加以考察，在社会范畴中，考察知识的家谱，看一看是哪一种社会力量使知识产生出来。这显然不是要否定真实真理的存在，而是尝试用另外一种研究问题的方式——"当然，作为一个命题，真与假的区分不是任意的、可修正的、制度化的、极端性的。然而，问题可以用另外一种方式提出，那就是在我们整个话语中，那在我们历史上持续过如此多世纪的真理意志曾经是什么？现在是什么？或者如果我们问：在一般意义上，是哪一种分化主宰着我们的认知意志，那么，我们就会发现发展进程中的某种排斥系统的存在"[①]。

　　遗憾的是，在 80 年代建构的知识语境中，无论是对"50—70 年代文学"的"现代性"的讨论，还是对 80 年代主流文学的权力机制的揭示，常常被贴上"左派"的标签，甚至被理解为对盖棺论定的"文革"的肯定。在我看来，导致这一"误读"的原因，在于知识语境的差异。这些批评者大多弄不清"现代性"和"现代化"这两个概念的区别，在他们那里，"现代性"是"现代化"的同义词，其合法性是不容置疑的。因此，在"正确的""现代性"而不是在"不正确的"非现代性"的范畴内讨论"50—70 年代文学"乃至全部 20 世纪左翼文学的意义，被顺理成章地理解成对历史的翻案文章。然而，在后现代的知识语境中，"现代性"主要是一个反思性的概念。不同于长期以来被视为客观历史进程的"现代化"范畴，"现代性"使"现代"变成了一种不断被人们建构的主观意识形态，利奥塔形象地将"现代性"称为一个"大叙事"（grand narrative）。后学知识分子对"现代性"的反思，体现为对现代性知识与现代社会过程的双重检讨。福柯的一系列著作如《规训与惩罚》《癫狂与文明》《性史》，等等，都揭示了人的解放、人道主义和自由的许诺背后掩盖着的由排斥、监视和规训机制构成的权力关系。因此，将"50—70 年代文学"放置在"现代性"范畴中进行认识，至少就我的理解而言，根本不是对这一时期文学的重新"肯定"，

---

① 福柯：《知识考古学》，三联书店 1998 年版。

而是对包括"50—70年代文学"在内的20世纪中国文学的现代性的"反思"。在80年代的语境中，好像只有社会主义、革命才需要"反思"，事实上，在现代性环境中"反思"社会主义与革命的历史，意味着对一种历史意识的确认：如果不充分展开对现代性的"反思"，我们根本无法真正"反思"激进主义，"反思"革命。

许多读者对《文学史》中大量使用的引号可能会非常不习惯，其实这可以理解为思维方式转换的一种标志。记得80年代中期，中国文学界曾经发生过一场有关真假现代派的讨论，在人们为中国是否出现了"真正的现代派"而争执得一塌糊涂的时候，我曾经就这个问题讨教于一位专门研究中国现代派的西方学者，请他区分一下中国的真假现代派。这位学者告诉我，他无法回答这个问题，因为他觉得这个问题没有意义，他关心的问题是为什么在80年代中期的中国会发生一场关于"现代派"的讨论，为什么作家要将自己的小说命名为"现代派"以及为什么评论家频频使用"现代派"这个概念，——或者说，他想弄清楚"现代派"这个符码在中国的生长谱系。

可以说，他研究的只是"所谓的"现代派——打上引号的现代派。显然，这个学者已经将我们关心的问题转换成另一个问题——将"真"与"假"的"价值"问题转变为"知识谱系学"的问题，用《文学史》的话来说，是变成一个"学术"问题。

我正是在此意义上估价引号的意义，当《文学史》如此频繁地使用引号的时候，意味着作者已经接受了这样一种知识观，那就是作为历史的研究者，我们面对的并不是历史本身，而是关于"历史"的"叙述"。——从杰姆逊的"只有通过文本才能接近历史"到德里达的"文本之外一无所有"，还有什么方式比这种文学史叙述更能体现中国当代文学研究知识范型的转换呢？

接下来，我希望与您探讨的是问题的另一面，那就是80年代的文学史叙述方式如何影响了包括《文学史》和《教程》在内的90年代的文学史写作。

昌切在《文学评论》发表的学术笔谈《从启蒙立场到学术立场》中，认为组织《文学史》中的一对关键词"一体"与"多元"仍然是一对二元对立范畴，说明《文学史》没有能够真正摆脱80年代的"启蒙立场"而进入真正意义的"学术立场"。虽然我对是否存在"真正意义"的"学术立场"持保留态度，——在我的理解中，知识考古／谱系学主张搁置价值判断，恰恰是要将语言哲学问题置于人际话语实践的境地，考察其在权力的实践范围、伦理的范围中起的作用，即恰恰是要将我们的批判工作置于种种特定的社会、历史、政治关系中，始终从这些关系出发来进行批判和指导批判。因此，我认为这一批判最大的生命力，不是来源于对纯粹的学术立场的追求与承诺，而是来源于它的逻辑中包含的自我批判的动力和机制。不过，我对昌切对《文学史》隐含的二元对立模式的解构是非常认同的。在此，我希望能够对这一话题作进一步的展开。

文学史观的不同必然会导致文学史的多种写法。采用形式主义批评的文学史写作注重的是文学的"内部研究"，关注的是超时代的文学性的演变，如果采用社会历史批评方法、新历史主义批评乃至福柯的"知识考古／谱系学"，文学史家的注意力则主要在文学与时代、社会、政治环境之间的关系。《文学史》以大量的篇幅讨论了制度—权力对文学生产的制约和影响，尤其是极为详尽地探讨了50—70年代文学的"一体化"过程，显然是一部侧重"外部研究"的文学史。

然而，值得指出的是，这些表面上同属文学的"外部研究"的研究方法在知识取向上其实存在着巨大的差异。比如在社会历史批评中，历史是客观的存在，文学与时代之间的互动是以"真实性"作为明确的价值标准的，因此，在"真"与"假"的二元对立之上，一系列的二元对立等级制才得以建构起来。而在福柯的"知识考古／谱系学"中，"历史"是作为一种"知识"存在的，研究文学与时代—权力之间的互动，目的不在于辨明真假，而是为了阐明这一知识的生长过程。这种批评显然不是一种价值的批评。

这正是《文学史》让人感到含混不清的地方。"一体"与"多元"是《文学史》用来区分当代文学两个时代的概念，"一体化"被用来形容"50—70年代文学"，而"多元化"则是指80年代以后的中国文学：

> （本书）在评述50年代以后的中国文学时，将划分为上
> 编和下编两个部分。上编主要描述这一特定的文学规范如何
> 取得绝对的支配地位以及这一文学形态的基本特征；下编，
> 则揭示这种支配地位在80年代的崩溃以及中国作家"重建"

多元的文学格局所做的艰苦努力。[①]

虽然在强烈的"学术意识"的主导下，比起《教程》那样以明确的二元对立范畴如"民间"与"官方"、"潜在写作"与"主流文学"等来重构文学史的努力，《文学史》的等级制要隐晦得多，但这种等级制依然存在，其集中的表现，便是这种"一体"与"多元"的对立。不管是不是进入到了意识的层面，《文学史》表达的都是一种隐含的价值判断，在这一判断中，"多元"而不是"一体"更能体现出文学的本质。显然，当《文学史》以"多元"来定义"80年代以来的文学"时，在某种意义上，它其实又回到了它力图超越的"断裂论"。这恐怕是《文学史》始料不及的归属。因此，我们在《文学史》及其相关著作中看到对"当代文学"所作的整体估价就不足为奇了：

> "当代文学"这40年间，虽然出现一些重要的作家、作品，尤其是80年代文学有令人瞩目的成绩，但是总的看来，"成绩"是有限的，特别是50年代到70年代这个阶段。[②]

在这里，"当代文学"的"成绩有限"，当然是相对于"现代文学"而言的，而"50—70年代文学"的"成绩有限"，则是针对80年代文学而言的。"50—70年代文学"之所以处于这一等级制的最底层，是因为这一时期的文学是"一体化"的文学。这一明确的价值立场，不仅仅体现于全书的结构，而且在文字叙述中触目可见。比如在谈到建国后发生在文学界的批判运动时，《文学史》指出："这些批判运动的大部分，已经难以说是'文学'的范畴。"[③]在另一处，《文学史》进一步指出："这种方式的批判运动，只能发生在一个不仅靠文学自身的调节，而且靠政治权力的干预以建立'一体化'的文学格局这样的环境中。"[④]

从前门赶走的等级制，又从后门悄悄溜了回来。其实，如果坚持

---

① 《中国当代文学概说》，第61页。
② 《中国当代文学概说》，第61页。
③ 《中国当代文学史》，第25页。
④ 《中国当代文学史》，第39页。

福柯式的知识谱系学方法,对文学和权力的关系是存在另一种更为"学术化"的写作方法的。对福柯而言,"一切都是权力关系",在所有的时代,都存在权力对作为知识范畴的文学的压制。换言之,从来不存在不被"一体化"的文学时代。按照这一解释,"50—70年代文学"与"80年代文学"的关系就不是"一体"与"多元"的关系,而是一种"一体化"与另一种"一体化"之间的关系。

中国新文学发生的制度性背景,是近年开始引起学者关注的非常有意义的问题。王晓明的《一份杂志和一个"社团"——重评五四文学传统》,认为五四文学并不仅仅是"崇尚个性",而且是五四时代的基本规范:"那种轻视文学自身特点和价值的观念,那种文学应该有主流和中心的观念,那种文学进程是可以设计和制造的观念……"等,也组成了五四的一部分。这显然是不应被忽视的见解①。

在80年代的文学史叙述中,五四文学或启蒙文学一直是左翼文学开创的政治一体化压制、收编和改造的对象,而对于"五四文学"或"启蒙文学"自身作为一体化的力量对其他文学形式的压制,文学史却常常避而不谈。其实在晚清以来的历史语境中,无论是教育体制的变化还是知识谱系的转型,乃至新文学的变革,甚至白话文的广泛使用和地位的确定最终都是在国家的制度性实践中完成的。新文学对传统文学的全面否定,对通俗文学的围剿都是在制度层面进行的。这里的"制度",除了包括对创作和批评的规约外,当然还应当包括出版机构、文学社团、大学研究部门有关学科和课程以及教材的规定等。其中,文学史的写作、经典的确立、统一评奖活动都扮演了极为重要的角色。难怪当年成仿吾会用如此愤激的语言描述他置身的五四时代:

> 我们只要任意把社会的任意一角拿来查看,就可以知道他是政局的忠实的缩写。我们的文学界又安得不是一个政界的舞台?②

王德威的《被压抑的现代性》通过对五四文学与晚清文学的关系

---

① 王晓明:《一份杂志和一个"社团"——重评五四文学传统》,《上海文学》1993年第4期。
②《创造社与文学研究会》,《创造》季刊第1卷第4期。

的描述非常清晰地展示出了五四话语形成过程中的"权力关系"。在他看来，晚清文学中表现出来的对现代性的驳杂的、众声喧哗的想象，在五四文学中被整一化和道德化了。五四的现代性想象作为一种强势力量压抑了晚清文学的现代性。

"80 年代中国文学"显然应当做如是观。文学史家在充分注意到了 80 年代具有的"解放"意义的同时，常常忽略这一时期潜在然而无所不在的文学规范。这些规范通过历史知识、资料研究、大众记忆、大众话语权的控制、独占和管理，建构了"新时期"的"政治正确"。如果我们坚持福柯的知识—权力的谱系学分析方法，我们不难发现这样一种事实，那就是通过 80 年代文学表达的对"文革"乃至所有革命历史的记忆和写作，同样是有选择地记忆与有选择地遗忘的成果。因此，如果不仅关注"新时期文学"以什么样的方式向我们揭示了被遮蔽已久的"真实"，同时还同样关注这些文学以"真实"为名对另一种叙事的遮蔽，关注何种话语被释放，何种话语被压抑而变成了永远沉默的声音以及不同的话语（如"五七作家群"和"知青作家群"）对历史的不同记忆背后隐秘的权力机制，我们将在新的意义上认同福柯的观点："知识分子本身是权力的一部分，那种关于知识分子是'意识'和言论的代理人的观念也是这种制度的一部分。"[1]事实上，存在于今天的当代文学史中的一些一气呵成的概念，如"伤痕文学""反思文学""知青文学""改革文学""寻根文学"等，无一不是类型化的文学范畴，许子东研究"文革"后叙事模式的博士论文《为了忘却的集体记忆——解读 50 篇文革小说》让我们意识到"公式化""概念化"，乃至"主题先行"都不仅仅是"50—70 年代文学"的特点，为什么 80 年代的中国作家都以同一种方式言说历史，在这种同质化——一体化的共同意识的形成过程中，出版机构、文学社团、大学研究部门有关学科和课程以及教材的规定、文学史的写作、经典的确立、统一评奖活动，等等，扮演了怎样的角色，都是值得展开的话题。在这些因素中，文学史作为一种制度性实践的作用尤其不应忽视。当一种新的文学史秩序生成以后，它也同样变成了排斥性的制度。80 年代以来建立的"文学史"秩序，在凸显"纯文学"的时候，必然要排斥"非

---

[1]《福柯集》，上海远东出版社 1998 年版。

文学"的文学。通过这种学术秩序，"文革文学"乃至"十七年文学"实际上被逐渐排除在"文学"之外。文学史可以研究根本没有什么"文学性"可言的"地下文学"，却在谈到"历史小说"、"农村小说"时不提或基本上不提构成一个时期重要精神文化现象的《红岩》《李自成》和《创业史》，我们实在很难说这是一种"多元"的文学史。

《文学史》将"中国当代文学"分为上下两篇，分别是"50—70年代的文学"与"80年代以来的文学"。比较起来，下篇的精彩程度显然不如上篇，与上篇那种对权力与文学复杂关系的极为细腻和深刻的分析相比，下篇的分析要薄弱得多，在极为简略的"80年代的文学环境"中，我们几乎看不到制度、权力对文学的规约——或者说，这种对制度和规约的描述远远不如上篇那么细致。可见，《文学史》对两种文学的评价是不同的。上篇之所以精彩，是因为有"政治"或"体制"作为"文学"的"他者"；而在下篇中，一旦"政治"这一"他者"不存在了，或者不足以重要到起"他者"的作用，《文学史》的叙述反而处于一种失重的状态。然而，如果始终坚持"知识考古／谱系学"的方法，这一不平衡的状态其实是可以避免的。因为"体制—文学"关系的分析方法不仅适用于"50—70年代文学"的研究，对"80年代以来的文学"研究同样是有效的。90年代以来文学研究的一个非常重要的转变，是文学研究者为文学的"外部研究"重新恢复了名誉，许多人不再像80年代那样总是以"文学"为名进行政治、哲学、文化研究，以"文学"为名来进行"非文学"的言说。当人们开始将文学视为一种特殊的现代性知识的时候，当"现代文学"被解释为"民族国家文学"的时候，文学与民族国家中其他社会的语言实践之间的相互关系自然就会成为学术的对象。正如刘禾在《文本、批评与民族国家文学》中指出的："现代文学一方面不能不是民族国家的产物，另一方面，又不能不是替民族国家生产主导意识形态的重要基地。"在这里，民族国家的命运实际上就是现代文学的命运，也正如酒井直树在《现代性与其批判：普遍主义与特殊主义的问题》中所言："一个民族国家可以采用异质性来反抗西方，但是在该国民中，同质性必须占优势地位。""所以，无论我们喜欢还是不喜欢，现代国民的现代化过程应该排除该国民内部的异质性。"民族国家成为现代性宿命的一个重要原因，是因为传统社会显然无法适应以效率为基本目标的现代化大生产的要求。因此，作为跨文化、跨地域的政治共同体，无论在东西方，民族国家的确立和维系都意味着对各种地方的、民间的、私人的生活形式的压制或强迫性改造。民族国家通过一系列社会运动、政治变革、观念更新、文化创造，乃至不惜千万人的流血牺牲而倡导和推行一个功利理性的规划——摆脱传统社会种种限制劳动力、资本、信息流动的等级界限和地区间的相互隔绝状态，拓展和保护统一的国内市场，培养适应新的社会生产方式和交流方式的标准化的"国民"大众。可以说，"一体化"、"同质化"是所有民族国家的共同目标。民族国家的文学当然是为这一目标服务的。在某种意义上，20世纪的社会主义实践其实恰恰根源于对这种不合理的全球政治、经济、文化一体化秩序的反抗和超越，根源于对"多元"世界格局的追求。因此，"一体"和"多元"并不是一对没有历史的"哲学"范畴，而是同样需要打上引号的概念，——换言之，它们不是可以加以单独界说的客观事实，而是在知识与权力的运作过程中产生出来的一些相互关联并相互制约的历史概念。"一体"可以源于对"多元"的追求，而"多元"则完全可能是"一体化"的一种表现形式。因此，这些概念的作为知识范畴的意义，应该而且只能在复杂的历史语境中加以体认。

事实上，当文学发展到今天，当读者转变为"观众"，当中国人在通过不尊重人的智商的高度类型化（极为简单的情节，脸谱化的好人坏人，没有中间人物性格）的好莱坞电影理解"世界"和"自我"时——这样的场景与当年看"样板戏"的场景何其相似，我们实在弄不清楚从80年代以后开始的文学—文化的变革，是将我们带入了一个"多元"的世界，还是带入了一个程度更高的"一体化"社会！

李 杨

李 杨：

你好！

你对我的《中国当代文学史》（以下简称《文学史》）的意见读过了。无论是肯定还是缺点的批评和问题的提出，都是要感谢你的。你指出撰写者的观点、方法存在矛盾，另外，上下编之间显得不平衡；

指出福柯的那种"系谱学"的方法没能在分析 80 年代以后文学的部分得到贯彻，并质疑以"一体"和"多元"对立的框架来结构当代文学史的合理性。这些看法，都很有道理，批评是中肯的。关于这本文学史的问题，尤其是下编存在的不足，一些朋友、读者也谈到过。最近，首都师大的王光明在文章（未发表）中也说到这一点："即使以惊人的努力，克服主观视野的遮蔽性，尽可能逼近历史的'情境'，具有非个人化叙述效果的洪子诚的《中国当代文学史》，恐怕也存在缺乏'一以贯之'的文学史观的贯穿的问题，其上半部叙述'一体化'的生成和演变，环环相扣，严丝密缝；而下半部讲述它的'解体'，却相对涣散，就是缺乏更统一有力的叙述观点的表现。"（《"锁定"历史，还是开放问题？》）

《文学史》写作的过程中，在要把它写成怎样的文学史上，自然有一些想法，但不是很清晰；一些设想又常发生动摇。确实试图运用韦伯的那种"价值中立"的"知识学"方法来处理当代文学现象，在这本文学史中也有一定程度的反映。但最终，这种文学史观和相应的方法，并没有坚持下来。问题不仅涉及对写到的文学现象和文本的阐释趋向，而且涉及何种现象、文本能进入文学史视界。出现这种情况的原因是，对于启蒙主义的"信仰"和对它在现实中的意义，我并不愿轻易放弃；即使在启蒙理性从为问题提供解答，到转化为问题本身的 90 年代，也是如此。与此相关联的是，文学的"精英意识"，对模式化、通俗化文学在心理上的排斥意念和潜在的西方文学、现代中国文学的参照框架，都妨碍了那种昌切所称的"学术"立场的坚持。直到现在，我还是无法肯定，我是否有兴趣和耐心去面对"当代"大量的诗歌、小说文本，包括现在引起一些人兴趣的"文革"小说、红卫兵诗歌。因此，如果让我重写这部文学史，恐怕也不可能解决这样的犹豫和矛盾。

还有一个问题是，在写作过程中，我面对的、与之进行"对话"的，其实不是一个，而是两个不同的文学史系列，两种思想文学评价系统。一是 50 年代开始确立的文学史叙事，在很大程度上它把现代文学史讲述为左翼文学史，并把"当代文学"看做是比"现代文学"更高一级的文学形态。另一种出现在 80 年代，它不断削弱"左翼文学"的文学史地位，在"多元"和"文学性"的框架中，来突显被原先的"激进叙事"所掩盖的部分。这两种叙事策略和评价系统，既分别表现在不同的文学史文本中，也同时存在于同一文本中；它们目前仍是当代文学史主要的叙事方式。我写作当代文学史时，需要面对、"反抗"的，是互相冲突、又互相缠绕的两种叙事，两种文学史观，它们同时构成写作的潜在背景。这增加了我在作出反应时的复杂性。也就是说，需要同时反省指向不同的观念和方法，这对我来说，是有相当难度的事情。还有一点是，在把这部文学史定位于教科书，还是个人专著上，一直都犹豫不决。当初写这本书时，是为了解决教学的需要，是按教科书体制的要求来构思的。但在写作过程中，并不愿意只遵从教科书式的规范（评述的作家、文本的全面；适合教学需要；表达学界基本认可的观点，等等），有许多不平静的想法要讲出来。为了兼顾两方面的、并不总是能取得协调的要求，结果是顾此失彼，有点两头不讨好。这个问题，陈平原在一次座谈会上指出过。

当然，更重要的是，80 年代以来的文学现象和文学问题，我缺乏更深入的研究。对于 50—70 年代文学，我下的功夫比较多。在 80 年代，我和大家一样，被"新时期文学"所吸引。但是不久，就意识到由于缺乏敏感和才情，这方面不能有所作为。因此便比较注意当时普遍忽视的"十七年"和"文革文学"。在写这部文学史的 1997—1999 年间，我对 80 年代以来的文学的认识，大体上也就是书中写到的这样。我当然并不满意 80 年代以来确立的那种陈陈相因的叙述，知道必须重新审察"伤痕"、"反思"、"改革"、"寻根"种种概念和与此相关的线性排列，重新审察"文学复兴"、"新时期"、"第二个五四"、"思想解放"等几乎已成共识的提法，对似乎已有定评的文本予以"重读"。对"新时期文学"和"十七年文学"、"文革文学"之间的断裂性处理也要重新考察。但是，这些问题最终没能有效涉及。八九十年代作为知识范畴的文学和权力、制度之间的关系，也不是完全没有考虑到。政治、市场、媒体、学术机构对文学产生的影响、干预、制约，是显而易见的。而"国际交流"、评奖、资助和津贴制度也都需要加以审察。比如，拿中国作协这一"文学团体"说，它的功能、性质、地位，既有承续"十七年"的方面，又发生了重要的变化，它的"权威性"为何衰减，目前又扮演了怎样的角色；比如，媒体如何既把"政治逻辑"，又把"经济逻辑"带进文学艺术，如何制约、甚且控制文学评价方式；比如，在文学的这一"行业"里，以行业通常标准衡量，那些"被看不起"的生产者如何通过在"场域"外结盟（政治的，经济的），以颠覆"场域"的权力关系；比如，文学史书写、学术机构，如何参与了八九十年代文学秩序的"重建"……对这一切，我可以说尚未进入"研究性"的把握，而在文学史中作印象式（或随感式）的评述，好像并不恰当。当然，如果不是那样考虑过多，"教科书意识"又淡薄一些，也许能做得比现在稍好一点。在对80年代文学的评述上，我觉得《文学史》比我的《作家姿态与自我意识》①反而有所"后退"。在后面这本书中，虽然也谈到诸如"多样性"、"多元"之类的意思，但有比较多的具体分析，不是当做"本质性"的东西来理解。也怀疑对"新时期文学"那种过分乐观的想象，《作家姿态》这本书是《新世纪文丛》（拿到书时我才知道这个文丛的名字，也才知道我还是它的"编委"：这是经常发生的、很奇怪的事情）的一种。主编在丛书《总序》中解释"新世纪"的含义，说是在80年代，"社会主义的文学创作和理论批评获得了空前的解放和发展"，并预言在90年代，"我国的社会主义文学艺术"的"新世纪之花"会开放得更加火红、鲜艳。对此，我在为再版（1998年）补写的《后记》中，表示了我的疑惑。但这些看法，在《文学史》中，反而没有能比较清晰地表达出来。如果不限于讨论这本《文学史》的得失，而是由这些话题延伸开去，那么，在当代文学史写作上，还有若干问题可以提出来讨论。

首先，是理论、方法的地位问题。80年代后期以来，由于当代文学史研究的滞后状态，在"重写文学史"的学术冲动中，提升当代文学史的学术水准，寻找新颖、有效地结构历史记忆的理论框架的实验，受到特别的重视。我们先后读到这方面的多种成果。在有的论著中，"主体性"、"人性"的迷失和回归被作为"历史"展开的理论轴心。接着，现实主义、现代主义成为基本框架，当代的文学文本被分门别类摆放在以"主义"为"词根"的概念下，如真正现实主义、伪现实主义、歌颂的现实主义、干预生活的现实主义、理想主义现实主义、新现实主义，等等。另外，有分别以"形态"、"主题"等来分类的，各种文本就被划分为"社会再现形态"、"传达理念形态"、"人生表达形态"、"本体多元形态"等类型。近些年，"主流意识形态文学"、"国家权力

---

① 陕西教育出版社1990年出版。

话语文学"、"民族国家文学"等,也被尝试作为结构文学史的"主体级"概念来使用。毫无疑问,当代文学史研究应该引入合适的理论和概念,这方面的努力也已取得显著的成效。走向概念和抽象,既是对于现象本质特征的发现,而且也是对现象的丰富。但是,也要看到事情的另一方面,这就是文学史写作中对方法、理论的过分迷信。这种情况在当代文学史写作中表现得尤为突出。目前,在文学史写作中存在着如吴晓东所说的那种"本质主义倾向","把同质性、整一性看做文学史的内在景观",复杂化的,甚至充满矛盾和悖论的文学景观被抽象掉、整合掉了①。就拿"民族国家文学"这一概念来说,我看它并非本质性的、可以整合20世纪中国文学的范畴;概念的"发明人"恐怕也不想这样做。设计某种理论框架以进入文本,并进而统摄文学历史的方法,其弊端的一面是,有意无意遮蔽这一框架难以容纳的文学现象,而在文本分析中又忽略矛盾、差异的异质性。

其实,历史现象的"原初"景观并不如我们想象的单一化。而且,还有无数的、并非不重要的事情流失了,或被掩埋了。霍布斯鲍姆在《极端的年代》②这本书中,援引了意大利作家李威的一段话:在20世纪,"也许是运气,也许是技巧,靠着躲藏逃避,我们其实并未陷落地狱底层。那些正掉落底层的人,那些亲见蛇蝎恶魔之人,不是没能生还,就是从此哑然无言"。在这种情况下,那些留存的,可能被发现,被挖掘的材料,都值得我们去尊重,去辨析,去了解"历史"在统一主题之外的"含混"的一面。

况且,我们面对的是人类精神活动构成部分的文学。在这方面,似乎应该更提倡亲近研究对象,保持对事实以及事实之间的差异性的精细感觉。在今天,文学写作崇奉的是精细、"个人化"和琐屑的"日常生活","宏大叙事"由于在文学历史中的畸变,成了被奚落的话题。但是,当代文学史研究却像是走相反的路子,单纯化、简单化成了一种趋势。具体而细枝末节的东西,或者被忽略,或者只有被塞进事先准备好的概念框架里,才有它们"生存"的权利。哲学家伯林在《现实感》①中认为,人的生活存在两个层次,一个是表面的,容易做出

---

① 《记忆的神话》,第91页,新世界出版社2001年版。
② 江苏人民出版社1999年版。

清楚描述的，另一个则是通向越来越晦暗不明，越隐秘，越难以辨认的层次。作家、诗人的有价值的工作，许多都在发现这一层次。他们更多注意细小的、变化的、稍纵即逝的色彩、气味、心理的细节和现象，而这些有时是无法测度，也不都是能够很方便、很清楚地加以分类的。伯林说，缺乏对这些的敏感，完全为一般、笼统、庞大的概念所迷惑，我们就不会有"现实感"。同样，对作家、诗人的工作所作的评述，也必须切合对象的这一特征。文学的历史可以总结为规律，可以用概念加以描述，但概念和规律不等于"历史"。所以，如果谈到《文学史》的问题，我觉得不仅是某种理论、方法应用上的不彻底（当然也是它的问题），而且还是缺乏对具体、变化、差异的东西的敏感和细心。就后者而言，我对自己的不满要来得更为尖锐。

　　另一个问题是，我们为什么还要有"当代文学史"？这方面的教材、论著难道还不够多吗？在这种情况下，它的不断"再生产"有什么理由？这是写作过程中反复浮现的问题。当然，最简捷的回答是，我们所使用的教材已经不能满足教学的需要。但是，除此之外，还有哪些值得一提的理由呢？

　　一般来说，我们总是从现实的关注点上去把握和梳理"过去的记忆"的。历史叙述事实上是现在和过去的相遇，是它们之间展开的对话。如果"过去"不能转化为"现在"的问题，它们就很可能不会成为我们的"记忆"，不会成为"历史事实"，可能会在时间之流中遗漏、消失。然而，比较起古代等的文学史写作，当代文学史与现实的关联更加密切，更加直接，它们之间常常呈现无法清楚划分的缠绕状态。因而，"当代"史的叙述也表现出明显的向现状批评开放的姿态。你的信中谈到的王德威、王晓明、刘禾等人的出色研究，无不如此，尽管他们涉及的对象，严格说来不属于"当代"的范围。王德威提出"没有晚清，何来五四"，是在对"晚清"文学理想化想象的基点上，来批评五四为起点的"激进美学"，为"通俗小说"等大众文化的现代性提出证明。而王晓明对于"五四"以来的新文学成就的质疑，则是以"世界文学"（主要是法俄文学）作为标尺，来表达其对"精英文学"地位的捍卫。"压抑"和"解放"构成了历史叙述的基本运动，而实施某种压抑，是为

---

① 《学术思想评论》，第 5 辑，辽宁大学出版社 1999 年版。

了另一种的解放，反之亦然。并不存在脱离一切压抑和权力的全面解放的理想状态。这个问题，你对"一体"和"多元"所作的分析涉及到。这也是我对于"价值中立"，或"价值无涉"的历史叙述存有怀疑的原因。在这里，要作一点解释的是，我在《文学史》中讲到的对价值判断的搁置和抑制，并不是说历史叙述可以完全离开价值尺度，而是针对那种"将创作和文学问题从特定的历史情境中抽取出来，按照编写者所信奉的价值尺度做出臧否"的方式。从50年代到90年代，我们对当代的一些文学现象、某一文本，在评价上往往截然相反，争论不休，如张颐武说的"翻烙饼"。拨"乱"而反"正"，反"正"又拨"乱"，来回摆动，而于事情本身，于对象的"内部逻辑"的了解，并不一定有所进展，甚至原地踏步。这样的情况，是难以让人满意的。

在这部文学史的写作中，我考虑得较多的问题主要是这么几个。首先，觉得必须面对过去的那种"现代文学"和"当代文学"的断裂性处理，揭示这种处理的"文化政治"内涵；并进而辨析文学"转折"的实际状况。其次，我要回答的是，"当代"的文学体制、文学生产方式和作家的存在方式，发生了哪些重要的变化，这种变化如何影响、决定了"当代"的文学写作。第三，新文学的文类、题材，诗和小说等的形态在"当代"的演化状况，这种演化的轨迹和现实依据。第四，在20世纪中国文学中占有重要地位的"左翼文学"在当代的命运。当然，对一些重要作家、作品，也会试图做出新的解释。在文体上，我尝试使用一种简明的叙述方式，这主要是想和对象保持必要的距离。对我来说，"当代文学"既不是"我们的"，也不是"他们的"，仅仅是"当代文学"而已。这种"冷静"，还原于对事情做出判断、评价时的畏怯，我常常怀疑自己是否具备这种能力。上面所说的这些设想，现在看来，有的做得好一些，有的则并不理想：正像你和一些朋友指出的那样。

在我动手写这部文学史的时候，已知道多部"20世纪中国文学史"的写作正在进行。并且，学界关于重新考虑文学分期、"废除""当代文学"这一概念的呼声日见高涨。我明白，在未来的大部分现代文学史结构中，"十七年"和"文革"的部分，将会有很大的压缩，"当代"的概念也会被融化掉。这在这几年出版的孔繁今主编①和黄修己主编②

的两部《20世纪中国文学史》中得到证实。在我们生活的"后革命时代",尽管50—70年代文学在"现代性的压抑"的理论中,多少已经成为"文化陈迹",但是,有许多问题事实上并没有得到认真研究。所以,我觉得"当代文学"这一概念,需要"挽留"一段时间。这是我仍然要写"当代文学史"的理由。

若干年前,我读到韩毓海的一篇文章,他表达了对"我们时代"文学的不满,他使用了"文学的破产"的说法。认为这种破产,是与一种"从话语、利益和个性的分歧、斗争和争辩的角度来观察世界的方式"的丧失,与"合理化成为观察世界的惟一角度"有关。他呼唤文学上的批判的能力,期待"批判的艺术会找到它焕发活力的场所"③。在20世纪的现代中国,那种"不是一个从文本到文本的循环",而是"作家变革自我和变革世界的双重实践"的写作,在左翼文学中显然有最鲜明的表现。反叛、批判、表达大多数人的现实处境,这无疑是左翼文学的特征。韩毓海和一些人所提出的问题,潜在地表达了重新关注、评估中国左翼文学的地位和意义的愿望,即在一个商业主义的消费文化已逐渐成为主流文化,人的价值取向虚空、混乱的情况下,"左翼文学"可否成为一种抗衡的"异质"存在,可否成为参与价值重构的"资源"之一。

对这个问题的回答,不是"是"和"否"这么简单。韩毓海在文章中举了这样的例子,说王蒙的《组织部来了个青年人》和刘震云的《一地鸡毛》,是一个"具有连续性的'小林的故事'":"在60年代(应为50年代——引者)的林震那里,作为乌托邦的现代性的信念与日常生活和官僚机构的矛盾,促发了反叛的叙事,但是,在80年代的小林那里,反抗日常生活和官僚社会的力量已经消失了。"我们姑且认可对这两篇小说思想意旨所作的描述。但是,问题并不能到此为止。问题在于,"反叛的叙事"在当年却被目为异端,它和它的写作者遭遇到严厉批判,而"当年"是"左翼文学"成为唯一合法存在的文学的年代。那么,"反叛"和"批判"的文学的消失,就不是在80或90

---

① 山东文艺出版社1997年版。
② 中山大学出版社1998年版。
③《中国当代文学在资本全球化时代的地位》,《战略与管理》,1998年第5期。

年代才发生，它早就在大量地发生着。而今天，高举批判性旗帜的创作，如一些小剧场艺术，其观察世界的方式和艺术手段，却只能沿用、模仿"文革"时期那种夸张、激烈，却无法回答现实复杂问题，也抽掉了真正批判精神的方式。在这种情况下，试图"复活"这种文学的批判精神和活力的愿望，就不可能回避历史的反省之路。左翼文学的当代形态出现了怎样的"危机"，它的"自我损害"、"自我驯化"是怎样发生的。这种"自我损害"表现了怎样的"制度化"过程。它的原则、方法所具有创新性，它的挑战的、不规范的力量，它的质朴，某种粗糙，然而富于活力的因素，又怎样在"压抑"另外的文学力量和不断规范自身的过程中逐渐削弱，逐渐耗尽的。正是在类似的以及其他的问题上，"当代文学史"才会成为必要。

在当代文学史写作上，还有一个问题值得讨论，这就是"当代人"如何书写"当代"的历史。其实，说到"当代人"、"当代"这些词语，在现在，和当初唐弢先生说"当代不宜写史"的80年代初，已有很大不同。我在一篇文章里说到这个问题。

"当代人"的说法已难以确指，已很含混。有从"旧中国过来"的当代人，有在五六十年代度过青春时期的当代人，也有出生于六七十年代，于"文革"一无所知的当代人。这样的时候很快就会来到，那时，课堂上学生的提问是，"文革是什么？是什么意思？"那时，你会意识到所谓的"当代"、"当代人"概念的支离破碎。然而，不管怎么说，在今天，当代人如何处理当代历史，仍是一个值得讨论的问题。原因不在别的，就在于我们就身处所处理的对象之中。我们生活在这个时代，并试图"处理"、叙述这个时代；这个时代所发生的一切，成为我们生命的一部分，而我们也是这个时代的一部分。

90年代以来，我们越来越确定地感受到对当代史、当代文学史描述、评价上的分裂，几年前，在给一年级学生讲座时，大概谈到"伤痕小说"对"文革"的破坏、残暴、痛苦的描写。有学生递条子，认为这不过是"掌握了话语权"的知识分子的讲述，而不可能讲话的"大多数人"，并不一定就这么看。最近，在一次讨论当代文学史的会上，有年轻学者以并非否定的态度讲到"样板戏"，就引发了有的"文革"亲历者的愤怒："文革时还是未懂事的孩子，他们知道什么？"这些现象所提出的问题是，对于当代史，对于"文革"，对于当代文学，哪一种是对历史的"真实"叙述？另一个问题是，谁有"资格"，或最有可能做"真实"叙述？

这看起来好像是些"伪问题"，但又确确实实是我们必须去面对的问题。所谓"真实"的叙述，毋宁说是"合法"的叙述更为准确。在80年代，一种有关"文革"，有关当代历史（包括文学历史）的"合法"叙述已经确立。这种叙述，如戴锦华指出的，剔除了历史的差异性和复杂性，而作了"单一的霸权/共识表达"。于是，当代中国被描述为一个"本质化的、无差异的大历史的延伸"；而这是为了维护政权的延续和意识形态的断裂所采取的文化策略[①]。在这种情况下，呈现历史的复杂和差异，就有赖于对单一的"合法"叙述的逸出，对未被主流的历史建构和公共历史叙述所整合的"个人记忆"的尊重，有赖于对未被发掘，或因未赋予"合法性"地位而被忽略、被遮蔽的当代经验的发现和呈示。可以说，正是在"不时流露出对主流叙事，公众'常识'及其'共同梦'的冒犯"的意义上，在"破坏了人们依照种种常识及惯常说法建立起来的文化预期上"，人们发现了影片《阳光灿烂的日子》的"重要"的地位[②]。

另一个问题是，是否历史的"亲历者"最有资格、最有可能呈现"真实"的历史景观？"亲历者"为历史过程提供具有"见证"性质的叙述，无疑具有其他人所不能提供的陈述。在我们生活的这个时代，那些把我们的现实经验与过去的经验连结起来的"机制"（社会结构的和心理的）已被很大损毁。主宰我们的是"现时性"的生活就是一切的观念。因而，讲述已经、或就要被忘记的历史事实和经验，无疑是"亲历者"难以替代的职责。但是，即使在潜意识上以为对事情未曾经历就没有资格对它发言，或者他的发言的重要性就会降低，这是可笑的念头。作为"亲历者"在意识到自己的经验的重要性的同时，也要时刻警醒自己的经验、情感和认知的局限。特别是，要警惕历史记忆中强大的情感因素的作用。它可能是一种透视"历史"的契机，但也可能是一种"毒素"。最大的可能是，在历史研究中导致狭隘、固执和专断，导致非理性的盲目破坏。

---

① 《隐形书写——90年代中国文化研究》，江苏人民出版社1999年版。
② 戴锦华：《雾中风景》，北京大学出版社2000年版。

事实上，我们每个人都生活在特定的语境中，并形成相异的认知模式和情感结构。因此，在历史研究中，提倡一种"靠近历史情境"的书写，其前提不是让个人的盲目的情感和残破的经验膨胀，而是具有对自身限度的自觉。这种自觉，当然不只是一种情绪和意念，它将主要通过比较他人的观察世界的视点和框架来实现。这样，个体、代际、国族之间的差异的"历史记忆"将可能形成有意义的对话和"冲撞"，使我们不仅"看见"原先看见的东西，而且看见原来"看不见"（或"不被看见"）的东西。

洪子诚

（原载于《文学评论》2002年第3期）

编写当代文学史的几个问题

陈思和

《中国当代文学史教程》出版后，许多老师都提了很好的建议，也提出了在教学实践中的问题。这些问题是我最希望听到的。一本教材与一本学术著作不同，它需要在教学实践中发现问题，解决问题，来提高当代文学教学工作的质量。下面针对老师们提出的一些问题，谈谈我的个人意见。

一、当代文学史的新与旧

张新颖有个观点很好，他说，这部教材许多人觉得有"新"意，其实是老师觉得"新"，因为老师是针对了以前所接受的教育和所进行的教学经验而言的。但是对学生来说，他读什么作品，读什么文学史，是没有比较的。对他来说，文学史可能就是这样的。文学史说到底是一种解释，无所谓"新"与"旧"的对立，应该允许有各种各样不同风格的文学史的存在。尤其是当代文学史，它作为一门学科真正建立大约只有近20年的历史，而且与这个时代的政治、社会的大改革大变动联系在一起。从20世纪80年代到90年代，每一次政治和社会经济改革的变动，都为文学提出了"新"的认识要求，有的变动甚至会改变对以往文学史的根本性看法。在这一点上我很赞同许多老师的看法，当代文学作为一门"史"是不成熟的。但正因为是不成熟的，才有可能去重写，去探索，才能允许我们去打破以前的文学史框架。说到底，以前的文学史框架、观念和大纲也是过渡性的，随着发展而变化的。所以，教什么内容而不教什么内容，我们应该有更多的主动权。如果说，教外国文学不教莎士比亚和歌德，教古代文学不教李白和杜甫，教现代文学不教鲁迅都是不对的，在当代文学方面，历史还没有经典化的筛选，没有哪个作家和哪种理论是永垂不朽的。我们今天因为与时代隔得近，觉得有些作品很重要，但时代风气一旦变化，这些作品就微不足道了。比如 80 年代初的当代文学史往往要编上下卷或三卷，而且还不包括 80 年代中期以后的文学作品。并不是写进去的作家都很重要，而是因为时代太近没有办法进行筛选。如果按照这样的罗列法来编写，那么编到世纪末起码要编六七卷，根本没有办法用来上课。所以重写文学史也就是一个重新筛选的过程，要不断筛去有共性而没有个性的作家作品，补充新的更能够体现时代特征和有个性的作品。时代发展变化了，时间的容量大了，而历史上的内容只能减少不可能增加。《中国当代文学史教程》的困难就在这里，它的篇幅在编写时都已经定下来了，只能是一卷本，但内容不但要包含 50 年的时间，还要发掘 50 年代到 70 年代的"潜在写作"。无论从时间到空间都扩大了，所以，与传统的当代文学史相比，我就不能不删去许多旧内容。这是很正常的。

二、叙述文学史的立场不能自相矛盾

我觉得，当代文学史内容的选择和解释，都应该根据现在对时代生活的认识而不能停留于历史上的认识。文学作品从来就离不开作家对生活的独立思考和个人命运的感受，时代精神只有通过个人命运来反映，才可能是文学创作。而 50—70 年代许多歌功颂德或者宣传政策的读物，在那时候虽然只能按当时的意识形态来理解，但并不一定是正确的。一项政策的正确不正确需要长期的实践检验，不能靠作家来预售进入天堂的门票。如 50 年代的农业合作化运动，本来是国家计划中的一项长期的社会主义改造运动，可是后来有些领导人头脑发热，就大干快上了，当时的农村工作部部长邓子恢被批评为"小脚女人"。结果是怎样呢？在合作化运动中到底是谁犯了错误，现在看来是很清楚了，实践早已证明了。可是当时不清楚，作家一窝风去写合作化，历史还没有证明的东西他们已经预言了，目的是为了宣传政策和教育农民。但有些作家自己心里也是明白的，所以才会有"中间人物"比英雄人物写得好，作家们实际上对这批农民最同情最理解，只是当时不敢说。如果我们觉得这些作品在今天还有意义，那就是通过对"中间人物"的塑造和描写，曲折地表达了广大农民的真实想法。这就是所谓的民间立场。因为作家在这一点上与广大农民的真实想法是共通的。我觉得我们今天讲课就应该讲作家是如何在宣传政策与民间立场之间进行复杂选择的。像《创业史》，柳青难道不了解农民的真实想法吗？他既要按照政策虚构梁生宝这样的英雄，又要写出梁三老汉来曲折传递农民的信息。但现在看来，这部小说的价值就是在真实地写出了梁三老汉，而且描写中国农民对土地的感情时寄予了极大的同情，而不是站在官方立场上对农民最神圣的感情持嘲笑的态度。合作化运动从改变私有制度和私有观念的理想来说当然是对的，可是这显然超出当时中国的历史条件和农民的接受能力。结果是影响了生产力而不是提高了生产力，也违背了广大农民的根本利益。"文革"后经济改革政策首先是从农村责任田开始，撤销了人民公社，所以才会有高晓声的"漏斗户主"陈奂生的故事。我们讲文学史应该把历史前后发展贯穿起来，讲课的立场要统一，否则，讲50年代文学时就大讲梁生宝等当代英雄的正确性，讲80年代文学时又讲漏斗户主的命运变化，那学生就会搞得稀里糊涂：既然梁生宝的道路是金光大道，那怎么会有漏斗户主？会有造不起屋的李顺大？小说《李双双》也有这个问题，李准是位风格比较明亮的作家，他笔下的河南农村总是亮色居多，再加上图解政策，对生活的描写不能不是伪现实主义的。所以我对小说《李双双》的内容不敢恭维。但它在汲取民间艺术的营养和创作当代喜剧方面却有一定的意义。如果我们觉得今天在课堂里讲这些作品还有意义，在我看来，那就是刚才所举的作家的民间立场和民间审美形态。这些作品在当时都是图解国家意识形态的作品，如果作家没有民间立场和民间审美形态，那写出来的只是一部图解政策的宣传品，它的宣传时效过去了，我们就应该把它们遗忘掉，不值得在文学史上谈它们。如果我们从小说所歌颂的大跃进办食堂等内容上肯定了《李双双》，那么，同样是河南作家，我们如何来理解今天的作家如张一弓、刘震云、阎连科等人写作的农村图景的真实性呢？学生就会问老师，到底哪一个河南农村图景是现实主义的？所以，只有充分揭露了50—70年代的文学创作在反映现实面前的虚伪性和伪现实主义，才能让学生更好地理解中国的现实和中国今天的文学创作的真正意义。时代、社会以及生活的发展可能是充满矛盾的，但我们叙述文学史的立场不能自相矛盾，不能迁就历史上错误的观念，否则就不能说服学生。

三、历史在个人切身体会中获得理解

我主编的《教程》之所以采用以解读文学作品为主型，就是出于两种想法：一方面是文学作品的选择本身是不确定的，可以有多种组合，这样的文学史型一旦被认可，就可以出现多种选择的文学史，有无限生长变化的可能性；另一方面是一部文学史最主要教会本科学生或专科学生的是阅读文学作品和分析作品艺术的能力，文学史知识可以通过对作品的分析来理解。这当然给老师提出了更高的要求。我觉得这是最实在的。文学史上的政治运动，在今天的环境下有些可以讲清楚，有些还不能彻底讲清楚，这些事关中国知识分子与现实政治、自身传统等问题，是大问题。你对那些毫无生活经验的大学生讲很难讲清楚，因为他们在中学里受的完全是另外一种历史教育。要戳穿历史的虚伪性，展示历史真相，我觉得最有效的办法是诉诸感性，让他们对什么是美的什么是丑的有明确的分辨能力，才能真正揭示出历史真相。本科生和大专生可以通过阅读作品（尤其是阅读潜在写作的作品）来理解历史背景，了解中国知识分子的命运。以后如果他们进一步深造，攻读现当代文学专业的研究生，可以在这样的基础上来研究历史经验和知识分子的道路，不仅顺理成章，而且也能够获得比较实在的成果。历史不在个人切身体会之中，是很难真正获得理解的，这些人生经验需要一步一步地来获得，而感性的阅读作品和讲解作品则是第一步。所以，我在文学史中尽量少写文学运动和文学论争，用正面介绍的方式来向学生介绍有价值的东西，尽量少提没有价值或已经不再在今天生活中发生影响的东西，都是出于方便教学的目的，并不是我故意不讲历史背景。

四、尽量将学术思考放进文学史的教学中

不能用对立的观念来处理当代文学理论。我们过去研究文学史的基本思路有一种战争文化思维在起作用，喜欢强调几大斗争，几大运

动以及双方的理论观点，等等，当代文学史也是深受影响的。从思维特点来说就是二元对立模式。比如学术／教学就是一个对立范畴，以为学术上可以自由讨论的东西不宜在课堂里讲授。还有民间／国家也是一个对立范畴，似乎一谈民间立场就是淡化国家立场。还有很多，不一一举例。我这部文学史尝试的目标之一，就是要沟通和消除二元对立的简单化思路。为什么学术研究的成果不能进入教学？这种思维的潜在台词是不信任当前的学术研究，认为学术研究是探索性的，而教育需要稳定性。这种思维定势造成的结果就是教育严重脱离学术，成为一种没有生命力激荡的陈腐教条。我们培养的大学生，特别是师范大学和师范专科的学生，如果不能在接受高等教育期间培养他们独立思考的能力和激发起他们关心学术、投身于学术研究的热情，把他们接受教育的过程与学术发展分离开来，将来当这一批大学生走上学术、编辑、教学等工作岗位以后，如何来推动学术的进一步发展？学术是有传统的，需要一代一代学人前赴后继，不断将新的生命信息夹杂着时代信息带进学术传统，使学术传统丰富起来。我们身处的现当代文学的研究传统就比20年前严家炎老师、樊骏老师的一代所身处的传统资源要丰富得多，因为我们正是在他们的成果基础上发展起来的，并融入了我们这个时代的经验。现在张新颖一代身处的学术传统显然比我们更丰富，道理也是一样。但是我们自觉地将学生的教育与学术隔离开来，结果是学生每提高一级要脱胎换骨一次，他从高中到大学，必须完全扭转中学教育所灌输的内容，将来考上研究生，又必须换一次"脑筋"，甚至硕士到博士也会有这些差距,学生戏说这是"洗脑"。这样的教学方式不仅浪费了学生宝贵的青春时间，而且可能会使他们以后在学术研究方面上不去。当然，学术研究本身具有探索的性质，并非传播真理，也需要经过时间与实践的检验，教育工作需要的是相对成熟、被实践检验证明是正确的学术成果。这里确实存在着一些矛盾，但这一矛盾在当代文学教学领域中恰恰表现得不一样。因为当代文学这门学科本身只有20来年的历史，而且始终随着时代政治的发展而变化，即使已经编入文学史著作的教学内容和学术结论很难说经得起时间与实践的检验，很难说是成熟和准确的。相反，倒是随着学术研究的深入，愈加暴露其错误、过时的学术结论。当代文学这门课本身具有探索性质，我每次上课前就告诉学生，这门课本来就没有什么定论的东西，一切需要我们大胆探索，独立思想，让我们用教学与学术研究来参与当代文学建设，推动当代文学发展。探索性就是这门课的特点。我编这本文学史的一个努力就是尽量将学术思考放进文学史，使研究与教学结合起来。这自然会冲破或动摇现存教学中的一些陈旧规范，如果不这么做，不但学术研究不会有进步，而且把一些僵化的或无用的甚至错误的文学史知识教给学生，就是误人子弟。许多老师都说到这本书应该给研究生读或专家读，现在教学生程度还是太艰深，我想很可能这也是我们自己预设的一个前提，因为我们对"教育"已经有了设定的内容。我编这本书正是设想给本科或本科以下的大学生读的，让他们一开始就接触更多的好作品，学会解读作品和分辨艺术美的能力，以此来改变今天当代文学教学的面貌。所以我是处处注意到了叙述的分寸感，尽可能用比较中性的、客观的理论话语来解释当代文学现象，使学生尽可能客观地了解当代文学的真相是什么。这项工作要依靠广大老师的理解和共同努力，也是我的一点心愿。

还有，关于"民间立场"与民间文化形态等问题，我觉得有必要澄清的是，在50—70年代的文学创作中，"民间"与官方并不是二元对立的范畴，中国从未有过脱离了国家主流意识形态的民间，没有绝对的民间。我只说过民间具有非官方的性质，也有藏污纳垢的特点。强调了作家的民间立场是为了更好地理解作品的复杂形态，解释作家的创作心理和美学风格追求。有位老师问：你强调民间，那么怎么讲官方的文学呢？我觉得不存在这个问题。我只是分析文学作品的民间特点，从中挖掘作品的艺术价值，并不否认这些作品也是宣扬国家主流意识形态的作品。但文学不是宣传品，一些刻意的宣传品（如歌颂各项政策的文学）都不会有文学史的地位，我要分析的是这样一种复杂现象：它既是宣传主流意识形态的作品，又产生了艺术的作用，使广大老百姓喜闻乐见，这本身是两种现象同时产生在一部作品里，如《李双双》的民间艺术形式。分析《三家巷》《林海雪原》《山乡巨变》等小说时，着重分析的是作家们如何运用民间隐形结构，这本来都是在分析当时主流意识形态的作品的艺术存在的可能性。这就好像我们在分析古典文学名著时，也会注意到作品有封建性的糟粕和民主性的精华，但不是说那些名著就不是封建时代的作品，就没有封建时代的主流意识。所以，不要一讲民间就以为是与国家对立，难道国家不应该代表最广大的人民利益吗？不应该考虑民间立场吗？强调50—70年代的民间因素，就是要强调文化的多层次性，文学不是简单的国家意识形态宣传，它作为一种创作文本，应该是多种话语的结合，既有国家意识形态的内容，也有知识分子的独立思考和民间立场的阐释。这样才能把握文学所拥有的多种阐释的可能性。

要消除二元对立的思维模式，我认为首先要尽可能地使当代文学史学科化，以尽可能客观的态度来研究这段历史和文学。我所做的尝试就是努力将多种立场尽可能客观地并置在同一层面进行比较和展示，这样才能使我们的当代文学史摆脱单调和贫乏，变得丰富起来。我在讲述50—70年代文学时引进潜在写作和民间话语，都是为了更加充分和丰富地展现中国当代文学的真实面貌，这当然会在一定程度上淡化原来只强调主流作品和只强调它们的政治宣传功能。我觉得这不是当代文学的损失，而是还原了当代文学史上真正的知识分子的心声和立场，使我们身处世纪末的青年读者能够更加理解和亲近那个时代的文学，把历史的文学与现实的文学自然连接起来。当然这些只是我在主编文学史时候的一些不成熟的想法，仅供大家参考。

（原载于《郑州大学学报》2001 年第 2 期）

我们应该怎样重写中国当代文学史

董健　丁帆　王彬彬

触发我们编写这部《中国当代文学史新编》的激情，首先是来自对目前文学史价值观念混乱的不满。同时，我们在教学和科研中，深深地感到因为没有一部好的文学史教材而误人子弟的内疚。

首先遭遇的就是对"十七年文学"和"文革文学"的价值定位问题。出乎我们意料之外的是，一方面，在中国当代文学史的教学和科研领域里，"十七年文学"和"文革文学"中的极左思潮还没有得到真正学理上的清算，人文科学知识体系与人文精神还没有得以真正渗透于我们的教学和科研工作之中，许多大学的教学还在沿用着二十多年前的旧教材；而另一方面，更新一代的学者和一些当代文学史的治史者们却又以令人惊愕的姿态，从"新左派"和"后现代"的视角来礼赞"文革文学"和"十七年文学"的"红色经典"了。当文学史在这个时代里被虚假的"解构"和被纷乱的"多元化"的学术背景搞得无所适从时，我们认为有必要为真正的重写文学史来一次思想观念和方法的清理与正名。尤其是作为一部大学的中国当代文学史教科书，若能为莘莘学子们提供一个自由而开放地以现代意识认识文学历史的窗口，给他们一把衡量历史事物的标尺，便是我们着意编写这部文学史的莫大欣慰了。

因此，摆在我们面前的严峻问题就是：如何确立文学史的价值体系；如何从学理和教科书的角度来建构其理论框架和体例规范；如何在重新发掘与整合文本资料时实现历史叙事的还原与创新；如何用新的且较为恒定的审美意识去解决当代文学史50年中对文学作品分析的错位性诠释，等等，这些难题都是我们需要给出明确答案的。

杜威说过："历史无法逃避其本身的进程。因此，它将一直被人们重写。随着新的当前的出现，过去就成了一种不同的当前的过去。"①
然而，当克罗齐的"一切历史都是当代史"成为一句抵挡与攻击一切
客观价值规范的盾和剑时，近些年所谓"重写文学史"便十分随意与
轻率，文学史就在"多元化"的幌子下变得十分无序而可疑了。在这
样的背景下，我们应该用什么样的姿态来完成一部新的文学史教科书
的写作呢？中国当代文学史是一段距离我们很近而又已经成为"过去"
的历史。我们不仅是这段历史的叙述者，而且也曾是这段历史的参与
者。我们撰写文学史，从某种意义上说，我们本身也是文学史的产物，
"因此，撰写历史既是创造历史，也是被历史造就"②。用历史辩证的
眼光来叙写文学史，是提醒我们不可忘记历史的客观存在，同时也清
醒意识到我们自身也要被历史所制约、被历史所"造就"。而我们在
肯定治史者主体观念的更新时，恐怕不能将一切反历史、反文化、反
人性的"新思维"带进历史的叙述；只有坚守住人类进步意义上人性
化的文化道德底线，文学史才能具有真正的历史意义和现实意义。所
谓人文科学和人文精神都包含着巨大人性的内涵，而那种超越国度、
超越阶级的人类共通的人性与审美底线可能是我们审察和衡量文学史
不变的内在视角与标准。因此，在这部当代文学史的写作中，我们倡
扬的是在冷峻、客观、平静的历史叙述中，去追求人性化评判的最大
值以及发挥其内涵的最大认知效应。我们深知在又一次"经典化"的
过程中自身所扮演的角色，所以我们试图以谨慎的人文科学的态度来
治史。我们也深知以人性的标准去治史的不易，就像米尔斯所说："在
我们这个时代，分歧是出在我们人性上，出在我们对人性的局限和可
能性的描述上。历史学至今没有搞清楚'人性'的局限和含义。"③

我们认为，一些学者，尤其是一批青年学者，他们在远离了"十七
年文学"和"文革文学"的历史文化语境后，单凭自己的主观臆想并
借助某些外来理论来还原历史文化和文学语境，而这种"陌生感"给

---

① 约翰·杜威：《逻辑：探究的理论》，转引自《美国文学的周期》，ROBERT.E.SPILLER 著，
王长荣译，上海外语教育出版社 1990 年版，第 235 页。

② 罗伯特·魏曼：《美国文学的周期·中译本序》，ROBERT.E.SPILLER 著，王长荣译，上海
外语教育出版社 1990 年版，第 1 页。

③ C. 赖特·米尔斯语，转引自 [英] 伯林：《反潮流：观念史论文集·序言》，冯克利译，译
林出版社 2002 年版，第 1 页。

他们带来的所谓审美的新鲜和刺激，使他们在重新为中国当代文学史定位时，采用的是"否定之否定"的简单的逻辑推理。他们试图从历史虚无主义的泥潭中挣扎出来，以一种貌似公允的态度对"十七年文学"和"文革文学"进行一次终极的褒扬，这种褒扬首先是建立在对这一时期文学作品艺术的"重新发现"和重新肯定的基础上。尤为不可理解的是，他们竟然能够用西方后现代的艺术理论在反现代、反人性的"革命样板戏"中发现一种巨大的现代性元素，竟然也可以大肆宣扬"红色经典"的"革命性"主体内容。当然，对"十七年文学"和"文革文学"中种种复杂的生成因素，乃至"新时期文学"中的诸多值得深刻思考的文学现象，我们都应该作出合理的历史解释和评价。但我们认为，那种忽略了具体历史语境中强大的以封建专制主义文化意识为主体的特殊性，忽略了那时文学作品巨大的政治社会属性与人文精神被颠覆、现代化追求被阻断的历史内涵，而只把文本当做一个脱离了社会时空的、仅仅只有自然意义的单细胞来进行所谓审美解剖，这显然不是历史主义的客观审美态度。我们所担心的是这些离当时历史语境和人性化的历史要求甚远的误读，会在变形的"经典化"过程中造成新一轮的文学史真相的颠覆。这种颠覆将误导学生，在他们的精神生活中注入新的毒素。

也正是因为我们充分地考虑到"十七年文学"在政治影响下所表现出来的特殊性，我们才在分期时将人们思想的发展脉络作为一个判断文学史发展的阶梯。在分期上既不硬套政治文件的结论，也不忽视政治变迁对文学的制约。例如，把 1962 年作为一个历史阶段的界线，凸显阶级斗争扩大化下文学的进一步异化的特征，显然可能从中发现一些文学发展突变的因子。同样，在"文革文学"的梳理中，我们发现在"9·13"林彪事件爆发后，人们的政治信仰发生了本质性的裂变，同时也给文学，尤其是像"朦胧诗"那样的"地下文学"带来了鲜活的生命力。于是，1971 年就成了一个文学的敏感时间段，就以此作为文学史的一个断面，我们似乎可能看到更加丰富的文学史内容。我们不是为了追求所谓的"创新"，而是为了清晰地把下一代应该看到的真实的文学历史还给他们，也还给历史本身！

毋庸置疑，任何一部文学史的构成，其最重要的因素就是作家作品文本的解读，而任何一个解读者与他人的解读都是不相同的。但是，我们追求的是在一种共同的具有人类通约性的人性视阈下的文本解读，这样就有可能取得文学内涵和审美认知上的大体统一。

文学史编写过程中绕不开的是写作主体对文学史对象的价值定位。资料发现与价值过于显露，成为一个叙写的悖论，也就是如何处理好"史"和"论"的关系，恰当地把握两者之间的维度，让历史的客观叙述自身呈现其价值观念，是一个相当艰难的工作。一方面我们要防止资料堆砌，另一方面也要防止为了表达新观念，为了表现一种价值观念的超越性，而有意识地去突出被第一次历史叙述所淘汰、被人性和人道主义这把筛子筛下去的那些"二次抛光"的"新"东西，对其进行有违历史真实的褒扬性解读与阐释。对那些能重新回到筛子里，能被我们重新选择出来的文本或文化现象要抱一种慎重的态度，不要陷入另外一种极端化的偏向。

我们须得防止的另一种倾向是"混合主义"的治史态度。把历史的链条切断，把历史进程的前后次序打乱，抽象出一个个具体现象和文本来进行解读，这显然只是抓到了事物的表面现象，而从根本上混淆了事物的新与旧、先进与落后、新生与没落的价值界限。当下中国的后现代主义就是一种比较典型的历史混合主义。后现代主义在西方是针对现代性的弊病而发展的一种思想文化观，它注重反思工业文明时期现代性的一些偏执和极端，是西方文化发展的必然结果，有其合理性，但有时却是抓住一点而不及其余。即使如此，西方学者也普遍认为现代性在西方社会文化进程中仍然占据着主流地位。而中国的"后学"者们却忽略了中国的现代性进程还是一个远远没有完成的仪式这一历史事实！中国尚没有出现过类似西方那样的十分典型的工业文明历史阶段，它目前正处于一个前现代、现代和后现代混合交杂在同一时间与空间维度平面上的历史时期，而把西方后现代主义的理论硬性地移植和运用到中国来，就形成了严重的理论与实践的错位，成为阻碍社会进步和文化进步的一种反动力。把一些反现代的东西，如带有封建专制主义性质的某些极左的思想都当成了后现代主义的理论精华，这无疑是对历史和现实的一种嘲讽与亵渎。西方的后现代在批判现代性的时候，试图更符合西方当代社会文化的人性发展的要求，是他们的文化发展到一个更高历史阶段的精神文化诉求。而中国的后现代主义者们在批判现代性的时候却是一股脑儿地盲目反现代性的，这恰恰是离开了中国的文化语境，许多理论根本不符合当代中国的文化与文学实际，所以，对西方后现代主义理论拙劣的效颦只能给中国的文化和文学带来更多的负面效应。

针对重新在思想上和艺术上肯定"十七年文学"和"文革文学"的学术背景，我们要持有一个具有哲学意义的基本文化批判立场。所谓"没有'十七年文学'，没有'文革文学'，哪里来的'新时期文学'"的观点，貌似历史的公允，将历史的环链紧紧相扣，其实是完全否定了具体历史文化内涵的巨大差异性，取消了"十七年文学"、"文革文学"、"新时期文学"三者在文化观念、艺术价值取向、人的精神状态等各个方面本质上的区别。通常说"新时期文学"还有一些旧的因素在延续，如一些"左"的倾向没有肃清，作家头脑中的种种旧观念在创作中还时有表现，等等。但有些人却运用一种高度抽象化的手法，来论证"十七年文学"中某些主流的东西与"新时期文学"是一致的，从"五四"到"十七年"到"新时期"是无差别的历史时段。在他们看来，批判"文革"的文学叙事策略和修辞方法与"十七年文学"和"文革文学"一脉相承，歌颂"文革"的文学与反对"文革"的文学是没有本质区别的历史叙写，并由此抽象出一个虚空的政治道德化的叙事策略。如果把文学分析抽象到这种程度，那么从古到今的文学都是没有差异性的，任何作品都是由文字和语言所构成的，也就没什么本质性的区别了，这显然是历史虚无主义的诡辩术。

还有一种倾向就是庸俗的技术主义。我们的文学过去有长期的严重的政治化现象，被政治意识形态统治的历史创痛过于深切，于是，颠覆宏大的历史叙事成为一种时尚，技术主义思潮的泛滥也就不足为奇了。随着近几年来思想文化的多元趋向，远离政治中心的呼声日益增强，许多人试图完全回到文学本身，建立一种新的文学话语体系。但是这又往往走进了另一个极端，就是在文学审美的旗号之下，舍弃社会历史文化的具体内涵，陷入纯粹技术主义的迷宫，甚至要在文学史的叙写中消解在中国根本就没有完成的五四启蒙话语。过去有人讽刺俄国形式主义只注重分析各种叙事技巧的搭配，近年来这种文学上的形式主义倾向在中国的创作界与学界愈演愈烈。同样，在所谓文学史"民间话语"的发掘中，也潜藏着这种倾向，它无形消解了许多文本的丰富的历史内涵与政治文化内涵，这种"民间"文化立场显然是从巴赫金对拉伯雷的分析中得到启迪，但这些文学史论者却舍弃了巴氏话语中的哲学文化批判的历史内容。巴氏认为拉伯雷是利用"民间"观点批判当时那个夸夸其谈、自命不凡的官方的"美好的图景"，而到了我们的"民间话语"的发掘者手上，"民间"却成了纯技术性的形式主义工具。又如，有人在所谓"审美历史语境"中发现和获得了浩然的《艳阳天》这样的伪现实主义小说的"艺术成就（审美价值）"比《创业史》《三里湾》《白鹿原》等高得多的结论。如果真有脱离历史政治文化内涵的"审美"，那么毒瘤上的红色也同样是鲜艳灿烂的。离开社会背景、离开文化内涵、离开政治文化背景，离开发展的人性内容，而单纯注重叙事技术等形式因素，在当前的社会文化语境以及学术氛围下，可能是一部分学者的有意选择，我们是不能避开这个话题的。把叙事技术与巨大丰富的历史思想内容分割开来的方法，应该说是文学史叙写的一种隐形的倒退。"去政治化"、"去社会化"、"去人性化"的极端就是把文学与社会文化思想进行有意识的割裂，使之成为一个僵死的、机械的物质现象，此种文学的技术主义至上思想已经成了一个具有较大普遍性的学术倾向。所以，我们一方面要反对用单一的政治标准来衡量一切作品的陈旧的极左观念，同时，也要反对文学史的叙写走向纯技术的形式主义的陷阱。其实，过去的文学史叙写已经证明这条路是根本走不通的。

以往文学史的撰写往往忽略了对世界文化与文学背景的描述，因而缺乏一个先进文化与文学的参照系，这样我们就很难在文学史的平面化的叙写中看清楚我们文学史所处的真实位置。所以，我们应该尽量在历史的叙述中穿插对同时期世界先进文学的概括性叙写，在宏阔的视野中获得对文学史对象的背景清晰和清醒的把握。

在1949年以来大陆的文学研究中（当然也包括起始时对文学的即时性评价），我们所犯下的一个不可饶恕的致命错误就是采取了封闭的研究方式：完全删除了这段文学史与当时整个世界文化格局的关联性以及它们之间的差序格局，只把苏联"社会主义现实主义文学"当做先进的榜样，而将中国当代文学与世界文学强势的反差和落差遮蔽起来，这样就很难从一个更新更历史客观的高度来看清楚这段文学史的真实面貌和本质特征。其实，从文化特征来看，整个五六十年代的世界文化背景就是一个十分鲜明的东西方冷战对峙的格局，就是一个现代性与反现代性的争斗过程。而这在当时是无法鉴别其优劣的，只有在与这段历史拉开了时空距离以后的今天，我们才能获得更广阔的视阈和更有效的发言权。

中国大陆当代文学史研究的现代性把握的关键，不仅在于作家作品的文本选择，而且在于方法的选择。"十七年文学"、"文革文学"乃至"八十年代文学"和"九十年代文学"的一些重大问题，当代文学史讨论翻来覆去乏善可陈，这些问题的存在都是我们在当代文学史的研究中始终只限定在一种视角框架之中而不能自拔的结果。如果我们把视阈稍稍放宽一点、远一点，那么，我们就会完全改变对当代文学史的认知方式：比如观照 40 年代末"二战"以后欧洲的文化和文学所发生的变化以及思考它对以后的世界文化与文学格局有着什么样的深远影响等重大问题，只有在这样的大背景下，我们才能认清中国文化与文学在关闭了与西方文化和文学交流和沟通的大门后，给当代文学史带来的是一个怎样的严重后果。又比如，50 年代的美国文学中出现了成熟的先锋主义文学及理论，现代派文学继 20 世纪初蓬勃发展之后又在整个西方世界出现了包括后现代主义艺术的种种新的变化，而我们的文学却只是成为政治的"简单的传声筒"而已。落差和反差凸显出来以后，我们再重新审视作家作品，可能会看出很多隐藏着的常识性问题。因此，回到常识的最根本的问题还是首先寻找文化和文学的参照系，在反差的比照当中，把文本和文学现象放在世界性的文化格局中去探讨，才有可能使文本和文学研究更加出新，更加合乎历史的真实。沿着这条视线延伸下去，我们觉得会实现对过去治史方法的较大更新。淡化当时过分情绪化的政治背景因素的干扰，冷峻地从文化与文学结构层面入手，细心地把各种文本与文学现象乃至文学思潮放到世界文化进步趋向的进程格局当中去进行考察和检验，在这种比照里，看出它们之间的优劣，是文学史叙写的重要内在构成因素。事实证明，在封闭的文化观念下大谈"民族化"，只能是"螺蛳壳里做道场"，越说越与先进文化拉开距离。

五四新文学始于向西方政治文明与文学艺术的学习、借鉴。中国文学艺术现代化的进程始终与它的开放姿态密切相关。但是，40 年代以后，五四精神一步步被"革命"所消解。文学重新回到了封闭的老路上。大陆的"中国当代文学"这一时段，恰恰是五四启蒙精神与五四新文学传统从消解到复归、文学现代化进程从阻断到续接的一个文学史的时段，文学在这里走了一条"之"字形的路，这个"复归"是有个过程的。从80年代开始，我们可以从"文革文学"的阴影中走出来，但是，我们却似乎很难从"十七年文学"的阴影中走出来。这种从弱势走向强势的过程，是一个逐渐上升的过程。1979年以后，文学被重新导入上世纪欧洲批判现实主义文学的层面，产生了所谓的"伤痕文学"，然后又从批判现实主义迅速蜕变，重蹈西方现代派、后现代派覆辙。这20年的中国文学发展与五四一样，同样几乎是在浓缩了的西方一百多年的文学史进程中行进。历史告诉我们，中国大陆50年来的文学史的基本状况是：文学从1949年以后开始衰落；到1979年以后才开始反弹；经过80年代的飙升，到了90年代以后尽管复旧之风不绝如缕，但终究是进入了一个全球化的文化语境。现在，在文化层面和文学层面，我们将开始进入与世界文化和文学真正对话的格局，中国文学可以说基本上融入了世界文学发展历史进程的长河之中，初步构成与世界文化和文学"对等"的对话关系。而我们的文化和文学反弹到这样一个地步，恰恰是由于经济上首先与世界接轨的结果。相比之下，中国在进入WTO以后，肯定不会只停滞在经济层面的互动上，肯定要进入相应的文化与文学层面。在这种文学发展图表的提示下，从选择方法的角度上来说，没有世界文化的参照系是更不可行的。如果要以世界文化和文学进程一直向上的坐标为参照，那就是要以欧洲文化与文学，更进一步说，是欧美文化与文学为比照内容。而值得注意的是，我们在以往文学史的研究中恰恰很少顾及这一参照系。当然，梳理文学史并不是简单地作平行的比较文学的研究，而是要获得一种开阔的世界文化与文学背景作为自身的参照视阈，唯有此，我们才能从中发现和认知很多文学史上有价值的具体文学现象和文学的细节问题。

也只有在这样的比照下，才可能清晰地理解"十七年文学"和"文革文学"中的一批批作家为什么只会以写颂歌和战歌而进入"共和国文学史"的事实。1949年到1979年的30年中，我们的诗歌只发出了两种声音：一种是"颂歌"，一种是"战歌"，它符合了当时政治斗争的需要，就此而言，它完全是旧体制文化与文学封闭的结果，是值得深刻反思的文学与文本现象。只有将它们放在世界文学的大文化语境当中，我们才能从时空的距离中获得真谛，研究格局与思维一旦突破了陈旧方法的藩篱，我们就可以对文学史有比较清楚的描述，无论是文学事件、文学思潮、文学观念，都可以寻求另一种更深意义上的解读与界说。

同样，我们对"八十年代文学"和"九十年代文学"的历史评判更应该保持一种严谨的治史态度，因为它所面临的是历史的首次筛选，是考验我们历史眼光与审美眼光的重要环节。当80年代中国大陆逐渐进入现代性文化语境的时候，我们还没有体味到西方文学的"恶之花"的后果，就进入了对现代主义乃至后现代主义文学的狂欢之中了。"无论在哪个时代，现代和现代主义的时代感总是处于形成过程中。它也许变成新的，不同于以往的；也许破坏旧的，成为混乱甚至破坏的执行者。""现代主义意识形态作为席卷一切的一种现象势必波及我们的时代。该词或其意义实际上在前此的用法中充满了重重矛盾。比方说，我们通常誉为现代主义运动开山祖的波德莱尔把现代性说成是昙花一现的，不稳定的，仅止半个艺术，而另一半才是永恒的。"[1]所以，当我们重新回眸这二十多年文学进程的时候，就会有那种与身在其中时的迥然不同的感受。从"朦胧诗"到"现代派"；从"寻根文学"到"先锋文学"；从"新写实"到"新生代"……在眼花缭乱的创作思潮当中，我们真切地看到了现代主义文学在中国的一幕幕上演。对于这些站在潮头上的文学创作，我们应该持有一个充分客观的历史唯物主义的态度，将它们从纷繁的理论烟雾中解放出来，还其一个更接近真实的历史。因此，更准确地梳理近20年来的文学进程，让它在首次进入文学史时少留下一些遗憾，则是我们的历史叙写追求。

总之，编写《中国当代文学史新编》的指导思想是：要具有自觉的历史感，但不为客观历史所束缚。既然是文学的历史，就要体现出历史感，现在有很多书缺乏这方面的自觉。前面提到的"混合主义"以及"新左派"、"后现代"的种种观念就是舍弃了历史感。马克思、恩格斯都很强调历史感，一是要承认历史有一个发展的过程，二是要承认这个发展过程内部前后有密切的联系。中国文学史，从文学史的

---

① [美]弗莱德里克.R.卡尔：《现代与现代主义》，陈永国、傅景川译，吉林教育出版社1995年版。

"长时段"来说，它只是 19 世纪末开始、至今尚未结束的中国文学现代化的漫长而又曲折历程中一个短暂而特殊的阶段。我们站在"现在时"的立足点上可以叫 1949 年以来这一时段的文学为"中国当代文学"，然而在未来（比如设想在半个世纪以后）的文学史著作中，它将不可能再这样被命名。但这样的"史段命名"并不重要，重要的是我们要不失历史感，准确地把握这一史段的根本特征与历史定位。这一史段不是一个封闭自足的体系，不能离开特定历史时期的社会思想文化背景。同时，我们在拥有充分的历史感的同时，还要拥有再创造历史的清晰的文化批判意识。

因此，在面对许多具体文学现象和文学文本分析的时候，我们就需要对历史进行"思想的考古"。比如，针对文学史叙写中肯定"样板戏"和为政治服务文本的文学史叙写思潮所造成的历史迷雾，我们认为，有必要将从"文革"前期到"文革"期间"样板戏"普及的历史过程写得更详细充分一些。只有这样，我们才能从历史的叙写中获得价值评判的思想资源。我们只有充分地认识到当时整个中国的政治社会背景，才能真正地体现出强烈的、而且是真实的历史感。

50 年是中国现代化进程中的一个特殊时期。中国的现代化进程从 20 世纪初到现在的一百多年是一个具体的历史过程，其中有曲折，有断裂，有变形，并呈现出革命化与现代化的交叉矛盾状态。中国的现代化进程中的革命化有时推动现代化，有时候又阻碍现代化，当革命化代表了先进的要求来冲击旧体制的时候，它推动现代化；但当革命化一旦形成一种带有封闭性的高度的政治专权，就会阻碍现代化。所以我们就应该区别五四革命和以后的伪革命的本质的区别。比如国民党 40 年代的腐败政治文化以及"文革"时期的极左政治文化，这个时期的革命化就是阻碍现代化的，是伪革命。在此，我们应该强调和关注那些特殊历史时段中人的精神生活层面的一些东西。

过去所强调的"十七年文学"、"文革文学"中的许多有影响的作品，现在也应该历史地被列入重新审视的范畴的，我们的文学史一定要涉及。其理由是，它们参与了当时对中国人精神生活的一种塑造。我们应该对精神生活有一个比较宽泛的解释，因为它是中性的，所有的精神性的东西，包括作为一种被扭曲了的精神生活，被毒化的精神生活和意识形态生活，也应该是一种不可忽视的精神生活。"十七年"

和"文革"那个时代的人也有精神生活，不过是一种被扭曲的被异化的精神生活，是一种不正常的现代社会中现代人不应有的精神生活。可以说，那个时代的人没有现代意识的精神生活，因为没有现代人应享有的人的生存空间和基本权利，没有个人性，没有主体性，那是被强加而不自知的精神生活。我们把精神生活这个概念作为我们文学史里的核心概念之一，可以解决很多文学史的难题。如果我们在每一章里都可以把它作为一个核心概念来评价作品，认识到一些作品怎样曾经参与了对当代50年中国人精神生活的塑造，甚至是扭曲的强加的奴化的，它曾经在我们的思想上留下了无法磨灭的痕迹，也许我们就会拨开层层叠叠的理论和思想迷雾，在叙述当代文学50年的历史时，尽量努力去缝合价值立场与历史情境之间的错位和裂隙。

对关键词的重新清理和厘定是文学史叙写的另一个关键所在。从现代化的视角来看文学的历史，有一系列的关键词需要加以廓清，并需要对它们重新进行批判性的认识。比如"深入生活"的提法，生活对于作家来说是创作的源泉，没有生活体验就无法写作，这本是创作的基本常识问题。外国作家不提"深入生活"并不是说不要生活，而是强调作家体验到的独特生活，它涉及每个作家生活的人生经验与感悟等丰富的情感内涵。而在中国当代文学历史上却将这个常识注入了很特殊的内容，演变为强迫作家下去进行思想改造的机制。"深入生活"至今仍然还是一个使用频率很高的话语词条。事实证明，凡是带着主观设定的问题、带着强加的政治任务去"深入生活"者，写出的作品是很少有成功的，包括最高明的作家像赵树理在内。因为它根本违背了文学本身的创作规律。同样，与此相联系的就是"小资产阶级"的词条，这是新中国成立后评论文章中使用得极为频繁的话语，是随时可以戴在作家头上的一顶帽子，再如"时代精神"这个关键词也用得非常混乱，另外，"民族化""大众化""党性""人民性""革命现实主义""两结合""三突出"以致"红色经典"等概念，也需要重新厘定。这些在当代文学史上似乎已经形成公论甚至定势的概念术语，需要我们今天以先进的、发展的历史眼光来加以考量。20世纪90年代以来，民族主义的情绪在不断地膨胀，同时国际上狭隘民族主义、恐怖主义的势头也很凶猛。在这种全球化的文化语境中，许多人又开始眷顾"民族化"、"大众化"之类的词语。实际上，在当代如果片面强调民族精神而不提现代精神，就是对五四文化的一种反动。社会和文化的现代化建设仅靠民族精神是远远不够的，现代精神仍然是最值得强调的人文价值判断，也只有在这样的价值判断下，上述概念才会得到澄清。譬如，"革命现实主义"与"两结合"，"革命"是从政治层面上说的，"现实主义"却是从创作方法上说的，两者不属于同一范畴。"红色经典"更是一种非常缺乏学理性的概念，其要害是抽掉了文学艺术的全人类共通的价值，以"革命"和"政治"的名义取代艺术。经典就是经典，是经过了历史选择和人文识别的好作品，不存在什么不伦不类的"色"之别。

　　整体的理论框架和价值立场确定之后，具体的文学现象和作家作品的评价问题可能还是一个比较困难的事情。尤其是80年代以后文学的梳理还没有经过时间的历史积淀，还没有经过较多反复的"经典化"的历史筛选，所以，有一些在以往文学批评和文学评论中广泛使用的既定词条，比如"伤痕文学"、"反思文学"、"改革文学"等，被时间证明是不够科学的，我们应该慎用，或者用的时候首先要进行文化批判性的清理。对于新时期以来的一些流行的概念，它们的产生只是当时文学状况的一种不甚准确的无奈表述而已，今天在重新归纳和分析这些作品的时候确实需要重新考虑对它们修正，使之更加符合文学史的实际。如"改革文学"甚至可以完全不用，"反思文学"是针对那一批特定的作品，其实"反思文学"与"伤痕文学"是交叉的，同时也包括当时出现的一批无法归类的新的文学作品。这些都是当时评论中约定俗成的概念，我们只是在表明当时的文学状态时带引号地慎重使用。还有"潜在写作"这个新的词条出现，我们认为也要加以澄清。一部分在当时非法处境中创作出来的作品得以流行，用"地下文学"称之比较准确。还有的是在私下偷偷写作而并没有进入"读者社会"的作品（如沈从文1949年私下写的一篇手记），则只能作为研究作家的史料，而不能作为作品进入史述之中。

　　审察中国当代文学50年有了一个一以贯之的视角和立场，就会对文学思潮、现象、文本有一个清醒的总体把握与认识。但这只是一种背景性和学理性的表达，而显露在文学史前台的还是具体的文学现象和作家作品。比如对《三家巷》这样的作品，我们是把它纳入历史的叙述，还是略之不提？如果要提及，那么在具体层面上怎么操作？

它在一定程度上带有的浪漫主义的气息，是否对当时的文学史话语霸权形成了对抗？又如对赵树理及他的作品如何评价？即使是十七年那些后来公认为是难得的好作品，如《百合花》《关汉卿》《茶馆》，等等，以何种面貌进入文学史的叙述体系？能否把《百合花》定位为短篇小说的经典？这些都是需要甄别的问题。因为它牵涉到我们文学史叙写的指导思想和历史叙事的方法的具体操作问题。作为一本教材，文学史应该注重"三性"，即严谨性、稳定性、规范性。其中最困难的就是如何实现编写者的视界与历史上具体文学作品的对话尽可能的融合。如果我们能在对具体作品的认识评价上有所突破，也是文学史叙写的一种进步。比如说对王蒙的《组织部来了个年轻人》里刘世吾这个人物形象应该怎样分析？就连王蒙自己当时也没有真正理解这个人物，这只是他在当时生活中感觉到的一种现象，所以作家主体在小说里就有很多困惑和迷茫。刘世吾绝不是一般意义上的官僚主义者，当你读了韦君宜后来写的《露莎的路》后，就会深感到露莎就是刘世吾形象的延伸。如果把 80 年代韦君宜的《露莎的路》重新纳入历史的叙述链条中，甚至与《青春之歌》《血色黄昏》联系起来理解，就可以把思想与价值流变的脉络梳理得更清楚，就会对作品的审美和思想内涵有一种全新的理解。

作为一部中国当代文学史，如果没有对与之同属一国的台湾和香港、澳门文学的总体扫描，它将是一部残缺的文学史。

在 20 世纪 50 年代末，"中国当代文学"这一提法开始出现在大学教材和著作中。当时它的所指有三：一是文学的时段性，指 1949 年以来的文学；二是文学的政治性，指中国共产党所领导的"新中国文学"，又叫"社会主义文学"；三是文学的地域性，仅限于共产党掌握政权的大陆的文学。80 年代以来出版的多种《中国当代文学史》，虽然结构框架与价值判断各有不同，但大都延续了这一视角。在人类进入 21 世纪、"全球化"思潮被普遍认同的今天，如果仍然用这种封闭而单一的视角来观察中国当代文学，显然是已经远远不够了。事实上，只要不是单纯从党派和政治的视角，而是从文化、语言、民族的统一性来考察和阐释文学史，"中国当代文学史"就不应该仅仅是限于大陆社会主义文学的"一元化"文学，而应包括大陆文学、台湾文学、香港与澳门文学这三个组成部分。"一个中国"的思想也应该体现在文学史的研究上。这三个文学"板块"不仅从地理上同属一国，而且从文化、语言、民族的统一性（同一性）来说也有着有机的内在联系。首先，它们都是5000年中华文明的继承者，有着共同的历史背景与文化渊源。其次，它们是共同使用一种语言——华语进行思维与写作的。再者，它们有着共同的民族性。当中国文化接受外来异质文化的挑战而作出历史性回应的时候，从中国人民民族意识和现代意识的交叉、起伏，文学的进退、得失，都可看出它们有着那种发自文化之根的相通之处。特别是1949年之后大陆和台湾两地文学运动与文学思潮，在文学与政治的关系上，在文学的现代化的曲折历程中，在作家思维模式和文学观念的转变上，虽然有轻重、先后之异，但却有着惊人的相似之处。另外，即使从某些非常具体的作家作品来说，也难以将中国当代文学的三个"板块"完全割裂开来。例如，有不少作家在1917—1949年的中国现代文学史上都是有其历史的一席地位的，不能因为去了台湾就不算中国作家了。如果承认他们是中国作家，为什么不能进入"中国当代文学史"？如果中国当代文学只讲大陆，那么两者的文化同一性就难以说清。尤其应该指出的是，这一种文学的三个"板块"的格局也不是1949年以后才从天而降的，它本身就是一种历史文化现象的延续。人们在整个抗日战争时期，从地域上说，中国现代文学就是由三个"板块"组成的：一块是以重庆、桂林、昆明为重要基地的所谓"国统区文学"；一块是由北京、上海、南京、东三省等"沦陷区"以及香港、澳门等外国势力统治区的文学；还有一块就是以延安为中心的的所谓"解放区文学"。1949年以后的大陆文学，主要就是"解放区文学"的直接的继承与发展。当年的所谓"国统区文学"，由于国共合作的破裂而产生了分化，一部分作家加入了"解放区文学"队伍，一部分作家随国民党入台，形成了新一轮的"国统区文学"，即台湾文学。如果承认这一事实，那么，既然"中国现代文学史"无一例外地包括这三个"板块"，为什么到了"中国当代文学史"（1949—2000年）就偏偏只能讲一个"板块"了呢？因此，"中国当代文学史"的视野应该摒弃单纯从党派和政治的视角来考察与解释文学史现象的原则，突破多年延续的"社会主义一元"的狭窄思路，从文化、语言、民族等角度综合考察这一历史时段的文学现象，从而将大陆文学、台湾文学、港澳文学统一纳入评述的视野。

其衡量文学现象、文学流派、文学作品的标准仍然是以共通的人性为恒定基准。

我们尽力按照上述的思想和原则去构造这部中国当代文学史，但是，由于种种主客观的原因，或许还距离撰写的理想境界相距甚远，我们期望在不断的修订中，得以进一步的完善。

（原载于《江苏行政学院学报》2003 年第 1 期）

文学史研究的"当代性"问题

——在华中师范大学文学院的讲演

程光炜

最近几年，在我为研究生开的"重返 80 年代文学"的课上，经常有同学问这样一个问题：在讨论当代文学史的时候，不少老师的结论都是不一样的，这是为什么？为什么 80 年代的当代文学研究界有那么多共识，今天的共识却很少呢？我觉得这是一个老生常谈的问题。它是说，当代文学史的建构模式蕴涵了当代人的价值趋向和时代潮流时，它就具有了当代性。但是，当这种"当代性"还来不及沉淀和经典化，人们对它的理解和运用就会处在四分五裂的状态。然而，它虽然是老生常谈的话题，仍然有进一步具体分析、探讨的必要。

一、历史研究回答当今的问题

不知道同学们想过没有，说到"当代文学"大家都知道指的是什么，但是，在理解当代文学研究的对象、范围和问题时，人们的意见分歧可能就大了。有不少人认为，当代文学就是"当下"、"当前"、"最近"的文学创作的状况，所以，如何以"批评"的方式及时介入当前的文学，即是它的基本职责。这肯定没有错。但它指的只是当代文学研究的一个方面，即文学批评。当代文学研究还有另外一个任务，即它面对的是"过去"的文学，是文学批评已经难以处理的文学史的事实，也就是说，它已经是一种"历史研究"。它显然清楚，"历史是历史学家跟他的事实之间相互作用的连续不断的过程，是现在与过去之间的永无止境的回答交谈。"①"历史之所以是现在与过去的交谈,乃是因为:人们总是从现在的需要出发去研究历史,否则就没有意义。"②

然而,这样去理解"当代性"问题仍然是比较简单的,因为文学批评与文学史研究虽然承担着不同的任务,但是,它们的"当代性"并不仅仅与当今的问题划等号,更不是后者的附庸。即使它们批评或研究的是当前的对象,这种对象也来自历史的深处,携带着历史的遗留问题,更多时候这些问题还表现为历史在当下的"替身"。巴尔扎克说过这样的话,大意是"小说家同时也应该是历史学家"。套用他的观点,我觉得文学批评家和文学史家也理当是训练有素的历史学家。即使他们不去做繁琐的考证、辨伪,不去在浩如烟海的史料中艰苦而长时间地寻找和爬梳,那他们也得具有历史学家客观的眼光、沉静的心境、宽阔的视野以及把"当代意识"植根在复杂、缠绕、矛盾的大量问题之上的习惯。更具建设性的文学批评家和文学史家,不仅是告诉我们"它是什么",与此同时也应该告诉我们"它为什么是这样的"。他们应该在"为什么是"这样的思维层面上寻找当今问题的答案,而不是总是停留在"它是什么"的思维层次上。

我想以对"路遥讨论"的再讨论来展开我的问题。我们知道,路遥在80年代至90年代前期是很"重要"的作家。他的《人生》《平凡的世界》是不能不读的优秀作品。90年代中期之后,由于路遥被文史论坛严重"边缘化",出现了为他"辩护"的声浪。出于"当代性"的焦虑,研究者强烈地希望把作家"完整"地请回到当今的问题之中。"他之所以如此,是与他对现实的'中国国情'的深察相联系的,不是他没有'理想'乃至'幻想',而是中国的现实如此这般地要求他选择这种'现实主义'。"③如果说当时的农村题材小说,最常见的是农村社会变迁和新旧势力冲突,"停留在就事叙事、摹写生活的水平上",而《人生》,不仅"带有浓重的哲理色彩和普遍的人生意识",还"引导人们进行富有哲学意义的再思考。"④"十一月十七日,

---

① A.H.卡尔:《历史是什么?》,陈恒译,商务印书馆2008年版,第28页。

② 陶东风:《文学史哲学》,河南人民出版社1994年版,第39页。在中国现当代文学史研究领域,近年来出版了不少讨论"文学史问题"的著作,它们专事于具体问题的研究,其中有不少收获。但从"理论"角度比较全面地反思文学史研究的问题,还是这部著作。

③ 李继凯:《矛盾交叉:路遥文化心理的复杂构成》,《文艺争鸣》1992年第3期。

④ 赵学勇:《路遥的乡土情结》,《兰州大学学报》1996年第2期。

是路遥的忌日。时间过得真快，转眼间，这位英雄作家，这个内心世界充满青春激情的诗人，离开这个他深情地爱着的世界，将近十个年头了。十年里，我常常想起他，想起这个像别林斯基所说的那样'把写作和生活、生活和写作视为同一件事'的、'直到最后一息都忠于神圣天职的人。'"每当看到那些令人失望甚至厌恶的文学现象的时候，我也会想起他，就会想到这样的问题：假如路遥活着，他会这么写吗？他能与那些颓废、消极的写作保持道德和趣味上的距离甚至对抗的姿态吗？"①在作者设置的"为谁写"、"为何写"、"写什么"、"如何写"的程序中，人们可以迅速发现路遥评论"当代性"的出发点：这就是，以路遥的"现实主义"、"哲学意义的再思考"和"把写作和生活视为同一件事"作为新的"写作标准"，来批判和反思当今"那些颓废、消极的写作"。通过还原一个完整的路遥，来回应和警醒当前文坛轻浮、非历史化和散漫的现实。

确实，上述观点也应该是关于路遥的"历史研究"，因为它们还满怀深情地回顾了作家创作的"历史"。但是，上述试图借路遥的"历史"来回应"当今问题"的做法，并没有得到更多人的认可，一位年轻的研究者尖锐批评道："可以说目前大多数关于路遥的研究文章都是'反历史'的，对于路遥的无缘故的冷落和无条件的吹捧都不是一种实事求是的历史分析的态度。"他认为，路遥在90年代文学中被边缘化，有着非常复杂的原因。一是"路遥对自我身份的确认似乎带有某种'偏执'；他始终把自己定位成一个'农民'作家。"这样，他不仅把自己与所谓"新潮"作家区别开来，还有意拉开了与他有某种文化和精神联系的沈从文、汪曾祺和贾平凹的"距离"。二是"他夸大了文学界和批评界对他的'冷落'，从而形成了某种对现代的'憎恨'情绪，把自己想象为一个与'整个文学形势'进行斗争的'孤独者'形象。第三，从《人生》到《平凡的世界》，路遥的"成功"都带有与1985年以前文学体制"合谋"的明显痕迹。但随着1985年的文学转型，"'现代派思潮'给'现实主义'提出了严峻的'挑战'，并对'现实主义'的话语空间给予了很大的挤压。"然而，他的现实主义小说观念和意识却没有及时调整，并在文学残酷竞争中获得更强势的地盘，

① 李建军：《文学写作的诸问题》，《南方文坛》2002年第6期。

这就使他和他的小说的被"淘汰"成为某种"必然"。就在"现代主义"处于强势,而"现实主义"处于守势的历史间隙中,作者对这位"尴尬"的作家的分析是:"站在 1985 年以来形成的'纯文学'的或者'纯美学'的观念来判断路遥,当然会得出路遥并不'经典'的结论,因为路遥的作品并不能给现代批评提供一个'自足'的文本。但是如果站在一种'泛现实主义'的立场上来夸大路遥的地位,也同样值得怀疑,因为一个事实是,路遥的最高成就其实止步于《人生》,他前期或后期的作品都未能真正超出这篇小说的艺术水准。①

之所以围绕路遥的评价存在争议,我想主要还不是谁的研究才是"真正"的"历史研究"的问题,而是这种历史研究在回答当今问题时谁更具有"有效性"出现了不同理解。如果我没有理解错的话,前者试图把路遥从他复杂的历史状况中"孤立"地拿出来,并以他为"标准"来批评"当下"的文学状态;而后者则把路遥"重新"放回到他当时创作的历史语境之中,通过他与这种语境的分析性研究,来重审他被边缘化的"当代性问题"的。"韦勒克认为文学史的中心任务之一就是要描述结构的动态史,而这样做的关键是要建立一种'体系'的眼光,必须'把文学史视作一个包含着过去作品的完整体系,这个体系随着新作品的加入而不断改变着它的各种关系,作为一个变化着的整体它在不断地增长着。'"②也就是说,即使我们把从历史研究角度回答当今问题看做是一种最佳的文学史研究的"当代性"的时候,这种"当代性"也不是"一成不变"的。它是一种"动态史",而且随着"新作品的加入",它更重要的是一种"'体系'的眼光"。它尤其不应该是固定不变的"当代性",而应该是前面已经说过的"现在与过去之间的永无止境的回答交谈"。但是,路遥的问题显然不仅仅是"现实主义"已经走向"枯竭"的问题,当我们似乎已经找到了解释他创作问题的"当代性"的时候,这种当代性是不是又在固定对这位作家文学世界的理解,同样又是"当代性"为人们提出的新的问题。

---

① 杨庆祥:《路遥的自我意识和写作姿态——兼及 1985 年前后"文学场"的历史分析》,《南方文坛》2007 年第 6 期。

② 陶东风:《文学史哲学》,河南人民出版社 1994 年版,第 174 页。

二、当代性也是一个历史概念

最近 10 年来，现当代文学史研究重新呈现出活跃的状态，有很多出色的研究成果值得注意。不过，在什么是"当代性"的理解和使用上，也出现了相当大的人们并未清醒地意识到的分歧。

按照我的不成熟的看法，所谓当代性其实是一个历史概念，"因为今天的眼光同样也是历史性的，同样是不断地生成又不断地融入历史的。"①更有人善意地警告说："在文明状态中，人类为了他们自身目前活动的缘故，感到需要形成某种对过去的图像；他们对过去感到惊奇并想要重建它，因为他们希望找到在那里所反映出来的他们自己的热望和兴趣。既然他们读历史是被他们的观点所决定的，这种需要在某种尺度上就总会得到满足的。但是我们所必须得出的结论则是：历史学不是'客观的'事件，而是对写的人投射了光明，它不是照亮了过去而是照亮了现在。于是就不必怀疑，为什么每一个世代都发现有必要重新去写它的历史了。"②他们的意思是，"今天的眼光"并不仅仅等同于"当下"、"现在"，与此同时也包含了"历史性"因素；出于今天的观点来读历史，所以它就会在"某种尺度"上得到满足。但与此同时，历史又不是"客观"的事件，不是客观的知识谱系、话语以及这些东西所组成主观色彩突出的预设所能完全处理得了的，因为它对"写的人投射了光明"，通过"照亮"过去才使现在具有了意义。因此，所谓当代性是一个历史概念，是因为它本身充满了细节、矛盾、感性等远比"客观知识"暧昧和隐晦的内涵。

一个值得注意的现象是，很多研究者都相信"预设"的力量。"我最近突然成为'预言家'，在许多场合都在说，现代文学史书写的又一轮变动业已开始了。"以此为标尺，他认为可以做到的事是，"文学史的多元性，目前渐成共识。由此出发，我们或许能认识一种多元的、多视点的、多潮流的'合力型'文学史？"而这一主张，恰恰是出于80 年代以来文学史研究中"用中国材料讲外国问题"的不满。③这种

---

① 陶东风：《文学史哲学》，河南人民出版社 1994 年版，第 174 页。
② 沃尔什：《历史哲学》，中译本，社会科学文献出版社 1991 年版，第 111 页。
③ 吴福辉：《"主流型"的文学史写作是否走到了尽头？》，《文艺争鸣》2008 年第 1 期。

新的文学史写作的冲动背后的意图，恰恰如有人指出的那样："人在现实的活动中产生的需要、目的，促使他去研究人类的过去，并希望从中发现和解决自己在当今所遭遇的问题。正是在这个意义上说，历史研究所回答的与其说是过去的问题，不如说是当今的问题。每个时代的人都有自己的需要、自己的迷惘和困惑，研究历史从根本上说就是为了解决这迷惘和困惑，故而每个时代的人都要重写历史。"①这种提问题的方式，无论从哪个方面看都是没有问题的，是可以理解的。

　　不过，正如我在上一节谈到的，历史能够"回答当今的问题"，但它所指的是特定的对象，而不是说，所有的历史都能够起到这种作用。例如路遥已经成为一种"历史现象"，他之所以作为一种未能解决的"历史问题"而存在，就因为当今文学的很多问题都还停留在路遥所"迷惘和困惑"的起点上，而不是要把历史都做泛化的处理。那么这样看来，"'合力型'文学史"说尽管是在"当代"提出来的，但是，它是否是一个"当代性"的历史概念，是否是一个面对人们"迷惘和困惑"的问题，也并不是"用中国材料讲外国文学的批评所能支持的。因为实际上，"用中国材料讲外国问题"不是一个固化在历史之中的文学史书写行为；即如一个文学史研究方法，到了20世纪，也没有所谓中国/外国的国族意义上的区分、对立和不同。20世纪的中国，恰恰是一个融汇于世界大潮的历史阶段，中国社会的转型，很大程度上都是在"用中国材料讲外国问题"的过程中得以进行的。这篇文章同样如此，充满了"用中国材料讲外国问题"的知识痕迹，如"文学史""进化""革命""左翼文学""现代化""现代性""农业文明""工业文明""文化保守主义""权力""多元""话语暴力""纯文学""市民文学""传播""合力关系""精英文化""读者市场"，等等，离开这些"外国问题"，我们不知道"中国材料"究竟能不能真正"讲好"？而这都不是在"用中国材料讲外国问题"吗？前一段时间，我偶尔参加过几次小说创作方面的会议，也听到不少作家和批评家在那里大谈所谓"中国经验"，在他们的理解里，好像这种"中国经验"是离开了20世纪为"外国问题"（其实是知识话语）所包围和设定的"文学场域"——一个"从天而降"的文学概念。这可能是全球化语境中对"外

---

① 陶东风：《文学史哲学》，河南人民出版社1994年版，第40页。

国"的过分性警惕心理所造成的。但是,这样的"历史观"既不能"照亮过去"也不能"照亮现在"却是无疑的。在这里,文学批评和文学史研究的"当代性"要么被泛化成"合力型文学史"概念,要么被窄化为对"中国经验"的莫名其妙的探讨。这恰恰是我们应该警惕的一种文学史研究倾向。

由此可见,"当代性"虽然是一个大家承认的历史概念,然而,在如何理解的问题上仍然是千差万别、有所不同的。有人主张,"面对这些现象""大可不必从学科本位出发,摆出一副捍卫现代文学的架势。因为我们深知,当今对现代文学传统的轻视或无视,其本身也在构成对于新传统的'选择'和'读解',是对新传统的另一种'接受',正好可以作为被研究的对象纳入我们的视野。"①他的意思是,"现代文学传统"不是已经固化在"80年代"的知识谱系,它的"当代性"可能正在它将要被新的研究者不断"选择"和"读解"的过程之中。另有人认为,在用"当代性"视角反思80年代文学史问题的时候,有一种研究方法也是值得注意的:这就是,把"'90年代'出版的'当代文学史'拉回到'80年代'启蒙式的文化理想之中。这种立场的重复性建立,一方面是基于对90年代后大众文化庸俗现象的强烈不满,另一方面则是针对'历史混合主义'、'庸俗技术主义'当代文学观的批判和警惕。说老实话,它的出发点是没有'问题'的,或者说它即使有'问题'也不是90年代的问题,而仍然是一个80年代的问题。"他接着指出并质疑道:"在现实中,或在20世纪的文学史、精神史中,究竟有没有一个固定不变和唯一性的'五四传统'?具体在80年代,有没有一个至今未变而且大统一的'80年代'?"②上述主张、批评和质疑也许同样有问题,但这种批评的目的有利于扩大对"当代性"的讨论,丰富对于它的理解,而不是由于论述者"权威性"的结论而使这种讨论无法进行下去。

在文学史研究中,"20世纪中国文学"和"重写文学史"作为一些尘埃落定的文学史概念,早已为人们所熟知。然而,在90年代后语境中与之进行有意义的对话,并对其知识肌理做深度解剖和讨论,

---

① 温儒敏:《现代文学传统及其当代阐释》,《中国现代文学研究丛刊》2008年第2期。
② 参考拙作《历史阐释与"当代"文学》,《文艺争鸣》2007年第7期。

仍然是一项相当有难度的工作。它的难度表现在：有一些研究者认为，所谓"重写文学史"就是鲜明表现出与过去研究结论的对立式的不同，如因为要"去政治化"，而把孙犁尽力地说成是"革命文学"中的"多余人"，再如因担心西方学术话语在文学史研究中的过度使用，而指责这样做是"用中国材料讲外国问题"，等等。其次，现在有些现当代文学史研究问题的继续提出者，自己就是当年"20世纪中国文学"、"重写文学史"的提出者或参与者，他们要通过不断的"提出问题"，让人们记住他们就是当年的提出者或参与者，始终产生对提出者"权威性"的敬重和畏惧。那么，这样的心理状态在新的语境中提出的新问题，其实并没有真正经过"新语境"的"知识过滤"和清理，而一下子又拥有了今天的"当代性"。其中的隐秘状态，也许是更值得重新讨论的。在这样的"当代性"的解释中，被清楚地界定的"历史"可能已经是一种被泛化了的历史，而不再是我们在文学史研究中所需要的那种弥真可贵的"历史的概念"。"作品的同时代人对作品的评价绝不是至上的权威，且不说他们的眼光不可避免地有历史的局限性，而且更根本的是：写历史是为了从今天的立场上更好地认识昨天，以便更成功地把握命题，如果一个文学史家主动放弃了今天所达到的时代高度，那么他就失去了作为今人的一切优势。"为此，他尖锐地批评道："如果我们接受了十七年尤其是'文革'期间所谓的权威人士对文学史的看法，我们就会把样板戏看做是中国文学史的高峰，把蒋光慈、柔石、殷夫等看成是比钱锺书、沈从文、张爱玲更杰出的作家。"①

三、"新方法"和"旧结论"

不知道同学们意识到没有，从80年代到现在的二十多年间，当代文学的批评和研究至少经历了两次"知识谱系"的交接和更新，第一次是由十七年的意识形态性文学批评转换到80年代的主体性批评，第二次是90年代后由主体性文学批评（包括审美批评、感性化文学批评等）再转向学院式文学批评。这两次批评类型的转换有没有道理，

---

① 陶东风：《文学史哲学》，河南人民出版社1994年版，第42页。

存在哪些问题，暂不管它，我不打算在这里辨析和探讨。但是，在此过程中出现的用"新方法"得出"旧结论"的现象却值得注意，因为它也牵涉到了如何从个人角度理解"当代性"的问题。

一种现象是，虽然是从分析"差异性"的角度描述90年代后文学创作中"'个人主义'的自恋主义化"的，包括也注意到"文学发展除了受制于作家主体精神与文学叙事伦理外，还受到生产、传播、接受评价等文学和文化体制层面的影响"，但最后还是暴露出把这种"新的'泛审美化'即'日常审美化'倾向"统统收编在"启蒙论"大旗之下的意图。"就作家自身来说，他们每个人都有责任和义务对这一现象进行自觉而深刻的反思，对自身的创作进行真诚的检视、批评乃至忏悔，通过自身素质的提高和使命感的回归重建新世纪的民族文学精神。"①且不说"使命感"、"回归"、"深刻的反思"等修辞有一些令人陡然想起的陈旧气味（它们不是不能使用，而是在什么知识层面上加以限定和谨慎使用的问题），仅仅就是这个宏大、沉重的"结论"恐怕是令前面的"新方法"承受不了它的"不能承受之重"。这恰如有人批评的那样："并不是每一个生活在当代的人都能具备当代性的品格，也并不是每个生活在当代的文学史家都能在自己的研究中体现当代性。生活在当代并不是当代性的充分条件，每一个时代都生活着大量的'古代人'。""在今天的文学史领域，不仍然充斥着、产生着大量'古典性'的研究吗？"②这样的讨论和转述可能不太"厚道"，有点尖锐的气味。实际还缺少对上述现象更耐心细致、严密的界定和分析的缺点。它的"严重性"也许在于，由于历史形成而现在并未加以清理、反思的"启蒙论"过于强大、自足（不是说"启蒙论"本身"陈旧"，已经没有"意义"），反而使"新方法"成为它不断剥离的装饰性的东西，因此，后者并没有对前者产生激活、融汇和互文性的作用，相反却进一步助长了前者的自大与傲慢。事实上，"新方法"和"旧结论"都生存在具体的历史时间秩序中，谁都不是"超级"的不受限制的"神

---

① 张光芒：《论中国当代文学的自恋主义思潮》，《南方文坛》2008年第3期。近年来，这位作者特别喜欢用"大题目"论述"大问题"，如"启蒙论"、"20世纪中国……"、"论中国当代文学中……思潮"，等等。这种文学史研究方式，自然包含着应该予以鼓励的对现当代文学学科巨大的"使命感"和"热情"，但对问题设定和理解的"过于"宏观化，也十分令人担心。

② 陶东风：《文学史哲学》，河南人民出版社1994年版，第44页。

话"，因而，"从具体时间点上生长起来的当代性也就与传统有千丝万缕的联系。当代性不是'天外来客'，而是在传统与革新的搏斗中迸发的火花"，"这就决定了它反传统又归于传统的必然命运。"①也就是说，"新方法"是以"旧结论"为怀疑点和起点而出现的，它身上的"传统基因"，通过"当代性"的锻造、渗透和调整，而变成研究文学史现象的新视野、新价值和新眼光，这决定了它拥有了新的历史的活力，而不是一个固定的研究的结论。

用"新方法"得出"旧结论"的另一个现象，是对"新新方法"的无尽开发或极力耗尽其历史能量的使用。在文学批评和文学史研究中，人们发现对当初"概念命名权"的相信和声称拥有，是一个相当普遍的现象。研究者深信，对"新概念"的发明，是自身具有历史高度的证明；而对"新新概念"的不断发明、不加限制和可以将之用于所有文学创作现象的使用，则是研究本身始终具有学术"前沿性"、"热点性"的秘密武器。在一种"新新中国"的视野里，研究者得出的"结论"是："从1995年到2005年的十年其实是中国文学和文化深刻变化的时期"，"中国的高速发展带来的'内部'的日常生活的变化完全超越了原有的'新文学'在'新时期'的构想和预设"，"我们可以看到的是，一个正在'和平崛起'的'新新中国'"。因此，他兴奋地宣布道："一个'新新中国'对于'新文学'的多面的、复杂的冲击我们已经无法不正视了。"②"五四其实是晚清以来对中国现代性追求的收煞——极匆促而窄化的收煞，而非开端。没有晚清，何来五四？"③"'新'这个词几乎伴随着旨在使中国摆脱以往的镣铐、成为一个'现代'的自由民族而发动的每一场社会和知识运动。因此，在中国，'现代性'不仅含有一种对于当代的偏爱之情，而且还有一种向西方寻求'新'、寻求'新奇'这样的前瞻性。"④不用说，这比我们中的任何人都更具

---

① 陶东风：《文学史哲学》，河南人民出版社1994年版，第43、44页。
② 张颐武：《"新新中国"的展现——十年来中国文学阅读的转变》，参见《市场经济与文艺》一书，人民文学出版社2006年版，第70、71页。
③ 王德威：《想象中国的方法》，三联书店1998年版，第16、17页。
④ 李欧梵：《现代性的追求》，三联书店2000年版，第236页。近年来，该作者大概是使用"现代性"最多、最频繁的人之一，例如"都市现代性"、"海派小说的现代性"、"浪漫个人主义的现代性"、"现代文学与现代性"，等等，这些时髦的名词和处理文学的角度，使其在大陆研究生中一时被追捧之极，达到颠狂的程度。

有"当代性",这种文学批评和学术研究的"前瞻性",也已经达到了只能望其项背的地步,真的令人佩服不已。当然,处在文学史研究的转型期,"新方法"对"旧结论"所形成的历史冲击波力仍然是不容忽视的。例如,1980年代的"主体论"、"向内转"、"现代派讨论"等都属于"新方法"的典型例子,其历史价值已经成为一个大家知道的文学史事实。但是,对"新新方法"的无尽开掘和运用,也会带来对"当代性"的永久意义的怀疑,它们对历史问题的过度损耗,是否引起对其研究姿态化的担忧也自当考虑。

　　这就使我想到,在对文学史研究"当代性"的理解上,"新方法"与"旧结论"的关系可能不在一个层面上,它还有其他层面和其他的结果,要做进一步的辨析。前一个现象,是用"新方法"得出的"旧结论"。由于有"启蒙论"的预设早在问题讨论之前存在,已经暗示了讨论的方向和最终结果,所以,"文学叙事伦理"、"生产、传播、接受评价"、"'泛审美化'即'日常审美化'"都带着"新方法"的面罩,它们的"新内涵",其实早已经被"启蒙论"剥夺、规训和整合;与强大的"启蒙论"相比,它们不过都是一些粘贴上去的、外在的东西,是作为前者的"证明材料"而存在的。"几乎每个时代都有一些穿着新潮服装的遗老遗少,他们操着洋文,大量引用外国最新的理论来兜售复古的幽思",这是由于,"当代性的核心决不是方法的新,而是价值尺度是否合乎当代社会发展的要求。因为不管文学的形式多么千变万化,其实质都是人对自身的价值反思。"[①]这种思考是把"当代性"纳入"进化论"的时间秩序里,因此,它对用"旧结论"去套用"新方法"的研究方式表示了某种程度的反感。后一种现象,则表明了"当代性"在这种研究中的某种暂时性、阶段性和相对的存在状态。由于"新话语"对"旧问题"的过多地粘贴、强制和改写,它们的"学术时尚性"事实上已经达到了相当饱和的状态,而学术时尚对所研究问题空间的过多的占据、干扰和统治,就意味着,一旦"风气"一转、潮头过去,那么它们就将面临着"存在的危机"。20世纪80年代的"先锋批评"、"主体论"、"向内转",现在很多都已成为一种"知识的象征",而不能作为"当代性"与我们的思考真正"接轨",原因即在于此。相比之下,我

――――――――――

① 陶东风:《文学史哲学》,河南人民出版社1994年版,第44页。

们会发现，同出于"20 世纪 80 年代"的李泽厚的"三论"，尤其是他的《中国现代思想史论》这本著作，却仍在参与我们对今天的"当代性"的建设，它的思想活力并没有因为时空转换而"过时"。①原因也在，李泽厚对当时问题的判断不仅贯穿了学术时尚的眼光，更重要的是贯穿了思想家、史学家的眼光和深刻辨识。即使其"学术时尚"成分在时间的流逝中同样遭到了被剥蚀的命运，其思想者、史学者的价值，却仍然能够把今天的"当代性"问题"照亮"，仍然能够与我们展开有意义的对话。也就是说，前一种现象是因为"新方法"与"旧结论"是在同一个层面上思考问题的，所以它得出的结论不可能真正超越旧有的结论和想象方式；后一种现象的"新方法"虽然立足于"旧结论"之上，但它显然站在比后者更高的思想层面上，它与后者不是一种简单比附的关系，而是跳出了"旧结论"所能给予的既定的架构，在一个更大的历史时空拥抱、审视、反思并包容了这个架构，因此才能在这里不断生发出新的反思的力量。但必须声明的是，我所说的"当代性"的"永久的意义"，指的并不是"永恒真理"，而是指在文学史研究中的那种更有弹性的、扩张性的反省性的状态。

四、包含着过去作品的"体系"性眼光

讲到这里，我发现自己在"今天"、"过去"、"当下"、"历史"以及"新与旧"等概念之间绕来绕去，已经花费了不少笔墨，同学们大概会感到讨厌，而我也不知道是否做了应有的界定、区分和辨析。讨论这个问题牵涉到方方面面，非一篇文章所能胜任。但我们不去管它。

针对有些研究者把"当代性"批评或研究看成是"个人发明"的现象，韦勒克曾提醒人们说："这种极端的'个人人格至上论'（personalism）必然会导致一种观点，即认为每一部个别的艺术品都是完全孤立的，这实际上就意味着它是既无法交流也无法让人理解的。

---

① 李泽厚：《中国现代思想史论》，东方出版社 1987 年版。其中，"启蒙与救亡"的论断可能已有些问题，有过分简单化的倾向；但它对"胡适、陈独秀、鲁迅"思想的比较分析，对"青年毛泽东"思想复杂性的讨论以及对"马克思在中国"和"二十世纪中国文艺"的研究，仍然有鲜活的思想魅力，它们的存在价值很大程度来自于李泽厚所具有的思想家眼光，和更为深厚的史家的眼光和对中国现代问题的理解能力。

我们必须相反地把文学视作一个包含着作品的完整体系，这个体系随着新作品的加入不断改变着它的各种关系，作为一个变化的整体它在不断地增长着。"①他的意思是，文学史的主要任务之一就是要描述结构的动态史，而不把它看做简单看做是一个"断层化"的结果，一个用这个结论反对另一个结论，关键的是要建立一种"体系"的眼光。实际上，这二十多年来的中国现当代文学研究中，以一种"历史断裂"的方式对文学史进行"再解读"的思潮和方法的影响是很大的，如"20世纪中国文学""重写文学史"、海外学界的"再解读"，等等。而其最深刻的逻辑，就是"去政治化"的文学策略。"文革"的失败，导致人们对所有"政治"思维的全面反感，而文学/政治的二元对立及前者对后者的真正超越，被认为是文学获得"主体性"、"自主性"和"文学性"的唯一坦途。这也是支撑着迄今为止的现当代文学研究的基本方法。虽然宣布拥有"世界眼光"、"民族意识"和"文化角度"等"体系"性视野，但"20世纪中国文学"的有的论者却认为"个别的艺术品"是可以"完全孤立"于它的"历史"之外的："大跃进民歌，没有一首是悲凉的。但你细心品味一下60年代初的一些作品，一些历史小说如《陶渊明写挽歌》，历史剧如《胆剑篇》，甚至一些散文，你还是能触到那个顽强的历史内容规定了的美感核心。更不用说后来出现的《剪辑错了的故事》《犯人李铜钟的故事》这些作品了。"②尽管这位论者也欣赏捷克学者普实克"把社会历史的分析和艺术分析交融在一起进行"的研究方法，但他仍然把上述作品或与"历史"相对立和相孤立来展开那种"系统论"的思考。"再解读"是90年代后又一次"重

---

① 韦勒克、沃伦：《文学理论》，三联书店1986年版，第294页。

② 参见黄子平、陈平原、钱理群：《二十世纪中国文学三人谈》中黄子平对当代作家作品的部分，《读书》1985年第10、11、12期，1986年第1、2、3期。实际上，就在"三人谈"发表后不久，已有人对这种表面以"系统论"而事实上以"断裂论"的处理文学史问题的方法提出了怀疑。如封士辉表示："我对'断裂'这个词很不感冒。梁启超提倡小说救国并不是什么创造，《琵琶记》的楔子就表达过这种愿望。至于说强调文学性，《诗大序》《文心雕龙》也是就文学谈文学。只不过历来政治家总要求文学为政治服务就是了。"洪子诚指出："对20世纪中国文学整体特征的概括基本上是准确的。当然，舍弃了一些不该舍弃的东西。比如，30年代左翼文学就没很好地概括进去。"严家炎也认为："现代学术界学风不严谨的实在太普遍，不能容忍"，"研究中常常实用主义地取舍材料，不合我结论的材料视而不见"，所以，"要努力解释你所持理论不能涵盖的材料，充分考虑对立面的材料。"（以上观点，参见《关于"二十世纪中国文学"的两次座谈》，《当代作家评论》1989年第5期。

写文学史"的实践。与前者通过将"一些历史小说如《陶渊明写挽歌》，历史剧如《胆剑篇》和它们的"历史"相"对立"而达到"完全孤立"于历史之外的办法不同在于，这一次又将"延安文学""十七年文学"从它们的"历史"之中"抽取"了出来。"虽说政治话语塑造了歌剧《白毛女》的主题思想，却没有全部左右其叙事的机制。使《白毛女》从一部区干部的经历变成了一个有叙事性的作品的并不是政治，而是一些非政治的、具有民间文艺形态的叙事惯例。"①

"江姐果真是女中豪杰，惊见丈夫暴死，身为女人的江姐竟能不乱方寸"，由此可见，《红岩》不仅再现了这种'去家庭化'的过程中家庭关系的弱化，更重要的是展示了家庭与革命之间势不两立的冲突。"②尽管有一千个理由相信，这种"再解读"是基于对文学史的"历史的理解同情"，既把再解读看做一个历史文本化的解构过程，"我们就会同时解读我们的现在"，并且是"认真审视"自己的"时代"。③

而以"包含着过去作品的'体系'性眼光"来看文学史研究的"当代性"，韦勒克的理解就可能与"20世纪中国文学"和"再解读"论者有很大的不同。在他看来，这种所谓的当代性即表明："进化过程不是单线的，不只是一个共时体系代替另一个共时体系，而且也是旧的共时体系在新的共时体系中的积淀。"④这样的理解角度显然受到了艾略特的某种启发。艾略特认为，针对作家作品的文学批评和文学史研究，并不仅仅是为"当下观念"服务的，因为即使是"当下"也存在于浩渺的历史时空之中。但是，它们的关系经常又是互文性的："现存的不朽巨著在它们彼此之间构成了一种观念性的秩序，一旦它们中间引进了新的（真正新的）艺术作品时就会引起相应的变化"，所以，"历史感还牵涉到不仅要意识到过去之已成为过去，而且要意识到过去依然存在；这种历史感迫使一个人在写作时，不仅要想到自己的时代，还要想到自荷马以来的整个欧洲文学以及包括于其中的他本国的整个文学是同时并存的、而又构成同时并存的秩序。"⑤如果用这种视

---

① 孟悦：《白毛女演变的启示——兼论延安文艺的历史多质性》，参见唐小兵编《再解读》，牛津大学出版社1993年版，第77页。

② 李杨：《50—70年代中国文学再解读》，山东教育出版社2003年版，第181、182页。

③ 参见唐小兵编《再解读》一书封底的"出版说明"。

④ 陶东风：《文学史哲学》，河南人民出版社1994年版，第176页。

⑤ ［英］艾略特：《传统与个人才能》，曹庸译，《外国文艺》1980年第3期。

角检视二十多年来的"重写文学史"思潮，我们会惊异地发现，它们正是以排斥自己"不喜欢"的"过去作品"的方法来建立文学史研究的合法性的。实际上，这种方法仍然在被视为当代文学研究新的增长点的"十七年文学研究"中以更隐蔽的方式在延伸和发展。某种程度上，它是在重复和延续"去政治化"这种80年代意义上的"重写文学史"的结论。在这样的文学史理解中，由于"十七年"的文学体制是"一体化"的，是非常"糟糕"的，所以，这种文学体制和生产方式所孕育的文学作品"必然"是没有"文学性"的。它还可能导致另一种紧张：即，拿"五四文学"、"八十年代"的"纯文学"标准去要求"十七年文学"，由于后者的大多数作家作品不符合前者的标准，那么它的"经典化"地位就将遭到很严重的怀疑。不客气地说，尽管在"十七年文学"周围，有了很多"民间性"、"差异性"和"间隙性"的发现，但它们最终得出的仍然是与"20世纪中国文学"论者几乎相同的所谓"非文学性"的结论。由于再次使用了"文学经典"的"认识性装置"①，所以，十七年文学研究的"文学史合法性"因此以"当代性"的面目建立了起来。但是，如果按照艾略特所谓"当代性"的认识，更为复杂的理解应该是"进化过程不是单线的，不只是一个共时体系代替另一个共时体系，而且也是旧的共时体系在新的共时体系中的积淀"的话，那么，对上述现象的重新检视，就应该成为下一步"重返十七年研究"、"重返左翼文学研究"的一个理由。

不过，正如我上面所说，怎样用"历史研究回答当今的问题"、怎样认识"当代性也是一个历史概念"，又怎样在"'新方法'和'旧结论'"的研究怪圈中找到一个适当的平衡点以及怎样把"当代性"不仅仅理解成面对"当下性"的研究，同时也认为它本身也包含着过去作品的'体系'性眼光"，仍会在很长一段时间内成为我们理解什么是文学史研究的"当代性"的障碍和难题。

（原载于《文艺争鸣》2008年第11期）

---

① 此说引自张伟栋《"改革文学"的"认识性的装置"与"起源"问题——重评〈乔厂长上任记〉兼及与新时期文学的关系》一文，此为中国人民大学"重返八十年代文学"讨论课上的主讲论文，未刊。这种说法显然是受到了柄谷行人《日本现代文学的起源》，三联书店2003年版，一书观点的影响。

当代文学史教学的困境与对策

吴义勤

一、历史与困境

在当今的中国学术界和史学界，对于文学史断代的划分一直是一个争议颇多的话题。比如，中国现代文学和中国当代文学的划分就有多种不同的看法：一种意见认为，中国现代文学的下限应定在 1942 年，他们的根据是《延安文学座谈会上的讲话》的巨大历史意义和实践意义；另一种意见认为中国现代文学的下限应是 1949 年，因为正是这一年中国社会、中国文学的性质有了天翻地覆的变化；还有一种意见认为中国现代文学的下限应为 1977 年，他们认为粉碎"四人帮"、结束"文革"是中国文学向当代转化的根本标志；更为极端的一种意见则把中国现代文学的下限延伸到了 1985 年，他们认为 1985 年之后的中国文学才在形态、本质、思维等层面与中国现代文学有了根本性的"决裂"；而近年来更为流行的一种观点则是取消中国现代文学和当代文学的断代划分，他们用"20 世纪中国文学"、"近百年中国文学"等概念替换了原有的"中国现代文学"和"中国当代文学"的概念，他们认为中国文学的现代化历程至今仍未完成，"五四"以来的中国文学均应被视为追求"现代性"的文学。从一般的意义上来说，这些关于中国现、当代文学"断代"的意见都既有其合理的一面，又有其显而易见的局限。但是，在文学史的断代问题上如何做到既尊重历史的、政治的客观因素，又不违背文学、美学自身的规律，且保持统一、贯穿的文学史视角和标准是一个迫切需要学术界、史学界认真探讨的课题。因为，只有对这个问题形成了科学的共识，我们才能有效地避免在学科定位和课程设置等问题上的混乱和无序状态。而我觉得，"中国当代文学史"这门课程如今所面临的种种困难和问题某种程度上其实也是与"断代"问题密切相关的。

"中国当代文学史"作为全国高等学校中国语言文学系的主干课程，其对"中国当代文学"的界定基本上采纳的是一种约定俗成的、带"官方"色彩的观点，即把中国当代文学视为1949年中华人民共和国成立以后至今的文学。而"中国当代文学史"这门课程则定位在"认识新中国成立后社会主义文学的性质、任务、理论建树、发展道路、经验教训以及影响较大的作家与作品的概况，以培养学生的文学素养，提高评论、鉴赏当代作家、作品的能力。"（华东师范大学中文系教学大纲）或"讲授新中国成立以来文学思潮、理论、创作的发展概况，分析介绍诗歌、戏剧、小说、散文、报告文学等重要作家、作品，阐述文学发展的背景、规律、特点、经验教训，以扩大学生的基础知识，培养其分析辨别能力，提高马克思主义文学水平。"（山东师范大学中文系教学大纲）而这样一种学科界定和课程定位也事实上决定了"中国当代文学史"与我国高校中文系的其他传统学科和传统课程的区别：首先，"中国当代文学史"是一个正在发生的"文学史"，它经历了一个从"无史"到"有史"、从"短时限"到"长跨度"的发展过程，它的终点是无限延伸的，也是不可预见的。其次，"中国当代文学史"的主体、对象、内容和范围是不断变化和丰富着的，它是一门一直处于"增殖"状态的学科。再次，"中国当代文学史"是一门能真正参与中国当代文学进程的课程，与"中国古典文学"、"中国现代文学"等学科主要面对已经发生的、固有的、无法改变的文学材料不同，"中国当代文学史"面对的则基本上是"未定型"的文学材料，其当下性、即时性和体验性是其他学科与课程所难以具备的。可以说，从新中国成立到现在，"中国当代文学史"这门课程已经有了长足的发展，从最初依附、寄生于"中国现代文学史"，到如今拥有比较完备的课程体系、教材体系和师资力量，"中国当代文学史"这门课程正是凭借自身的学科特点和学科优势赢得发展壮大的机遇的，但同时也正是其自身定位的局限和误区根本上导致了该课程在当今所面临的发展困境。这种困境具体表现在下述两个方面：

（一）教材严重滞后。对"中国当代文学史"课程来说，教材建设一直是制约学科发展的一个瓶颈和难点。客观上，这与上文我们说到的"中国当代文学"的性质直接相关，因为中国当代文学是一种未完成状态的文学，是一种正在发展中的文学。许多新作家、新作品、新的文学现象都尚未定型，因而也无法进行文学史评判。再加上，"中国当代文学史"没有一个明确的"下限"，因而随着时代的前进、"下限"的推移文学史就需要不停地修补。而主观上，许多学者和文学史家更是认为"当代文学不宜写史"。在他们看来，文学史不仅是一个时期文学现象、作家作品的罗列与描述，而且更应是对文学发展的内在动因、发展规律和本质内容的揭示。他们指出，"史"不仅是一个历时性的概念，更是一种本质性的认识，而对当代文学同步的、近距离的观照，根本不能达到这一高度。在这个意义上，当代文学确实不易写史。但是"不易写史"不等于"不宜写史"。事实上，我始终觉得，当代人对当代文学的体验、认知应该比后来者更准确、更有发言权。因为一个亲身参与了当代文学进程的文学史家，他对当代文学事实、氛围、现象、作家作品有直接、可靠的感受与经验，这显然比没有经历过这段文学历史的后来者的"考证"会更生动、可信、真实。然而，在许多老一辈的文学史家那里，"当代文学不宜写史"的观念还很有市场，这使他们对"中国当代文学史"多少有点怠慢，也使"中国当代文学史"的教材建设远不及"中国现代文学史"的水平。可以说，正是这主客观两方面的原因造成了"中国当代文学史"教材建设的严重滞后状况。许多教材内容陈旧、观点僵化，根本不能适应时代和文学本身的发展要求。从时间上来说，我们现在已进入了21世纪，但是我们的大多数"中国当代文学史"教材的下限却基本上仍是在20世纪80年代。也就是说，有近20年的文学史内容在我们的当代文学史"教材"中是空白的。我们很难想象这样的"教材"能全面、真实地反映中国当代文学的成就与面貌。而近年刚出的几本"中国当代文学史"，比如陈思和的《中国当代文学史教程》、洪子诚的《中国当代文学史》虽然时间上延伸到了20世纪90年代，但是有关这个时段的内容则大都是浮光掠影、点到为止，所占比例严重失衡。另一

洪子诚著《中国当代文学史》书影

些以"20世纪"名义出版的文学史，比如孔范今的《二十世纪中国文学史》等对20世纪90年代中国文学的涉猎在篇幅上也极少。另一方面，现有的"中国当代文学史教材"在空间结构上也存在明显的缺限。"中国当代文学"应该是全体"中国人"的当代文学，这个"中国人"应该超越政治、意识形态和地域的限制，而具有整体的包容性。但我们的"当代文学史"实际上却仅仅局限为"大陆当代文学"，台、港、澳及海外华文文学基本上被排除在外。近年来的一些文学史虽然增加了港、澳、台文学的章节，但大多是"补遗"性质的，它们被礼节性地作为"附录"拼贴在文学史中，并未以统一的文学标准与中国当代文学史融为一体。这一点其实也是由"中国当代文学"的性质定位决定的。中国当代文学的"社会主义性质"对于"港、澳、台海外华文文学"以及通俗文学无疑是有极强排他性的，它在制造中国当代文学"纯洁"形象的同时，也构成了对中国当代文学实际面貌甚至真相的掩盖。我们一直希望我们的文学史能超越政治的、地域的、意识形态的限制，把港、澳、台文学纳入我们的整体文学视野，但在实际的文学史操作中这一点却很难做到。

（二）"非创造性"、"反文学化"的教学模式。长期以来，"中国当代文学史"的教学方式基本上沿袭的是"中国现代文学史"的教学模式，对"史"的描述、对作家作品的"知识化"介绍以及对文学思潮、文学运动性质的评判构成了"中国当代文学史"教学的主要内容。这样的教学模式可以说是中国文学教育弊病的集中体现。一方面，"中国当代文学史"面对的是当下最鲜活、最感性的文学对象，它应该是最能激发师生的创造性与文学热情的一门课程；另一方面，被纳入"中国当代文学史"教学框架的文学材料却仍然呈现为僵化、教条、理念化、知识化的面孔，我们几乎根本就不能从"中国当代文学史"的教学中感受到中国当代文学的现场感。这种触目的矛盾说明，我们的"中国当代文学史"教学模式不但未能有效地参与中国当代文学的进程，而且似乎恰恰正在以自己的理念与方式制造着与当代文学实践的距离。如果苛刻一点说，我们应该承认，"中国当代文学史"与"中国当代文学"其实是脱节的，"中国当代文学史"既未能反映中国当代文学实践的全貌，也未能跟上中国当代文学发展的节奏与步伐。而从另一方面来说，这种"知识化"的教学模式对教与学双方来说都是惯性化而非创造性的。它不但不能培养学生的文学能力，相反倒可能削弱他们的文学能力和感受能力，并形成僵化的文学思维。与此相关，在当前的"中国当代文学史"教学中还有两个问题非常突出：一是师生双方对中国当代文学作品的兴趣与阅读量越来越少。"不读作品"成了当今大学生、研究生甚至博士生的一个致命问题，这个问题不解决，"中国当代文学史"这门课的教学质量就根本无法保证；一是对文学作品的艺术鉴赏力和审美感受力日益下降。现在的中文系的大学生不但不知道他所处时代文学的发展现状，而且面对一部文学作品时甚至根本就不知道它好在哪里，更不知道怎么去进行分析阐释。这可以说是我们文学教育的最大失败。它使学生不是亲近了文学，而是远离了文学。如果中文系的老师和大学生，甚至研究生、博士生都不能跟上当代文学的发展步伐，我们又怎能期待社会上的大众对文学的关心呢？

二、 对策与思路

当然，对于"中国当代文学史"这门课程所面临困境和问题的分析，其目的并不是为了从根本上否定这门课的价值与意义。相反，找出病因是为了正视困难、对症下药，以使其在新世纪获得更快、更健康的发展。事实上，对象的不确定性、未定型性和未完成性其实正是一柄双刃剑，它既为这门课带来了难度，但同时也确立了其与众不同的优势。只要我们改变教学思维、教学方法，大胆进行教学改革，这门课就完全有可能成为一门最具生机活力、最有吸引力，也最能为中国当代文学做出贡献的课程。山东师范大学中国当代文学教研室的全体教师可以说正是在这样一种教学思想的指导下来推行对这门课的课程教学改革的。通过多年的教改实践与探索，我们发现制约"中国当代文学史"这门课程的教学质量和教学活力的根本问题其实主要来自三个方面：一是师生的阅读量问题；二是教材的更新问题；三是文学史的讲述方式和价值标准问题。我们认为，只要真正解决了这三个方面的问题，"中国当代文学史"这门课的教学就会重新焕发出勃勃生机。为此，我们对"中国当代文学史"这门课的性质重新进行了讨论，对中国当代文学的发展状况以及学生的认知、心理和思维特征进行了认真分析，逐步确立了"以鲜活具体的文学事实为主，以文学史教材为辅；

以师生的审美体验与审美判断为主,以固定的统一的文学史结论为辅;以师生间的对话交流为主,以文学史知识的讲授为辅"的教学改革理念,并从而形成了三种行之有效的崭新教学模式:

其一,开放性模式。在"中国当代文学史"这门课的教学改革中,开放性模式是我们重点追求的目标。它有着多方面的内涵,既指教学方式的开放性,又指教材的开放性,既指教学内容的开放性,又指教学观念的开放性。从教学方式上看,我们正在把"中国当代文学史"的教学,从课堂、书本、教材引向鲜活、生动的中国文坛。我们正在培养学生面对当下正在发生、发展的文学现实的能力。我们可以在第一时间把学生感兴趣的文坛热点话题、文学现象引向课堂,"70年代生作家"、新生代、私人写作、主旋律文学等正在发生的、尚未定型的文学事件在我们的"中国当代文学史"教学中都得到了迅即的反应。可以说,是整个文坛而不是某部教材成了我们这门课的教学素材。从教材方面来看,前面我们说过,"中国当代文学史"的对象和内容是不断地增加和发展着的,它永远没有一个"完成时"。这就使得我们的文学史永远也无法穷尽所有的对象。文学史如果要做到全面或尽可能完整,那它就必须处于不断的修订和再版中,而这显然是不太现实的。因为文学史作为追赶者,它永远都只能是一个被动的角色。通过全体教研室老师多年的共同努力,我们终于在2001年编写出版了《中国当代文学50年》和《新时期文学》两部教材。这两部教材把"中国当代文学"的下限一直延伸到2001年,并以很大的篇幅重点增加了20世纪90年代中国文学的内容,可以说是迄今为止反应时段最长、涵盖量最大、内容最全面的中国当代文学史教材。但尽管如此,我们的《中国当代文学50年》仍然有它不可避免的局限性,那就是它无法和中国当代文学完全同步,无法反应中国当代文学行进中的所有问题。为了弥补教材的上述局限性,我们尝试着赋予文学教材一个开放性的品格,即老师和学生可以不断地把新的文本、新的作家、新的文学思潮和文学现象纳入教材,带进课堂。这事实上就使得我们的中国当代文学史教学在有形的教材之外,又获得了一个潜在、无形的教材。比如说,网络文学等正在发生发展着的文学事实就已全部纳入了我们的教学体系。从教学内容方面来看,除了刚才我谈到的"中国当代文学史"面对当下和未来的能力外,对于"港澳台"及海外华文文学以及"十七年"和"文革"时期"潜在文本"的开放也是我们的一个重要举措。前面我已经说过，对于1949年以后的中国当代文学，如果我们单纯从大陆文学的角度去观照，那么它的形态和成就无疑就会大受影响。在教学中，我们从整体的"中国文学"眼光出发，把徐于、余光中、无名氏、金庸、古龙、白先勇等港台作家直接引入课堂，既丰富了这门课的教学内容，又根本上改变了"中国当代文学史"的结构，可以说取得了非常好的教学效果。而在"文革"那样的黑暗年代，作家的写作权利被剥夺，人身自由被限制，许多作家只能在"地下写作"，他们的作品在当时也不可能发表。但这些作品却反应了当时知识分子真实的精神状况和灵魂线索，可以说是一个时代难得的精神标本。我们在教学中把张中晓的随笔、沈从文的日记、顾准的书信等"潜在文本"引入对当时文学史的教学中，对于向学生揭示那个时代中国文学的真相起了非常好的作用。从教学观念来看，我们在教学中摈弃了"中国当代文学史"的"性质"观，而是从文学实践与文学事实出发，以多元、开放的态度对待雅文学与俗文学、主流文学与非主流文学、大陆文学与海外华文文学，使得"中国当代文学史"这门课成了各种形态的文学互相展示的平台而不是裁判所，我们的目标不是让学生知晓某种对中国当代文学的"盖棺论定"的"真理"，而是要让学生亲自面对中国当代文学发生发展的原生态"过程"并形成自己的思考。在我看来，正是有了这种开放性，我们这门"中国当代文学史"课才获得了与时俱进，见证与反映中国当代文学的发展业绩，参与中国当代文学实践，与中国当代文学同行的能力。而对同学们来说，这种开放性的益处也是不言自明的，一方面，它消除了广大同学的隔膜感、陌生感，与中国当代文学有了真实的、亲历的体验，有了真正的现场感；另一方面，这种开放性也培养了学生的文学自信，他们对中国当下文学作品的解读和淘选常常是第一时间的，他们可以真实地表达自我对于最新文学作品的判断与认知，他们拥有了对文学史的主动权与话语权。

其二，互动性模式。所谓互动性模式就是指在"中国当代文学史"的课程教学中努力建构一种积极的对话性的机制，以使老师与学生、教与学、读与写、读者与作家、主体与对象、讲台与文坛、课堂内与课堂外等全部进入一种"互动"或"对话"的关系之中。首先，在"中国当代文学史"的讲课方式上我们进行了大胆的改革，我们尝试每节文学史课都给出至少15分钟的时间让学生介绍自己最新阅读的文学作品，每个人阅读的作品不尽相同，但其"互补"性地出现在一节课上就成了师生共享的"资源"，这既充实了每节文学史课的内容，增大了信息量，也大大加强了这门课的现场感，保证了师生的作品阅读量。与此同时，"中国当代文学史"的基本教学方式也告别了传统的"填鸭"式的知识化讲授方式，而开始向讨论型、研究型的教学方式转化。既然我们承认中国当代文学正处于一个未完成的、未定型的发展状态中，那我们就应知道在中国当代文学史这里现成的"真理"和"定论"是不存在的，各种观念的冲撞、争论是不可避免的。在具体的教学实践中，我们特别注意把一些重要的作家作品和文学现象拿到课堂上进行自由讨论甚至辩论。学生的思维能力、表达能力和文学判断能力在这种互动的"讨论"和对话中得到了很大的提高。比如，我们在"中国当代文学史"课堂教学中开展的"中国当代新长篇小说"的讨论就很有成效，讨论稿整理出来后《小说评论》杂志连续两年以专栏的形式连续发表，在文学界引起了很大的反响。其次，把著名的作家、评论家、编辑请进课堂与学生进行直接的对话、交流也是我们加强"中国当代文学史"这门课与当下文坛互动性的一个举措。而且，这不是一个临时性的、随机性的行为，而是一个长期性、制度化、战略性的课程改革设想。我们准备有计划地把当代中国最优秀的作家都请进我们的中国当代文学史课堂。近年来，张炜、莫言、刘玉堂、李洱、李贯通、毕飞宇、雷达、李敬泽、张宏森、李心田等作家、评论家、编辑就曾纷纷走进校园，他们作为中国当代文学的"当事人"和"活化石"，直观地演示了中国当代文学最感性、最生动的一面，对于学生们理解和把握中国当代文学的当下进程起到了难以替代的作用。再次，主体课程和"卫星"选修课程的配套设置以及本科、硕士、博士的一体化教学改革也是这种互动模式的重要内容。考虑到课时总量以及开课学期等客观因素的限制，"中国当代文学史"一门课其实难以包容和涉及中国当代文学的全部内容。为此，我们特别在不同的学期互补性地开设了"中国当代小说研究"、"港台海外华文文学研究"、"中国当代新潮小说研究"、"评论写作"、"中国当代诗歌研究"、"中国当代争鸣作品研究"、"中国当代散文研究"等"卫星"选修课程，从而形成了一个以"中国当代文学史"课程为主体的配套课程体系。这不仅尽可能地扩展了"中国当代文学史"这门课对于中国当代文学的覆盖面，而且也保证了学生在校的 4 年都能保持与中国当代文学的正面接触，而不至于跟不上中国当代文学的步伐。更重要的，我们还有选择地把其中的一些课程同时向本科、硕士和博士开放，以进行一体化的教学改革。这样做的好处是既加强了这三个层次学生间的对话与交流，又有助于引导"中国当代文学史"这门课迅速地向研究型课程转化，极大地深化了该课程的教学质量。

其三，双重主体性模式。所谓双重主体性模式就是指在"中国当代文学史"课堂教学中要同时调动教师与学生双方的主体性。就教师主体性而言，其作为课堂教学的主体需要时刻保持对中国当代文学的敏感，他不但要有大量的阅读积累，而且还应对中国当代文学有深入的个人研究，并在第一时间把中国当代文学的最新研究成果引入课堂教学。同时，教师还要克服传统文学史讲授的惯性和惰性，改善教学方法，加强教学环节的创造性和研究性，真正完成从肢解文学作品的"八股"式教学向培养学生兴趣和能力的创造性教学的转化。而学生的主体性在传统的教学模式中往往未得到应有的重视，我们常常在教学实践中把教师视为主动和主宰的一方，把学生视为被动和受支配的一方，这很大程度上压抑了学生作为知识接受者之外的能动性和创造性。双重主体性模式就是试图在上文我们说到的互动性模式和开放性模式的基础上充分挖掘学生在"中国当代文学史"教学中的主体性。为此，我们着重注意了对学生如下两方面能力的培养：一是评论、研究、判断当代文学作品的能力。我们在教学中反复向学生强调这样一种文学史意识，即中国当代文学史不是一种既定的、现成的、僵死的教条与知识，它是一个对文学经典的不断淘洗、筛选的"过程"，而这个"过程"不是"完成态"的而是"现在进行态"的，他们同样是这个"过程"的参与者与执行者，他们完全可以凭自己的阅读、判断和研究为中国当代文学史经典的确立作出自己的贡献；二是感悟、表达、创造文学作品的能力。我们在教学中特别鼓励学生对文学作品的个人感受与个人体验，这种感受与体验往往与文学史的知识或结论无关，但却是学生审美能力、审美趣味的直接体现，它们的顺利传达对于学生文学自信心的确立以及学习主体性的发挥都具有特别重要的意义。与此相关，我们也支持学生直接投身中国当代文学的写作实践，亲身体验和参与中国当代文学的实际进程。山东师范大学文学院现已成立了《陀螺》文学社，而本科、硕士和博士三个层次也均有大量的文学创作人才涌现。比如本科生中的张海波、研究生中的贺彩虹、博士生中的孙桂荣都曾有中、短篇小说发表，显示了不错的文学前途。

　　总的来说，通过几年来的教改努力，我们发现"中国当代文学史"这门课真正变得越来越符合"文学"的本质与规律，越来越契合文学的本性，越来越有吸引力。但需要指出的是，上述三种教学模式只是我们在课程教学改革实践中的初浅尝试，虽然取得了一定的成效，但它们显然并不能解决这门课所面临的所有问题。此外，这三种模式在教学过程中也不是彼此孤立，毫无联系的，实际上它们恰恰是一个相互依赖、互相补充、相互制约的有机体系，离开了任何一方其效果都会大打折扣。

（原载于《文学教育》2006 年第 11 期）

"关联研究"与当代文学史论述

王尧

一

将中国当代文学"60年"作为一个完整完成的历史时间段加以研究颇具现实意义，其学理依据未必充分。迄今为止，尽管关于何谓"当代文学"的见解不断，但尚未形成一个完整的构架来论述中国当代文学的历史，这是这一学科虽然不乏优秀成果但尚未成熟的反映。近两年来，因"改革开放"30年、共和国成立60年，"改革开放30年文学"（或"新时期文学30年"）、"中国当代文学60年"便成为热门话题。在很长时间里，我们曾经认为借助于政治的、社会的话语来命名一段文学发展过程，不是文学史叙述的方式。这或许是我们学术上的一个困境，也可能是我们这一学科的特色，它的"当代性"总是反映在文学与时代的关系之中。因此，我们又在积极的意义上，由"外部"而返回"内部"。

如我们把"现当代文学"分开的话，"现代文学"30年，"当代文学"60年。在纪念改革开放30年时，以1978年为界，有了新时期文学30年的概念；2009年，共和国成立60年，又有了"两个30年"的概念，也就是1949—1979，1979—2009两个时间段。在这两个"30年"之间，关于当代文学60年的中间点不时发生变化，显然说明，当代文学的两个"30年"之间有一过渡的时间带，1978年或者1979年都是过渡时期的重要年份，是选择1978还是1979年，并无本质的差异。1978年以来的30年文学，作为一个"时间"上的整数，恰好与"改革开放"30年相同。近年来无论是"新时期文学30年"还是"改革开放30年的文学"等话题，其命名及相关讨论都顺着"改革开放30年"

这个大势进行。尽管我们侧重的是 30 年文学，但为何凑足整数提"30年"而不作其他表达？显然，离开 30 年的"改革开放"是无法讨论文学话题的。因此，关乎"新时期 30 年文学"之类的学术研究，都不是一个纯粹的文学现象，而是与"改革开放 30 年"相关的一个问题，是一个"宏大叙事"中的文学问题。关于近 30 年文学的讨论都离不开这个大背景，而且许多重要的问题都受此制约。这个 30 年，部分已为"历史"部分仍是"现实"，无论对"历史"还是"现实"，我们都有许多困惑，而关于文学的困惑常常不是来自于文学本身，而是源于文学的处境。即便是讨论文学的话题，我们也是在与时代的关系之中展开的。如果需要比较精确地划出两个"30 年"，那么中间的一个时间点和标志性事件应该是 1979 年 12 月召开的第四次文代会，在这次会议上，周扬的报告提出了"30 年"的概念，从 1949 年的第一次文代会开始到第四次文代会，是一个 30 年。

将中国当代文学史划分为两个阶段的做法在早几年就开始出现，"现在有两分法，即毛泽东时期和邓小平时期，或叫改革开放前的时期与改革开放后的时期。前一时期，国家实行社会主义改造和建设，以阶级斗争为纲，实行计划经济，文艺必须为政治服务；后一时期国家以经济建设为中心，实行市场经济体制，文艺由从属于政治转向虽不脱离政治，却很大程度上受市场的制约①。这是从政治的差异性层面上划分了两个阶段，突出了当代文学不同阶段的语境差异。但差异之中的一致性仍然是社会主义的实践，而落实到文学，则是社会主义文化想象在不同阶段的展开。现在的当代文学史研究，和早些年不一样，已经无须急于给当代文学做是否是"社会主义性质"的界定，但是，当代文学与"社会主义文化"的密切联系仍然是需要我们着重考察、辨析的内容之一。改革开放的变化同样反映在"社会主义文化"的变化上，文化的多元化并没有改变文学仍然是在变化了"社会主义文化"的语境中发生发展的这样一个事实。我们在考察"十七年文学"、"文革"时期文学时，可能会比较多地注意到这个问题，实际上新时期以来的文学、文学制度等，仍然处于"社会主义文化"的影响之下。当代文学的历史，在很长时期内都是社会主义文化想象的一部分。

① 张炯：《关于当代文学史的历史观念与方法问题》，《文艺争鸣》2007 年第 12 期。

在这样的历史语境中，我想关注两个 30 年不同阶段的关联问题。

二

我们先讨论第一个 30 年，也就是 1949—1979 年间的中国当代文学，周扬在 1979 年第四次文代会的报告中用"艰巨的历程"来形容这个 30 年的文学艺术事业。我们今天对中国当代文学史的论述，不能不回到它的最初阶段，虽然 60 年的变化巨大，但当代文学史的基本问题几乎从当代文学发生时就预设并且延伸下来。第一个 30 年，因为承接"延安文学"，经历"文革文学"，又开启了"新时期文学"，其中的关联问题显得十分复杂和棘手。

以粗略的观察看，在"20 世纪中国文学"的概念提出以后，将"延安文学"和"当代文学"关联起来的研究已较为普遍，其中对毛泽东《在延安文艺座谈会上的讲话》的评价则和前此有了许多不同，从而也改变着"十七年文学"研究。我们曾经对这样的研究给予积极的评价，认为它对深入把握当代文学发展的历史的、逻辑的联系有重要意义。有许多中国当代文学史著作或者 20 世纪中国文学史著作，差不多都是从 1942 年开始叙述当代文学的发生的。

其实，对"1942 年"的重视由来已久。从第一次文代会开始，1942 年在当代文学史的论述中就是一个重要的年份。

"文革"开始以后，每年关于纪念《讲话》的社论是我们研究《讲话》这一经典文献在当代如何解读的重要文本，无论是"左"的、极左的、改革的文学理论批评，都是从解读《讲话》和"延安文学"来论述当代文学的初始历史及其影响的。我以为这是讨论 1949—1979 年这个30 年文学时值得注意的一个现象。

"文革"时期一些文学史和文艺思潮史论著，已经建立了以 1942 年为起点的当代文学史叙述框架。如辽宁大学自行刊印的《文艺思想战线三十年》，第一章就写"延安时代"，其中包括强调"解放后对 40 年代机会主义文艺路线流毒的'再批判'"。为什么要从 40 年代开始写起？当然首先是因为毛泽东《在延安文艺座谈会上的讲话》具有划时代的意义。再者，著者认为"无产阶级文化大革命是历史上两条路线斗争的继续。在这场斗争中，无产阶级革命派不仅彻底清算了周扬在社会主义革命时期的各种罪行，而且也彻底批判了周扬在历史上，从 30 年代到延安时期一贯推行的文艺黑线"。这意味着从 40 年代写起也就为十七年"文艺黑线"找到了根源，重提"再批评"实际上是为了突出建国后对延安时期的"文艺黑线"就有所警惕。这就涉及对现代文学传统的认识了。"文革"对现代文学的解释主要集中在五四新文学、鲁迅与左翼文学、30 年代文艺等方面。对延安解放区文艺的评价在第一次全国文代会时已有主调，但是周扬等人在"文革"中已经丧失了解释解放区文艺的话语权。1967 年姚文元发表《评反革命两面派周扬》后，主流话语突出了对周扬、丁玲等人的批判。"文革"时的教科书和文论，把五四以来的现代文艺解释为"两种根本不同的文艺路线和文艺思想"斗争的历史，两条路线、两种文艺思想的斗争被概括为现代文艺运动的本质特征。对这种斗争的描述与分析代替了对现代文艺自身演进历史的分析。在主流文艺思想中，五四传统是"马克思主义的共产主义的洪流"，"与此对立的还有另外一种潮流，这就是在当时的历史条件下形成的作为五四运动的缺点及这种缺点在新形势下的继续发展流延，这是资产阶级道路的传统，是形式主义向右的发展。20 年代以来的文艺斗争，30 年代以来的'四条汉子'的文艺黑线，以致新中国成立后发生的批判胡适派在《红楼梦》研究问题上的资产阶级唯心主义的斗争，反胡风、反右派以及反对刘少奇的反革命修正主义路线、文艺思想，都与五四时期两个对立的潮流的斗争有直接关系"（《文艺思想战线三十年》）。这样一种阐释，可以视为"文革"时期主流话语对 40 年代以来文学的关联研究。这样的阐释实际上否定了五四传统，又从"延安文学"中划出了一条连接"十七年"的"文艺黑线"。"十七年"时期的阶级斗争扩大化和"文革"时期的阶级斗争、路线斗争也就在这样的历史阐释中获得了合法性。在新时期，现当代文学研究的"拨乱反正"在很大程度上就是对上述关联论述的清理以及对二三十年代左翼文艺思想的重新评价。而有意思的是，"文革"后否定了所谓"十七年"时期的"文艺黑线"，但始终少有对周扬在延安时期就推行"文艺黑线"这一论调做深入的批判。这条"文艺黑线"自然并不存在。

在周扬的《继往开来，繁荣社会主义新时期的文艺》报告中，他对社会主义文艺诞生的历史做了概括性的论述。其一，"伟大的十月革命使苏俄文学成了社会主义文艺的前哨。我国新文艺最初就是以俄国和北欧、东南欧的文艺以及苏联文艺为借鉴的。五四新文化运动中，鲁迅的《呐喊》和郭沫若的《女神》，在散文和诗歌方面，为我国新文艺奠定了不朽的基础。从五四时期的'文学革命'到大革命时期的'革命文学'，这是我国文艺史上的一个飞跃"。其二，重点阐述了30年代文艺，尤其是革命文艺、左翼文艺运动的历史意义，这个阐述不仅是回击《林彪同志委托江青同志召开的部队文艺工作座谈会纪要》对30年代文艺的否定，也从正面回溯了当代文学的历史渊源。其三，重点阐释了《讲话》和延安解放区文学是如何开拓了社会主义文艺的广阔道路的，这样也就把延安文学和当代文学之间的联系在文学的"社会主义性质"这一关键点上巩固起来。其四，关于国统区文学的评价，"在国民党统治区，许多革命和进步的作家、艺术家，都创作了不少优秀的作品"①。我们会注意到，西方文学和左翼文学之外的作家作品对新文艺产生和发展的意义在报告中阙如。这也从一个侧面反映了"十七年文学"的资源何以偏重一个方面的原因。

因此，我提出当代文学是在一种"扩大了的解放区意识"中发生和发展的。它规定了文学与政治的关系，规定了"十七年文学"的思想来源与文化资源，也规定了文学的社会主义意识形态性质，从而在此基础上构建了当代文学制度。

三

无论是在"文革"时期还是在"新时期"初期，无论"文革"当局还是"文革"中的受迫害者，都注意到了"文革文学"与"十七年文学"的关联，但是两者的立足点和角度不同，论述的重点也有本质差异。姚文元在《评反革命两面派周扬》中说："当我们回顾解放以来文艺斗争的历史时，可以清楚地看到两条路线的尖锐斗争：一条是毛泽东文艺路线，是红线，是毛泽东同志亲自领导了历次重大的斗争，把文化革命一步步推向前进，作了长时间的准备，直到发动了轰轰烈烈的、向资产阶级全面进攻的、亿万人民参加的无产阶级文化大革命，一直挖进周扬一伙的老巢。"姚文元在文章中提到的作了长时间准备

---

① 周扬：《继往开来，繁荣社会主义新时期的文艺》，《人民日报》1979 年 11 月 20 日。

的重大斗争有："第一次斗争，是一九五一年对电影《武训传》的批判。""第二次斗争，是一九五四年对俞平伯的《〈红楼梦〉研究》和胡适反动思想的批判。""第三次斗争，是一九五四年到一九五五年紧接着批判胡适而展开的反对胡风反革命集团的斗争。""第四次斗争，是一九五七年粉碎资产阶级右派猖狂进攻的伟大斗争。""一九五八年社会主义建设总路线提出以来的历史，是我国社会主义革命更加深入发展的历史。在这个期间，以毛泽东同志为首的党中央马克思列宁主义的领导，同党内的反革命修正主义集团、资产阶级反动路线，进行了两次大斗争，即一九五九年一次，最近的一次。在斗争中我国社会主义事业取得了空前伟大的胜利。"这些"历次重大的斗争"一步步推动了"文化大革命"。姚文元在这篇文章中还提到了一条事实上不存在的因而在"文革"后被否定了的"黑线"："一条反党反社会主义的资产阶级文艺路线，是黑线。它的总头目，就是周扬。周扬背后是最近被粉碎的那个阴谋篡党、篡军、篡政的反革命集团。胡风，冯雪峰，丁玲，艾青，秦兆阳，林默涵，田汉，夏衍，阳翰笙，齐燕铭，陈荒煤，邵荃麟，等等，都是这条黑线之内的人物。"姚文元点名批判的这些对新文学事业作出过程度不等贡献的人，都在"文革"中遭到了残酷迫害和无情打击。在"文革"后，对姚文元所说的这些重大斗争的性质、意义我们已经做了完全不同的价值判断与阐释。

需要讨论的是，周扬如何看待"十七年文学"与"文革文学"的关联。我以为周扬的一段话在新时期初期是一个比较中肯的分析："无可否认，我们的文艺工作，成绩是主要的、巨大的，主流是正确的、健康的。但是同样不可否认，我们的工作中确有不少缺点和错误，特别是指导思想上的'左'的倾向给党的文艺事业带来的损害是严重的。林彪、'四人帮'一方面把我们执行的正确路线污蔑成反革命修正主义路线，另一方面又把我们工作中的一些缺点错误，从极左的方面加以利用和恶性发展。当然，我们在工作中所犯的某些'左'的错误，和林彪、'四人帮'为了阴谋篡党夺权所肆意推行的极左路线，在性质上有根本的不同。但是，我们不能因为有林彪、'四人帮'的干扰破坏而原谅自己的过失。"①这一简短论述，明确了三点"原则性"意见：否定了林

---

① 周扬：《继往开来，繁荣社会主义新时期的文艺》，《人民日报》1979 年 11 月 20 日。

彪、"四人帮"对"十七年"文艺的批判，肯定"十七年"文艺成绩主要、主流正确；"文革"是从极左的方面利用和恶性发展了以前工作中的错误；"左"的错误和极左路线有本质的不同。其中的第二点无疑清晰地揭示了"十七年文学"与"文革文学"的关联，而影响文学发展的政治就是由"左"到"极左"的变化。这样，我们就可以明白，前面所举的两种关于"文革"发生原因的阐释何以在一些问题上重叠。我以为，这一点，仍然是我们讨论"十七年文学"和"文革文学"之间关系的基本判断。

那么，"十七年"时期的缺点、错误或者教训是什么？周扬报告的表述是："我们一些担任文艺领导工作的人，由于当时的一定历史条件和背景以及自己头脑中'左倾'思想没有得到有效克服，有时未能正确地实事求是地估计文艺战线阶级斗争的形势，正确处理文艺和政治的关系，把阶级斗争扩大化，混淆了人民内部和敌我之间两类不同性质的矛盾，导致在进行思想批判和文艺批判时不适当地采取政治运动和群众斗争的方式对待精神世界的问题，以致伤害了一些同志。""我们在开展思想斗争的时候，对一些文艺问题的解释和处理，存在着简单化、庸俗化的毛病，以致助长了理论上和创作上的公式化、概念化的倾向，产生了粗暴批评，损害了以上民主。"这些错误到了"文革"时期就发展为阶级斗争、极左政治和文化专制。

周扬是以文艺工作领导者身份检讨"十七年"的问题，但我更愿意看成是对文学制度的反省。其实，周扬所说的不仅是"一些担任文艺领导工作的人"的错误，而是弥漫在整个文学史进程中的问题，是当代文学制度的一部分。包括周扬在内的这些文艺工作领导者在"文革"期间也遭遇了批判或者是迫害，其悲剧命运说明，这不是几个人的失误问题，是意识形态和文艺体制始终未能克服的自我困境造成的。"文革"是用了极端的方式来对待周扬这些文艺工作领导者以及广大的文学工作者，但我们不能不看到，这种方式和此前的错误方式有类似之处，而一旦极端化，文学史的进程就发生了根本性的变化。也许应当在这个意义上理解没有"十七年文学"，何来"文革文学"。在上世纪50—70年代的"一体化"过程中，"十七年文学"与"文革文学"有着必然的联系，但区别也是明显的。我以为，文学史论述需要注意到这两者之间的复杂关系。在"新时期"初期，我们是把"新时期"的开始和"文革"的终结联系在一起的，在谈到第四次文代会的意义时周扬指出："这次会议，在我国社会主义文艺发展的历史上将具有特殊的重要意义。它标志着林彪、'四人帮'实行封建法西斯专政、毁灭文艺的黑暗年代已经永远结束了，社会主义文学艺术繁荣的新时期已经开始。"而随着文学的发展，"新时期"在否定"文革"之后，也不可避免地对"十七年文学"作出批判，也不可避免地在政治批判之外用学术研究对待"文革文学"。文学史论述总是在呈现历史复杂性的过程中达到相对成熟。

用主流和支流的两分法未必妥当，文学史进程中的纠葛远非一分为二即可以划定的。而一旦具体到作家作品，我们就发现，这样的两分法或许可以原则地评价"十七年文学"，却不能代替对作家作品的分析和文学史发展中的矛盾运动的揭示。"十七年文学"和"文革文学"，在文学史论述中留给我们的一个巨大难题是如何评价"以阶级斗争为纲"的社会主义文艺，这如同我们今天同样困扰的一个问题：如何评价"以经济建设为中心"的社会主义文艺，而贯穿在其中的一个难题是怎样看待"反西方现代性的现代性"——社会主义现代性问题。以"十七年文学"而言，上述"左"的错误或许也可以称为"支流"，那么主流是什么呢？我想还是援引周扬报告中的一段文字：

"回顾我国三十年来文艺发展的历程，除去林彪、'四人帮'造成的十年浩劫，我们的文艺工作在大部分的时间内，基本上执行了党和毛泽东同志所规定的文艺路线，总的来说，是以马克思列宁主义、毛泽东思想作为自己的指导原则的。毛泽东文艺思想是毛泽东思想的重要组成部分，它教育了我国一代又一代的文艺工作者。周恩来同志是实践毛泽东文艺思想的典范，他总是结合实际，把毛泽东同志提出的文艺方针加以具体化和进一步发展；他和陈毅同志历次关于文艺问题的重要讲话，深刻地阐发了在社会主义文艺事业中发扬民主的极端重要性，对我国文艺事业具有巨大的指导意义。正是在他们的指导下，1961 和 1962 年分别召开的讨论电影、戏剧问题的新侨会议和广州会议是成功的。文化部、文联党组于 1962 年针对一个时期文艺工作中的缺点错误，提出了改进文艺工作的若干意见（即《文艺八条》），这些意见基本上是正确的。"党对文艺政策的调整和对文艺工作的改进，在"十七年文学"和"文革文学"研究中是得到肯定的，这样的"主流"和"支流"构成了"十七年文学"的历史。但是，在文学与政治关系的既定框架中，它们分别给文学创作以什么样的影响，给整个文学制度和文学生产以什么样的影响，则是我们需要进一步回答的问题，因为我们的基本价值判断是在其中产生的。"潜在写作"概念的提出，打开了讨论"十七年文学"和"文革文学"的另外一个空间，但体制内的写作如何评价的问题并未消失。在"现代性"概念引入到文学史写作之后，"社会主义现实主义"与"现代性"的关系问题，也成为重新评价"十七年文学"的一个视角并且延伸到"文革文学"研究之中。当我们确认社会主义现实主义为一种"现代性"时，对西方"现代性"的排他性是一种批判，但是，如果我们止于此，而不能对社会主义现实主义作出批判时，又有可能将"现代性"定于一尊。所以，在深入体察"十七年文学"的复杂的历史语境时，我以为还要比较多地关注作家在历史语境中的矛盾冲突，从而对文本和文本背后的因素有深入的考察。在这个过程中，五四文学既是我们历史本身的一部分，也是我们评判 60 年文学的一个重要参照系。

四

无疑，近 30 年文学，也就是 60 年中的第二个 30 年，是新文学以来最重要的历史阶段之一。通常在论述中国当代文学的成就时，也是以近 30 年文学为主的。对这 30 年文学通常又划分为 80 年代、90年代和新世纪三个阶段，而对 80 年代的评价又相对集中些，共识也多些。如何评价 80 年代之后的两个时间段则分歧迭出。而我在这里，关注的是第一个 30 年与第二个 30 年的关联问题。

我们是如何开始新时期初期的？文艺批评的状况是一个考察的角度。朱寨曾经这样叙述："粉碎'四人帮'初期，文艺界对'四人帮'的笔伐严格说不是文艺批评，而是政治的控诉。当时对于'四人帮'的批判，与其说是批驳，不如说是辩白。在批黑八论上甚至与'四人帮'争功：'其实黑八论我们早就批过了'。事后说来觉得好笑，而在当时却是理直气壮的。因为当时文艺上的一系列理论是非还颠倒着，我们新文艺运动代表人物的名字还打着'×'倒写在黑板上。《人民日报》以本报评论员名义发表的批判张春桥（狄克）的文章，首先还是从批

'四条汉子'开刀，把'四人帮'的文艺罪状挂在'四条汉子'名下，指为祸首。难道这也是一时失误的趣闻吗？如果说好笑，其实是历史的自我揶揄嘲笑。当时围绕着所谓'黑八论'对'四人帮'文艺思想的批判，表面看来相当活跃，实际上还是带着枷锁的舞蹈，在愤怒的控诉中，有夹杂着思想锁链的叮当声。"①朱寨所说的这一现象，也有其他论者提到②。1978 年 7 月人民文学出版社编辑部所编《"阴谋文艺"批判》中的论文有不少都反映出朱寨所说的这些特征。

这些现象的本质，如果只是认为此为过渡时期的局限，我们就无法理解历史转折中的复杂关系和内部张力。在我看来，所谓"历史的揶揄嘲笑"，实际上呈现的不是当时观点和方法的局限，而恰恰说明，后来用来批判的那段"历史"是我们共同参与制造的。由"十七年文学"到"文革文学"，这些年来，我们已经做过许多清理，基本上集中在文学与政治的关系上。虽然对"十七年"时期的一些作家作品有不同的评价甚至是大相径庭的论述，但在价值判断上，大概是鲜有论者会肯定从属于政治的文艺、作为阶级斗争工具的文艺，即使到今天我们又再重新理解文学与政治的关系问题。当我们在否定那些文艺思潮时，否定那些文学话语时，我们一直没有能够很好地清理知识分子主流话语形成过程中究竟起到了什么样的作用。如果不能够做出深入的清理，我们曾经批判过的历史，仍然会延续在我们的思想和种种学术活动之中。

"拨乱反正"曾经是我们思想生活中一个重要关键词。但实际上，在当时，"拨乱"是比较清楚的，"反正"，"正"到哪儿其实是模糊的、笼统的。尽管我们今天可以用"回到自身"来描述文学的"正路"，但这个过程远比我们现在论述新时期文学 30 年要复杂得多。周扬是

---

① 朱寨：《导言》，《中国新文艺大系 1976—1982》（理论二集），中国文联出版公司 1988 年版。

② 伍宇在《中国作协"文革"亲历记》中记述了这样的史实："1978 年冬天，那时文联、作协还没有恢复，周扬和一班文友林默涵、张光年、韦君宜、李季等，聚会在广东的肇庆。那是一处风景绝佳的处所，自古端砚的产地，湖光山色。大家自然议论'文革'十年极左路线造成的深重灾难，文艺界更是被整得七零八落，创伤累累，创作生产力凋敝，许多著名文学家被迫害致死……而'四人帮'的覆灭，意味着什么呢？有的认为，黑线和黑八论还是有的，'我们以前也批过'，有的则认为有黑线存在，也有红线在起作用，并无黑线专政论；更有人觉得，黑线和黑线专政论是'四人帮'为了整倒文艺界而一手制造的，应当根本推翻，文艺方有复苏之日并为更加广阔的发展前景创造条件。"《传记文学》1994 年第 9 期。

"新时期文学"这一概念的始作俑者①，但由"旧"到"新"的转折中，周扬自己的思想也充满了矛盾性。1979 年 3 月 23 日,周扬应《文艺报》之邀，在"文学理论批评工作座谈会上"作长篇讲话，第一次提出了"三次思想解放运动"的观点，但当时的《文艺报》并未发表这一重要讲话。40 天后，周扬在中国社会科学院召开的纪念五四运动六十周年学术讨论会上作了题为《三次伟大的思想解放运动》的报告②。但是，直到 1979 年下半年讨论周扬主持起草的第四次文代会报告时，周扬仍然没有放弃他在文艺与政治关系上的"老观点"。刘锡诚在文章中回忆说："令人遗憾的是，尽管在我们的'文学理论批评工作座谈会'上有许多人就文艺与政治的关系问题谈了很多很有启发性的意见（如上海的李子云，江苏的陈辽、北京的郑伯农等），我们也有简报送给他，他却始终没有能够想清楚，或没有很好地解决文艺和政治的关系问题。""这可能与他对毛泽东的信任有关，也与他无法跳出自己的狭隘经验有关。"③

那么,周扬的基本观点是什么呢？在《关于政治和文艺的关系》中，周扬认为如何认识和正确处理这个关系，"确实关系到我们的文学艺术事业发展的重大问题。邓小平同志最近说：我们不继续提文艺从属于政治这样的口号，但并不是说文艺可以脱离政治。文艺和政治的关系是如此密切，要脱离也脱离不了的。但绝不能把这种关系说成只是一种从属的关系。"这个表述基本上是从 70 年代末到 80 年代初形成

---

① 曾有学者认为，第一次使用"新时期文学艺术"这个词汇的，是周扬 1978 年 12 月在广东文学创作座谈会上的讲话《关于社会主义新时期文学的艺术问题》一文。但根据刘锡诚先生的考证,1978 年 5 月 18 日，周扬在全国戏剧创作座谈会上的讲话《谈社会主义新时期戏剧创作的任务》中已经提出了"社会主义新时期戏剧"的概念。1978 年 6 月 5 日中国文联第三届第三次全委扩大会决议中，采用了"新时期文艺工作"的概念。"新时期戏剧创作"和"新时期文艺"的出现，都比《关于社会主义新时期的文学艺术问题》要早一点，尽管这几个概念在意思上和构词上都是没有什么差别的。参见刘锡诚《文坛旧事》，武汉出版社 2005 年版。

② 见刘锡诚：《这里的追求者》，《文坛旧事》，武汉出版社 2005 年版。

③ 见刘锡诚：《这里的追求者》，《文坛旧事》，武汉出版社 2005 年版。刘锡诚在谈到这一问题时，还援引了胡乔木 1979 年 12 月 39 日讨论文代会报告时说的一段话："周扬同志的报告中有一个问题——关于文艺为政治服务、文艺从属于政治的提法……我认为这个提法现在还是不提为好。它在理论上是站不住的，马恩也从来没有这样讲过，在他们的著作中找不到文艺必须'从属'于政治的根据。照这样，难道哲学、科学等也必须从属于政治吗？这种话马恩从未讲过，全世界也没有人讲过。我们说'文以载道'，但没有人讲'文以载政'。把文艺看成是一种工具，是讲不通的。这在理论上也是站不住的。"

的理论共识。但是在坚持了这一"新观点"的同时，周扬并未放弃他的"老观点"："从三十年代左翼文学运动以来，我们的文学艺术一直是和革命的政治有着密切而不可分的关系。左翼就是个政治概念。我们的文艺就是革命的无产阶级的文艺。既然长期以来，我们都提文艺为革命的政治服务的口号，而这个口号也确实起了革命的作用，为什么现在不再提了呢？是不是过去提错了呢？有些口号过去提过，后来不再那样提了，并不等于过去错了。后来的某些口号曾起过很好的作用，同时也发生过副作用，现在情况变化了，又有了过去的经验，不再重复以前的口号，换一个更好一些的、更适合于今天情况的口号有什么不可以呢。口号是随形势的变化而更替的，而且总是带有一定的局限性。我们不把任何口号凝固化、神圣化。我们对任何事物都要有分析。"①周扬既肯定不提"文艺从属于政治口号"的必要性，但同时又强调了"并不等于过去错了"的思想，他在字斟句酌地试图作出历史、辩证的分析时，其思想的矛盾、理论的犹疑其实是十分明显的。

　　一年之后，周扬在一次讲话中，又放弃了他曾经有过的辩护，在理论上否定了"文艺从属于政治"的提法："大家谈论比较多的，是文艺与政治的关系问题。这个问题，邓小平同志说过，今后不再提'文艺从属于政治'，因为这种提法不完全符合文艺和社会生活的历史，而且容易产生流弊。按照马克思主义的观点，社会发展中起决定作用的最后是经济。物质生活条件即社会生产方式制约着精神生活、政治生活、社会生活。这是历史唯物主义最基本的公式。文艺与政治同属于上层建筑。上层建筑各种因素之中影响有大小、强弱、久暂的不同，但起最后决定作用的还是经济基础。说文艺从属于政治，既否认了经济基础的最后决定作用，也否认了上层建筑各因素之间的相互作用以及文艺在长期历史过程中所形成的相对的独立性。"周扬在这里虽然还是表述谨慎，但与前面所引述的内容相比，无疑往前走了一大步。而且特别重要的是他提出了文艺的"相对的独立性"（"相对"两个字的修饰与关于文艺和政治关系的基本思想是吻合的），"我们过去批判把这种相对独立性看成是绝对的，那是批判得对的，但由此而连相对

---

① 周扬：《关于政治和文艺的关系》，《人民日报》1981 年 3 月 25 日。这篇文章是周扬在剧本创作座谈会上讲话的一部分。

的独立性也不承认，那就不对了。研究这种相对独立性的历史联系及其发展，正是文学史应该探索的问题。"①这个"相对性"其实就主要反映在文学与政治的复杂关系中。在我看来，周扬所说的对"相对独立性"的历史研究，无疑是"重写文学史"的滥觞，也是后来"文学回到本身"的思想雏形。周扬在历史转折时期的这一思想价值应该受到重视。

但是，周扬文艺思想中不变的方面仍然是突出的，在《一要坚持 二要发展》中，他同样明确地指出："不再提文艺从属于政治，这并不是说文艺与政治无关，可以脱离政治。我们有党的四项基本原则。共产党员还有党性和党的纪律的约束。文艺的党性原则是自觉自愿的。在今天，文艺为人民服务，就要为社会主义服务，因为社会主义是人民的根本利益所在。三中全会以来，文艺的主流是好的，必须肯定，但是也有错误，也有支流。随着对外开放和对内搞活经济的巨大政策转变而带来的思想战线上的资产阶级自由化倾向，就是不容忽视的支流。强调文艺为社会主义服务，就要反对这种倾向。"②周扬在这里说到文艺与政治的关系时已经侧重于文学为政治服务的"老观点"了，并且再次提出文学创作的"倾向性"问题③。周扬关于三中全会以来文学主流与支流的划分及评价，应当与 1981 年对电影《苦恋》的"错误倾向"批评有关。当年《文艺报》发表的《论〈苦恋〉的错误倾向》一文，便是"论证了《苦恋》错误倾向和丑化社会主义制度的政治错误"。如果比较一下，就会发现"伤痕文学"受到肯定，《苦恋》受到批评的原因。关于前者，周扬认为："对这类作品，即使其中有某些缺点和不足，轻易地称它们是'伤痕文学'、'感伤主义的文学'或'暴露文学'，而对之采取贬低或否定的态度是不恰当的。我们正需要有更多更好的揭露林彪、'四人帮'的作品，否则我们怎么能表现我们

---

① 周扬：《一要坚持　二要发展》，《人民日报》1982 年 6 月 23 日。
② 周扬：《一要坚持　二要发展》，《人民日报》1982 年 6 月 23 日。
③ 刘锡诚在分析周扬《关于社会主义新时期的文学艺术问题》一段讲话时提出了这样的观点："正如周扬所说的，'歌颂和暴露'，实际上是文学的倾向性；倾向性是社会主义文学的本质特性，取消了倾向性，便取消了社会主义文学本身。周扬的这个论点是对的。可惜的是，周扬以及一大批理论家所持的这一著名论点，在 90 年代文学中没有被继承下来，而是日益被消解，有些理论家和作家正在鼓吹以夸大文学的娱乐性来取代文学的倾向性，这无疑是文学理论的一个大倒退。"参见《文坛旧事》，武汉出版社 2005 年版。

这个时代的尖锐复杂的斗争，并从中吸取深刻的教训呢？"①而在《苦恋》这部电影中，"旧社会和社会主义制度的本质区别消失了，我们的社会制度和'四人帮'的罪行混同起来了"；"把本来应该指向林、江反革命集团的控诉，变成了对党所领导的社会主义祖国的严重怀疑和嗟怨"②。

我前面所引用的这些论文或者讲话以及讨论到的现象，差不多发表或者发生在1978年十一届三中全会前后到十二大召开期间，而这正是历史转折时期。按照十二大政治报告的提法："我们已经在指导思想上完成了拨乱反正的艰巨任务，在各条战线的实际工作中取得了拨乱反正的重大胜利，实现了历史性的伟大转变"。其首要标志是"在思想上坚决冲破长期存在的教条主义和个人崇拜的严重束缚，重新确立马克思主义的实事求是的思想路线，使各个工作领域获得了生气勃勃的创造力量"。历史性的伟大转变是一个大势，它由此决定了当代中国近30年的发展道路，亦重构了当代文学发展的政治经济与思想文化背景。而这个强大的背景既推动了文学发展的"独立性"，也在各种相互关系之中决定了"独立性"的"相对性"，而这个"相对性"则让自"延安文学"以来的历史呈现了"当代性"特征——我以为这是近30年文学历史的基本结构和面貌，而"独立性"和"相对性"无疑构成了近30年文学历史的复杂因素。如果说，我们对十七年文学的评价比较侧重地批判了它的"相对性"，那么，我们对近30年文学的认识，似乎更多地侧重于它的"独立性"，尽管这种各有侧重的文学史论述呈现了文学进程的一条或者几条主线，但确实删除和简化了历史。至少，在我看来，近30年文学进程的复杂性因素被删除和简化了。

---

① 周扬：《关于社会主义新时期的文学艺术问题》，《人民日报》1979年2月23—24日。周扬在其后的第四次文代会上所作的报告进一步说，"人民的伤痕和制造这些伤痕的反革命帮派体系都是客观存在，我们的作家怎么可以掩盖和粉饰呢？作家们怎么可能在现实生活的种种矛盾面前闭上眼睛呢？我们当然不赞成自然主义地去反映这些伤痕，由此散布消极的、萎靡的、虚无主义的思想和情绪。人民需要健康的文艺。我们需要文艺的力量来帮助人们对过去的惨痛经历加深认识，愈合伤痕，吸取经验，使这类悲剧不致重演。"对"倾向性"的要求在这里是明确的。"倾向性"这样的概念在现在的文学批评话语中已经很少见到，但是在涉及一些有争议的作品时，"倾向性"仍然是一个有效的概念。90年代关于贾平凹《废都》的争论以及晚近关于阎连科个别作品的讨论，都有用"倾向性"来作判断的例子。

② 《论〈苦恋〉的错误倾向》，《文艺报》1981年第19期。

我之所以不厌其详地援引和分析周扬的新老观点，因为他既是当代前 30 年文学的总结者与反思者，又是新时期文学的开拓者之一，他的思想脉络实际上可视为近 30 年文学基本轮廓的"理论版"。但是，周扬的新老观点又不只是周扬一个人的，而是特定历史中形成的当代文学制度的一部分。我们可以发现，近 30 年文学的"相对性"在很多时候并没有减少，一些话语虽然在文学活动中消失了，或者即使以另外的修辞方式出现也失去了过去的影响力。当代文学制度虽然发生了变革，其中仍然有一种力量在增强文学的"相对性"。我们不必说 80 年代初期关于《苦恋》的批判、关于"现代派"的争论，80 年代末 90 年代初关于一些作家作品、文学思潮等问题的争论与批判，晚近对左翼文学思潮的再解读以及文学评奖等，都能够见出这种力量的影响。这些虽然不构成近 30 年文学的主体，但承袭了历史的一部分，有时对作家创作心理的潜在影响是不可低估的。因此，在以"再政治化"的方式重新处理文学与现实、文学与政治的关系时，应当记取历史教训，而不应当以新的论述方式重返已经被历史认定的歧途。

（原载于《当代作家评论》2009 年第 5 期）

二、理念建构

论"20世纪中国文学"

黄子平　陈平原　钱理群

　　我们在各自的研究课题中不约而同地，逐渐形成了这么一个概念，叫作"20世纪中国文学"。初步的讨论使我们意识到，这并不单是为了把目前存在着的"近代文学"、"现代文学"和"当代文学"这样的研究格局加以打通，也不只是研究领域的扩大，而是要把20世纪中国文学作为一个不可分割的有机整体来把握。

　　所谓"20世纪中国文学"，就是由上世纪末20世纪初开始的至今仍在继续的一个文学进程，一个由古代中国文学向现代中国文学转变、过渡并最终完成的进程，一个中国文学走向并汇入"世界文学"总体格局的进程，一个在东西方文化的大撞击、大交流中从文学方面（与政治、道德等诸多方面一道）形成现代民族意识（包括审美意识）的进程，一个通过语言的艺术来折射并表现古老的中华民族及其灵魂在新旧嬗替的大时代中获得新生并崛起的进程。

　　在进一步的研究工作展开之前，我们想侧重于"非历时性"即共时性方面，粗略地描述一下对这个概念的基本构想。历史分期从来都是历史哲学的重要范畴之一，文学史的分期也同样涉及文学史理论的根本问题。"20世纪中国文学"这个概念所蕴涵的内容远远超出了分期问题，由它引起的理论方面的兴趣，对我们来说，至少与史的方面引起的兴趣同样诱人。初步的描述将勾勒出基本的轮廓。从消极方面说，不这样就不能暴露出从总体构想到分析线索的许多矛盾、弱点和臆测。从积极方面说，问题的初步整理才能使新的研究前景真正从"迷雾"中显现出来。我们热切地希望从这两方面都引起讨论，得到指教。匆促的"全景镜头"的扫描难免要犯过分简化因而是武断的错误，必然忽略大量精彩的"特写镜头"而丧失对象的丰富性和具体性。不过，从战略上来考虑，起步的工作付出这样的代价或许是值得的。进一步的研究将还骨骼以血肉，用细节来补充梗概，在素描的基础上绘制大幅的油画，概念将得到丰富、完善、修正，甚至更改。

目前的基本构想大致有这样一些内容：走向"世界文学"的中国文学；以"改造民族的灵魂"为总主题的文学；以"悲凉"为基本核心的现代美感特征；由文学语言结构表现出来的艺术思维的现代化进程；最后，由这一概念涉及的文学史研究的方法论问题。

一

20 世纪是"世界文学"初步形成的时代。

1827 年，歌德曾经从普遍人性的观点出发，预言"世界文学的时代已快来临了"（有意义的是，这是歌德读了一部中国传奇——可能是《风月好逑传》的法译本——之后产生的想法）。整整 20 年后，马克思和恩格斯在《共产党宣言》中指出，由于世界市场的开拓，一切国家的全产和消费都成为世界性的；物质的生产是如此，精神的生产也是如此，各民族的精神产品成了公共的财产；民族的片面性和局限性日益成为不可能，于是由许多种民族的和地方的文学形成了一种世界文学。历史业已雄辩地证明了这一论断的正确。到了 20 世纪，已经不可能孤立地谈论某一国家的文学而不影响其叙述的科学性了。文学不再是在各自封闭的环境里自生自灭的自足体了。任何一个遥远的国度里发生的文学现象，或多或少地总要影响到我们这里的文学发展，使之在世界文学的总体格局中的位置发生哪怕是最微小的变化。甚至在我们对这些文学现象一无所知的情况下也是如此。国别文学纳入世界文学的大系统之后获得了一种"系统质"，即不是由实体本身而是由实体之间的关系来决定的一种质。

"世界文学"初步形成的大致上限，可以确定在 20 世纪末。各个民族的文学走向并汇入世界文学的路径有所不同。在 19 世纪初陆续取得独立的拉丁美洲各国，是在当地的印地安文学传统受到灭绝性的摧残的情况下，寻求摆脱殖民主义的桎梏，创建属于南美大陆的文学。外来的西班牙语和葡萄牙语长期为宫廷和教会服务，词藻日趋矫揉造作，不能表现拉丁美洲的大自然与社会风貌。到了 80 年代，拉丁美洲成了地球上最世界性的大陆，各种文化在这里互相排斥互相渗透。《马丁·菲耶罗》和《蓝》等优秀作品的出版，标志着"西班牙美洲终于有了它自己的诗歌，一种忠实于其文化的多方面性质的抒情表现。"（《拉美文学史》）这是由欧洲大陆文化、印地安人文化、黑人文化等相互撞击而产生的文学结晶。拉美文学以其独特的声音加入到世界文学的大合唱之中，本土的古老文化传统、极为雄厚的亚洲非洲大陆则与它有所不同。"19—20世纪之交的非洲各国文学的特征是许多世纪以来几乎毫无变化的传统文学典范开始向现代型的新文学过渡，这是由于这些国家克服了闭关自守，开始接受——尽管是通过殖民制度下所采取的丑恶形式——技术文明和世界文化，接触现代社会的一整套复杂问题。"（《非洲现代文学史》）在亚洲，日本伴随着明治维新思想启蒙运动，接受西洋文学，于19世纪80年代开展了文学改良；印度伴随着1857年反对英国殖民统治的民族斗争，借助西方文化的刺激，民族文学开始复兴。在欧洲大陆，对自己的文学传统开始了勇猛的反叛的现代主义先驱者们，敏锐地从东方文化、非洲黑人文化中汲取灵感，西欧文学因受到各大洲独立文化的迎拒、挑战、渗透而产生了深刻的变化。这些变化大都发生在19世纪80年代或更晚一些。

论述"世界文学"形成的复杂过程不是本文要承受的任务。我们只想指出，一种大体相同的趋势在中国也"同步"地进行着。中国人有意识地向西方学习，是从鸦片战争开始的。但从学"船坚炮利"到学政治、经济、法律，再到学习文学艺术，经过了漫长的历程。从1840年到1898年这半个世纪中，业已衰颓的古典中国文学没有受到根本的触动也未注入多少新鲜的生气。1894年的甲午战争是中国近代史的一大转折，因太平天国失败而造成的相对稳定和长期沉闷萧条被打破了，"中学为体，西学为用"被证明不过是一种愚妄的"应变哲学"。1898年发生了流产的"戊戌变法"。就在这一年，严复译的《天演论》刊行，第一次把先进的现代自然哲学系统地介绍进来，以一种前所未有的世界历史的眼光和自强精神，影响了中国好几代青年知识分子。同一年，梁启超作《译印政治小说序》（翌年林纾译《巴黎茶花女遗事》正式印行），西方文学开始大量地输入，小说的社会功能被抬到决定一切的地位。同一年，裴廷梁作《论白话文为维新之本》，文学媒介的问题被明确地提了出来。与古代中国文学全面地深刻的"断裂"开始了：从文学观念到作家地位，从表现手法到体裁、语言，变革的要求和实际的挑战都同时出现了。暴露旧世态，宣传新思想，改革诗文，提倡白话，看重小说，输入话剧。这是一次艰难而又漫长（将近历时五分之一个世纪）的"阵痛"。一直到1919年的五四运动，才最终完成了这一"断裂"，使"20世纪中国文学"越过了起飞的"临界速度"，无可阻挡地汇入了世界文学的现代潮流。五四时期是20世纪中国文学的第一个辉煌的高潮，"扎硬寨，打死战"的精神，彻底的不妥协的精神，是一种在推动历史发展的水平上敢于否定、敢于追求的伟大精神，显示了一种能够把现实推向更高发展阶段的革命性力量。而"科学"与"民主"，遂成为20世纪政治、思想、文化（包括文学）孜孜追求的根本目标。

　　20世纪中国文学是在一种充满了屈辱和痛苦的情势下走向世界文学的。它那灿烂的古代传统被证明除非用全新的眼光加以重构，则不但不能适应和表现当代世界潮流冲击下的中国社会，而且必然窒息了本民族的心灵、思维能力和创造性，而且也脱离了奔向觉醒和解放大道的人民大众的根本要求。因此，一方面，它如饥似渴地向那打开的外部世界去寻找、学习、引进，不管三七二十一"拿来"再说（试想想林纾所译的大量三流作品和五四时涌入的无数种"主义"和学说），开阔宽容的胸怀和顶礼膜拜的自卑常常纠缠不清，被人混淆。另一方面，它必然以是否对本民族的大众有用有利并为他们所接受，作为一种对"舶来"之物进行鉴别、挑选、消化的庄严的标准，严肃负责的自尊和实用主义的偏狭便也常常纠缠不清令人困扰。中国文学的现代化同时展开为互相联系又互相对立的两个侧面：所谓"欧化"（其实是"世界文学化"）和"民族化"。在这样一种相反相成的艰难行进中，正如鲁迅曾精辟地指出的，存在着内外两重桎梏亦即两重危险，这都是由于我们的"迟暮"（即落后）所引起的。当着世界的文学艺术已经克服了"欧洲中心主义"，开始用各民族的尺度来衡量各民族的艺术的时候，我们却可能误以为旧的就是好的，无法挣脱三千年陈旧的内部的桎梏。当着欧洲的新艺术的创造者已开始了对他们自己的传统勇猛地反叛的时候，我们因为从前并未参与世界的文艺之业，只好对这些新的反叛"敬谨接收"，便又成为可敬的身外的新桎梏。鲁迅指出，必须像陶元庆的绘画那样，"以新的形，尤其是新的色来写出他的世界而其中仍有中国向来的魂灵"，"内外两面，都和世界的时代思潮合流，而又并未桎亡中国的民族性。"（《而已集》）实际上，存在着一个以"民族—世界"为横坐标，"个人—时代"为纵坐标的坐标系，20世纪中国文学的每一个创造，都必须置于这样的坐标系中加以考察。

因此，"世界文学"中的中国文学，就超出了最初的"师夷长技以制夷"的狭隘眼界，意味着用当代的眼光、语言、技巧、形象，来表达本民族对当代世界独特的艺术认识和把握，提出并关注对这一时代有重大意义的根本问题，从而自觉不自觉地，与整个当代人类的共同命运息息相通。从这样开阔的角度来看19—20世纪之交的文学上的"断裂"，就能理解：这一次的变革为什么大大不同于漫长的中国文学史上众多的诗文革新运动；落后的挨打的"学生"为什么会既满怀着屈辱感又满怀着自信"出而参与世界的文艺之业"；世界的每一个文学流派、思潮为什么无论怎样阻隔，或迟或早地总会在这里产生"遥感"；貌似"强大"的陈旧的文学观念、语言、规范为什么会最终崩溃并被迅速取代，等等。在一个以"世界历史"为尺度的"竞技场"上，共同的崇高目标既引起苛刻的淘汰又唤起最热烈的追求。任何苟且、停滞、自我安慰或自我吹嘘都只能是暂时的和显得可笑的。"世界文学"逼迫着每一个民族：不管你有多么辉煌的过去，请拿出当代最好的属于自己的文学来！这是一个仍在继续的进程。中国文学将不仅以其灿烂的古代传统使世界惊异，而且正在世界的文艺之业中日益显示其自身的当代创造性。应该说，闭关自守是一项双向的消极政策，世界被拒之门外，自己被囿于域中。因而，开放也总是双向的开放。按照"20世纪中国文学"的概念看来，过去我们对中国文学如何受外国文学的影响而产生新变研究得较多，对"世界文学中的中国文学"研究甚少，对20世纪中国文学在世界上的地位和影响更是模模糊糊。实际上，国际汉学界已经出现这样一种趋向，即由对中国古代文学的浓厚兴趣逐渐转向对现代中国文学的研究。对我们来说，单向的"影响研究"亟需由双向的或立体交叉的总体研究所代替。

二

然而，20世纪中国的文学进程绝不像以上所描述的那样"豪情满怀"、"乘风破浪"。因为事情是在列宁所说的"亚洲一个最落后的农民国家"中进行的，因为经历着的是一个危机四伏、激烈多变的时代，因为历史（即便只是文学史）毕竟是一场艰难地血战前行的搏斗（试想想 20 世纪中国作家所经历的那些劫难）。因此，一方面，文学自觉地担负起"启蒙"的任务，用科学和民主来启封建之蒙，其中最深刻最坚韧的代表者是鲁迅："说到'为什么'做小说吧，我仍抱着十多年前的'启蒙主义'，以为必须是为'人生'，而且改良这人生。"（《南腔北调集》）另一方面，正如普列汉诺夫曾经说过，每个时代都有它自己中心的一环，都有这种为时代所规定的特色所在。现代民族的形成和崛起在世界范围内由西而东，这独具特色的一环曾分别体现为 18—19 世纪之交的德国古典哲学，19 世纪俄罗斯革命民主主义者的文学理论与批评，在 20 世纪的中国，则是社会政治问题的激烈讨论和实践。政治压倒了一切，掩盖了一切，冲淡了一切。文学始终是围绕着这中心环节而展开的，经常服务于它，服从于它，自身的个性并未得到很好的实现。除了政治性思想之外，别的思想启蒙工作始终来不及开展。在 20 世纪中国文学中，"为艺术而艺术"的口号始终不过是对现实积极的或消极的一种抗议而不可能是纯艺术的追求，文学在精神激励方面有所得，在多样化方面则有所失。"一切文艺固是宣传，而一切宣传并非全是文艺"。文学家与政治家对社会生活的关注，角度毕竟有所不同。梁启超是最早的"小说救国"论者，但他也强调："今日之最重要者，则制造中国魂是也"。鲁迅则更进一步深化，提出"改造国民性"的历史要求，在文学创作中，以"立人"为目的，刻画四千年沉默的"国民的魂灵"，以疗救病态的社会。这样的提法包含了比政治更广阔的内容，其中既包含了关心国家兴亡民族崛起的政治意识，又切合文学注重人的命运及其心灵的根本特性。通过"干预灵魂"来"干预生活"，便成了 20 世纪中国文学自觉的使命感，文学借此既走出了象牙之塔，与民族与大众的命运密切联系在一起，又总能挣脱"文以载道"的旧窠臼，沿着符合艺术规律的轨道艰难地发展。就这样，启蒙的基本任务和政治实践的时代中心环节，规定了 20 世纪中国文学以"改造民族的灵魂"为自己的总主题，因而思想性始终是对文学最重要的要求，顺便也左右了对艺术形式、语言结构、表现手法的基本要求。

在 20 世纪初，鲁迅与许寿裳在东京讨论"改造国民性"问题的同时，就提出了"怎样才是理想的人性"和"中国国民性中最缺乏的是什么"、"她的病根何在"的问题。(《亡友鲁迅印象记》)实际上,在"改造民族的灵魂"这一总主题中,一直有着两个相反相成的分主题。一个是沿着否定的方向,以鲁迅式的批判精神,在文学中实施"文明批评"和"社会批评",深刻而尖锐地抨击由长期的封建统治造成的愚昧、落后、怯懦、麻木、自私、保守,并把"哀其不幸怒其不争"的态度,凝聚到类似阿Q、福贵、陈奂生这样一些形象中去。另一个是沿着肯定的方向,以满腔的热忱挖掘"中国人的脊梁",呼唤一代新人的出现,或者塑造出理想化的英雄来作为全社会效法的楷模。如果说,在第一个分主题中,诞生了不朽的形象阿Q及其"精神胜利法",其艺术生命力和艺术魅力持久不衰,说明了对民族性格的挖掘在否定的方向上达到了难以企及的深度;那么,在第二个分主题中,理想人物却层出不穷,变幻不已,有时是激进而冷峻的革命者,有时却是野性的淳朴或古道侠肠,有时却又回到了"忠孝双全"或"温良恭俭让",有时则是不食人间烟火的"高、大、全"。这显示了探讨的多样性和阶段性,显示了在不同的文化背景和社会历史背景左右下对"理想人性"的不同理解。人性和民族性毕竟是具体的、丰富的,对其不同侧面的挖掘或强调,有时会因历史行程的制约而产生一种奇怪的现象:在前一阶段受到批判或质疑的那些品性,在后一阶段却受到普遍的褒扬和肯定。在历来作为理想的化身的女性形象身上,这种奇怪的位移甚至"对调"的状况表现得最为鲜明集中,"新女性"往往被"东方女性"不知不觉地挤到对面去了。这固然说明了铸造新的民族的灵魂的艰难,更说明了启蒙的工作,从否定方向清算封建主义的工作一直进行得不够彻底。这可能是一个延续到21世纪去的根本任务,文学的总主题将沿着这个方向继续深化并且展开。

与"改造民族的灵魂"这一总主题相联系,在20世纪中国文学中,两类形象始终受到密切的关注:农民和知识分子。在这两类形象之间,总主题得到了多种多样的变奏和展开:灵魂的沟通,灵魂的震醒,灵魂的高大与渺小,灵魂的教育与"再教育"的互相转化,等等。文学中表现了一种深刻的"自我启蒙"精神,那种苛酷的自责和虔诚的反省,是以往时代的文学和别一国度的文学中都没有的。在危机四伏的大时代中,责任如此重大,使命如此崇高,道德纯洁的标尺被毫不含糊地提高了，文学中充满了自我牺牲的圣洁情感。这种牺牲包括了人们受到的现代教育、某些志趣和内心生活。知识分子的自我启蒙是深刻的、真诚的，有时候又带有某种被扭曲，以致病态的成分，也使文学产生了放不开手脚的毛病，缺少伏尔泰式的犀利尖刻和卢梭式的坦率勇敢——"智慧的痛苦"常常压倒了理性的力量，文学显得豪迈不足而沮丧有余。

如果把"世界文学"作为参照系统，那么，除了个别优秀作品，从总体上来说，20世纪中国文学对人性的挖掘显然缺乏哲学深度。陀斯妥也夫斯基式的对灵魂的"拷问"是几乎没有的。深层意识的剖析远远未得到个性化的生动表现。大奸大恶总是被漫画化而流于表面。真诚的自我反省本来有希望达到某种深度，可惜也往往停留在政治、伦理层次上的检视。所谓"普遍人性"的概念实际上从未被20世纪的中国文学真正接受。与其说这是一种局限，毋宁说这是一种特色。人性的弱点总是作为民族性格中的痼疾被认识、被揭露，这说明对本民族的固有文化持有一种清醒严峻的批判意识。"立人"的目的是为了使"沙聚之邦，转成人国"，更体现了文学总主题中强烈的民族意识：就其基本特质而言，20世纪的中国文学乃是现代中国的民族文学。

在一个古老的民族在现代争取新生、崛起的历史进程中，以"改造民族的灵魂"为总主题的文学是真挚的文学、热情的文学、沉痛的文学。顺理成章地，一种根源于民族危机感的"焦灼"，便成为笼罩20世纪中国文学的总体美感特征。

三

20世纪是一个充满了危机和焦虑的时代。人类取得了空前的进展也遭受了空前的挫折。惨绝人寰的两次大战、核军备竞赛、能源危机、环境污染和生态平衡破坏、人口爆炸……人和人类面临前所未有的严峻的挑战。20世纪文学浸透了危机感和焦灼感，浸透了一种与19世纪文学的理性、正义、浪漫激情或雍容华贵迥然相异的美感特征。20世纪中国文学，从总体上看，它所内含的美感意识与20世纪世界文学有着深刻的相通之处。古典的"中和"之美被一种骚动不安的强烈的焦灼所冲击、所改变、所遮掩。只需把20世纪初的龚自珍的诗拿来比较一下就行了,尽管也是忧心忡忡,却仍不失其"亦剑亦箫"之美。半个多世纪之后,梁启超的《新中国未来记》尽管流畅却未免声嘶力竭,一大批"谴责小说"尽管文白夹杂却不留情面地揭破旧世态的脓疮,更不用说《狂人日记》这样的振聋发聩之作了。但是细究起来,东、西方文学中体现出来的危机感却有着基本的质的不同。 在西方现代文学中, 个人的自我丧失、自我异化、自我分裂直接与全人类的生存处境"焊接"在一起, 其焦灼感、危机感一般体现在个人的生理、心理层次(如萨特的《恶心》)以及"形而上"的哲学层次(如贝克特的《等待戈多》)。这种焦灼感、危机感既极端具体琐碎, 又极端抽象神秘, 融合成一片模糊空泛的深刻, 既令人困惑又令人震惊地揭示了现代人类在技术社会中面临的梦魇。在中国文学中, 个人命运的焦虑总是很快就纳入全民族的危机感之中(最具代表性的,如郁达夫的《沉沦》)。"落后是要挨打的!"这句话有如一个长鸣的警报响彻20世纪的东方大陆, 焦灼感和危机感主要体现在伦理层次和政治层次,介乎极端具体和极端抽象之间, 而具有明晰的可感性。欧洲中心主义和个人主义意识, 使得西方文学把自己的命运直接等同于人类的命运, 把所处境遇的病态和不幸直接归结为世界本体的荒谬, 而感时忧国的中国作家,则始终把民族的危难和落后, 看做是世界文明进程中一个触目惊心的特例,鲁迅因此而发生"中国人要从'世界人'中挤出"的"大恐惧"(《热风·随感录第十六》)。在文学中就体现为一种恨铁不成钢的、充满了希望的焦灼。但是既然同为焦灼, 便有其不容忽视的共同点。尤其是像鲁迅的《狂人日记》《野草》或宗璞的《我是谁》《蜗居》或北岛的《陌生的海滩》,或刘索拉的《你别无选择》这样的作品,从内容到语言结构,都具有与20世纪世界文学共通的美感特征, 尽管其内心的焦灼彻头彻尾是中国的, 然而却是"现代中国"的。

　　倘说"焦灼"是一个不规范的美感术语,我们可以进一步指出这一焦灼的核心部分是一种深刻的"现代的悲剧感", 在这个核心周围弥漫着其他一些美感氛围,时而明快,时而激动,时而愤怒,时而感伤,时而热烈, 时而迷惘。说中国古代文学中缺少悲剧感, 这当然是一种偏颇, 是"言必称希腊",即把古希腊悲剧当做唯一尺度的结果。每一个民族都有各自的对悲和悲剧的特殊体验和理解。但是, 说20世纪中国文学中有了与古典悲剧感绝然相异的现代悲剧感, 则是铁铸般的事实。在封建社会的"超稳态结构"之中,"大团圆"结局体现了中国人对现世生活的执著和热爱,对"善有善报,恶有恶报"的良好愿望。在一个新旧交替的大碰撞大转折时代,对"大团圆"的抨击,则无疑是由于"睁了眼看",直面惨淡的人生的结果。从王国维的《红楼梦评论》引入西方的现代悲剧观开始,中国文学迅速吸收并认同的,与其说是古希腊或莎士比亚的悲剧意识,不如说是由叔本华、尼采的"生命哲学"引发的人生根本痛苦,由易卜生所启发的个人面对着社会的无名愤激,由果戈里、契诃夫所启示的对日常的"几乎无事的悲剧"的异常关注。因而,试图到20世纪中国文学中寻找古典的"崇高"是困难的。从鲁迅的《呐喊》《彷徨》,茅盾的《子夜》《霜叶红似二月花》,老舍的《骆驼祥子》《茶馆》,曹禺的《雷雨》《北京人》,巴金的《寒夜》以及新时期文学中的《犯人李铜钟的故事》《人到中年》《李顺大造屋》《西望茅草地》《黑骏马》等一大批优秀作品中,你体验到的与其说是"悲壮",不如说更是一种"悲凉"。"悲凉之雾,遍被华林":一方面,是一个历史如此悠久的文化传统面临着最艰难的蜕旧变新,另一方面,是现代社会尚未诞生就暴露出前所未有的激烈冲突;一方面,"历史的必然要求"已急剧地敲打着古老中国的大门,另一方面,产生这一要求的历史条件与实现这一要求的历史条件却严重脱节,同时,意识到这一要求的先觉者则总在痛苦地孤寂地寻找实现这一要求的物质力量;一方面,历史目标的明确和迫切常常激起最巨大的热情和不顾一切的投入,另一方面,历史障碍的模糊("无物之阵")和顽强又常常使得这一热情和投入毫无效果……这样一种悲凉之感,是20世纪中国文学所特具的有着丰富社会历史蕴涵的美感特征。它不同于欧洲文艺复兴时冲破中世纪黑暗带来的解放的喜悦,也不同于启蒙运动所具备的坚定的理性力量。在中国,个性解放带来的苦闷和彷徨总是多于喜悦;启蒙的工作始终做得很差,理性的力量总是被非理性的狂热所打断和干扰;超出常轨的历史运动带来了巨大的进步,同时也带来巨大的失误;灾难常常不单是邪恶造成的,受害者们也往往难辞其咎;急速转换的快节奏与近乎凝固的缓慢并存,尖锐对立的四分五裂与无个性的一片模糊同在。正是这一切,使得20世纪中国文学既具有与同时代的世界文学相通的现代悲剧感,又具有自身独特的悲凉色彩。你感觉到,像五四时期"湖畔诗社"的诗,根据地孙犁的小说以及 50 年代的田园牧歌这样一些作品，在整个一部悲怆深沉的大型交响乐中，是多么少见的明亮的音符。更多地回响着的，总是这块大地沉重地旋转起来时苍凉沉郁的声响。

在 20 世纪中国文学进展的各个阶段，人们不止一次地感觉到悲凉沉郁之中缺少一点什么，因而呼唤"野性"，呼唤"力"，呼唤"阳刚之美"或"男子汉风格"。这种呼唤总是因其含混和空泛，更因其与上述"意识到的历史内容"，与艰难曲折千回百转的历史行程不相切合，而无法内在地由文学创作中表现出来，往往变为表面化的外加的风格色彩。尽管如此，这种呼唤毕竟体现了对柔弱的田园诗传统的某种反感，体现了对大呼猛进的历史运动的一种向往。因此，以"悲凉"为其核心为其深层结构的美感意识，经常包裹着两种绝不相似的美感色彩：一种是理想化的激昂，一种却是"看透了造化的把戏"的嘲讽。在 20 世纪中国文学的发展行程中，这两种色彩，时而消长起伏，时而交替相融，产生许多变体。大致是在变革的历史运动迈进比较顺利的时候，或是在历史冲突比较尖锐而明朗化的时候，理想化的激昂成为主导的色彩；在变革的步伐变慢或遭到逆转的时候，或是历史矛盾微妙地潜存而显得含混的时候，洞察世事并洞察自身的一种冷嘲成为主导的色彩。也有这样的历史时刻，那时冷嘲被"激昂化"而变成一种热讽，激昂被"冷嘲化"而变成一种感伤，于是两者相互削弱、冲淡，使得一种严肃板正的"正剧意识"浮现出来成为美感色彩的主导。在 20 世纪中国文学中，分别地象征着激昂和嘲讽这两种美感色彩的，是郭沫若的《女神》和鲁迅的《呐喊》《彷徨》。一般地套用"浪漫主义"或"现实主义"这样的术语很难说明问题。大致地说来，着眼于民族的新生的辉煌远景，着眼于历史目标的明确和迫切的作家，倾向于引发出一种理想化的激昂；着眼于民族灵魂再造的艰难任务，着眼于历史起点严峻的"先天不足"的作家，倾向于用冰一般的冷嘲来包裹火一般的忧愤。激昂和冷嘲同是一种令人不满的现实状况的产物——前者因其明亮和温暖常常得到一种鼓励；后者却因其严峻和清醒，往往更深刻地揭示了历史运动的本质。

内在地把握 20 世纪中国文学的总体美感特征，实际上就是从审美的角度来本质地揭示文学中"意识到的历史内容"，就是把握一个古老的新生的民族对当代世界的艺术的和哲学的体验。即便最粗略地勾勒出一点线索，也能意识到这方面认真而又扎实的研究一旦展开，就将在"深层"整体地揭示出一个时代的文学横断面，使我们民族在近百年文学行程中的总体美感经验真切地凸显出来。

四

从"内部"来把握20世纪中国文学的有机整体性，不容忽视的一项工作就是阐明艺术形式（文体）在整个文学进程中的辩证发展。在中国文学史上，从来未尝出现过像20世纪这样激烈的"形式大换班"，以前那种"递增并存"式的兴衰变化被不妥协的"形式革命"所代替。古典诗、词、曲、文一下子失去了文学的正宗地位，文言小说基本消亡了，话剧、报告文学、散文诗、现代短篇小说这样一些全新的文体则是前所未见的。而且，几乎每一种艺术形式刚刚成熟，就立即面临更新的（即使是潜在的）挑战。中国文学一旦取得了与当代世界文学的内在的"共同语言"，它就无法再关起门来从容地锻打精致的形式。伴随着新思想的传播和现代自然科学的引入，艺术思维的现代化也就开始了，艺术形式的兴废、探索、争论，只能被看做是这一内在的根本要求的外化。"语言是思维的直接现实"（马克思语），文学语言的变革理所当然地成为艺术思维变革的一个突破口。只有从这一角度，才能理解从"诗界革命"（"我手写我口"）直到白话文运动这些针对着语言媒介而来的历史运动的根本意义，才能发现20世纪中国文学的每一次大的进展都是摆脱"八股"化语言模式（旧八股、新八股、洋八股、党八股、帮八股）的一场艰苦卓绝的搏斗。后世的人已经很难想象标点符号的使用在当时曾经历了怎样的鏖战，很难想象鲁迅何以称赞刘半农对于"'她'字和'她'字的创造"是五四时期打的一次"大仗"。20世纪初文艺革新的先驱者们不止一次地提到文艺复兴时期的伟大范例——乔叟、但丁摒弃拉丁语，用本民族"活的语言"创造出"人的文学"。他们自觉地、深刻地意识到了，被后世文学史家轻描淡写地称为"形式主义"的这场语言革命，其实正是民族的文化再造的重大关键。

白话文运动中蕴涵着两个互相联系着的根本意图：一是"传播"新思想，"开启民智，伸张民权"，必须使新思想"平民化"、通俗化，从形式上迁就普遍落后的文化水平的同时，也就隐伏着先进的思想内容被陈旧的形式肤浅化的危险；一是传播"新思想"，必须引进新术语、新句法，采用中国老百姓还很不习惯的新语言、新形象和新的表达方式，"信而不顺"，因而在传播上就存在着无法"译解"的困难。我们从这里不难看出，这两者之间是有矛盾的：雅俗之争，普及与提高之争，"主义"与"艺术"之争，宣传与娱乐之争，民族化与现代化之争，贯穿了近百年中国文学发展的每一个重要阶段。它们之间的张力也左右了20世纪文艺形式辩证发展的基本轨迹，各类文体的探索、实验、论争，基本上是在这一"张力场"中进行的。其中，散文小品最为幸运，小说次之，戏剧相当艰难，诗的道路最为坎坷不平。这主要由各类文体自身的本性、它们与传统与读者的关系等复杂因素所决定。

诗是文学中的艺术思维进行创新时最锐敏的尖兵。诗歌语言是一般文学语言的"高阶语言"，它从一般文学语言中升华又反过来影响一般文学语言，因而先天地具有某种"脱离群众"的"先锋性"。20世纪世界诗歌语言正发生着惊天动地的巨变（唯有物理学语言及绘画语言的变革可与之相比）。在这种情势下应运而生的中国新诗，不能不在一个古老的诗国中走着艰辛曲折的道路。新诗的每一步"尝试"都可能显得"古怪"、变得"不像诗"。好不容易摸索、锤炼，开始"像"诗的时候，又立即因人们群起效之而很快老化。在诗体上，这一过程表现为"自由化"和"格律化"在某种程度上的"轮流坐庄"。新诗的历程，始终像朱自清在《中国新文学大系·诗集·选诗杂记》里所说的，呈现为一种"怎样从旧镣铐里解放出来，怎样学习新语言，怎样寻找新世界"的坚韧努力。诗体的解放、复活、创新等复杂的运动，最鲜明地、凝练地、集中地体现了20世纪中国文学在艺术思维上的挣扎、挫折、进展和远景。而且，在各类文体中，新诗最敏感、最密切地与当代世界文学保持着"同步"的联系。拜伦、雪莱、惠特曼、波特莱尔是与泰戈尔、瓦雷里、马拉美、凡尔哈伦、马雅可夫斯基、艾略特、奥登、里尔克、艾吕雅、聂鲁达等一起卷进中国诗坛来的。如果意识到诗是一种"无法翻译"的文学作品，这一"同步"所蕴涵的深刻意义就很值得探究。

诗的思维的"先锋性"导致了新诗在形式上的探索走得最远，引起的论争也最激烈，其中，"矛盾的主要方面"应是诗自身的这种活跃的不安分的本性。与此相对的则是戏剧，它不但以"观众的接受"为其生存条件，而且直接受物质条件（舞台、演员、剧团组织、经济支持，等等）的制约，"矛盾的主要方面"不在戏剧本身的探索，而在观众素质的提高。洪深在《中国新文学大系·戏剧集·导言》中用了大量篇幅翔实地记载了话剧在20世纪初的萌发和初步进展，证明了离开上述条件的综合考察是无法说清楚戏剧文学的辩证发展的。如果说诗体的发展显示了最活跃的艺术神经锐敏的努力，那么，戏剧形式的发展则显示了现代艺术与大众最直接的"遭遇战"。它成为整个艺术形式队伍中缓慢然而扎实前进的一个强大的"殿军"、后卫。但是，物质条件有其活跃的推动力的一面，不能低估现代物质文明对20世纪中国戏剧艺术的影响作用（包括电影、电视消极方面的压力和积极方面的启发）。戏剧艺术的创新一旦有所突破，常常得到巩固和持久的承认（试想想常演不衰的《雷雨》《茶馆》及其众多的仿作）。这与诗歌风格的迅速更替又成一对比。从20世纪60年代起，布莱希特的戏剧体系开始影响中国话剧，新时期以来，它与"斯坦尼"、与中国古典的写意戏剧体系开始形成多元发展和多元融合的趋势。这可能是考察中国话剧的未来发展的一个分析线索。介乎诗和戏剧之间的，是20世纪中国文学中最重要的文学类型——小说。在研究这一类型的整体发展时，必须仔细地划分出长篇小说、中篇小说、短篇小说这样一些亚类型。短篇小说对现代生活的"截取方式"具有类似于新诗的某种"先锋性"，这一亚类型在20世纪中国文学中因其短小快捷、形式灵活多变始终受到高度的重视。按照茅盾当时的说法，鲁迅的《呐喊》《彷徨》"一篇有一个新形式"，尔后，张天翼、沈从文都在短篇体裁上有多样的试验。新时期以来，短篇小说的变化更是千姿百态。值得高度重视的是，从20世纪初鲁迅创作小说一开始就显示了与当代世界文学有着"共同的最新倾向"（普实克语），这一无可怀疑的"同步"现象，即自觉地打通诗、散文、政论、哲理与小说的界限的一种现代意识，使得抒情小说这一分支在鲁迅、郁达夫、废名、沈从文、萧红、孙犁、茹志鹃、汪曾祺、张洁、张承志等优秀作家手中得到充分的发展。显然，在中国小说现代化的过程中，民族的"抒情诗传统"（文人艺术）对"史诗传统"（民间艺术）的渗透起了决定性的推动作用。由赵树理所代表的以讲故事为主的叙事分支则显示了"史诗传统"的现代发展。在新时期，中篇小说的崛起越来越引人注目，对这一文学现象的理论总结也正在深化。被称为"重武器"的长篇小说是文学对一时代的历史内容具有"整体性理解"的产物。在矛盾极端复杂、极端多变的20世纪中国，由于值得探究的种种原因，试图从总体上把握这一时代的宏愿总是令人遗憾地未能实现（例如，茅盾、李劼人、柳青，等等）如果作家还没有形成自己的历史哲学和"长篇小说美学"，这些宏愿就仍然诱人地、一往情深地伫立在20世纪中国文学的面前。

20世纪中国文学中的散文、小品、杂文，由于与民族的散文传统最为接近（而且我们似乎也不要求它们为老百姓"喜闻乐见"），很快就达到极高的成就。叙事、抒情、说理、嘲讽，迅速打破了"白话不能写美文"的偏见，显示新文学的实绩。散文是作家个性最自然的流露，因而在个性得到大解放的时代，散文得以繁荣是毫不足奇的。20世纪第一流的散文家都有深厚的中国古典文学修养，都精通外国文学，受过现代高等教育，有丰富的人生阅历。如果说诗歌是时代情感水平的标志，那么，散文则是时代智慧水平（洞见、机智、幽默、情趣）的标志，散文的发展显示出时代个性的发展程度和文化素养程度。值得注意的是，散文在体裁上有极大的"宽容性"，在这一部类中的形式创新所遇阻力较小。但也由于缺少压力转化而来的动力，某些新的艺术形式（如《野草》式的散文诗）未能得到顽强坚韧的推进。成熟的甚至业已僵化的散文形式也就较少遇到新旧嬗替的挑战。尽管偶尔在某些问题上（如"鲁迅风"的杂文是否过时）有一些争论，其着眼点却都落在"立场、态度"这些政治、伦理的层次上。但是，散文内部的各个亚类型（抒情散文、小品、杂文、报告文学），在20世纪中国文学的发展进程中，有着微妙的消长起伏，其中的规律性值得总结。

20世纪世界文学艺术的大趋势，是尽力寻找全新的思维方式、感觉方式和表达方式，以开掘现代人类丰富复杂的内心世界及其对外部世界的"掌握"。艺术形式的试验令人眼花缭乱，实在是文学的一种自觉意识的表现，与现代自然科学及现代社会生活的发展有着深刻的联系。20世纪中国文学（当它开放的时候，从总体上说，它毕竟是开放的）在这一点上与世界文学是息息相通的。鲁迅就是一位对文学形式具有自觉意识的大师，他所创造的一些文学体裁（如《野草》和《故事新编》）几乎不但"前无古人"，而且"后无来者"。在东、西方文化的碰撞、交流之中，一些崭新的、既是民族的又是现代的艺术形式，已经正在和将要创造出来，显示出中华民族在世界历史的现代进程中，在艺术思维方面的主体创造性。但是，我们也看到，受制于社会物质文明水平和普遍落后的文化水平以及因循守旧的价值取向和文化心理，我们的艺术探索是如此地充满了艰辛曲折。贯穿近百年来无休止的、有时不得不借助于行政手段来下结论的艺术论争，不单说明了探索的艰难，也说明了探索的必要和势所必然。我们是否已经有了足够的理由和信心，来预期 21 世纪到来时，这一探索必将更加自觉、更加活跃和更有成效呢？

五

概念的建立首先是方法更新的结果，概念的形成、修正和完善又要求着新的方法。

客观发生着的历史与对历史的描述毕竟不能等同。描述就是一种选择、取舍、删削、整理、组合、归纳和总结。任何历史的描述都依据一定的历史哲学、依据一定的参照系统和一定的价值标准，采取一定的方法，文学史的描述也是如此。"20 世纪中国文学"这一概念首先意味着文学史从社会政治史的简单比附中独立出来，意味着把文学自身发生发展的阶段完整性作为研究的主要对象。这一点将带来一系列问题的重新调整（问题的提法，问题的位置，问题的意义，等等），在当前的研究阶段，只需强调如下一点也就够了——

在"20 世纪中国文学"这个概念中蕴含着的一个重要的方法论特征就是强烈的'整体意识'。一个宏观的时空尺度——世界历史的尺度，把我们的研究对象置于两个大背景之前：一个纵向的大背景是两千多年的中国古典文学传统，当我们论证那关键性的"断裂"时，断裂正是一种深刻的联系，类似脐带的一种联系，而没有断裂，也就不称其为背景；一个横向的大背景是 20 世纪的世界文学总体格局，不单是东、西方文化的互相撞击和交流，而且包括亚洲、非洲、拉丁美州文学在 20 世纪的崛起。

在这一概念中蕴涵的"整体意识"还意味着打破"文学理论、文学史、文学批评"三个部类的割裂。如前所述，文学史的新描述意味着文学理论的更新，也意味着新的评价标准。文学的有机整体性揭示出某种"共时性"结构，一件艺术品既是"历史的"，又是"永恒的"。在我们的概念中渗透了"历史感"（深度）、"现实感"（介入）和"未来感"（预测）。既然我们的哲学不仅在于解释世界而且在于改造世界，未来感对于每一门人文科学都是重要的。如果没有未来，也就没有真正的过去，也就没有有意义的现在。历史是由新的创造来证实、来评价的。文学传统是由文学变革的光芒来照亮的。我们的概念中蕴涵了通往 21 世纪文学的一种信念、一种眼光和一种胸怀。文学史的研究者凭借这样一种使命感加入到同时代人的文学发展中来，从而使文学史变为一门实践性的学科。

1985 年 5 月—7 月于北大

（原载于《文学评论》1985 年第 5 期）

文学史并非观念史

雷 达

我感到，在对当代文学史的评价和反思上，新时期以来虽有明显的拓展，虽在拨乱反正、正本清源上很有成绩，能够正视和剖析一系列问题，但是，形而上学、以偏概全、独断论的阴影并未全然离去。我们似乎总是热衷于匆遽的判断，耸动的宏观结论而缺乏足够的耐心去做细致的、科学的实证分析和典型解剖。于是，检点起来，我们的收获中有一大堆是各种各样的观念，对我们已经走过的历程及一切细微曲折之处，仍缺乏相应明晰和确切的描述、评价，历史的足迹似仍显得笼统而模糊。

过去，我们就有用一般的政治历史观念或一般的意识形态观念来概括文学历史的弊病，现在这种毛病并不能说已经改正。不同的是，现在又有借用一般的文化哲学观念，或把正在建设中的哲学、理性观念直接搬来概括当代文学史的现象。观念有时需要走在事实的前面，观念有时能刺激文学研究向纵深发展，然而，文学史既不是政治观念史，也不是经济观念史，同时也不是文学自身的思想观念史；文学史就其实体而言，只能是形象和意象的历史，作品和作家构成的历史。它具有极大的客观性。一个作家，不管他受到政治观念和文化观念的多么深刻的影响，不管他受到创作方法上的各种主义的多少启迪，若要真正生产出感人至深的文学作品，首先还是取决于他投入、体验和表现的时代人生的深度。创作，是作家个体拥抱生活且通过他的灵魂的生成，其中往往有血泪之痕。这也就是那些从创作手法上看业已陈旧但作为形象的历史仍然感动后世读者的作品之不可磨灭的原因。观念不能直接产生文学。因之，我们的文学史，就不能只研究历史的观念，也不能只还原为观念的历史。

我以为，回视、反思、评价40年文学，有一个从哪里出发的问题：是从先入为主的观念出发，还是从客观实存的中国当代文学曲折、坎坷、复杂的既成历史出发？是从一个虚悬的不变的"世界文学"的原理、定义、规范出发，还是从中国当代文学的特殊性出发？是从所谓纯粹的单一的文学标准出发，还是把当代文学放进民族生活和民族精神的大背景中，既考虑到多重关系的制约、影响，又着眼于文学实践的历史？是以今天的眼光脱离实际地苛责昨天的作家作品，还是把问题放到特定的历史条件下，历史主义地、实事求是地、严格地评价其成败得失？我以为有没有这样一个正确的前提和出发点是非常重要的。也许，由于时间和距离太近，由于我们认识能力的历史局限性，还不能对40年文学作出非常圆满、深刻、科学的，经得起时间考验的评价，但是，只要我们有正确的出发点，我们真正全面占有、分析、研究当代文学历史的材料，我们坚持马克思主义实事求是的精神，当代文学史的研究就能节节推进，向纵深发展。研究历史是为了现实，这种研究必须唤起我们在当前文学实践中的自觉。

我所说的那种从观念出发，以偏概全或笼统地肯定否定的现象是确实存在的。比如，现实主义作为我国现当代文学史的主要传统和主要潮流，应该是个客观事实，但是，时间到了1986年，有一种说法却是：中国不是至今没有就是还没有开始真正的现实主义。又如，"十七年文学"受到左倾思潮的影响是有目共睹的，但"十七年文学"又非铁板一块，它的形态其实是丰富复杂的，它的前、中、后期又有区别，这是只有深入进去，占有大量材料才有可能加以确当评论的。但是有的同志不知是行文的疏忽还是并没有真正大量阅读作品，就遽尔概评说，这一时期的历史是伪现实主义的历史。像上述看法，我都感到过于轻率、笼统和片面了。说中国当代文学压根儿就没有现实主义的同志，我理解他是用欧洲和俄国批判现实主义全盛期的某些标准以及他心目中的现实主义应该达到的标准来权衡中国当代文学所引出的结论。可是，到哪儿去寻找一开始就十分成熟、充分的现实主义呢？怎样才能做到严丝合缝地吻合欧洲现实主义模式的现实主义呢？中国当代文学的形态之所以是这样而不是那样，难道是主观意志完全能够左右的吗？我们到底应该从哪里出发呢？从"定义"，还是既定的事实？其实，并不存在绝对不变的现实主义准则，我们可以指出我们的有些作品现实主义不充分、不深刻、不完整，但我们无法否认，这也是现实主义，中国特定历史条件下的现实主义。就其大多数作品而言，它们还是具备了现实主义最基本的质的规定性的。当然，伪现实主义作品也确实存在。至于"十七年文学"中的现实主义，那情况就更加复杂了，绝不是一言以蔽之可以说清楚的。

我曾经想以《"十七年文学"中的四种现实主义》为题作专门探讨，这里不妨谈谈初步的构想：

一、以长篇小说为例，《暴风骤雨》《创业史》《红旗谱》《红日》《红岩》《青春之歌》《三家巷》《林海雪原》等，所显示的革命现实主义体现着"十七年文学"的主流精神。这种现实主义既有传统现实主义成分，即其人民性，表现底层劳动人民的苦难和挣扎，又有强烈的无产阶级革命性，表现人民大众在中国共产党领导下，与反动势力所进行的军事的和文化的斗争。这些作品里的主人公，不再是传统现实主义作品里的被动的受难者、社会的牺牲品或个人奋斗的悲剧人物，而是主动的阶级利益的捍卫者，是无产阶级的英雄。这种现实主义当然是围绕着"政治轴心"并为政治服务的。由于这些作品大多表现人民革命战争题材，本身就有很强的政治性，因而为政治服务的要求在某种意义上强化了它们的艺术力量；同时，由于这些作品包含着剧烈的人与人之间的矛盾冲突，因而为政治服务的要求又限制了它们在更广阔的层面上揭示人性的复杂，又把人的一些真实的层面剔除了、掩盖了。可以说，在这种现实主义里，为政治服务既是它的优势所在，又是它的局限所在。《战斗的青春》中许风的恋情受到批判，说明这种现实主义曾经是严防越出政治的堤岸进入较复杂的人情人性的领域的。它们的现实主义的不充分于此可见一斑。

二、像《茶馆》式的作品，与上述现实主义有所不同。上述作品以政治为中心，《茶馆》式的作品则将政治作为一种背景或文化形态的东西，虽然老舍也讲他要"透露一些政治消息"，但他的人文主义的艺术观决定了他并不把"透露政治消息"作为作品的鹄的。

三、《艳阳天》《风雷》式的作品，显然受到"阶级斗争为纲"的思想影响，以阶级斗争、路线斗争的大动脉来组织社会生活。然而，舍其外壳，探其内核，它们仍然不无现实主义的特质。《艳阳天》是个矛盾的组合体，当它涉及众多农村人物的性格、气质、心态时，写得血肉饱满，呼之欲出，显示着现实主义功力，当它涉及情节发展和思想意念时，违背现实主义的成分就出现了。尽管如此，我认为《艳阳天》仍然是浩然迄今为止最成功的代表作品，也是整个"十七年文学"的幕终曲。

四、除了上述三类不同形态的作品，"十七年文学"还有另一类现实主义作品，那就是出现在 50 年代中期，被人称为"重放的鲜花"的那一部分作品。如果说，第一类作品更多地承继了"社会主义现实主义"的精神，那么这一类作品就更多地与鲁迅为代表的"五四"文学的现实主义相沟通了。

以上我只是提出"十七年文学"的几种现实主义形态，以期引起研究家的注意。我的意思是说，即使通常被认为是大一统的、为政治服务的、创作方法比较单一的"十七年文学"，只要深入内部，尚且可以发现这么多的差异，那么面对整个 40 年文学，我们不该更加谨慎、细致、实事求是吗？不该更注意实证分析的基础工程吗？

据说现在对"文革"十年的文学也出现了评价分歧，在我看来，这倒不是难点所在，真正的难点在两头——"十七年文学"和新时期 13 年文学，而这"两头"的核心问题都不能不说是个现实主义问题。新时期 13 年的文学，丰富、庞杂、变化多端，但其贯串的主流仍然是现实主义。不过，这是扩大、更新了的现实主义，是在与现代主义相激荡中增生了大量新元素的现实主义。仅就这 13 年看，就经历了恢复——裂变——新的回归的"之"字形轨迹，虽然最初的"恢复现实主义传统"的口号并不明确恢复哪一个现实主义（革命现实主义？社会主义现实主义？传统现实主义？）但它毕竟恢复了作为现实主义基础的一些重要方面，至于近几年的新写实潮流，事实上一方面回复现实主义本义中的自然化倾向，如果说现实主义从一开始就存在真实性和倾向性的不平衡的话；另一方面，现代主义的哲学、文学观念又给了它很大的影响，它是当代中国处于新旧价值体系过渡期、转型期的一种过渡性的文学型态。当然，现代主义问题也是评价新时期文学的一个重点，这里就不细谈了。

（原载于《文学评论》1991 年第 1 期）

在多重空间里沉潜与运思

——中国当代文学学科建设进言

杨匡汉

当我们需要回首前尘萧瑟行时，当我们在市俗的漩涡中沉溺太久而渴念传达天真，蛮朴，昂奋又不无悲欢的人伦世相与心迹情韵时，自然会想到"几度夕阳红"①的中国当代文学，关注它的生态、得失、性格和命运。

这些年，以中国大陆文坛而言，似乎有数不清道不尽的"尴尬"、"困惑"、"危机"，"下海"等声浪迭起且为媒体"炒"得纷纷扬扬。我则以为，这些"存在即合理"的现象被不适当地夸大了。事实上，地火依然运行，文学照旧发展；从研究与批评的层面，仍有令人钦羡的诸如"新人文精神"②、"新理性主义"③、"走文化诗学之路"④、"当代文学的理想与崇高"⑤，"向全人类的思潮与智慧开放"⑥等知识命题的呼唤和探讨。尽管很有些人的姿态与文字如同茂盛的泡沫一般虚弱而空洞，也

---

① 参见《三国演义》卷首词，它既体现了历史的沧桑感，也客观而且洒脱地呈示对世态炎凉的多重思考。此点对当代文学研究者不无启迪。

② 参见《旷野上的废墟》，《上海文学》1993 年第 6 期，张汝伦等四人对话《人文精神：是否可能和如何可能》（《读书》1994 年第 3 期），王蒙《人文精神偶感》（《东方》1994 年第 5 期），杜书瀛、钱竞《颓落与拯救——论当代中国文学的道德风貌与文学家的人格建设》（《文学评论》1994 年第 5 期）。

③ 参见许明：《新理性：当代中国的文化选择》，1995 年 1 月 7 日《作家报》，总第 3007 期。

④ 参见蒋述卓：《走文化诗学之路——关于第三种批评的构想》，《当代人》1995 年第 4 期。

⑤ 参见夏林：《北大"批评家周末"：呼唤理想主义》，《北京青年报》1995 年 5 月 7 日。

⑥ 参见邹桂苑：《文学要向全人类的思潮与智慧开放——李瑞腾专访杨义》，台北《文讯》1995 年第 3—4 期。

尽管当代文学的某些疆域日趋陷入文化企业①和江湖骗子的掌握之中，但严肃的学人、作者、批评家并没有从应有的真诚、良知和文学立场上后退，而是能在较长的时间里和较高的层次上耐得住孤寂，操持着人文关怀与精神家园。这才是当代文学真正的力量。

我们为中国当代文学磨难过、感奋过。不过，如若作冷静的省思，从学科建设的角度着眼，我们以往的文学研究，的确还程度不同地存在着趋时性（应时政，经济或风潮而多变）、争战性（各执一端乃至群趋偏锋）、青春性（热气有余而略显浮躁）和疲沓无力（缺乏哲思、慧学、理论的穿透）等特点。如今，文学的转型必然要求研究的分流、选择和深化。看来，向科学性、稳定性而又鲜活性、独创性转换，以加固学科根基和建立自己的阐释系统与学术规范，应当提到当代文学批评与研究的议事日程上来了。

我赞成这样的意见：当代文学是复合的空间而非单一的空间②。空间（加上时间）也是一种文化尺度，用以度量人们文化活动的距离与进程。我们的研究视野，实际上也经历着从"封闭的空间"→"距离的空间"→"共享的空间"的转移。"封闭"必然单一，且形成排他和自大的心态；"距离"产生阻隔，而有地域切割与历史割断的人文之虞；"共享"基于和鸣的祈向与互补的策略，因之而激发"一体多元"的文化热望。

"共享的空间"自然是多重的、复合的。从这样的观念出发，我们看到的是整体性的中国当代文学地图。我们将不至于把"大陆当代文学"等同于"中国当代文学"，而是合乎情理地把台港澳地区的文学包容进来，并寻求普适性与区域性的有机联系（并非简单的添加与拼贴）；我们将不至于把"中国当代文学"（实际是汉民族）和"中国当代少数民族文学"分离开来，而是确立统一的多民族文学的空间结构；我们将不至于把某种被夸大为历史的神圣的创作方法作为衡量一切文学的标尺，而是以"有容乃大"的襟怀鼓励多种"主义"多种文学在正确方向下的共存共荣；我们也将不至于因袭二元对立的思维模

---

① 就当代文化而言，有必要将"企业文化"与"文化企业"加以区别。前者系企业自身形象创造中的有机部分，为文明建设之必须；后者往往变成伪装体面的骗子的乐园，如"包工头充当制作人"、"批发商升任出版家"，等等。

② 於可训：《九十年代：对当代文学史的挑战》，《文学评论》1995 年第 2 期。

式，在诸如"中心"与"边缘"、"主流"与"非主流"等问题上争论不休，而是处在同一地平线上进行真诚、有效、取长补短的文学对话。我们在同一天空下沐浴阳光和呼吸空气。任何一位作家和批评家，所创造、所论证的只能是文学空间的一角，谁也无法占有全部。但同时，其生存状态、思维模式、价值尺度和书写实践，又总是一种走向真理或背离科学的文化行为；也因此，文学空间的多重性和复合性，不但不丢弃、而且要强化以历史的和审美的价值为基点的有深度的文化批评。

一旦要独自面对世界，当代文学研究自然不可陷入悬浮状态。潜心于自身的学科建设，倒也不必急于建构大堂屋、大体系，而是集数十年来的理路和经验（包括教训），先从不同角度归纳并深入探讨当代人在文学方面遇到的共同问题，依此照亮文本的真面目、真价值和真精神，也依此熔铸出一些新概念、新范畴和新命题。

不论从何种意义上讲，研究当代文学无法回避"当代性"这一理论话语。人们惯于把已经发生或正在出现的种种社会文化现象和文学现象都冠以"当代"。但"（19）49年以后"的说法只是一个时间概念。流行的"当下性"也只能说明现况而难以吸纳与凝聚散金碎玉。任何时代都会使那个时代的文学染上独特的色彩。"当代性"乃是当代文化思潮、思维活动、精神状态和社会现实人生的一个整体的、汇合的、深刻的文化结晶品。"文学的当代性"也就成为对当代文学的精神现象进行理性归纳的一种知识形态。据个人的观察与体会，近半个世纪以来的这种"当代性"在中国文坛上，至少突出表现为下列性征:（一）文化错位。一方面西方话语充满了强势性、殖民性和支配性，另一方面人们又将"西方"过分理想化、浪漫化和神圣化，从而在与异质文化的冲突中过分淡化了自己的文化认同。摇摆于排拒与拜倒、抱残守缺与仰赖异邦之间的文化错位，更使价值取向的自主和思想精神的独立显得分外重要。（二）过渡形态。今日之中国依然是过渡时代的中国。社会与文学从传统到现代化的转型都处于过渡状态。进取的胆力和实验的精神常常成为文学的生命之轮，"圣徒"与"浪子"们都为之消耗着心力和才情，成功往往以惨重的失败为代价。新的并非一切都好，但一切好的多半是新的。因此，真正的"当代性"将不是集中在任何可行性的实验上，而是更有效地把文学才华集中到艺术创造上。（三）

心理冲突。敏感和智慧的文学家与批评家，越来越深刻感受到带有普世性的时代的心理冲突并诉诸于文学研究。诚如哲学史家施太格缪勒所言，越是当代，那些旧有的"知识和信仰已不再能满足生存的需要和生活的必需了。形而上学的欲望和怀疑的基本态度之间的对立，是今天人们精神生活中一种巨大的分裂，第二种分裂就是，一方面生活不安定和不知道生活的最终意义，另一方面又必须作出明确的实际决定之间的矛盾。"①中国当代社会现实也以置人的灵魂于险象环生之中而激发着作家们的焦虑与想象。"形而下"的生存物欲和"形而上"的精神追求之间的冲突，加强了心理的紧张度。"火浴"的大磨折和"求索"的大痛苦，使中国人"长于史而短于哲"的传统②开始得以当代性的改造，尽管远远不足，但"形而上"的寻觅和文学对"人"自身的终极关怀，正以一种辩证的"突变"方式生长起来。（四）开放态势。在世界已不再阻隔和整个文化要求"和平建设"的当代，文学要向全人类的思维、思潮和智慧开放，同时也意味着向政治、经济、科技以及社会生活诸领域开放。当代文学自然会更富灵气地既在历时性上与过去对话，又在共时性上与"他人"对话。"纵""横"两轴的互动，决定着它的沧桑感和超越感。而一些"前沿地带"、"荒野地带"、"交叉地带"和"中介地带"的裸露，为创作与研究提出了众多新课题，也检验着当代文学学科建设的透视力和创造力。

对于"当代性"的把握，将有助于增强文学研究在对象、性质、方法上的稳定性和批评实践上的蓬勃生机。这一切自然应建立在科学剖析的基础上。重视"当代性"的省思，使我们有可能找到自己的逻辑起点，找准对象"割肉"，而对当代文学批评界较为盛行的郢书燕说、率尔操觚、"捡到篮里就是菜"乃至"三流作品、一级评论"等非良性现象，在学术上作有效的规避。从"当代性"出发，我们的理论思考就可以展开对当代文学一些基本命题的讨论。缤纷的中国当代文学世界，若作简约的梳理，大致有如下兼俱"整体"与"特殊"的问题进入我们的视野。

---

① [德]施太格缪勒：《当代哲学主流》中译本（上卷），商务印书馆1986年版，第25页。
② 吴宓在日记中记载陈寅恪早年有"中国哲学不行，史学高超"之说。参见《吴宓与陈寅恪》，清华大学出版社1992年版。

古与今 这个古老而又常新的问题，在当代文学研究中贯穿始终。要么维护太陈旧、太僵硬的"古"，要么追逐太时尚、太潇洒的"今"，两种弊端都无法处理如古与今的关系。某些先锋文学自命为"传统的叛徒"，事实上我们都是传统的子孙。传统与当代无法完全割裂。"古"与"今"是对立统一。"今"中有生命的东西总和"古"中的精华相关联。在创作与研究中，优秀文化传统将赋予我们精神价值和品格，而当代文化精神又成为文学不断更新的内在驱动力量。有相当丰富的传统文化资源需要开发并照亮我们的文学苦旅，同样，也有更多富于创造性、焕发着当代人精神生命内在光辉的成果，汇入到传统的长河里来。

南与北 诚如现代文学史家杨义所言："中国文化的发展，在古时以南北之分较为明显：北方接受胡人文化，南方则接受蛮人文化；北方是黄土地的文化，南方是绿水滨的文化；北方文化比较粗犷、开阔，南方文化比较温柔，多情思。这种文学性格上的差别，显然不能绝对以地区分，但是南北文化的差异的确是一个明显的现象。"①迨至近世和当今，"南与北"又发生了变异与廓大，如：上海—海派和北京—京派的分野；东南—沿海文化和西北—内陆农耕文化的差异；西南—多民族文化和东北—旷野文化的殊相，等等。这当然并非严格的判别（如蒙古族、维吾尔族即居"北"，京派即有不少"南"迁者）而是稚憨的把握。"南与北"在现当代文学中已经不单单是区域性问题，其深处潜隐着文化血缘和文化性格，并涉及生态环境、文化交流、传播演变、文学步履诸具体问题，研究它，乃是"一体多元"的当代文学的重要侧面。

城与乡 从"青纱帐"到"大都会"，象征着当代文学中的"城与乡"。"乡土文学"维系传统文化，"都会文学"带有先锋倾向。文学中的"城与乡"往往剪不断理还乱，且"城"中有"乡"，"乡"中有"城"。从"当代性"角度看，有些名为"乡土文学"，实则走马观花后对乡土抛洒一些留恋或同情，作家却轻松地挣脱了乡土对精神构成的重负；有些名为"都市文学"，也不过是用蒙昧的水准去玩赏蒙昧，以"阿Q穿迷你裙"的方式去追求"土"、"俗"、"浅"而排拒高品位文化，其潜

———————————

① 参见邹桂苑：《文学要向全人类的思潮与智慧开放——李瑞腾专访杨义》，台北《文讯》1995年第3—4期。

意识与小农格调并无二致。"城与乡"的交响本可以为文学推演出精彩的活剧,值得注意的是有人逃避有人退隐。这也需要从继续深究中寻找坦途。

此岸与彼岸　祖国大陆和台湾地区长久的隔膜与阻绝,最受创的是文化、文学和学术。都称之谓中国当代文学,但实际的研究和运作却是破碎和割裂的,这就难以展现"文学中国"之全景。淡化对立情绪,凝聚时空和才能,这种从"和"出发谋求文学整合的努力,将使我们发现造成遗憾的一切,同时也辩证地造成了当代文学史上特殊且动人的一幕:文学因时空的间离而在不同地域中生长并呈示着不同的命运,情致和性格。这种同一民族文化传统延伸过程中的互异性,恰好提供了互补的可能性。一方面,通过对于阻隔的省思,此岸(或彼岸)因主客观局限造成的某些文学匮缺,有可能在彼岸(或此岸)有浑重的存留,而歧异所拥有的功用,正在于消弭各自的缺憾;另一方面,以整体性视野"隔岸观火",拉开审视时空双重距离,倒易于客观、冷静,因而也可能作出更为全面的判断,有利于对历史、文化和文学事实进行梳理与汇通,比较公允地总结出此时此地或彼时彼地文学之荣衰、消长、优劣、得失以及不同的步态。从类文化的观念上看,在"文学中国"的视野内对两岸文学加以整合,将呈现我们企盼的完整和丰富,也会使某些沉重的历史话题和敏感的文学话题得以纳入科学研究的视域。这是在多重空间中体现民族自信力和文学感召力的积极运思。

灵与肉　文学长廊中的人物都是血肉之躯。问题在于见人、见面更要见心。从"剧情主线"的强调到"人生的追问"到"灵魂的拷打",后者的匮乏,说明了文学传统中那种重"形"、重"行为"而对"神"则"敬而远之"的儒家"诗教说"的影响。这一片面性,导致了对真实的血肉人生的隔膜和对解剖一个个活的生命的乏力,也总使人感到缺乏那种心学的意蕴和风采。灵与肉如同一个铜板的两面,重视书写与研究"魂",方能为当代文学开启一扇通向更高境界的窗口。

东与西　"文化错位"现象反映了"中西"之争的欹斜。文学中"东方(中国)"与"西方"的关系问题在当代文坛上亦相当突出。海峡两岸文学曾经有过西方化(欧美化)或俄国化的理想,其经验、其教训,仍需让后来者继续领悟。中西文学以及文化之间的差别,主要是不同文化类型之间的差别。如果对这种类型差别不做深入研究或有意忽略,对西方文化——文学亦步亦趋，以西方人为"主体"而反以自己为"他者"，显然缺乏应有的理智；我也不大理解所谓"新时期大陆文学十年走过了西方百年路程"①的说法，因为这把发展程度的差别同文化类型的差别混淆了，而且实际上也没有那种"一天等于20年"的文学跃进。看来问题的研究还必须重新回到东方文化或中国文化"本身"的探索上来，而不应把"西方"作为不可动摇的定向。中华民族的当代文学目前面临"欧洲中心论"解体的时机，就有必要在世界文化的语境中，以"我"为主，以进取的新文化精神，对自己的文学进行科学的，系统的诠释（包括重读），也重新研究西方文学与文论，进而在文化比较中总结"东与西"历史地积累的既有差别又可汇通的经验，以便从多种角度检视人类在当代文学方面所遇到的相关性或相似性问题。

以上的论列不免以偏概全，但私心以为都是当代文学学科建设中难以规避的问题。作为一门学科，当代文学有待于走向成熟。它需要有自己独特的对象、严密的范畴；它需要对本学科的特点、规律、共性与个性有充实的论证和深入的分析；它需要有独立的逻辑体系和概念系列；它需要有自己的学术视野、认知方式和研究策略，而不是对"旧模式"的修补或"他模式"的挪用；它需要注重文学本身的特点和学科自身的特色，并在更高的层次上获取稳定性与鲜活性之间的协调。

这门学科的建设，尤其要求其研究者从激情型转向学院型。为此，有必要倡导中国自己的"新学院批评"或可称"学者化批评"。这种批评固然以学者、专家、教授为中坚，但而非将研究局限于深宅大院去搞脱离现实的关门提高。事实上，真正的"新学院批评"，将以心态的自主性、批评的学理性、阐释的公允性、学术的规范性和思维的创造性为追求目标。具体地说，这种批评应具有的品格和特征是：（1）绝非掉书袋，也不用凝固的结论或死板的知识去先验地框缚活跃的艺术生命，相反，总是力求在相当的文化背景下，对于对象和问题作庄重的历史与美学的透视；（2）从本土文化与异域文化的比较和碰撞中，从本学科与相关学科的互补中，发现与论证重要的知识命题；（3）用人类能看得见的地平线来研究与把握文学和学术发展的脉动；（4）以

---

① 此说并非哪位论者的论断，而是时下文坛比较流行的一种说法。

"立"为示意中心，立足于探索，着眼于"建设"；（5）思想家的冷静、艺术家的悟性和解剖学家的精心相结合，用清爽的智慧滤选阅读行为；（6）批评者与对象之间保持平等的对话和适当的距离；（7）潜心进行文化资料和知识成果的梳理，并不断"重读"，逐步形成在相关领域中可资运作的、带有一定规范性的理论模型；（8）做道德文章，同时对不同观点者怀有学术雅量；（9）不尚空谈与装扮，但求实在与厚重，行文走笔，以"辉煌的枯燥"和"壮阔的简洁"为优雅的极致。我们自然不可能要求每一篇论著，每一部专书都合辙于上举数端，但作为总体的批评风貌，若能达至如此境界，毕竟象征着当代文学研究的繁胜之域。

扪叩之见，谨献刍荛。限于篇幅，也只是提出一些问题而未及充分展开。愿同行的开拓者们操持这一片芳草地，坚持这一门学科建设艰难而壮丽的进程。

1995 年 5 月 12 日晨修讫于北京

（原载于《文学评论》1995 年第 4 期）

论中国当代文学

谢冕

一、置身于特殊的人文环境中

中国当代文学是研究者对 1949 年以来的中国文学的一个指称。文学以 20 世纪 50 年代为界线予以阶段性的划分，是为了研究的方便。其动因首先是由于这时期中国社会体制有重大的变动。当然文学新质的产生也为这种划分提供了根据。

中国当代文学是中国现代文学在当代的延伸。它受到始于 1919 年的新文学革命确立的目标的规约。它使新文学的精神在当代文学中得到延展和扩大。中国当代文学持续致力于中国文学的现代化，即通过现代社会和人的意识情感的加入，以改变中国古典文学造成的封闭和隔绝，使文学在内容和表达上与当代中国人的实际有更多的联系和契合；当代文学继续扩大白话对文言的战胜，它使中国文学在语言运载上更为接近中国当代人的习惯。

20 世纪后半叶中国社会激烈的动荡、矛盾和纷争，在中国当代文学中有更为具体也更为深广的描绘和记载。尽管这阶段文学在个性化和传达心理情感方面有了某些退化，但文学所记述的范围、场景和层面较之五四初期却有了长足的扩展。这种扩展特别是在表现普通农民的痛苦和欢乐以及他们为改善自己的生存境遇的奋斗上，比以往更为切实也更为深入。这时期中国社会复杂多变，某个时期(例如："大跃进"和"文化大革命")甚至表现为全社会的激动和颠狂。受到社会影响的文学创作虽然保留了当日的歧误和偏见，但从另一方面看，我们却可以从它的异常和失态中看到关于文学的真实印象：它是这一阶段社会和文学的复杂性的最好证实。而且，单就史料价值而言，它也是无可替代的。

因为持续不断的关于及时反映生活当前状况的强调和号召、使这阶段的文学具有强烈的当代性。这种当代性与当代文学命名的联结，更强化了这一学科独立性的色彩。但显然"文革"结束后当代文学对于五四文学传统断裂的修复以及愈来愈紧密的与这一传统的认同，加上无限延伸的"当代"，导致对这一学科的命名新的质疑。也许这阶段文学作为中国现代文学的组成部分的性质应当重新加以规约，也许已成为历史的无限的"当代"应予以相对的节制，但人们普遍不怀疑以20世纪50年代为线的这种文学划分的必要性。

社会环境的改变为这一文学划分提供了崭新的空间。它成为20世纪后半叶的文学发展的广阔背景，由此生发出强大的驱动力，它造成并证实文学在此期间种种变异的必然。论及文学环境的改变，首先的一个事实是根源于同一文化母体的统一的中国文学开始以台湾海峡为地域的划分，而分别在大陆和台湾（当然也包括香港和澳门）两个迥异的社会环境中自身独立地发展。从社会制度看，大陆实行的是社会主义制度，台湾则实行资本主义制度，两种制度提供完全不同的意识形态观念。社会体制的不同再加上意识形态的差异深刻地制约和影响了文学的发展，从总体上塑造了各自的文学形象。

自然环境的不同，也给予隔离的文学以一定的影响。中国大陆文学浑重之中透出的悲怆，传达着深远的历史回声。内陆型的大陆有着非常深厚的传统文化的沉积，但又具有明显自我封闭的文化心理承担。这种文化心理的形成，首先受到大陆总体地形的影响。在这片广袤的大地，它的北部和西北部是浩瀚的戈壁和沙漠，它的西部和西南部有莽苍的喀喇昆仑山和喜马拉雅山、冈底斯山，三面密不透风的墙围困着这片古大陆。只有东北和东南部面对海洋有一个出口，但在20世纪50年代，那些海洋却被不能沟通的国土人为地封锁着。台湾则是一座岛屿，它隔着台湾海峡背倚大陆，在地质构造上属于新华夏体系的第一隆起带。也许在某一个地壳运动中，它的断裂和崛起都在地缘上和华夏古大陆保持着最深沉的联结。这个岛北临东海，南濒南海，面对着浩森的太平洋，终年被温暖的海水所包围。亚热带温暖的气候使这里成为被葱郁森林覆盖的绿翡翠，这里在文化上充盈着南方的灵动秀逸。二战结束后的特殊的国际环境，这里与世界建立了较为广泛的交流，使这里的人文环境具有海洋文化的洒脱飘逸。当然，由于置身于无涯围困中的岛屿的境遇——地域狭小，与大陆隔绝——缺乏的是那种雄浑和博大，而多了些迷茫中的孤独。

中国幅员广大，不论是从自然环境、水脉山势、雨雪阴晴，南北差异甚大。即从文化上看，北方雄健、南方柔婉；北方刚烈、南方温情。但这一切差异，在历史上均是以交错和综合的统一文化的形态出现。也许公元420—581年间的南北朝时期是一个特例，将近二百年的战乱和南北对峙，加上不同民族的交汇和冲撞，造成风格各异的南北文学。除此而外，文学史上共同母体的文学分流，当以20世纪50年代开始的这一次最为突出。共同根源于中国古典文学和五四新文学传统、而又长期相互隔绝的各自环境中的发展，直至世纪末的猝然相遇，竟发现有如此大的惊人差异。

这种差异在历时性和共时性两个层面均有表现。从历时性的差异看，由于两岸政局流变各有其道，受制约的文学表现为盛衰进退的不平衡状态。从局部看某些严重的缺失，在整体格局中却往往奇妙地表现出丰盈与贫瘠互补的奇观；从共时性看，中国文学从这种差异中得到的益处更为显著。文学在各自的自我审视中的不足和匮乏，而在综合的效果上都是意外地丰裕和赅备。长久的国土分裂、同胞离散是近世以来民族的最大悲剧，而在文化和文学上，这种悲剧的遭遇却酝酿着一场经疏离、隔膜、冲突最后达到互补性的空前的文化综合，从而为中国当代文学提供繁荣发展的机会和可能性。

二、时代颂歌与民族悲歌

距今整整一百年前，亦即公元1896年5月5日（清光绪二十二年三月二十三日）出生于台湾苗栗县的诗人丘逢甲，写了一首《春愁》：

春愁难遣强看山，往事惊心泪欲潸。

四百万人同一哭，去年今日割台湾。

这诗指的是公元1895年4月17日（光绪二十一年三月二十三日），清政府签订《马关条约》，割台湾于日本。这就是近代以来民族隔绝的大悲剧的肇始。近40年的离乱是这个大悲剧的延续及其组成部分。中国文学在当代的人为切割，产生于这个大的时代背景之中。但中国当代人所蒙受的巨大苦痛，他们对于苦痛的切肤的感受，却直接来自50年代的同胞离异和隔离的悲情。

这种悲情在台湾50年代的文学中有比较充分的展示。二战结束后，随着日本结束对台湾长达50年的占领，而后就是以1949年为界的民族隔绝。这个隔绝以200万大陆人员的渡海漂泊为标志。这些人中有当时和日后成为作家的。他们的作品记载了台湾本地居民和"外省人"失去家园的飘零心态和怀乡忆旧的苦情。司马中原的《野烟》以伤感而凄凉的调子记述母亲祭奠野魂的故事。小说在充满乡俗和人情的抒情里，传达那一缕剪不断的乡愁："离家时，正是荒乱备来的日子，也在秋天，大白果树上成熟的白果再没人收了……但我心头总飘着野烟和红火，它那样安慰着一些乱世飘泊的灵魂。"琦君的《长沟流月去无声》写的是"一线几乎完全断绝的希望"。小说流淌着失去过去也未卜将来的哀伤，西湖孤山的放鹤亭的默然相对以及西泠印社仲夏傍晚的邂逅，如今都成了依稀旧梦。"在台湾将是月明处处，我们会相见的"，却不幸成为一语空言。这些失落感在白先勇的小说中表现为旧日繁华的追寻。在他的笔下，一曲游园惊梦，传达了多少往昔不堪回首的伤情，而他如歌如泣的"尹雪艳"却有着"永远"的哀愁。[1]在余光中的诗中则是对故园风物的伤怀。一韵《乡愁》，被"一湾浅浅的海峡"隔着，于是再而三，而有《乡愁四韵》"给我一瓢长江水啊长江水，／酒一样的长江水"是"乡愁的滋味"，"给我一张海棠红啊海棠红，／血一样的海棠红，"是"乡愁的烧痛"，这是歌、是吟，然而，更是哭。[2]在台湾海峡的那一岸，那里的当代文学承继了中国文学传统中的悲凉气氛。它把旧日戍边羁旅的情怀具体化为表现离乱中的乡愁主题。在50年代至60年代之间，那里的文学充盈着一种秋风萧瑟、家园何处的乱世飘零的情怀。"他们全患了思乡'病'，他们渴望有一天回'家'"，[3]一位羁旅海外的女作家这样写过。近代以来规模最大、历时最久的民族离散的大悲剧，由这种大悲剧引出的大悲情，在中国当代文学的另一个部分里得到非常真实也非常丰富的表现。这是当代文学对于诞生它的多灾多难的时代的一个回报。

---

① 《游园惊梦》《永远的尹雪艳》均白先勇小说名篇。
② 《乡愁》《乡愁四韵》余光中诗名。
③ 聂华苓：《台湾轶事·前言》，北京出版社1980年版。

在中国大陆,文学展示了另一种气氛和情调。随着 40 年代的结束,长期弥漫于中国上空的战云硝烟终于消失,仿佛是黑夜达到了尽头,历经苦难的民众普遍获得解放感。与海峡对岸那种悲秋伤乱的情绪迥异,这里充溢着早春的欢乐和喜悦。对于幸福的期待,对于现实的满足,使文学充满憧憬和激情。"凡是能开的花,／全在开放;／凡是能唱的鸟,／全在歌唱。"[1]这诗句能够概括当日的文学氛围。

中国社会近百年战乱频仍,民众对和平安定的时局是一种普遍的祈愿。随着抗日和国内战事的结束,人们自然尽洗愁颜,满心喜悦地迎接他们日夜翼盼的黎明春天。这种文学的早春情调,是当代中国人心理真实的一个侧面,它表达民众善良心灵对和顺安乐的祝祷,他们的信念即使在异常艰难的年代也不曾泯灭。尽管有时,这种信念表现出它的轻信和天真。

中国当代文学的这种欢乐精神,直接受到 20 世纪重大的社会改型这一事件的鼓舞。当然,当代作家也从中国传统知识分子的入世态度获得心理承传。中国旧时文人的兼济精神以及他们对世情民瘼的关怀,使他们对现世充满热爱和信心,这导致此一时期大陆文学随处可见的那种对于困苦的漠视和对于未来的坚信。这一直成为中国当代文学最奇殊的一种品质。当无情的海浪无休止地扑向礁石:"它的脸上和身上／像刀砍过的一样／但它依然站在那里",而且微笑着面向肆虐的海洋[2]。这种精神存活在 50 年代出版的几乎所有的作品中:"我的翅膀是这样沉重／像是尘土／又像有什么悲恸／压得我只能在地上行走／我也要努力飞腾上天空"[3],那时的作家都不乏这种即使受到磨难,甚至被鄙弃和被愚弄而依然坚定前行的自我约束的品格。

大陆当代文学欢乐感的形成,也受约定于当时推行的文学指导思想。这种思想鼓励文学家不仅投入现实的生活过程,而且以积极的姿态肯定现有的秩序。这种态度最后导致当代文学在大陆盛行的"颂歌"形态的出现。这种形态由于渗入了意识形态化的功利的动机,因而在相当的一段时间内"乐观"的无限膨胀助长了文学的某些虚幻性。人们在假想中把生活美化,从而认定那就是生活本身。文学由欢乐、希

---

① 严阵同题诗,《诗刊》1957 年第 1 期。
② 艾青的诗《礁石》,见《艾青诗选》,人民文学出版社 1984 年版。
③ 何其芳的诗《回答》,见《人民文学》1954 年 10 期。

望而对生活持肯定、积极和进取的态度，这种态度对社会进步、改善人们生存状态有益，但这绝非文学应当唯一遵奉的原则或精神，特别不应是强予实行的排他的策略。中国当代文学为此经受了苦难并付出沉重的代价。

文学对于哀愁和疾苦的关怀被一时的矫作的欢愉所掩盖，虚妄的"向上乐观"取代了中国文学的忧患意识，这导致某一阶段的文学流于轻浅乃至浮华的倾向。所幸此种状况终于被灾难时代的反思所唤醒。"文革"动乱刚刚结束，小说《班主任》率先展示了"向亿万群众灵魂上泼去的无形污秽"。这是一幅让人心惊的精神沦落的画面。在久隔数十年后，作者发出了几乎与当年《狂人日记》完全相同的呼吁："救救被'四人帮'坑害了的孩子"。卢新华的小说《伤痕》出现稍晚些，它第一次向人们揭示异常年代留在普通母女（应该是全社会的人）心灵深处的"伤痕"。以巴金《随想录》为代表的一批反思动乱年代的散文，一批"归来"的诗歌，在中国当代文学的上空刮起了悲怆的旋风。在以往被"富有"所迷惑并满足的地方，人们发现了缺失与贫乏。

"文革"结束后的大陆文学，一批又一批以往用鲜花和礼赞装扮生活的作家，或从梦魇中醒来，或从他们被监禁和流放的地方返回，于是被称为"归来者"或"幸存者"。尽管这批受到积极的人生观教育和影响的作家处身艰难困苦，依然不失信念，但他们无法不看到发生在他们周围和他们自身的苦难。泥淖和陷阱，危机和恐惧，让人心悸的噩梦和悲伤，化为他们的诗句和文学主题。寻找失落的青春，追忆劫前的家园，呼吁泯灭的人性，一时间，文学呈现的是泪水和血水浸泡的沉重。当日大陆文学界最具代表性的一部作品是《人到中年》，从小说到电影，医生陆文婷和她的丈夫以及她的朋友的境遇和命运，引发出全社会的哀叹。然而在这些"伤痕"文学潮流所凸显的与过去的欢乐感不同的悲怆伤痛的背后，是不易觉察的现实批判精神。这是当代文学对于夭折于50年代中期"干预生活"思潮的隐约的接续。当然，它对中国文学的忧患传统是更具深刻性的发展。

中国当代文学从50年代到80年代，用了整整30年的时间以文学的方式追溯中国当代人的欢乐与苦难，方始有了全面的涵括。文学对于苦难的描写，开始把中国的百年忧患放置在个人与社会综合的层面上，这就使文学传导的悲剧性具有了更厚重的社会学和人性的深度。

古人讲"欢愉之辞难工，而穷苦之言易好"，①要是从另一个角度看，即文学若是面对人生最真实的和最本质的苦难，则它仿佛有一种自然而然的臻于完好的助力；而若是抒写欢乐则需要执意的强为，那当然意味着颇大的难度。已经去世的路遥在谈到他的《人生》时说过一段关于创作痛苦的话："当你在创作中感到痛苦的时候，你不要认为这是坏事。这种痛苦有时产生出来的东西，可能比顺利时候产生出来的东西更光彩"。②诗人总与悲愤和苦难为邻，而悲愤往往是成功的第一线光明。

功利性与目的迁移

不论是表达欢乐还是表达悲苦，它们展现的是中国当代文学某些基本的属性。这属性便是极明确的文学功利观。不论是在大陆，还是在台湾，中国作家创作的主流倾向是，他们总在自觉或不自觉地行使他们认定的文学使命。在当代文学中，消遣或游戏的文学是存在的，也产生出一些颇有成就的作家，但从来就没有成为文学的主流。这类文学在很多时候和在很多场合都受到谴责或被斥为逆流。在文学对社会负有责任的观念前提下，这些文学被认为是缺乏责任的。这种观念的形成基于中国在鸦片战争后内忧外患的社会现实，也是由中国以儒家为主的传统文学观的传承。

在中国传统的文学观念中，文学总应当是有益于社稷公众的。这就是《论语》讲的"兴、观、群、怨"，更有甚者，"诵诗三百，授之以政，不达；使於四方，不能专对，虽多，亦奚以为？"③则讲的是用文学从政的要求了。这些可能是广义的文学，如从更纯粹的文学的角度看，中国儒家知识分子这种用文学来服务社会，以求有用于世的观念也是相当悠久而普遍的。白居易盛赞张籍古乐府诗是由于他所写内容从大处讲是"可讽放佚君"、"可诲贪暴臣"，从小处看，是"可感悍妇仁"、"可劝薄夫淳"，总之是："上可裨教化"，"下可理情性"。④许

① 韩愈：《荆潭倡和诗序》，见《韩昌黎集》（国学基本丛书本），商务印书馆1958年版。
② 路遥：《让作品更深刻更宽阔些——就〈人生〉等作品的创作答读者问》。
③《论语·子路》。
④ 白居易：《读张籍古乐府》，《白氏长庆集》卷一。

许多多这方面的理论，从遥远的古代脉流绵长地传到今天，它同样成为中国当代文学的灵魂。

五四新文学运动作为中国现代史上规模巨大、影响深远的民族觉醒和民族救亡运动之组成部分，它与那个时代的忧患有着最直接、最紧密的关联。蔡元培说："直到清季，与西洋各国接触，经过好几次的战败，始则感武器的不如人，后来看到政治上了，后来看到教育上，学术上都觉得不如人了，于是有维新派，以政治上及文化之革新为号召，康有为，谭嗣同是其中最著名的"①。这种社会和民族的忧患，后来直接激发了中国作家投身新文学建设的热情。鲁迅的始学医而终至弃医而就文，是深深有感于中国国民充当"看客"的麻木远非医学能疗救。文学若不能从民众素质着手改造，则中国普通人将依然以"人血馒头"为药饵，而中国社会的振兴始终只能是梦想。

在中国现代文学中，历来存在着文学目的的分歧。虽如前述，现代文学发生之时受到近世以远中国国运积弱的刺激，于是要以文学做疗救社会改善民心的利器以图富强。但由于五四新文学本身有西方资产阶级革命自由民主以及个性解放诸方面思想影响，所以当日的文学观也是开放而驳杂的。这种驳杂正是那个思想解放时代的特点。正是因此，新文学运动从它诞生的时候起，在非常广泛的自由中，依然有着传统的"文学为世为时而作"观念的强烈表现。

那时大体存在着两个大的方面具有对立性质的文学观，即"为人生而艺术"和"为艺术而艺术"的歧异。主张为人生的文学以文学研究会为代表，"他们提倡血与泪的文学，主张文人们必须和时代的呼号相应答，必须敏感着苦难的社会而为之写作。文人们不是住在象牙塔里面的，他们乃是人世间的'人物'，更较一般人深切的感到国家社会的苦痛与灾难的"②。早期的创造社以主张为艺术而艺术而与文学研究会主张大相径庭，他们认为"文学自有它内在的意义，不能长把它打在功利主义的算盘里，它的对象不论是美的追求，或是极端的享乐，我们专诚去追从它"③。同时站在为艺术而艺术立场上而抱着

---

① 蔡元培：《中国新文学大系·总序》，见《建设理论集》，良友图书印制公司 1935 年版。
② 郑振铎：《中国新文学大系·文学论争集·导言》。
③ 成仿吾：《新文学之使命》，同上《文学论争集》，第 179 页。

游戏的态度的，还有鸳鸯蝴蝶派的作家，他们则长期受到进步文学的抨击。

但中国的社会现实，决定中国文学不可能持久地脱离社会现实和沉缅于唯美的天地中。创造社成员迅速转向激进而主张革命文学，便是生动的例证。"我们的眼泪会成新生命之流泉，我们的痛苦会成分娩时之产痛"，"我们要如火山一样爆发，把一切的腐败的存在扫落尽，烧葬尽"①；"我们自己知道我们是社会的一个分子，我们知道我们在热爱人类——绝不论他们的美恶妍丑。我们以前是不是把人类忘记了"，"只要不是利己的恶汉，凡是真的艺术家没有不关心於社会的问题，没有不痛恨丑恶的社会组织而深表同情于善良的人类之不平的境遇的"②。难怪郑振铎评论创造社同仁的这种转变时禁不住要说，"这都是'血与泪的文学'的同群了"。

这种看似宿命的殊途同归，是中国社会的特殊环境决定的。开始的时候，开放的文学受到世界各种新潮流的影响，受到自由精神的鼓励，往往"各说各话"。到后来，中国社会这一巨大的染缸，不由自主地把各种潮流都染上中国式的色彩，逐渐地变成"说一种话"。这是就大体趋向而言。就是说，中国特有的社会忧患总是抑制文学的纯美倾向和它的多种价值，总是驱使它向着贴近中国现实以求有助于改变中国生存处境的社会功利的方向。这种驱使从实质上讲，总是要求改变文学的多种价值成为单一价值的努力。

由于中国社会政治的多变和复杂状态，这种单一价值又在不同时期有着不同的变换，于是也赋予不同的指称。但从总的倾向看则是社会功利的要求总是呈主流状态。这一点，五四时期的人们就认识到了，傅斯年说过："美术派的主张，早经失败了，现代文学上的正宗是为人生的缘故的文学"。③"美术派"指的是那些不写社会功利要求的形形色色的更接近文学审美愉悦的文学。在中国环境中，这些要求总是受到抑制而成为支流。

五四时期的"为人生"并不是一般文艺学强调人的生命状态或对

---

① 郭沫若：《我们的文学新运动》，同上，第 186—187 页。
② 成仿吾：《艺术之社会的意义》，《文学论争集》第 191、188 页。
③ 傅斯年：《白话文学与心理的改革》，《理论建设集》第 205 页。

人生的终极关怀，而是直接指向中国的社会现实和中国人的现实处境，关注他们的命运和前途。文学研究会成员为人生的主张强调的是写真实的人生，以作品直接体现和反映中国社会的实情面貌的现实主义倾向。所以他们的"为人生"其实也就是"为现实"。鲁迅认为《新潮》的小说作者，"他们每做一篇，都是'有所为'而发，是在改革社会的器械。——虽然也没有设定终极的目标"①。这样，在中国不稳定而又多变的社会环境中、文学的"为"便有了突出的"滑动性"，即它总随着社会环境的改变而不断改变文学的"目标"并体现在它的指称上。中国文学这种对于"目标"的不断追随，虽然在名称上有多种多样的变化，其始终不变的则是它作为"改变社会的器械"的性质，这就是中国文学自始至终的"有所为"。它唯一排斥的是它的"无所为"——当然，在社会习惯中"为艺术"是不算"有所为"的。

五四新文学运动的性质到 20 年代后期便有了急速的转换。即从文学革命转向革命文学。就是说，本阶段文学在前期强调的是"文学"的革命，后期则强调的是"革命"的文学。强调重心的转换，导致文学价值观的重大改变。在这个时期，原先是主流状态的"为人生"迅速转向了另一种主张状态："为革命"。这种转换虽曰名称有了更迭，而着重点依然是文学对现实的态度而不是对艺术的强调和关注。一种非常激进的声音和态度驱赶文学向着名曰贴近现实实则极其飘浮抽象的境界："资本主义已经到了他们最后的一日，世界形成了两个战垒，一边是资本主义的余毒法西斯蒂的孤城，一边是全世界农工大众的联合战线。各个的细胞在为战斗的目的组织起来，文艺的工人应当担任一个分野"②。这篇文章最后号召："以真挚的热诚描写在战场所闻见的，农工大众的激烈的悲愤，英勇的行为与胜利的欢喜，这样你可以保障最后的胜利，你将建立殊勋，你将不愧为一个战士。"③

中国现代文学一下子便陷入了怪圈。游离了艺术审美渠道的文学，在令人眼花缭乱的口号前疲于奔命。从"为国防"到"为大众"，口号不断更新，而文学为主流意识形态服务的性质没有改变。有了这样

---

① 鲁迅：《中国新文学大系·小说二集·序言》。
② 成仿吾：《文学革命到革命文学》，《创造月刊》1928 年 2 月 1 日，第 1 卷，第 9 期。
③ 成仿吾：《文学革命到革命文学》，《创造月刊》1928 年 2 月 1 日，第 1 卷，第 9 期。

的无间断地驱使文学为这个或那个口号"服务"的经验，到了40年代初，从阶级论的角度肯定当时文学的"无产阶级领导"的性质，并推出"为革命的工农兵群众服务"的观念，便是自然而然的。

中国当代文学一开始就在种观念的笼罩下，并以此指导文学的生产：1949年7月周扬在《新的人民的文艺》的长篇报告中，重新阐发了这种观念的基本精神，"深信除此之外再没有第二个方向了，如果有，那就是错误的方向"。他的讲话因与中国解放区的文艺创作实际紧密结合的叙述而显得非常具体：

> 民族的、阶级的斗争与劳动生产成为了作品中压倒一切的主题，工农兵群众在作品中如在社会中一样取得了真正主人公的地位。知识分子一般地是作为整个人民解放事业中各方面的工作干部、作为与体力劳动者相结合的脑力劳动者被描写着。知识分子离开人民的斗争，沉溺于自己小圈子内的生活及个人情感的世界。这样的主题就显得渺小与没有意义了，在解放区的文艺作品中，就没有了地位。"五四"以来，描写觉醒的知识分子，描写他们对光明的追求、渴望，以致当先驱者的理想与广大群众的行动还没有结合时孤独的寂寞的心境的作品，无疑是曾经起过一定的启蒙作用的。但现在，当中国人民已经在中国共产党领导之下，奋斗了二十多年，他们在政治上已有了高度的觉悟性、组织性、正在从事于决定中国命运的伟大行动的时候，如果我们不尽一切努力去接近他们，描写他们，而仍停留在知识分子所习惯的比较狭小的圈子，那么，我们就将不但严重地脱离群众，而且也将严重地违背历史的真实，违背现实主义的原则[①]。

在1949年这样的转折年代，在周扬的报告中我们看到的只是对业已确定的文艺方针的强调和施加的具体规定，而看不到任何对于适应城市及其居民的调整意图。随后发生的一系列论争如：表现小资产阶级、中间人物、题材问题等诸多原本正常的问题，一时都成了激烈

---

① 周扬：《新的人民的文艺》，《周扬文集》（第一卷），人民文学出版社1984年版，第514页。

论争的焦点。

从 50 年代开始到"文革"结束，中国当代文学经历了从"为无产阶级政治服务"到"为人民服务、为社会主义服务"等种种阶段。但口号的变换并不意味着中国新文学传统中主流观念的根本性改变。50 年代以后，由于社会一体化的形成和加强，这种文学功利主义的观念顺理成章地纳入国家行政的轨道。加上某些庸俗化的更为片面的阐释，文学在此后漫长的岁月中逐渐衍化为配合现实政治及意识形态需要的工具和武器，并以其是否忠实于此种职责而事实上成为主流文学的首要的甚至是唯一的标准。

当代文学一旦到达这样的境界，即文学成为国家或社会的代言的身份的境界，对于文学来说，它自身所应当拥有并予以体现的质的规定事实上已无足轻重，而最为重要的是，文学是否与它的角色相衬或相符。它与代言的实体之间的关系是否适宜，这不能不使创作的题材和主题都受到限制。于是作家写作歌颂式的作品，就既是作家对待生活现实的态度，也是作家对待政治的态度。因而，作家是否以作品歌颂现行的一切，就成为判别此一作家的阶级归属以及他的立场、情感态度的标准。在进行这样的考察时，首要的是文学与社会客观事象的关系，而不是文学自身。这一阶段对所有作家、作品的评判，均由是采取歌颂还是采取暴露以及歌颂什么和暴露什么这一点进入。作家若被认为采取了正确态度则虽在艺术性方面略逊一筹或者甚至很差，也总是以立场正确而受到宽容保护。反之，则被认为先决条件便有了歧误。

四、代言者与文学个人主义

中国当代文学的"颂歌时代"就是这样出现的。由于明确的号召和提倡，希望自己是追求进步的作家，总不断以巨大的热情歌颂他所面对的新的社会、新的生活和新的人民。更有甚者，甚至误认为某一文学样式，如："抒情诗或抒情诗人其基本的性质和任务就是歌颂"[①]。这种认识显然违背文艺发展的规律。不可否认，在阶级社会里，文艺

---

① 如冯至在《漫谈新诗努力的方向》一文中说："诗人对于现在应该是个歌颂者，对于将来.应该是个预言者。"见《文艺报》1958 年版，第 9 期。

有阶级意识的投影，但文艺并不专属于某一阶级。而任何社会的阶级又并非仅有对立的两个，往往还有其他的阶级和阶层，而作家由于自己的具体阶级处境和不同的世界观，其文学创作就会有多种选择性。其中不排除有的作家自命信奉的是公正和真理，他的"独立性"使他无意或不愿成为特定阶级的工具或手段。其次，文艺对于生活的态度和关系并不只局限于是歌颂的角度，文艺家可以根据实际的可能和条件对现实和历史采取多种的基本是自由的态度。作家信奉自己独到的观察和认识，以此决定他采取何种方式：歌颂或者暴露；既歌颂又暴露；既不歌颂又不暴露；等等。

前述那种统一的原则推行的结果，当 50 年代生活重心由乡村转向城市，因力图推进"百花齐放"、"百家争鸣"的方针，并随着现实生活发展的深入和作家对生活认识的深入而决定采取自以为是的态度对生活进行描绘时，那潜在的危机就显现出来了。当代文学中有一次重大的批判，针对萧也牧的短篇小说《我们夫妇之间》而展开。作品中丈夫李克是知识分子，妻子张英是工农分子①，批评着重强调了作者对工农的批评或嘲笑以及对知识分子的欣赏或赞美的不同态度。无疑，按照当日流行的标准，对工农只能歌颂，而不应暴露。批判指出："如果说张英这一个原来是编导者所企图歌颂的人物，是个劳动英雄……那么就必须要从她的党性原则，她在政治活动中的骨干作用以及她的劳动人民的纯朴勤劳等品质来表现。但张英却被表现为毫无英雄气概，毫无共产主义理想的人"②。这一段话意在说明，作家萧也牧以及电影的改编者在处理应当歌颂的人物时采取的不是应有的姿态，甚至是有损人物形象的不应有的姿态。这样，他受到的谴责便是自然的了。同样的问题，也发生在王蒙的小说《组织部来了个年轻人》以及其他更多的作品上。1956 年提倡"百花齐放"时代，作家受到鼓舞。根据这时期生活发展的现实，他们在原先只看到光明面的地方看到了不光明面，于是出现了一批称为"干预生活"、暴露生活的阴暗面的作品——作家在本应歌颂的对象上表现出另一种态度，这当然是有悖于常的。这批作家和作品在后来"反右派斗争"中无一例外地受到了批判乃至惩罚。

---

① 《我们夫妇之间》，原载《人民文学》1950 年第 1 期。
② 贾霁：《关于影片"我们夫妇之间"的一个问题》，《文艺报》1951 年第 4 卷第 8 期。

中国当代文学的许多悲剧，固然是由于历次"政治运动"的方式进行的政治"运动"文学的结果，但这只是表象。而真正的内因，则是这种基于社会功利主义而制定的要求于文学的政治标准，歌颂或暴露是其中之一。它使很多作家作品在这个标准的衡定下受到不公正的裁决。当这种裁决生效的时候，通常的"政治标准第一、艺术标准第二"，实际是只有"第一"在起作用，就是说"第一"在实际操作时便是"唯一"：一个作家若是模糊了或颠倒了所歌颂和暴露的对象，则不论其作品有多大的艺术价值，均将受到否定。

政治和意识形态的动机要求作家写作时对人民及其敌人或持肯定和颂赞的态度，或持暴露和鞭挞的态度，也只有这种态度，作家的工作才能得到肯定，反之，他们的所有努力甚至会危及作家自身。这种文学的导向，被称为是作家采取了"正确的立场"，而且被称为是作家坚持了"现实主义"。而实际生活中各类矛盾往往出现混淆乃至颠倒的现象（如"反右"斗争和"文革"中所发生的），而且人民范畴中的具体对象也并非不存在应该批评的缺点和问题。这样，作家的创作就不能不常常陷入困境，他们很难正视生活的真实状态，有时甚至连现实主义的边都没有沾上。文学的颂歌时代的形成尽管是强大的理论推进的结果，也有当日作家对于社会发展的一份真诚（当然，随后也就成为一种庸俗），但这种思潮急剧地把文学创作推向虚假的恶果，则是有目共睹的事实。

文学是全体公众的事业。它表现全社会各个层面各色人等的生存状态和精神状态。文学的动机和结果都是作家基于自己的良知和素养独立的和自由的认知，它不会依附于他人，特别不会依附于权力和金钱。文学家与政治代言人应当有区别。文学面对的是整个人类，而不是按照各种利害加以划分的某一群体或某一集团的规定代言人。

胡适认为中国新文学运动的理论中心只有两个，即"活的文学"和"人的文学"。据他自述，前者指文字工具的革新，后者指文学内容的革新①。他当时所谓人的文学是指"健全的个人主义"。胡适引用易卜生《娜拉》中的一句话来表达他当时的思想："无论如何，我务必努力做一个人"。但胡适思考的核心也是文学对人的解放的关怀。

---

① 胡适:《建设理论集·导言》，良友图书出版公司 1935 年版，第 19 页。

在这种思考的背后，是漫长的封建暗夜带给中国平民的非人境遇。

在中国现代文学史上涉及人的文学的最重要的一篇文章，是周作人的《人的文学》①。这篇文章以前驱的姿态把五四新文学关于人的命题大大向前推进了，它已超越当日和事后概括的个性解放的内容。周作人说："我所说的人道主义，并非世间所谓'悲天悯人'或'博施济众'的小慈善主义，乃是一种个人主义的人间本位主义"。还说"我说的人道主义，是从个人做起。要讲人道。爱人类，便须先使自己有人的资格，占得人的位置。"

周作人的人的文学的基础和前提，是个人的自我本体的建立，是一个人对于作为个体的我的尊严与权利的确认。这种理论，当然意在张扬个性，鼓励创作的自由。它造出了五四初期解放的文体，奔放而洒脱的艺术风格，它使一种无拘无束的心态充盈在创作活动中。这是五四新文学最可贵的本质的自然呈现。

20世纪20年代革命文学的理论大兴，阶级论盛行。从创作的个体意识与群体意识的角度，它对五四新文学的主张，作了一个方向的强调。革命文学的倡导者宣告："革命文学应当是反个人主义的文学，它的主人翁应当是群众，而不是个人；它的倾向应当是集体主义，而不是个人主义"②；"个人主义的文艺老早过去了，然而最丑猥的个人主义者，最丑猥的个人主义者的呻吟，依然还是在文艺市场上跋扈"。当时最极端的主张是要文艺青年放弃自我地"当一个留声机器"，认为这是"最好的信条"，并且进一步说，"你们若以为是受到了侮辱，那没有同你说话的余地，只好敦请你们上断头台"！③随后，发表这文章的作者又再撰一文进一步对"当留声机"作出明确的阐释。即指文艺青年们"应该克服自己旧有的个人主义，而来参加集体的社会活动。"文章还描写了这种克服和获有的"战斗的过程。"1. 他先要接近工农群众去获得无产阶级的精神；2. 他要克服自己旧有资产阶级的意识形态；3. 他要把新得的意识形态在实际上表示出来，并且再生产地增长巩固这新得的意识形态。④中国社会由于长期的积弱而思振兴，

① 周作人：《人的文学》，载《新青年》第5卷第6号，1918年12月。

② 蒋光慈：《关于革命文学》，载《太阳月刊》第2期，1928年2月2日。

③ 麦克昂：《英雄树》，载《创造月刊》第1卷第8期，1928年1月1日。

④ 麦克昂：《留声机器的回音》，原载《文化批判》1928年3月15日第3期。

于是容易接受激进的思潮。而革命运动或救亡图存运动的勃兴，其本身都是群体性的。历史性的群体运动也必然会造就带有群体印记的新的个性。在这样的形势下，激进思潮更要求于文艺创作的是不断地压抑作家的个人性，不断消泯创作的个人性特征，要求无限制地张扬群体意识，推崇政治思想方面的集体主义和创作内涵上的集体思想，以此压制个性化要求。

50 年代以后，根据新的社会条件，在指导文艺创作的方针中，也是不断强调文艺的群体性，认为代表社会主义方向的是集体主义思想，而把个人主义归于资产阶级思想。为了有效地推广上述思想，还对五四新文学传统作出了新的解释。周扬在《发扬"五四"文学革命的战斗传统》一文中提出"培养和发展新的个性"的命题，而对"个性"做了全新的诠释："我们所要求的个性应当是与人民联系的、和人民打成一片的个性、是愿意把自己的一切贡献给人民的事业的个性，这才是建设性的个性。我们必须反对和人民脱离的、同人民对立的个性，反对资产阶级的卑鄙的个人主义的个性，那是破坏性的个性，和新社会不相容的。我们的文艺作品应当以积极培养人民集体主义思想，克服人们意识中的个人主义作为自己的任务。"①周扬这样希望于新社会的个性并非没有道理。但在这种解释之下，原先那种以个人为本位的文学创作个性就很难广泛而多样地存在了。有些作家也乐于或被迫隐匿自己真正的个性。

作家的创作个性，作家基本个人方式的对于精神、物质世界的观察和表现受到阻塞。所有的社会生活现象和个人生活现象的审视，在集体主义的提倡和鼓励之下，都只能从排除了个性特征之后的群体方式切入。"自我"的眼光、角度不断被削弱乃至此一指称的消失乃是自然而然的。最突出的事例是诗人郭小川。50 年代他以苏联的马雅可夫斯基为榜样写政治鼓动诗，其内涵是毋庸置疑的社会主义——共产主义的集体思想和集体形象，他以参加过革命的同志和"兄长"的口气激励青年人战胜困难勇往前进。这些都与主流的文学形态高度一致。只是在表达上，郭小川喜欢用第一人称的"我"，这就招来了反感和

---

① 周扬：《发扬"五四"文学革命的战斗传统》，《周扬文集》第 2 卷，人民文学出版社 1985 年版，第 280 页。此文原载《人民文学》1954 年 5 月号。

批评。作者在一篇文章中记载了这方面的回答——

> 有些同志向我提出问题：在你的诗里，为什么用那么多的"我"字，干吗突出你自己呢？这个问题，也使我想了很多。前几首《致青年公民》中，曾有过"我号召你们"、"我指望你们"的句子，实在是口气过大，所以，在以后的各首中，我就改正了。但，我要说明的是：我所用的"我"，只不过是一个代名词，类如小说中的第一人称，实在不是真的我，诗中所表述，"我"的经历、"我"的思想和情绪，也绝不完全是我自己的。我现在还不敢肯定，这样的看法是否恰当……①

郭小川所说明的几点，其实都是文艺学上的常识，可当时都成了问题。他说"实在不是真的我"，又说，"决不完全是我自己的"。现在要问：实在是真的我，完全是我自己的，又怎么样呢？

郭小川作为一位既有充裕的公众关怀，又有艺术探索精神的诗人，在50年代诗人中是个性突现的一位。但也就是由于这一点，他的创作经常受到谴责。著名的《望星空》就是因为涉及"自我"对个体生命短暂而事业伟大、宇宙洪远的感慨而遭到激烈的抨击。批评者说，"这首诗的主导的东西，是个人主义、虚无主义的东西；它腐蚀了诗人自己的头脑，又在读者中间散发了腐蚀性和影响。"批评者严厉指责"不洁的"个人主义，"这些个人主义实质上是脆弱的，一遇到挫折，就不免有四大皆空之感！(《望星空》)一诗就是个人主义的东西受到挫折以后悲观绝望的表现。"②

这样批评的结果，不仅造成文学作品中个人话语的减弱以致消失，而且最后导至作为文学创作基本规律的作家个人创造性的萎缩和蜕化。当代作家因为耽心个体意识太强而影响群体意识的发扬，担心主观性无意发扬的结果易于损害客观冷静的观察、体验和反映，于是就在创作活动中谨小慎微，唯恐招致对于集体主义创作原则的危害。这样，文学创作中的个人的独创性，作家独具慧眼的对于主客观事物的

---

① 郭小川：《关于〈致青年公民〉的几点说明》，原载《致青年公民》，此文写于1957年9月2日。
② 华夫：《评郭小川的〈望星空〉》，载《文艺报》，1959年第23期。

体悟和评价，他们的闪耀着个人才华的艺术表现力和风格特性，便往往淹没在众口一声和千篇一律的公式化的汪洋大海中。

茹志鹃的短篇小说《百合花》出现在 1958 年是一个特殊的现象。那时中国文艺界的反右派斗争的疾风暴雨刚刚过去，而全社会狂热的"大跃进"运动正如火如荼地展开，而《百合花》尽管依然是反映战争的，可以认为是"安全"的题材，但它的写法和角度，它的主题和情调都与那时的环境氛围格格不入。即便这篇小说受到茅盾的保护，但当时的某些批评仍然表现出它的不无偏执的凌厉。有人以"作家有责任通过作品反映生活中的矛盾；特别是当前现实中的主要矛盾"对作品提出质疑。批评者反诘作家，"为什么不大胆追求这些最能代表时代精神的形象，而刻意雕镌所谓'小人物呢'呢？"认为小说中的几位人物，"还没有提高和升华到当代英雄已经达到的高度"，希望作家不要作茧自缚，要写"具有共产主义品质的英雄"，使作品出现更多的"复杂的矛盾冲突"，"把作品的主题思想提得更高"。批评文章显然对这篇作品表现出来的女性作家的柔婉抒情的风格有所保留，它告诫作家："风格本身并非一成不变，而是需要不断发展，不断丰富的。长处应该充分发挥，短处应该作必要的弥补。"①

作为 50 年代高度一致的"集体化"创作潮流中的一个"幸存者"，《百合花》当然也经历了风险的严重批评的洗礼。通过上述那些委婉语气的背后，我们不难觉察出当日那种意在取消创作个性和个人风格的理论的严厉。就是绝无仅有的这样一篇小说，要求消泯个人风格的一律化的力量也不想放过它，事情非常明显，若是按照上引那种批评去写作，那里还会存在像茹志鹃这样的作家以及这样一朵洁白俏丽的充盈着作家个性的花朵。

中国当代文学作家的许多创作在当日那种总体氛围中谈不上重视作家创造性的发挥以及鼓励他们从事现实生活和历史事件的真谛的发现和开掘，并且很大程度上排斥个人独立的观察和思考。政治运动的频繁和思想斗争的加剧，缺少安全感的作家有鉴于身前身后发生的无数文学悲剧，宁可以丢失创造性为代价，以换取稳妥的同时也是苟且的策略。于是，我们惊奇地发现了一个进入文学贫血的时代。这时代

---

① 欧阳文彬：《试论茹志鹃的艺术风格》，见《上海文学》1959 年 10 月号。

以"文革"的动乱为它的极致。原先还有一定数量的作家作品装点着贫乏的创作界，到此时只剩下受到批准的八个"样板戏"。据当时有权力的人宣称：以往的中国文学是一纸空白，从远处讲是"封、资、修"思想统治的历史，从近处讲是"黑线"专政的历史。而中国文艺的"新纪元"则始于"旗手"领导的"京剧革命"。

那些被称为"样板"的"文革"作品，从内容、形式到制作方式，无一不是充分集体化的产物。它与五四初期的个性解放或"个人主义的人间本位主义"，仿佛是两极的对立。不管什么时代人们的思想意识产生怎样的变化，作家通过艺术创作充分发扬个人的独创性，并充分展现他个人的风格魅力让读者和观众从作品中看出独特而个别的"这一个"，对于文学都是必需的。但这，在那个舆论一律的年代，只能是一个遥远的梦幻。

五、运动的文学和文学的运动

中国现代文学是个性解放的产物。它有感于"死文学"对于人的窒息，欲以"活的文学"来唤醒并建设"人的文学"的时代。因此当日对于作家的创作并没有一致的理论的约束。各色各样的主张是有的。但并没有强制的或统一化的要求。这种情况到了提倡"革命文学"时有了改变。前面述说那一批创造社成员的激进主张，要求文学家做先进思想的复述者（即"留声机"）而排除和杜绝个人意愿的表达，算是颇为极端的。但那里也只是一种一厢情愿的号召，实行与否在于作家。因为作为一个文学社团，他们并不具有行政的压力。这情景到民族矛盾上升时期，特别是抗日战争阶段便有了变化，要求文学从军或倡导"国防文学"等所具有的道义感构成了某种压力，这使得作家顺应这种压力的驱使从而调整自己的创作方向。

但对文学创作产生巨大的影响并成为别无选择的统一的运动的，则是以行政力量进行的文学规定。从40年代初期到40年代结束，在解放区大体奠定了对文学家进行运动式的组织创作的格局。这种格局致力于把作家的个体性的劳动组织到革命的集体性的大目标上来，使这些本来独立的个体成为统一大机器中的一个零件：齿轮或螺丝钉。但这些"零件"出身、经历、个性、文化背景、审美趣味都各不相同，必然要对这些零件进行"磨合"。这就提出了作家的思想改造的命题。

当时的理论批评要求来到革命根据地的作家放弃原先的兴趣和立场，使之能够适应一致性的目标和利益。后来还颁布了一个"决定"。其中对当时的文艺创作作具体的号召和规定："内容反映人民感情意志，形式易演易懂的话剧与歌剧（这是融戏剧、文学、音乐、跳舞甚至美术于一炉的艺术形式，包括各种新旧形式和地方形式），已经证明是今天动员与教育群众坚持抗战发展生产的有力武器，应该在各地方与部队中普遍发展"，"各根据地有演出与战争完全无关的大型话剧和宣传封建秩序的旧剧者，这是一种错误，除确为专门研究工作的需要者外，应该停止或改造其内容"①。

文学创作到这样地步，已经不是作家自由选择或可以自由讨论的实践，它是一种与行政性的规定、推行或禁止这些方式相联系和相一致的活动。这在五六十年代更普遍而广泛地发展为通过政治批判运动以约定文学创作的内容与形式。在这种环境和气氛中进行创作活动的作家，他们的工作必须顺应这种规定并接受全社会的监督方可实行。50年代普遍推行的知识分子思想改造运动，其基本目标就是改造个人主义为集体主义，改造资产阶级、小资产阶级思想为社会主义、共产主义思想。思想改造首当其冲的是作家和文艺家。

改造思想需要"脱胎换骨"，需要在"灵魂深处爆发革命"，需要"狠斗私字一闪念"如此等等。各种提法在社会政治发展的每个阶段各不相同，但其目标则是先后基本一致的。中国当代作家在这种巨大的政治、行政压力下，首先要进行的是批判过去，否定自我——这个工作通常被称为对作家的改造和作家的自我改造。这种改造的工作在正常的情况下（这几乎是常态的）则是通过批判或斗争的方式进行。这种批判或否定不仅是在所谓的世界观、创作道路或作品的思想内容的层面上，而且更在作家的审美观和艺术方式、甚至在风格等更深入的层面上。其范围广泛到了涉及作家创作实践及作品传播的一切方面。

胡风对这个问题早有觉察，他在1954年写成的《意见书》中对林默涵、何其芳与胡风论战的中心理论问题，即共产主义世界观、工

---

① 指1943年11月7日《中共中央宣传部关于执行党的文艺政策的决定》，见《文艺方针政策学习资料》吉林人民出版社1961年版，第5—7页。

农兵生活、思想改造、民族形式、题材五个观点，概括为五把理论刀子，认为"在这五道刀光的笼罩之下，还有什么作家与现实的结合，还有什么现实主义，还有什么创作实践可言？"胡风的这些意见，后因"问题性质"的转化而没有继续进行讨论当然也谈不上产生什么影响。不断对创作实践产生影响的，仍然是40年代以来的极端化的策略。

何其芳就是不断对自己的艺术方式和艺术道路进行批判否定的一位。他的否定从奠定他创作特色的成名作《预言》开始。诗集《预言》的写作始于1931年的《预言》一首而终于1937年的《云》。这是中国社会产生重大转折的年代。1937年不仅国内各方的矛盾加剧，而且在外国入侵下民族濒临危亡。在《云》中何其芳不是由于谁的提倡而是有感于社会时势的危急产生批判的自觉，他看到城市的堕落，农村的破产——

> 从此我要叽叽喳喳发议论：
> 我情愿有一个茅草的屋顶，
> 不爱云。不爱月，
> 也不爱星星。①

到后来，特别是到了延安之后，他的这种自我批判意识就转变而为一种按照指导性要求的实际行动了。1943年他在《改造自己，改造艺术》中，又联系当日的"整风运动"及下乡改造思想谈及如下的体会：

> 整风以后，才猛然惊醒。才知道自己原来像那种外国神话里的半人半马的怪物，虽说参加了无产阶级的队伍，还有一半或一多半是小资产阶级。才知道一个共产主义者，只是读过一些书本，缺乏生产斗争知识与阶级斗争知识，是很可羞的事情。才知道自己急需改造。而且，因为被称为文艺工作者，我们的包袱也许比普通知识分子更大一些，包袱里面的废物更多一些，我们的自我改造也就更需要多努力一些。②

---

① 何其芳：《云》，《何其芳文集》（第1卷），人民文学出版社1982年版，第59—60页。

② 何其芳：《改造自己，改造艺术》，《何其芳文集》（第4卷），第39页。

在社会产生急剧转变的时代，人们的思想立场或迟或早会产生变化，这在历史上是必然的。有的变化是自觉的，有的则是非自觉的。

在作家的思想改造方面，何其芳是处于社会转变时期具有典型意义的一位。他是自觉的。他从否定自己的艺术风格和艺术理想开始，逐步地到达最后否定作为诗人的旧的自我。这种否定是一种对于诗的本质的追逼和放逐的过程。从《云》和《画梦录》到表现知识分子改造的内在矛盾的《夜歌》，从不满《夜歌》的"伤感、脆弱、空想的情感"①，再到写作"白天的歌"，何其芳非常完整地完成自我否定的全过程。当然，这也是何其芳重新建设新的自我的过程。可是作为诗人的何其芳在进入50年代以后基本消隐了。1951年他在过去的诗集再版时说了这样的话："这个旧日的集子，虽然其中也有一些诗是企图歌颂革命中的新事物的，但整个地说来，却带着浓厚的旧中国的气息。因此，它不足以作为新中国的读者的理想读物"，"很想歌颂新中国的各方面的生活，并用比较新鲜一点的形式来写。但可惜我目前的工作不允许我经常到处走动，不允许我广泛地深入接触工农兵群众。又不愿使自己的歌颂流于空泛，我就只有暂时还是不写诗。"②

不难看出，何其芳也和冯至一样，把诗的基本性质非自觉地确定在"歌颂"上。既然旧的道路应当否定，而新的道路目前又不可实行，（不能"经常到处走动"，"广泛地深入接触工农兵群众"，当然还有主要精力做学术研究工作）那就只有停笔。何其芳这一番话，很像是诗的告别辞。这种告别看似自愿，其实却是充满内心矛盾的无可奈何。直到"文革"结束，何其芳才重新焕发诗的激情。何其芳的思想当然带着他那个时代的巨大而深刻的历史投影。中国作家的思想改造，不仅是思想要"脱胎换骨"，艺术也要"脱胎换骨"。艺术改造的模本在哪里？只有从当时认为的成功的实践去找。以延安为中心的中国解放区出现了一批有影响的作家作品，他们代表受到肯定的方向。50年代以后社会走向一体化，这些文艺的成果就当然地成为全体作家应当遵奉和贯彻的方向。

---

① 何其芳:《〈夜歌和白天的歌〉初版后记》,《何其芳文集》(第2卷)，第253页。
② 何其芳:《〈夜歌和白天的歌〉重印题记》,《何其芳文集》(第3卷)，人民文学出版社1982年版，第35页。

在作家思想改造和艺术改造的同时，要求作家深入现实的生活，熟悉工农兵和用人民"喜闻乐见"的方式去写作。有一个自我的思想——艺术否定在先，又有一个写自己并不熟悉的"写工农兵"在后，这一文艺潮流对于创作的直接影响，则是引导和鼓励一切作家避开自己所熟悉的。于是就相当广泛地出现无所适从的"失语"状态。许多作家、特别是来自国统区的作家不能以适当的方式思考并表达情感，他们避开自己的激情和愉悦，强迫自己从事他所难以适应和驾驭的题材，其结果大多只能或者停笔，或者导致艺术的失败。

中国大陆文学创作的危机并不始于"文革"，而始于比"文革"更早的时期。许多作家因找不到自己的位置和自己的语言而自然或是被迫地消失了。许多在新文学的建立中成绩卓著的作家，在新的历史时期中不是湮没无闻便是昔日风采荡然无存。当日创作的指导原则不仅要求作家用新的语言表现新的生活、新的人物，而且要求作家不断紧密跟随和配合当代的政治形势，而政治形势在当代又是变幻不定的，于是并不熟悉工农兵的许多作家只能操着夹生的"工农兵语言"去写"工农兵的火热斗争"，始终的做变幻不定的目标的追寻。

所幸，这种命运已随同一个时代的结束而宣告结束。对于当代中国作家而言，运动的文学和文学的运动都已是远去的噩梦。20世纪80年代开始的是一个作家逐渐掌握自己命运的文学新时期。中国当代作家已从被指定的代言者的身份中解放出来，作家终于开始"说自己的话"并在这时期创造了空前繁荣的文学。但当代中国文学依然有诸多的烦扰。其中最重要的一点就是当各式各样的约束（不是全部的）逐步宣告消解的时候，拥有一定创作自主权的作家如何在基本无约束的状态中自觉地面对自己的社会和民众、面对悠久的历史和苦难的大地、面对国家和民族的未来，摆脱流俗、金钱和享乐的诱惑，使自己的作品更能体现出当今时代的焦虑和困惑。一句话，当作家感到自己可以"想怎么写就怎么写"的时候，是否应当重新提出一些非常古老的命题，如使命、责任、意义、价值等用以"自律"。

1995 年 12 月 31 日

（原载于《文学评论》1996 年第 2 期）

"当代文学"的概念

洪子诚

　　这篇文章所要讨论的，主要不是被我们称为"当代文学"的性质或特征的问题，而是想看看"当代文学"这个概念是如何被"构造"出来和如何被描述的。由于参与这种构造、描述的，不仅是文学史家对一种存在的"文学事实"的归纳，因而，这里涉及的，也不会只限于（甚至主要不是）文学史学科的范围。

　　在谈到 20 世纪的中国文学时，我们首先会遇到"新文学"、"现代文学"、"当代文学"等概念。这些概念及分期方法，在 80 年代中期以来受到许多的质疑和批评。另一些以"整体地"把握这个世纪中国文学的概念（或视角），如"20 世纪中国文学"，"晚清以来的中国文学"，"近百年中国文学"等，被陆续提出，并好像被越来越多的人所接受。许多以这些概念、提法命名的文学史、作品选、研究丛书，已经或将要问世。这似乎在表明一种信息："新文学"、"现代文学"、"当代文学"等概念以及其标示的分期方法，将会很快成为历史的陈迹。虽然也有的学者觉得，它们也还有存在的理由和价值①。为着"展开更大历史段的文学史研究"，从一种新的文学史理念出发，建构新的体系，更换概念，改变分期方法，这些都很必要。但是，对于原来的概念、分期方法等加以审察，分析它们出现和被使用的状况和方式，

---

　　① 在"20 世纪中国文学史"将要大量出现的时候，最早提出这一概念的学者之一今日参与编写的文学史著作，却仍沿用"现代文学"的名称。他们认为，"尽管这些年学术界不断有打破近、现、当代文学的界限，开展更大历史段的文学史研究……的建议，并且已经出现了不少成果"，"但由于本书的教科书性质"以及现有的学术格局，"以'三十年'为一个历史叙述段落，仍有其存在的理由和价值"。见钱理群、温儒敏、吴福辉：《中国现代文学三十年·前言》，北京大学出版社 1998 年版。

从中揭示这一切所蕴涵的文学史理念和"意识形态"背景，也是一项并非不重要的工作。

80年代中期，北京和上海的学者分别提出"20世纪中国文学"和"新文学的整体观"的学术思路，其中便已或明或暗地包含了对"现代文学"与"当代文学"学科划分的批评。随后，陈思和在他的论著中，又进一步将中国20世纪文学史的研究，历时地区分为"中国新文学史"研究、"中国现代文学史"研究和"20世纪中国文学史"研究三个阶段①。陈对"现代文学"与"当代文学"，是"人为的划分"的提示，对"现代文学"概念的"意识形态"含义的指明以及在观察这一问题时注重历史过程的视角，都富启发性。这可以作为我们讨论问题的起点。当然，如果吹毛求疵而略作补充的话，尚可以指出，第一，所说的第二个阶段，准确地似应是"现代文学史与当代文学史"研究阶段。也就是说，"现代文学"是对应着"当代文学"概念的，它们的出现既在同一时间，其含义也只是在对应、相互限定的关系上才能确立②。第二，文学史的概念和分期方法，都包含着政治、历史、社会、教育、文学等因素的复杂影响和制约——因而，也可以说都有着"意识形态"的含义；从某种意义上说也就都有"人为"的性质，而不独"现代文学"为然。问题只在于这种"意识形态""人为性"的具体含义的分别。第三，这种"人为的划分"，对于"现代文学"与"当代文学"来说，不仅是文学史家"事后"，（对已逝的"历史"）的描述，而且更是文学运动的发起者、推动者对所要争取的文学前景的"预设"，对某种文学路线的实施。就后者而言，这里提供了观察文学史研究和文学运动开展之间复杂关系的实例。

这样，对"当代文学"概念辨析，便有了讨论的基点。这就是，从概念的相互关系上，和从文学史研究与文学运动开展的关联上，来清理其生成过程。讨论的是概念在特定时间和地域的生成和演变，这

---

① 参见陈思和《中国新文学研究的整体观》（《复旦学报》1995年第3期。本文的引述据《陈思和自选集》第1页，广西师范大学出版社1997年版），《关于编写二十世纪中国文学史的几个问题》（这篇文章曾以《一本文学史的构想》为题，编入陈国球编，香港三联书店1993年版《中国文学史的省思》，编入《自选集》时作者作了"重大修改"，《陈思和选集》，第22—26页）。

② 王宏志说，"众所周知，'现代文学'一词，其实是相对于'当代文学'而言"（《历史的偶然》，牛津大学出版社（香港）1997年版、第47页）。虽说是"众所周知"，但还未见到对这个问题的较充分论述的文字。

种生成、演变所反映的文学规范性质。另外的角度，譬如从"语义"上，从概念的"本质"上，来讨论"当代文学"的含义及相应的分期方法的真伪、正误，也许不是没有意义，但不是这篇文章的目的。

一、"新文学"与"现代文学"

在讨论"当代文学"的生成时，我们无法离开对"新文学"与"现代文学"概念的考察。正如前引的陈思和文章中指出的，"新文学"概念（或作为文学史学科的"新文学史研究"）与"现代文学"（"现代文学史研究"）之间的使用，呈现为相衔接的两个阶段。同时又可以进一步指出，"新文学"概念（或"新文学史研究"）被"现代文学"（或"现代文学史研究"）取代的过程，也就是"当代文学"概念（或"当代文学史研究"）生成的过程。甚至可以说，这种"新文学"与"现代文学"概念的更替，正是为"当代文学"提供生成的条件和存在的空间。

大致在 50 年代中期以前，有关"五四"以来新文学的文学史论著和作品选，大多使用"新文学"名称。在这期间，"现代文学"概念很少见到，个别以"现代文学"命名的著作，也主要作为"现时代"的时间概念使用[①]。如《中国新文学的源流》（周作人，1932），《中国新文学运动史》（王哲甫，1933），《中国新文学运动述评》（王丰园，1935），《新文学概要》（吴文祺，1936），《中国新文学大系》（赵家璧主编，1935—1936）等。同样使用"新文学"名称的朱自清的《中国新文学研究纲要》和周扬的《新文学运动史讲义提纲》，虽然晚至 1982 和 1986 年才正式发表[②]，但都产生于二三十年代，是作者在学校里授课的讲稿。使用"新文学"概念的这种情况，一直继续到 50 年代一段时间。除了丁易的《中国现代文学史略》（1955）外，王瑶的《中

---

① 如任访秋的《中国现代文学史》（上卷，河南前锋报社 1944 年版）。这里的"现代"，是"现时代"的意思。前此的《现代中国文学作家》（钱杏邨）、《现代中国女作家》（黄英）、《现代十六家小品》（阿英）等的"现代"，也都是这样的意思。

②《中国新文学研究纲要》原稿本保留下来的有三种，80 年代初经赵园整理后，发表于《文艺论丛》第 14 辑，上海文艺出版社 1982 年版。周扬的《新文学运动史讲义提纲》是 1939—1940 年在鲁艺的讲课提纲，正式发表于《文学评论》1986 年第 1、2 期。

国新文学史稿》（上卷 1951，下卷 1953），蔡仪的《中国新文学史讲话》（1952），张毕来的《新文学史纲》（1955），刘绶松的《中国新文学史初稿》（上下卷，1956），这些出版于 50 年代前半期的文学史著作，也都称为"新文学史"。

但是，从 50 年代后期开始，"新文学"的概念迅速被"现代文学"所取代，以"现代文学史"命名的著作，纷纷出现①。与此同时，一批冠以"当代文学史"或"新中国文学"名称的评述 1949 年后大陆文学的史著，也应运而生。50 年代中后期发生的这种概念更替，粗看起来会觉得突然②，实际上它的演变逻辑并非无迹可寻。这种更替，是文学运动开展的结果。当时的文学界赋予这两个概念不同的含义。当文学界用"现代文学"来取代"新文学"时，事实上是在建立一种文学史"时期"划分方式，是在为当时所要确立的文学规范体系，通过对文学史的"重写"来提出依据。

在二三十年代，因为在时间上和心理上与发生的事情有较近的距离，因此，对于五四文学革命及这一"革命"的成果的陈述，尤其在事实的限定和材料的处理上，不同的作家和学者之间，有较多的共通性。他们大体上把"新文学"，看做是对"旧"文学（或"传统"文学）取得革命性变革的文学现象。尽管如此，对"新文学"的陈述和阐释，一开始就存在许多不同，且预示着立论和阐释方向上后来的严重分裂。在上面已经提到的新文学史论著中以及《五十年来中国之文学》（胡适）、《现代中国文学之浪漫的趋势》（梁实秋）、《现代中国文学作家》（钱杏邨）、《论民主革命的文学运动》（冯雪峰）、《论现实主义的路》（胡风）等著作中，我们既可以看到一些共同点，也能看到许多的分歧；看到不同的立足点，不同的取材方式，不同的评价体系。

---

① 如孙中田、何善周、思基、张芬、张泗祥的《中国现代文学史》（上卷，吉林人民出版社 1957 年版）、复旦大学中文系现代文学组学生集体编著的《中国现代文学史》（上册，上海文艺出版社 1959 年版）、吉林大学中文系中国现代文学史教材编写组的《中国现代文学史》（第 1 册，吉林人民出版社 1959 年版）、复旦大学中文系 1957 级文学组学生的《中国现代文艺思想斗争史》（上海文艺出版社 1960 年版）、中国人民大学语言文学系文学史教研室现代文学组的《中国现代文学史》（上下册，中国人民大学出版社 1961 年版等）。但台湾、香港等地区此时概念的使用却不相同。

② 这种突然更替的现象，会让人不解。贾植芳埋怨说，"不知从何时起，'新文学'这个概念渐渐地为人弃置不用了，取而代之的是'现代文学'。……这样，就使我们这门学科不知不觉地陷入一种形与体的自相矛盾之中。"（《中国现代文学词典·序》，上海辞书出版社 1990 年版）。

这种历史叙述的不同，与叙述者的身份、知识背景、个人的历史处境有直接或间接的关联，为他们所信奉的历史观和文学观所制约，当然，也表达了不同集团、派别对于社会政治、经济、文化的现实评价和未来设计。在梁实秋那里，可以看到他对白璧德等的"新人文主义"理念的应用，看到对"新文学"的"浪漫"倾向的批评和对文学的节制、纪律的提倡。在钱杏邨的论著中，可以看到他的"新时代的眼光"的激进尺度，如何把鲁迅、郁达夫、叶圣陶、徐志摩、茅盾等归入落伍或抓不住时代而开始"反动"的行列。在朱自清那里，历史的复杂存在被尊重（换目前的一种说法，就是承认"现代性"的复杂性和矛盾性），在文学进步的理想中，作家的各种主张和创造被相当宽容地包容，尽管他并非缺乏自身的思想艺术态度……对"新文学"的各种历史叙述方式，在三四十年代，如果可以区分为几种主要类型的话，那可能是：侧重于"自由主义"思想和文学"自律"的立场的叙述；强调文学的启蒙功用和文化批判立场的叙述；以阶级分析和文学与经济、政治的决定性关联为依据的叙述，等等。

1940 年初，毛泽东发表了《新民主主义论》，连同在此前后的《中国革命和中国共产党》等论著，对中国社会现状作了系统的分析。《新民主主义论》的论述，对中国左翼文化界产生了巨大影响，文学史研究也不例外。毛泽东在这里提出了观察文化问题的方法论，确立了讨论问题的基本前提。这就是，在物质与精神，存在与意识，政治、经济革命与文化革命之间的关系上，强调前者对于后者的"决定"作用。他指出，"一定形态的政治和经济是首先决定那一定形态的文化的；然后，那一定形态的文化又才给予影响和作用于一定形态的政治和经济。"[1]这为左翼文学界开展的文学运动，和与这一运动紧密相连的对文学的历史叙述（文学史研究），确立了应予遵循的原则。从文学史叙述的方面，这一原则可以称为多层的"文学等级"划分。毛泽东认为，现阶段的中国社会形态是"半封建半殖民地"的，因而，中国革命的性质是反帝反封建的民主革命。但是，他又认为，在进入 20 世纪之后，由于资本主义已发展到"帝国主义"阶段，并且发生了俄国十月革命，在这种情况下，中国的资产阶级民主革命已属于世界无产阶级革命的

---

① 《新民主主义论》，《毛泽东选集》（一卷本），人民出版社 1966 年版，第 657 页。

组成部分，领导权已掌握在无产阶级及其政党手中，它已不属"旧"民主主义革命范畴，而是"新"民主主义革命。这一革命，将导向社会主义革命的目标。这一论述，在文化的分析上，必然地推导出这样的结论：第一，与现阶段中国社会存在着不同的经济成分和阶级政治力量相对应，"文化"也不是一个"整体"，而有各种文化形态，需要从分析其阶级性质来加以区分，并确定不同文化形态的等级地位。"帝国主义文化"和"半封建文化"是反动的，"应该被打倒的东西"，反映新的经济基础和先进阶级的意识的，则是"新文化"。但是，第二，"新文化"，也不是一个无须作进一步分析的"整体"，它同样也由各种不同的因素构成。它们组成"统一战线"。各种因素、力量在这个"统一战线"中的地位不是对等的，有主导与非主导、团结和被团结、斗争和被斗争的结构性区分。无产阶级文化、"社会主义的因素"，是起决定作用的因素，资产阶级、小资产阶段的文化，则属于通过斗争、团结而予以争取、改造的因素。第三，在毛泽东看来，中国社会与人类社会历史的演化，都要经历从封建社会到社会主义社会发展的过程。因而，现阶段的"新民主主义革命"当然不是革命的终点，在完结革命的第一阶段之后，"再使之发展到第二阶段"，以建立"自有人类历史以来，最完全最进步最革命最合理"的社会制度。因而，"新民主主义文化"是一种"过渡"性质的文化，必然要发展为更高一级的社会主义和共产主义文化。文学发展阶段的问题，伴随对社会发展阶段的确认而被确认。

这是以"不断革命"的方式建立"新文化"的主张。在 20 世纪，这种激进的文化主张虽然早已存在，并在 20 年代末的"革命文学"倡导、论争中进一步意识形态化。但是，40 年代初的这一论述却有其重要意义。这不仅指这一理论的建构，是通过对中国社会的特殊性的分析来达到，因而更具说服力。更重要的还有，与既往的激进的文化主张不同的是，它与现实的政治实践联系在一起，并在政治运动中，不断推动其"体制化"的实现（激进文化主张作为众多的文化观念中的一种是一回事，这种主张在政治权力的保证下成为体制化的规范力量又是另一回事）。在文学史的概念问题上，这一论述引发的结果，是赋予"新文学"（后来便用"现代文学"来取代）以新的含义，而作为比"新民主主义性质"的"新文学"更高阶段的文学（它后来被称为"当代文学"），也已在这一论述中被设定。50年代中后期，"现代文学"对于"新文学"概念的取代，正是在文学史叙述上，从两个方面来落实《新民主主义论》的论述。一是新文学构成的等级划分。正如周扬等组织、由唐弢主编的《中国现代文学史》的"绪论"所说的，中国现代文学是"无产阶级领导的人民大众的反帝反封建的新民主主义的文学"，"它具有新民主主义的统一战线的性质"：它包含着多种阶级成分——无产阶级、资产阶级、小资产阶级以及"残余的封建文学"和"法西斯文学"①。这时使用的"现代文学"概念，是在划分多种文学成分的基础上确定主流，达到对"新文学"概念的"减缩"和"窄化"。二是文学"进化"的阶段论。不像"新文学"在时间范围上的不很确定（如王瑶的《中国新文学史稿》虽然作为"附录"，还是写入了"新中国成立以来的文艺运动"一章）②，而明确"现代文学"是指"五四"文学革命到1949年的这一时间。至于1949年革命性质发生变化之后的文学，需要有另外的概念来指称；因为文学的性质也已经不同。这从文学时期的划分上，从"学科"分界上，"厚今薄古"地确立"新民主主义性质"的"现代文学"与"社会主义性质"的"当代文学"的阶梯（等级）序列。

二、"当代文学"的生成

一般都会认为，出版于50年代初的王瑶的《中国新文学史稿》，是"第一部""力图以毛泽东的《新民主主义论》《在延安文艺座谈会上的讲话》为指导"的新文学史③。当然，严格说来，周扬在延安鲁艺的讲稿《新文学运动史讲义提纲》，才是最早以《新民主主义论》作为新文学史论述基准的尝试。但"讲义提纲"，迟至80年代才正式发表，在很长时间里并未对文学史研究产生直接影响。至于王瑶的《中国新文学史稿》（连同刘绥松、蔡仪、张毕来等50年代的著作），虽然仍使用"新文学"的概念，但正如有的学者指出的，已经属于"现

---

① 《中国现代文学史·绪论》，人民文学出版社1979年版。
② 1982年上海文艺出版社的修订重版本，删去了这一附录。
③ 黄修己：《中国新文学史编纂史》，北京大学出版社1995年版，第133页。

代文学史研究"的范畴①。不过,《史稿》虽然"力图"贯彻《新民主主义论》的"指导思想",但也还不是那么"彻底"。尤其是具体作家作品的选取与品评上,显然与"指导思想"存在许多矛盾。因而,它多次受到批评。②

但是,《新民主主义论》的文化问题论述,不仅制约了对文学历史的叙述,更重要的是决定了文学路线的方向和展开方式。也就是说,对"当代文学"的生成,需要从文学运动开展的过程和方式上去考察。基于这一理解,这里使用了"预设"和"选择"这两个词。"预设"的含义,类乎有学者提出的,中国现代文学的那种"逆向性"特征:即从一种文学形态的理想出发,展开创造这种文学的实践。不过,"逆向性"其实是相当普遍的现象,尤其是 20 世纪中外那些先锋性的文学实验,都是以理论设计"先行"的方式进行;并非中国的"诗界革命"、"小说革命","五四"文学革命,二三十年代的革命文学,40 年代的延安文学才是这样。不同的地方可能是,有些先锋性的文学运动的推动者,他们关注的是这种实验自身;而中国现代激进的文学实验者,则把他们的"预设"看做是必须导向全局性的,而伴随着强烈的对"异端"的排斥。这样,"预设"就不仅仅是一种"新"的文学形态的构造,而且是这种文学形态在整个文学格局中支配性地位的确立。

对"当代文学"生成过程的考察,应该从 40 年代后期开始。40 年代初的延安文艺整风和延安文学实验,可以看做是"当代文学"的"直接渊源":它被左翼文学的主流派看做是"继'五四'之后的第二次更伟大、更深刻的文学革命"③,并认为是"规定了新中国的文艺的方向"④。抗日战争结束以后,在"新中国"———一个独立的民族国家,和"中国的工业化和农业近代化"将要出现被预告和被感知的情势下,把这一文艺方向推向全国,成为全局性的文学构成,是 40 年代后期左翼文学界关切的主题。当然,在"战后"的日益政治化、冲突日益

---

① 陈思和:《关于编写中国二十世纪文学史的几个问题》,《陈思和自选集》,第 24 页。

② 参见《中国新文学史稿》(上册)座谈会记录,《文艺报》1952 年第 20 期。

③ 周扬:《坚决贯彻毛泽东文艺路线》,《文艺报》第 4 卷第 5 期,1951 年 6 月 25 日。

④ 周扬:《新的人民的文艺》,《中华全国文学艺术工作者代表大会文集》,新华书店 1950 年版。

激烈的文坛上，随着政治变动而产生的各种文学力量重组的前景，是许多作家都感觉到的。不同思想倾向和创作追求的作家和作家群，为着自身的主张的实现，和其他的派别构成紧张的关系。但是，有"资格"和能力为文学的"全局"建立规范，左右文学界的路向，对文学实施有效的选择的，只有左翼文学力量。这种支配性的地位的取得，一方面靠左翼文学的威望和广泛影响，它对于民族意识和情绪的较有成效的表达。另一方面，又是因为正在迅速取得胜利的政治力量的保证。1948年，朱光潜攻击左翼文学界"以为文艺走某一方向便合他们的主张或利益，于是硬要它朝那个方向走，尽箝制和奸污之能事"[①]。这种说法，自然是出于和左翼文学在政治、文学观念上的巨大分歧，但更在表达对"硬要它朝那个方向走"的文学一体化的不满——这种不满，从心理上说，是意识到"政府的裁判"外的"另一种'一尊独占'"[②]的力量的强大和难以抗衡。

左翼文学界在推动"当代文学"生成上所作的选择，是对40年代作家作品和文学"派别"进行"类型"的划分。类型分析的尺度，是对文学观念、作家作品的"性质"进行阶级分析。这种方法在20年代后期，就为"革命文学"的倡导者所实行；他们将苏俄和日本无产阶级文学运动中确立的这种理论和策略，应用在对当时文坛状况的分析中。这种尺度，直接从左翼作家把文学看做阶级意识形态的文学观念中导出，来自于他们对文学与阶级斗争、政治斗争关系的理解。但是，也与现代中国文学与现实政治的特殊联系的状况相关。因而，在40年代后期，这一尺度的实施，便完全以毛泽东关于中国现代社会及其文化形态的分析作为依据。当然，作家和文学作品，作家的观念、情感和文化态度的表达，清楚地按阶级属性加以区分并非易事——因为难以提出可以确定把握的方法。创作本身的复杂性，政治观点与创作之间关系的复杂性，使类型边界的确定变得困难，在阐释上也就留下很大的随意性空间。不过，这可能也是左翼的类型分析者所希望的：最后，能成为重要依据的，将是作家现阶段的政治立场，即对中国革命和左翼文学运动的态度。

---

① 《自由主义与文艺》，《周论》第2卷第4期，1948年8月6日。
② 沈从文：《新废邮存底·十七》，《沈从文文集》（第12卷），花城出版社1982年版，第51页。

左翼文学对 40 年代的文学现象（创作和理论主张）的分析，首先是在文学界（这在当时开始称为"文学阵营"）中划分敌我。处在激烈的政治情势下的 40 年代作家，被划分为"革命作家"、"进步作家"（或"中间作家"）和"反动作家"几类①。"革命作家"的含义和所指对象，一般说不应产生歧义。但这也不好一概而论。如胡风及其追随者，坚信对于革命一贯的忠诚，但在 40 年代后期，这种身份已不被左翼主流派别所认可。在 50 年代，则先被归入小资产阶级类型、后又列入"反革命"行列。丁玲、冯雪峰等的类属，也有相类的情形。"中间作家"（或"广泛的中间阶层作家"、"民主主义作家"、"进步作家"等），则指虽然赞同新文学的反帝反封建的方向，对革命抱同情和靠拢态度，但"世界观"还是小资产阶级，在文艺观念上与革命大众文艺存有歧见的作家。这被当做教育和团结的对象；左翼文学界认为他们必须改造自己的文艺观和写作方式，才有可能参与对"当代文学"的创造。至于列入反动作家名下的，有主张"唯生主义文艺"和"文艺再革命"的徐中年，标榜"文艺的复兴"的顾一樵，与国民党官方有直接关系的潘公展、张道藩等。主张为"艺术而艺术"的沈从文、朱光潜以及萧乾等作家，在 40 年代后期，也被列入"反动"的行列：应该与沈、朱、萧等人当时在国共两党斗争中暧昧的政治态度和他们对左翼文学的激烈批评有直接关系。这种划分敌我的分析方法，在后来有了进一步发展。50 年代末在"资产阶级道路"和"混到左翼文艺队伍"中的反革命的名目下，列入了"胡适一派"，"陈西滢一派"，"新月派"，"第三种人"，"托派分子王独清"，延安的王实味、李又然、萧军、丁玲，国统区的冯雪峰和胡风一派，"解放后"的陈涌、钟惦棐、秦兆阳等。到了"文革"期间，则有了更为"纯粹化"的划分。——这些因为不属于"当代文学"生成的讨论范围，这里姑且置之不论。

类型划分的另一方面，是针对文学思想和创作现象。"属于革命文艺的敌对方面"的文艺，包括"封建性的"和"买办性的"两种类型，它们是"地主大资产阶级的帮凶和帮闲文艺"。萧乾的创作被归入"标准买办型"的范围，沈从文的创作则是"黄色"的。而"色情、神怪、武侠、侦探"等，则是"迎合低级趣味"的"封建类型"文艺。

①　见郭沫若：《斥反动文艺》、邵荃麟：《对于当前文艺运动的意见》等文。

除了这些"要无情地加以打击和揭露"的对象外，左翼文学的分析，更着重揭露 40 年代进步、革命的文艺运动所表现的右倾、衰弱的状况。这种状况，在 1948 年邵荃麟执笔的总结性文章①中，主要归纳为两个方面：一是"表现于那种浅薄的人道主义和旁观者底微温的怜悯与感叹态度"。持这种态度的作家认为，他们应该埋头在自己的创作上，"在文艺中去安身立命，用较冷静的头脑，去观察、分析这社会"；他们并"在接受文艺遗产的名义下，……渐渐走向对旧世纪意识的降伏"。其结果，是在创作上表现为对"超阶级的人性，以至所谓'圣洁的爱'与'永恒的爱'的追求"，和"方法上""走向于繁琐的和过分强调技巧的倾向"。这是"政治逆流中知识分子软弱心境的一种反映"，是"旧现实主义"、"自然主义"对作家的征服。右倾和衰弱的另一状况，"则表现了所谓追求主观精神的倾向"。这种"内在生命力与人格力量"的追求，"自然而然地流向于强调自我，拒绝集体，否定思维的意义，宣布思想体系的灭亡，抹煞文艺的党派性与阶级性，反对艺术的直接政治效果"。可以看到，这种类型分析的结果，是提出一份需要批评、削弱、纠正的对象的"清单"。由于尺度的严格，被"压抑"的范围相当广泛。这种区分，在建立的创作倾向、文学流派的系列中，不仅将左翼文学置于最高的等级（这是包括胡风等在内的左翼文学各派别都赞成的），而且在左翼文学中，将"解放区文学"置之优于国统区左翼文学的地位（这却是胡风等所不愿承认的）。"市民文学"和涵盖面广泛的"通俗小说"等，虽说有些犹疑（对不同批评家而言），也放在"市民阶级与殖民地性的堕落文化"之中。另一方面，40 年代特殊语境中发育的创造力，文学发展的多种可能性，许多都在严格筛选（中）疏漏不取。在 40 年代，战争分割的不同生活空间，生活经历与体验的多样性，使作家获得"进入"艺术创造的多种方式。战争既把生活推向危急的境况，但也生成许多"空隙"，使冷静的观察、分析有了可能：超越对于时事问题的干预性质的反应，在深层上来思考社会人生的悖论情境。知识者在民族危机和社会矛盾重压下理智与情感、灵与肉、知与行、抗争与逃遁等的紧张心理冲突，在获得自我审察的情况下得到较充分表现。在日常生活情境中展开的叙事，平衡了对于重大事件与主题的

---

① 邵荃麟：《对于当前文艺运动的意见》，《大众文艺丛刊》第一辑。

过度沉迷。而对外来影响和本土资源的更为自觉的"综合"，也获得可观的成效。这些，体现在冯至、沈从文、师陀、路翎、钱锺书、张爱玲、巴金、曹禺、穆旦、郑敏等这一时期的创作中。这一切，都被作为资产阶级和小资产阶级的"个人主义"的表现，当做需要予以清除、纠正的现象，而拒之于"当代文学'构成之外。

三、对"当代文学"的描述

进入 50 年代，那些被作为"反动"或"错误"的文学类型和创作倾向大体上已受到清理，"新的人民的文学艺术已在基本上代替了旧的、腐朽的、落后的封建阶级和资产阶级的文学艺术"①（当然，按照激进的文化主张，文学的"纯粹化"运动不会有终点，50—70 年代的批判运动所进行的不间断的"选择"，说明了这一点）。也就是说，以解放区文学为代表的左翼文学，已成为"当代文学"构成的最主要资源。不过，在一开始，文学界的领导者在宣称已出现新的文学形态，已进入新的文学时期上，持较为慎重的态度。这是因为，"社会主义工业化和社会主义改造"刚刚开始，经济基础的变化并未完全实现，在这种情况下，说文学的性质已发生改变，显然有悖于《新民主主义论》的经典论述。因此，在 1952 年周扬说，"目前中国文学，就整个说来，还不完全是社会主义的文学"，但"已经开始走上了社会主义现实主义的道路"②。

到 50 年代中期，"当代文学"的构造是个重要的时间。首先，1956 年在"所有制"的"社会主义改造"上取得的胜利，和对中国已"进入"社会主义的宣告，使周扬有理由正式提出"社会主义文化"和"社会主义文学"的说法③。其次，反胡风和反右派运动的开展，把胡风、丁玲、冯雪峰等有影响的左翼作家及相关派别，划入敌对营垒，加强

---

① 周扬：《为创造更多的优秀的文学艺术作品而奋斗》，《周扬文集》（第 2 卷），人民文学出版社 1984 年版，第 235 页。
② 周扬：《社会主义现实主义——中国文学前进的道路》，《周扬文集》（第 2 卷），人民文学出版社 1984 年版。
③ 见周扬在中共八大上的发言《让文学艺术在建设社会主义伟大事业中发挥巨大的作用》，《人民日报》1956 年 9 月 25 日。

了周扬等的左翼文学主流派别的地位。另外一点是，由于有了十年的时间，在文学界领导者看来，已有了可以拿出来陈列的成绩。因此，以"建国以来"这一短语作为独立文学时期的标示的意向，有了明确认定的有利时机。1959年，邵荃麟在《文学十年历程》[①]中指出，"这年轻的社会主义文学是继承过去30年革命民主主义文学而发展过来的"，他并说，"社会主义文学在前一阶段的末期（指"革命民主主义文学"的阶段末期，即40年代后期——引者）已经孕育成熟了，当革命进入社会主义阶段"，就以"生气勃勃的姿态，显示出强大的生命力量"。1960年召开的第三次文代会上，周扬题为《我国社会主义文学艺术的道路》报告，在"正式文件"上确定了1949年以来"当代文学"的社会主义性质。这样，"革命民主主义文学"和"社会主义文学"这一"性质"上的区别，便成为两个文学时期划分的主要依据。与此同时，周扬等急迫地组织"现代文学史"编写，以使他们在反右派运动中对文学的"两条道路斗争"的叙述"正典化"[②]。而一批由研究机构和大学编写的"当代文学史"的教材和论著，也纷纷出版[③]。"当代文学"作为一个独立的文学时期，在当时已经不容置疑。

"当代文学"的特征、性质，是在它的生成过程中描述、构造的。1949年周扬在第一次文代会上的报告，虽说是讲解放区文学成绩的，却为"当代文学"的描述，建立了特殊的话语方式，并在以后得到补充和"完善"。对当代的"新的人民文艺"（社会主义文艺）的性质的叙述，通常这样开始：新中国文学（当代文学）继承了"五四"文学革命、尤其是延安文学的传统，而在中国进入新的历史阶段之后，文学也进入新的历史时期，而写下了"崭新的一页"，文学变化为社会主义的性质。在说明当代文学的"崭新"特征时，列举的方面主要有：

---

① 邵荃麟：《文学十年历程》，作家出版社1960年版，第33页。

② 邵荃麟在座谈周扬的《文艺战线上的一场大辩论》的发言中说，"我们现在出现的一些现代中国文学史"，"对两条道路斗争的情势的描写，还是不够清楚。没有明确地把左翼阵营中的思想斗争，看做是两条道路斗争"；"周扬同志的文章在这方面把脉络弄清楚了，对写文学史有很大的帮助……特别希望写文学史的同志研究一下"。在60年代初由周扬主持的高校文科教材编写工作中，中国现代文学史是被重点关注的项目。

③ 华中师院文学系的《中国当代文学史稿》，北京大学中文系1955级学生和部分青年教师的《中国现代文学史当代文学部分纲要》，山东大学中文系部分教师和学生们编著的《1949—1959中国当代文学史》，都完成于50年代末。华中师院和山东大学的两部，在60年代初正式出版。中国科学院文学研究所的《十年来的新中国文学》，也在50年代末开始编写，由作家出版社1963年出版。

从"内容"上说，社会主义革命和社会主义建设成为主要表现对象，工农兵群众成为创作中的主人公；在艺术形式和风格上，则是民族化和大众化的追求，肯定生活、歌颂生活的豪迈、乐观的风格成为主导的风格；"作家队伍"构成的变化，工人阶级作家成为骨干；文学与人民群众建立了从未有过的密切联系，并在现实中发挥重要作用，等等。这种由周扬等创立的叙述模式，由最初之一的当代文学史（中国科学院文学研究所的《十年来的新中国文学》，1963）所采用，习习相因，在三十多年后仍为最新成果的当代文学史所继续。①

"当代文学"所确立的文学评价体系，是从意识形态和政治观念上来估断文学作品的等级。由此得出的结论是，当代的"社会主义文学"不仅是封建、资产阶级文学难以比拟，而且也比"新民主主义性质"的文学胜出一筹，它是"前所未有的一种新型的文学"。因而，不要说张恨水、冯玉奇，就是巴金、冰心，在当代的新文学面前，也是落伍了的②。而赵树理的《传家宝》的艺术价值尽管赶不上曹禺的《雷雨》，但是，"它在社会主义思想的指导下对于现实生活发展的有力的理解，却要比《雷雨》更为正确一些"③。这是那些写"民主主义性质"文学作品的作家（巴金、曹禺、老舍、冯至、何其芳、张天翼……）为什么在"社会主义文学"面前"自惭形秽"、纷纷检讨的原因。因而，当批评家写出从《阿Q到福贵》④、《从阿Q到梁生宝》⑤这样的论文题目时，不仅是在通过形象的对比来论述"中国社会的变化"和文学形象的多样性，而且是在指明文学性质的演化等级，和作家作品的思想境界等级。当代文学由于获得社会主义性质而"前所未有"，使它不论在什么样的情况下也不能被质疑。50年代，冯雪峰、秦兆阳、刘绍棠、刘宾雁、吴祖光、钟惦棐等曾认为，"建国后"的文学（或电影）不如过去，"新文学"的后15年（指1942年以后）不如前20年，苏联和中国近期的文学出现了"倒退"——他们的立论方式显然

---

① 中国社会科学院文学研究所、少数民族文学研究所：《中华文学通史·当代文学编》，华艺出版社1997年版。

② 参见丁玲：《跨到新的时代来》，《文艺报》第2卷第11期（1950年6月10日）。

③ 蒋孔阳：《关于社会主义现实主义》，《文艺月报》1958年第4期。

④ 默涵：《从阿Q到福贵》，《小说》第1卷第5期（1948）。

⑤ 姚文元：《从阿Q到梁生宝》，《上海文学》1961年第1期。

犯了大错。即使看到"当代文学"存在某些缺陷，正确的叙述方法应该是："社会主义文学还是比较年青的文学"，怎么能拿衡量"有两千多年历史的封建时代的文学和有四五百年历史的欧洲资产阶级时代的文学"的尺度来要求这种文学呢[1]？或者应该是，问题的症结要从作家自身，即思想改造和深入生活不够上去寻找。对"当代文学"的这种叙述，在社会生活和文学的历史关联上，强调的是它的"断裂性"。另一些作家和批评家，当他们强调的是某一方面的"连续性"，（想从社会主义文学的内容特点上将新旧两个时代的文学划分出一条绝对的界线来，是有困难的"[2]时，他们就必定地要被看做是异端。

在"当代文学"特征的描述上，"题材"总是被充分地突出。上面提到的周扬第一次文代会报告，在讲到"真正新的人民的文艺"时，举出的首先是"新的主题、新的人物、新的语言、形式"。"主题"在这里，也就是后来通常说的"题材"的意思。在对《中国人民文艺丛书》的 177 篇（部）作品的"主题"加以统计之后，他分别列出写抗日战争、人民军队、农村土地斗争、工业农业生产各有多少篇，说通过这些作品，"可以看出中国人民解放斗争的大略轮廓与各个侧面"，可以看到"民族的、阶级的斗争与劳动生产成为了作品中压倒一切的主题"。题材的紧要价值，是由于"当代文学"直接参与了对于"革命历史"的建构，也作为现实秩序的合法性和真理性的证明；因此，"写什么"就是一个原则的问题。此后，对"当代文学"的叙述，"题材"问题总是会放在首要位置。第二次文代会（1953），中国作协第二次理事扩大会议（1956），"建国十周年"（1959），第三次文代会（1960），这些场合对文学创作成绩加以检阅时，都按照这种方式进行。

"题材"的这一方式的区分，成为当代文学史普遍采用的类型概括方式。从 50 年代起，就产生了当代特有的题材意识。现实题材优于历史题材，"革命历史题材"优于"一般"历史题材，写重大斗争生活优于写日常生活：这为"题材"划定了重大与不重大的分别——它既成为评定作品价值的重要尺度，也规范了作家的言说范围。最具"当代性"的是，出现了"农业题材"（或"农村题材"），"工业题材"、"革

---

[1] 周扬：《文艺战线上的一场大辩论》，《人民日报》1958 年 2 月 28 日。
[2] 秦兆阳：《现实主义——广阔的道路》，《人民文学》1956 年第 9 期。

命历史题材"（或"革命斗争历史题材"，或"反映新民主主义革命时期的斗争历史"）等特定概念。"农业题材"已经不是新文学中的乡土小说或乡村小说；"工业题材"许多虽写到城市，也与都市小说、市民小说毫不相干。这些题材概念所内涵的，是对于"社会中的主要矛盾和主要斗争"的表现的要求，而拒绝涉及"次要的"社会生活现象（日常生活，儿女情、家务事）；不接触政治问题，"提出都市市民日常生活中的一两点小小的矛盾而构成故事"，是受到批评的倾向①。那些称为"主要矛盾和主要斗争"而被提倡的，是变动的、"常新"的事情，是人的变革欲求和冲动的体现，也是政治观念意识的载体。而农村、都市的日常生活，"次要的"、琐细的生活情景和日常行为，在习俗、人情、普通人的伦理状况中，有着更多的历史连续性。但是"当代文学"对这种"连续性"始终抱警惕的态度，不容许它的过多侵入而损害它的"社会主义"的性质。

四、概念的分裂

"当代文学"概念的内涵，在它产生的过程中，就一直有着不同的理解。但在文学"一体化"时期，另外的理解不可能获得合法的地位。不过，在"文革"中，文学的激进力量显然并不强调1949年作为重要的文学分期的界线。在他们看来，"十七年"是"文艺黑线专政"，无产阶级文艺的"新纪元"是从"京剧革命"才开始的。江青他们还来不及布置"真正的无产阶级文学史"（"或新纪元文学史"）的编写，但在有关的文章中，已明确提出了他们的文学史（文艺史）观②。他们很可能把"京剧革命"发生的1965年，作为文学分期的界限，把1965年以后的文学称为"当代文学"（当然，更大的可能是另换一个名称）。他们会使用同一评价体系，但更强调"纯粹"，对文学现象会实施更多的筛选与压抑，会运用更强调"断裂"的激进尺度。他们事实上已在这样做。

---

① 茅盾：《在反动派压迫下斗争和发展的革命文艺》，《中华全国文学艺术工作者代表大会纪念文集》，新华书店1950年版。

② 初澜：《京剧革命十年》，《红旗》1974年第4期。

"文革"后,人们用以判断社会和文学的标准也遂四分五裂。因此,尽管"现代文学"、"当代文学"的概念还在使用,使用者赋予的含义,相互距离却越来越远。这种变化也有一些共同点,这就是在文学史理念和评价体系的更新的情况下,重新构造文学史的"序列":特别是显露过去被压抑、被遮蔽的那些部分。40年代后期那些在"当代文学"生成过程中被疏漏和清除的文学现象、作家作品(张爱玲、钱锺书、路翎、师陀的小说,冯至、穆旦等的诗,胡风等的理论⋯⋯)被挖掘出来,放置在"主流"位置上。"现代文学"与"当代文学"的等级也颠倒了过来;"现代文学"——而不再是"当代文学"的学科规范、评价标准——成为统领20世纪文学的线索(这为20世纪中国文学和"重写文学史"的命题所包含)。"现代文学"概念的含义,也发生了"颠倒"性的变化。在写于60年代的《中国现代文学史》(唐弢主编)中,"现代文学"是对文学现象作阶级性的"多层等级"划分、排除后所建立的文学秩序。而在80年代,"现代文学"在一些人那里,成了单纯的"时间概念",或者成为包罗万象的口袋:除新文学之外,"尚有以鸳鸯蝴蝶派为主要特征的旧派文学,有言情、侦探、武侠之类的旧通俗文学,有新旧派人士所作的格律诗词,还有少数民族地区流传的口头文学,台湾香港地区的文学以及海外华人创作的文学",还应该装入"作为五四新文学逆流的三民主义、民族主义文学、沦陷时期的汉奸文学,'四人帮'横行时期的阴谋文学等"①。当然,一种更为普遍性的看法是,"现代文学"既是一个时间概念,也是个揭示这一时间文学的"现代"性质的概念,"即是'用现代文学语言与文学形式,表达现代中国人的思想、感情、心理的文学'"②——我们实际上是"回到"二三十年代朱自清、郑振铎等的那种理解。

"当代文学"概念的演化和理解的分裂,大体也呈现这样的状态。除了强大的批评怀疑的意见外,在一些人那里,也只被看做单纯的,不得已使用的时间概念。试图赋予严格的学科涵义的,则寻找新的解释。有的论者将"当代文学"的时间界限,确立于1949到1978期间,

---

① 参见贾植芳的《中国现代文学词典》。

② 钱理群、温儒敏、吴福辉:《中国现代文学三十年·前言》,北京大学出版社1998年版。

认为这段时间"在中国新文学史和新文学思潮史上，都具有相对独立的阶段性"[1]。另外的一种权宜性的解释是，把50年代以后的文学称为"当代文学"，其内涵和依据在于，这是一个"'左翼文学'的'工农兵文学'形态"，在50年代"建立起绝对支配地位"，到80年代"这一地位受到挑战而削弱的文学时期"[2]。

（原载于《文学评论》1998年第6期）

---

[1] 朱寨主编:《中国当代文学思潮史》，人民文学出版社1987年版，第3页。

[2] 洪子诚:《中国当代文学概说》，香港青文书屋1997年版。

当代文学史的逻辑建构

——兼评当代文学研究的一种思路

於可训

一

以 1949 年中华人民共和国成立为起点标志的中国当代文学，已越半个世纪。半个世纪在人类历史（包括文学历史）的长河中，仍然可能是短暂的瞬间，但在这个短暂的瞬间中发生和发展着的中国当代文学，已然成了一种独特的形态。如何描述和评价这种具有独特形态的中国当代文学，这是自本学科略具雏形以来，学术界一直聚讼纷纭的一个重要问题，也为此发生过几次比较集中的讨论和争鸣。近年来，随着世纪转换的日益临近，同时也是基于某些与文学紧密相关的重大历史纪念的激发，这个问题愈显突出，会成为一个众所关注的中心话题。

这同时也将会是一个相当长的时间内学术界集中关注的一个学科建设问题，因为当代文学学科建设确实存在着许多为别的学科所没有的独特性和复杂性。这种独特性和复杂性首先就在于当代文学研究和评论在文学研究范围内的学科定位问题。众所周知，20 世纪 80 年代中期的学术界，曾有过一场关于当代文学能不能成"史"的讨论，虽然这场讨论至今未能得出一个一致的结论，但即使是认定当代文学不能成"史"，也不妨碍当代文学研究成为一个相对独立的文学学科。韦勒克和沃伦在他们合著的《文学理论》一书中，把文学史和文学批评都定义为"关于具体的文学作品的研究"，区别只在于前者是对具体的文学作品作"编年的系列研究"，后者则是对具体的文学作品"作个别的研究"①。从这个意义上说，当代文学研究和评论，都应当属于他们所说的文学"本体"的研究范围之内，是文学"本体"的研究范围之内的一个独立的分支学科。

现在的问题是，即使是这场讨论最后认定了当代文学能够成"史"，也不能解决当代文学研究的全部问题。当代文学研究还有一个更重要的也是更带根本性的问题，是当代文学作为 20 世纪中国新文学的一个重要组成部分，如何认识它自身发生发展的历史逻辑和与前此阶段文学的历史联系问题。这个问题事实上在当代文学研究尚未从现代文学学科中完全脱胎出来的时候，就已经提到了人们的面前。50 年代初王瑶在《中国新文学史稿》的附加部分"新中国成立以来的文艺运动"中，对当代文学最初几年的"历史性的变化"及其在"全世界进步文艺"中的地位所作的政治性认定②，就是试图寻找这种认识上的逻辑起点的最初标志。此后乃至迄今为止，众多的当代文学研究者和当代文学研究论著对当代文学的"社会主义"性质与特征，和它伴随着社会主义阶段的革命与建设发生发展的历史进程，及其与"新民主主义革命阶段的文学"（即现代文学）的关系，所作的更加系统深入的阐述，则是这种认识的进一步深化的逻辑结果。80 年代中期，鉴于这种从单纯的社会政治角度对当代文学（也包括整个 20 世纪中国新文学）的历史逻辑的把握存在着诸多弊端（例如把文学史变成社会政治史的附庸或注脚，和以社会政治发展的阶段性割裂文学发展的有机整体性等），一些年轻的学者开始提出了"20 世纪中国文学"的整体性研究的构想③。这一构想旨在"把 20 世纪中国文学作为一个不可分割的有机整体来把握"，不仅给整个 20 世纪中国文学研究，同时也给当代文学学科建设带来了一个新的学术契机，并且此后事实上也促进了当代文学研究的学术进展，使当代文学学科在一个更加宏观的视野中，重新确立了自己的学术研究的逻辑起点。

但是，如果我们不满足于大而化之的宏观立论或将当代文学研究简单地填入一个整体的文学史框架，而是同时还要进入当代文学的

---

① 韦勒克、沃伦：《文学理论》，三联书店 1984 年版，第 31 页。

② 参见王瑶：《中国新文学史稿》（下册），新文艺出版社 1953 年版有关章节。

③ 黄子平、陈平原、钱理群：《论"二十世纪中国文学"》，《文学评论》1985 年第 5 期。

断代研究并以之为基础进行文学史的有机整合的话，我们就仍然需要面对当代文学在各个不同时期的各种复杂关系及其相互之间的逻辑联系。无疑现在我们得以在一个更为深远廓大的背景上对当代文学进行历史阐释，从而更好地把握当代文学在 20 世纪中国特殊的历史情境中所形成的独特形态。

二

说到当代文学的历史形态，我们就不能不想到这一学科目前所处的一种分裂状态。虽然对文学的发展过程作历史的分期是文学研究必要的手段和前提，但当代文学学科的历史分期却暗含着一种内在的冲突和对立。即学术界通常是把新时期以来的文学，与文革及其前 17 年的文学，看做是互相反对、互不相容的两种不同的文学形态，有的甚至把这两种形态的文学分别命名为"人的文学"和"政治文学"，放在互相对立的位置上来加以论述。这在一般意义上说虽然也部分地反映了当代文学发生和发展的实际，但问题是，在这种认识和概括的背后隐含着的一种二元对立的思维模式，却是当代文学学科进行真正有机的历史整合的一个主要障碍。因为这种二元对立思维的存在，人们往往习惯于把当代文学在"文革"及其前 17 年的历史看做是五四新文学历史的一种断裂状态，而将新时期以后的文学看做是跨越这种断裂向五四新文学传统的历史回归。将一个统一的当代文学进程，分割为这样绝然不同又互相对立的两种形态，无论如何是不利于当代文学学科建设的。因为如果一个学科作为一种系统化和条理化的知识形态，缺少构成这种系统化和条理化的知识的内在的逻辑整一性，它也就不可能作为一个整一的学科形态独立存在。正因为如此，这种分裂状态同样也不利于为着这一学科建设的目的而致力于对当代文学规律性的发现和寻找。

毫无疑问，在当代文学研究领域存在的这种二元对立思维，虽然不排斥某种根深蒂固的心理习惯和定势的影响，但究其实，最主要的也是直接的原因，还在于当代文学的发生和发展本身，确实经历了两个完全不同的历史时代。在这样的两个时代中，由于前一个时代实际存在的政治对文学无所不在的渗透和影响以及这种渗透和影响发展到极端状态之后所造成的悲剧性结果，于是便有后一个时代的文学对之所进行的否定和反拨。这二者之间虽然也存在着一种逻辑关系，但并不意味着否定了"政治的文学"，就一定会以"人的文学"作为它必然的逻辑归宿。事实上，即使是就最严格意义上的新时期文学，即从70年代末到80年代中前期的文学而论，从学术界普遍认定的"伤痕文学"、"反思文学"到"改革文学"来看，依然是带有很强的政治性的文学。当然，我并不排斥在这些波澜迭起的新时期的一些主要文学潮流以及受其影响或成其亚流的一些创作潮流中，确实存在着大量的可以称之为"人的文学"的因素：诸如呼唤人的回归，对人情人性的描写以及对人的价值的探讨和追寻，等等。而且，正是这些"人的文学"的因素，从根本上改善了新时期文学的政治色彩，凸现了文学的"人学"特征，强化了文学的本体意识，使之有别于前此时期的文学而具有一种全新的质素。从这个意义上说，对新时期文学中这种"人的文学"的因素，在拨乱反正、解放思想，和在人的觉醒、文的自觉方面所起的作用，无论怎么估价也不为过分。

但是，即便如此，我仍然要强调指出，新时期文学中这种"人的文学"的因素，与五四文学革命时期所提倡的、尔后则作为五四新文学的传统的标志的"人的文学"，依然有着极为重要的区别。这种区别就在于，五四文学革命所提倡的"人的文学"的前提是反对封建的"非人的"和"吃人的"礼教与制度，而新时期文学中的"人的文学"的因素，则主要是针对"文革"中极左的政治学和阶级论的实践对人的轻视和伤害。虽然"文革"中极左的政治学和阶级论的实践也包含有某些封建的残余，而且二者在戕害人性的表现形式上又有诸多相似之处，但五四文学革命提倡的"人的文学"是以一个新的阶级（主要是西方资产阶级）的思想，一个新的制度（主要是西方资本主义制度）的观念，一个新的时代（主要是民主革命的时代）的意识，对两千多年来占据统治地位的阶级和思想以及他们赖以存活的社会制度的根基，进行革命性的反抗和攻击，而新时期文学中的"人的文学"的因素，则基本上是在同一社会体制和意识形态的规范内，对有关"人学"（主要是政治学意义上的）理论和实践中的某些悲剧性的历史所作的矫正和修补。正因为如此，五四文学革命时期的文学创作中所表现的人的悲剧，往往是绝望的悲剧，新时期文学中写到的人的悲剧却充满了转机的希望，或在艺术上大多是选择转机的关头来描写这种悲剧。我们曾经误认为这种处理悲剧的方式是对现实的一种掩盖和粉饰，事实上，如果套用一句我们说惯了的老话来说，这种悲剧处理的方式在一定程度上倒是反映了那个特定的历史时代的某种"本质的真实"。凡此种种，因为存在着上述区别，所以，五四文学革命提倡的"人的文学"在理论渊源、思想内涵和艺术表现等等方面，与新时期文学中"人的文学"的因素，都有诸多不同，存在着一些急待厘清的学术问题。

对五四文学革命提倡的"人的文学"，与新时期文学中"人的文学"的因素加以区分，不是要割断新时期文学与五四新文学的精神联系，而是要以此为例，澄清当代文学研究中的一种绝对主义的思想理路。这种绝对主义的思想理路，不是从活生生的文学事实出发，不是从分析一个时代的文学的各种复杂关系，包括这个时代的文学与该时代的社会生活和社会意识之间的复杂关系出发，去发现和寻找文学发展的内在逻辑，而是满足于用一些抽象的普遍的理论原则，或历史上某个理想的文学时代的某种文学理想，去嵌套切割活生生的文学现实，把活生生的文学现实变成某种抽象的普遍的理论原则驱使的忠实奴仆，或某个理想的文学时代的文学理想的转世灵童。在当代文学研究领域，这种绝对主义的思想理路的主要表现，在一个相当长的时间内是屈从于一种政治时尚。即按照某种主导的政治理念来阐释和评价当代文学，描述当代文学发生发展的历史进程，把当代文学在不同阶段上的思想和创作的实绩，都看做是这期间的革命或政治的某种本质在文学领域的一种具体显现。不能说这种理论模式就没有反映当代文学发生和发展的历史实际，而是说它的出发点和阐释与评价的标准是政治的，而不是文学自身，是为了通过对文学的政治性的阐释和评价，描述一种从属于政治或为政治服务的文学图景，而不是为了寻找和发现文学自身的发生发展的规律性。这样，当政治发生了重大变化尤其是像"文革"结束后的新时期这样的历史性的转折的时候，当代文学研究者和文学史家就不得不忙于按照新的政治标准去改换对作家、作品、文学思潮和文学现象既有的研究结论，却忽略了这种从当时的政治理念出发的思维框架和理论模式，与按照新的政治标准改换的研究结论之间，事实上存在着诸多逻辑上的矛盾和悖论。这种矛盾和悖论普遍存在于现行的一些当代文学史论著之中，直接影响了当代文学的历史整合，是当代文学学科建设急待修补的一个重大的逻辑裂缝。

为着改变这种屈从某种政治时尚的学术偏向，20世纪90年代以来，又有一些学者开始从近代以来知识分子的心路历程，或中国社会的现代化进程和现代性追求的角度来描述和阐释当代文学，把包括当代文学在内的从19世纪末到整个20世纪的中国文学，都看做是近代以来中国知识分子展现其精神人格的历史舞台，或反映中国社会现代化进程和现代性追求的一种叙事方式。这种研究角度，虽然"在我们已经熟悉的视野之外，逐渐开辟出一片相当宽广的新视野"[①]，无疑也为当代文学研究带来了一种全新的意义。但同样也因其不是从当代文学自身出发，不是严格意义上的文学研究和文学批评，因而又难免要把当代文学当做是知识分子的思想史和现代观念的形成史来看待，文学史又难免要成为另一种形式的思想史或观念史的附庸和注脚。这同样也是一种绝对主义的思想理路的表现。在这些形式的绝对主义的思想理路的支配下，我们看到的是各种或政治或文化的抽象的思想观念，在当代文学的野地上自由驰骋，以它们各自的运行轨迹，把整体的有机的当代文学进程切割成各种思想观念的畛域，却很难让人看清当代文学自身是如何通过各种内在的关联展现其发生和发展的规律性。而一个文学史学科（包括从史的角度对一个时期的文学进行的研究）如果不能从其具有内在关联的"文学性"，显现其自身发生和发展的规律，则这一学科也就在学理上失去了它赖以存在的基础和依据。

三

对一个时代的文学进行历史阐释，诚然离不开这个时代的各种复杂关系，包括这个时代的各种社会意识，和直接造就这个时代的文学秩序的知识分子的心路历程。但是，这样说决不意味着这个时代的文学是按照某种特定的社会意识预设的思想观念去进行艺术创造的，恰恰相反，这个时代的所有社会意识，如同这个时代的文学一样，都是这个时代的历史活动和历史要求的产物。就以当代文学置身其中的20世纪的中国而论，今天被我们称之为20世纪中国历史的主导趋向的

---

① 王晓明主编：《二十世纪中国文学史论》序，东方出版中心1997年版。

现代化进程和现代性追求，实际上是来源于近代中国自鸦片战争之后，为着改变积贫积弱的状况而萌生的一种振弱起衰、富国强民的历史活动和历史要求。当这种历史活动和历史要求被纳入主要由西方国家的工业革命推动的世界范围内的现代化进程之后，有关"现代化"和"现代性"的观念才应运而生。与此同时，20世纪的中国作为一个"后发外生"型的现代化国家，它的现代化进程和现代性追求又离不开自己特殊的历史情境。这种特殊的历史情境就是，必须首先摆脱帝国主义的殖民控制，扫清封建主义的障碍，建立一个真正独立自主的现代民族国家，而后才有可能启动真正属于自己的现代化进程，开始真正属于自身的现代性追求。否则，中国的现代化就只能是西方国家的现代化进程的一种对外扩张的形式，中国的现代性追求同样也只能成为西方国家的某些现代性观念的一种普适性的证明。对当代文学的历史进行逻辑建构，首先必须把问题提到它置身其中的20世纪这个历史范畴之内，将它放置在这样的历史情境之中，而不能离开这样的历史情境，按照某些政治学、社会学或文化学的观念去作抽象的逻辑演绎和理论证明。

人们常常习惯于将广义的包括19世纪末期在内的20世纪中国文学，划分为近代、现代和当代三个不同的发展阶段，就上述意义而言，事实上，从1898年戊戌维新前后，到1998年临近新旧世纪之交，这百年间的中国文学，大体上可以以50年为界，分为两个大的历史时段。在这两个50年中，前50年间（即从1898年到1949年）的中国文学基本上是处在一个争取建立独立自主的现代民族国家的历史进程之中。在这个过程中，一切有助于争取建立独立自主的现代民族国家（包括作为其前提的抵御外侮、改良社会和改善人生）的各种社会意识，无论中外古今，无不为这期间的文学所吸纳，成为影响这期间的文学的一些重要的精神因素，这期间的文学因而就呈现出一种多元共生的状态。与此同时，又由于这期间的中国争取建立独立自主的现代民族国家，所选择的是一条无产阶级领导的以人民大众为主体的革命斗争的历史道路，受这种历史选择的影响，这期间的文学又逐渐形成了一种以"无产阶级领导的人民大众的反帝反封建的文学"为主导倾向的潮流。作为中国当代文学最直接的历史源头的40年代的解放区文学，则是这一文学主潮的历史发展的必然的逻辑结果。

正因为存在着这样的历史前提，所以，要把握近50年（即从1949年到1998年）中国文学的历史逻辑，首先就不能不注意到，与20世纪前50年的文学不同的是，近50年的文学所处的历史情境已经发生了一个本质的变化。这种本质的变化就在于，这期间的文学已不是处于一个争取建立独立自主的现代民族国家的历史进程之中，而是处在一个已经建成了一个独立自主的现代民族国家的历史情境之下。正因为如此，近50年中国文学在一个相当长的时间内就出现了一个在统一的文学体制和统一的文学观念与艺术规范支配之下的统一的文学世界。这种统一的文学世界的形成，一方面固然是一个统一的现代民族国家的国家精神在文学领域的具体表现，另一方面，同时也是近代以来整个中华民族和全体中国人民为之追求的统一的社会理想在文学中的一种精神归宿。长期以来，在当代文学研究界，对这种统一的文学世界，人们往往习惯于根据某些关于文学的个性、自由之类的抽象观念或普遍原则，对之妄加否定，却没有看到，这种在当代中国特定的历史情境中形成的统一的文学世界，不但有其历史的必然性和合理性，而且在实践中也并非像人们所指责的那样，对当代文学的发展只有阻碍的和束缚的作用，而无积极的促进的意义。无须一一列举当代文学史上的诸多实例来加以证明，我们只要看看即使是在今天的人们看来是高度统一的文学年代（例如五六十年代），在那种统一的文学观念和艺术规范的支配下，当时的作家所创作的某些文学作品（例如某些优秀的长篇小说）、所创造的某些文学类型（例如革命英雄传奇和政治抒情诗），在艺术上所作的某些追求和探索（例如典型化和人物形象塑造、民族化和向民间文学学习），等等，都是此后的文学所无法重复甚至是难以企及的。而且，这种统一的文学观念和艺术规范的形成，在中国新文学史上，还有一个特殊重要的意义，就在于它把在中国新文学发轫之初就初露端倪、在30年代的左翼文学中奠定基础、在40年代的解放区文学中孕育雏形的，一种以革命的或政治的功利为文学的主要功能、以民族化和大众化为艺术的价值取向、以革命的（或社会主义的）现实主义（包括革命的浪漫主义）为基本的创作方法的一种文学潮流，最后铸造成一种趋于成熟、趋向定型的文学形态。一个时代有一个时代具体的历史情境，受这种历史情境的影响，一个时代的文学有一个时代的文学的独特的表现形态。一部文学的历史，就是由不同时代的不同因素作用形成的不同的文学形态组成的一种文学的秩序，把这个由多种形态的文学构成的文学历史处理成某种绝对的文学理念的摹本，文学史也就失去了它的生机与活力、它的复杂多变的形式与丰富多样的色彩。

正是基于这样的理解，我认为，对近50年中国文学而言，问题似乎不在于文学观念和艺术规范统一与否，也似乎不在于影响和决定这种统一的文学观念和艺术规范的那个统一的文学世界，而在于任何一种事物，只要我们把它推向极端，就有可能走向它的反面。当代文学在它的前27年所出现的诸多偏颇和失误，乃至一些历史悲剧，就在于它把这种来自历史深处的统一的文学理想和发展趋势，依照现实的政治和阶级斗争的需要，人为地把它推向了极致，使这种统一的文学理想逐渐演变成某种一统的文学律条。结果就使得这个统一的文学世界自身既失去了多样化的色彩，在身外又断绝了多方面的艺术滋养，它在一个相当长的时间内就不能不陷入一种单调的和外源枯竭的境地。"文化大革命"又在一个封闭的环境中把这种单调的和外源枯竭的文学进一步发展成一种僵化的毫无生命活力的文学模式，从而把这种统一的文学世界在走向极端之后的诸多问题和弊端暴露无遗。从这个意义上说，当代文学的前27年无疑是一个统一的文学世界逐渐形成而后又由于走向极端而趋于消解的过程。这个过程及其结果，在客观上又给"文化大革命"以后的新时期文学提供了一个反拨和重建的历史契机。近50年来的中国文学正是在这个意义上，在它的各个主要的发展阶段之间，显示了一种整体的内在的逻辑联系。这种逻辑联系同时也为我们从整体上把握和阐释这个时期的文学提供了一种历史的依据。

四

在当代文学研究界，人们也许并不一般地反对上述历史逻辑，但是，在具体的文学研究活动，尤其是在当代文学史或从史的角度对当代文学进行研究的过程中，由于人们的思想观念仍然受制于某种绝对主义的思想理路，这种历史逻辑往往被有意无意地作了简化处理。我想从一个显而易见的事实出发，来说明这种简化处理的一种普遍存在的表现形式。

一般说来，当代文学学科建设有两个前后断裂、性质不同的发展阶段。从 50 年代初王瑶的《中国新文学史稿》对新中国成立后最初两年多的文学活动的描述，到 50 年代后期和 60 年代初期产生的几部当代文学史或准当代文学史著作的出版（包括内部试用），是为第一个阶段。这个阶段的当代文学史或从史的角度对当代文学进行的研究，基本上是对当代文学现实的一种直接的反映和摹写，表现为一种历史的实录形态。由于这期间的文学强烈的政治色彩和政治对文学的无所不在的影响（包括对文学研究和文学史撰写的影响），这种实录形态的当代文学史，也就不可能不按照一定的政治理念去描述当代文学发生发展的历史进程，阐释和评价这期间的文学思潮、创作现象与作家作品。因而，这种实录形态的当代文学史与这期间当代文学发生发展的现实进程，也就完全处于一种同质同构的状态。如前所述，这种受一定的政治理念支配的实录形态的当代文学史，虽然也真实地反映了那期间的文学的发展状况，但那只是一种从属于政治或为政治服务的文学的真实的历史。对于那些为当时的政治所排斥甚至视为异端的某些文学思潮、创作现象和作家作品来说，则因为被作为政治的对立面，受到歪曲的阐释和评价，它们在这期间的文学格局中的真实的历史位置，也就不可能得到正确的阐述。这种甚至连自身也是从属于政治和为政治服务的当代文学史，虽然在当代文学学科建设的历史上，为本学科的发生和发展起到了奠基的作用，但却因此也造成了一种研究的定势和思维的惯性，以致迄今为止，许多通行的当代文学史论著，仍然无法跳出这种文学史体例和逻辑框架的局限。

经过了"文化大革命"的断裂之后，进入新时期以来的当代文学研究（包括当代文学史和从史的角度对当代文学进行的研究），是为当代文学学科建设的第二个阶段。这一阶段的当代文学研究如同这一阶段的当代文学实践一样，首先是从政治上的拨乱反正和理论上的正本清源开始的。然后在总结了历史的经验教训之后，主动放弃了文学从属于政治的口号，进一步解放了当代文学研究者的思想，使当代文学研究如同当代文学实践一样，能够更好地处理与政治的关系，更多地从学理的层面上而不仅仅是从政治的层面上，对当代文学发生发展的历史进行真正意义上的科学研究和探讨。当代文学学科建设从进入第二个阶段以来所出现的繁荣兴盛的局面，正是这一思想解放的学术收获。

但是，也应当看到，这些局部问题的解决和外部条件的变化，并不能代替当代文学研究对当代文学的各种复杂关系进行整体的内在逻辑建构。一个显而易见的事实是，我们虽然在"文化大革命"以后完成了对当代文学史上的许多文学史实的拨乱反正、正本清源，但对这些经过拨乱反正、正本清源的文学史实，却没有进行真正有机的历史整合或在此基础上构造出一个新的文学史的逻辑框架。它们在这一阶段的许多当代文学史论著中，仍然是在一个已经定型的旧的文学史框架中被表述，区别只在于具体的阐释和评价经历了一个由否定到肯定的变化。在这样的当代文学史论著中，从横的关系上，我们很难看清一个时期的各种文学潮流之间，究竟是一种什么关系，它们对一个时期文学的传承和新变具有怎样的意义。从纵的关系上，我们同样也很难看清各种文学潮流在一个统一的文学世界从日渐形成到趋于消解，乃至最后的反拨和重建的过程中，究竟起过怎样的作用，又是以怎样的方式发生作用，完成当代文学整个辩证的历史行程的。前者是一种功能性的结构关系，后者是一种动力性的结构关系，二者经纬交织，也就是我们所要着力建构的当代文学史的新的逻辑框架。只有在一个新的逻辑框架中对已经发生改变的当代文学的各种关系进行新的真正有机的历史整合，当代文学研究才能结束一个较长时间以来实际存在的某种貌合神离的割裂状态。

正是基于这样的理解，我认为有必要提出一种二项互补和两极互动的原则，作为对当代文学历史进行新的逻辑建构的基本原则。所谓二项互补，是指在当代文学内部运行的两种不同功能的文学潮流之间，应当建构起一种互补关系，作为当代文学传承新变的一种基本的功能结构。由于历史的和体制的原因，在当代文学内部，事实上存在着两种不同功能的文学潮流，一种居于主导地位，引导一个时期文学发展的方向，规定一个时期文学活动的本质，表现为一系列的思想原则、方针政策和艺术规范以及作为其具体体现的各种理论与创作的文本，是主流的意识形态的一个重要组成部分。另一种则居于非主导地位，而且往往是作为前者的对立面或异端的因素而存在的，是前者确立其主导地位的参照物和"他者"。在这两种文学潮流之间，长期以来，存在着一种功能上的紧张关系。这种紧张关系，在当代文学的前27 年表现为一系列以政治的名义进行的批判和斗争，乃至演变成"文化大革命"那样连主流文学也难逃劫运的全面批判和彻底否定。在"文化大革命"结束后的新时期，虽然由于改革开放和文学的现代化、多元化进程的加剧，主导的和非主导的文学潮流在政治上的紧张关系已日渐消失，二者在文学格局中的位置也发生了很大的变化，但是，从70 年代末到 80 年代以来，二者之间所爆发的艺术上的传统与现代、革新与守旧的矛盾与冲突，却没有完全停止，有时甚至还出现了一种白热状态。只不过原来处于主导地位的文学潮流，这时候往往被作为艺术革新和文学的现代化的参照物看待，反过来成了处于非主导地位的文学潮流要求艺术革新和文学的现代化的"他者"。因为存在着这种紧张关系，所以长期以来，研究者的目光就自然而然地被吸引到对二者的关系作是非正误的判断方面，却忽略了在这种紧张关系背后隐含的一个基本事实，即在二者之间存在着一种功能上的互补结构。以当代文学的前 27 年而论，所有作为资产阶级、小资产阶级和修正主义对象批判的各种文学思潮、创作现象和作家作品，虽然自身也有这样或那样的问题，但从根本上说，却是与主流文学处在同一思想和艺术规范之内，是在同一规范之内从理论上对文学的性质和功能的不同理解（例如胡风、秦兆阳等对社会主义现实主义理论的不同理解，钱谷融、巴人等对文学的特性的不同理解等），和基于这种理解在创作中对具体的艺术实践方式的不同追求（例如 50 年代中期的"干预生活"、60 年代初期的"写中间人物"的创作主张等）。这些不同的理解和追求，不但不是在思想和艺术上与主流文学相敌对的因素，相反，还有助于克服主流文学的理论局限，扩大主流文学的实践范围，反拨和纠正主流文学在理论和实践中的诸多偏颇和缺陷。而且，这种反拨和纠偏的作用，与主流文学内部在这期间所进行的一系列反对公式化、概念化的斗争，和对创作的个性化与多样化的不断提倡，等等，虽然具体的表现形式不同，实际的收效也不完全一样，但在基本的目的趋向上却是完全一致的。这种一致性从另一个方面同时也证明了二者之间在功能上的互补关系确实是一个客观存在的事实。

　　同样如此，在"文化大革命"结束后的新时期，处于非主导地位的文学潮流（例如 70 年代末、80 年代初的"新诗潮"和在同时或稍后兴起的小说与话剧领域的现代主义艺术实验等）虽然常常把原有意义上的主流文学看做是实现艺术革新和文学的现代化的阻力与障碍，常常在诸如"革新"和"反传统"之类的旗号下，对主流的文学攻击有加，造成了一种功能上的极度紧张。但是，众所周知，如果没有主流文学在"文化大革命"结束后的70年代末和80年代初从理论上进行的拨乱反正与正本清源、在创作中的冲击禁区和大胆突破，又何来追求艺术革命和文学的现代化的局面可言。从这个意义上说，主流文学是为这期间的艺术革新和文学的现代化追求扫清了障碍，开辟了先路。而且，这期间以极端的方式出现的那些艺术革新和文学的现代化追求，又往往是萌芽于主流文学在回归传统的过程中开始的艺术反思和革故鼎新的要求（例如"朦胧诗"一词的由来和因此而引起的讨论，源于中国新诗尤其是40年代"九叶派"所代表的某种现代主义传统的回归和新变；现代派小说的艺术实验，源于王蒙等作家对当代小说尤其是50年代中期"干预生活"的创作潮流所代表的某种现实主义传统的回归和新变等）。正因为存在着上述关系，所以在"文化大革命"以后新时期文学中，原有意义上的主流文学和非主流文学的界限已显得十分模糊（80年代中期有人说新时期文学是"无主潮"的文学就是一证），在大多数情况下则呈现出一种交叉和融合的状态（例如在"新潮诗"中现实主义、浪漫主义和现代主义的诗风交叉出现，在"寻根"和"新写实"小说中，现实主义与现代主义相互融合，90年代文学则有"主旋律"和"多样化"同时并存，等等）。这种在新时期以来普遍存在的界限模糊和交叉融合的状态，正是这期间两种不同的文学潮流之间发生功能互补的结果。

所谓"两极互动"，是指在上述两种不同功能的文学潮流之间，应当建构起一种互动关系，作为当代文学发生发展的一个基本的动力结构。以上，我们从横的方向上，分析了我们习惯认定的两种对立的文学潮流在不同时期的当代文学中事实上存在的互补关系，当我们转换一个角度，从纵的方向上，把这种关系放在当代文学发生发展的过程中去考察，我们不难发现，正是这样两种不同功能的文学潮流，分别处在一个统一的文学世界的两极。通过不同形式的交互作用，在推动整个当代文学发展的历史进程。就它的前27年而言，处于主导地位的文学潮流，不仅引导着文学发展的方向，规定着文学活动的本质，从总体上完成了一个统一的文学世界的建构，同时也由于自身的历史局限（包括因此而造成的"文革"期间那样的极端模式），隐含了日后走向消解的必然趋势和反拨重建的历史契机。而这期间处于非主导地位甚至被视为异端的文学潮流，则在不停顿地抵制这个统一的文学世界的某些极端控制和企图突破某些极端规范的同时，也积聚了最终挣脱这种极端控制消解这种极端规范的力量，显示了一种合理性的萌芽和发展趋势。当历史的情境发生转变之后，在新时期文学的最初阶段，这种被压抑的合理性的萌芽和趋势不但很快便变成了新时期文学的现实，而且也成了从当代文学内部生发的最初驱动力量（例如"文革"后在揭批"四人帮"的过程中对五六十年代被批判的所谓"黑八论"的肯定；50 年代中期被压抑的"干预生活"的创作在新时期的"伤痕文学"中变成了现实，其他在当时受到压抑的理论和创作在新时期也都得到了现实的肯定或变成了新的现实。新时期文学正是从肯定这些理论和创作后回复正常轨道并开始革新变化的）。从这个意义上说，虽然整个当代文学从前 27 年到新时期以来的转换，离不开外部环境尤其是社会政治的变化，但从当代文学自身发展演进的逻辑来说，则不能不说是上述处于两极位置的文学力量交互作用的结果。此后，当新时期之初处于非主导位置的文学潮流在艺术革新和追求文学的现代化的过程中，出现了新的极端化的倾向的时候，原来意义上处于主流位置的文学潮流又以其所坚持的思想和艺术原则，将其反拨到正常的发展轨道，或在扬弃其极端倾向后，与其中的合理因素达成和解，继续将前此阶段的艺术革新和文学的现代化进程推向前进。从 80 年代中期以后乃至 90 年代的文学发展，正是在这两极力量的交互作用之下，通过不断的自我调整，保持着一种良好的发展势头的。

1998 年 10 月—1999 年 1 月

写于珞珈山面碧居

（原载于《文学评论》1999 年第 3 期）

中国当代文学史史学观念笔谈

北京大学中文系李杨：没有"十七年文学"与"文革文学"，何来"新时期文学"？

洪子诚曾指出 80 年代中期"二十世纪中国文学"概念中存在的一个问题：《论"二十世纪中国文学"》"在讨论 20 世纪中国文学的总主题、现代美感特征时，暗含着将 50—70 年代文学当做'异质'性的例外来对待的理解。如关于文学的'悲凉'的美感特征的举例，从鲁迅的小说、曹禺的著作，便跳至'新时期文学'的《人到中年》等"。王晓明在出版于 1997 年的《二十世纪中国文学史论》中专门设置了一个"表达编选者所持有的对 20 世纪中国文学的基本看法"的"作品附录"，收录了他认为在 20 世纪中国文学中最重要的 83 部作品，其中属于"十七年文学"的作品仅有 3 部，分别是王蒙的《组织部来了个年轻人》（1956 年）、老舍的《茶馆》（1957 年）、柳青的《创业史》（1960 年），"文革文学"则是完全的"空白"。

类似的情况不胜枚举。对"十七年文学"与"文革文学"的"盲视"几乎成为了 80 年代以来的"当代文学史"与"20 世纪中国文学史"研究中一个显著的特点。这一立场完全可以用 80 年代流传极广的"断裂论"加以说明，即"新时期文学""接续"了被中断了数十年的五四文学传统，使文学摆脱了政治的束缚，使文学回到了"文学"自身，或者说使文学回到了"个人"——有的评论家干脆认为是"回到了'五四'"。

"文学的归来"意味着一个先在的前提，那就是文学曾经"离开"过"五四"，或者说"离开"过五四文学代表的"文学自身"。在显然并非"科学"的"当代文学"范畴中，离开了"文学自身"的"非文学"的阶段指的是"十七年文学"与"文革文学"。

这种文学史的叙述方式显然只是一个更为宏大的以二元对立方式建构的有关"启蒙"与"救亡"、"个人"与"民族国家"、"文学"与"政治"关系的历史叙事的一个组成部分。如同"十七年"与"文革"时期的文学史叙事以"救亡"、"民族国家"、"政治"为主体,否定了"启蒙"、"个人"、"文学"的意义,"新时期"的文学史写作则以"十七年文学"与"文革文学"为"他者",建构了以"启蒙"、"个人"、"文学"为主体的"新时期文学"。虽然两种文学史观的结论完全不同,但思维方式却惊人一致——不是粗暴的肯定,就是同样粗暴的否定。90年代后期,钱理群曾深有感触地回顾王瑶当年对"20世纪中国文学"概念的批评,王先生质疑自己的学生:"你们讲20世纪为什么不讲殖民帝国的瓦解,第三世界的兴起,不讲(或少讲,或只从消极方面讲)马克思主义,共产主义运动,俄国与俄国文学的影响。"在今天看来,王先生的质疑显然是大有深意的。将五四文学仅仅理解为"个人性"的"启蒙"文学,将其与同时兴起的"民族国家文学"以及随后产生的"左翼文学"乃至"延安文学"、"十七年文学"、"文革文学"对立起来,将"启蒙"与"救亡"对立起来,实际上过于狭隘地理解了"五四文学"乃至"启蒙"的真正意义。事实上,20世纪中国现代性的"启蒙"并不仅仅是指"个人"的觉醒,它同时还是作为"想象的共同体"——民族国家的觉醒,"救亡"不但不是"启蒙"的对立面,而且是"启蒙"的一个基本环节。正因为这一原因,中国现代文学中的"个人"就始终是民族国家中的"个人",或者是作为民族国家变体的另一个"想象的共同体"——"阶级"中的"个人"。

正是在这个意义上,我们有充分的理由将"左翼文学"、"延安文学"、"十七年文学"乃至"文革文学"视为"20世纪中国文学"这一现代性范畴不可或缺的组成部分。就"当代文学"而言,"十七年文学"与"文革文学"并没有割裂"新时期文学"与五四文学的关联。"新时期文学"中影响最大的作家群主要有两个,一个是以王蒙、张贤亮等为代表的"五七族"作家群,另一个则是包括张承志、王安忆、史铁生、阿城以及主要的"朦胧诗人"在内的"知青作家群"。如果我们相信作家的创作与其知识背景、文化结构、精神资源有关,那么,这两个作家群的精神、知识与文化背景恰恰不是所谓的个人性的五四文学,而是"十七年文学"与"文革文学"。因此,"新时期文学"的主潮无不打上了"十七年文学"与"文革文学"的深深的印迹。正如黄子平分析过的,"伤痕文学"以恩怨相报的伦理圈子来结构故事,对历史的道德化思考,常常以个人品质的优劣来解释历史的灾难,"反思文学"则无一例外地建构政治和道德化的主题,充满着英雄主义和悲剧色彩,出发点是 50 年代理想主义的价值体系,试图恢复的是"十七年文学"的"革命现实主义传统"。张贤亮以"唯物论者的启示录"为题的"知识分子成长小说"中的苦难崇拜、超越意识及其民粹主义,与"十七年文学"息息相关,而一些引起广泛社会反响的作品如古华的《芙蓉镇》等,其政治道德化的叙事策略,类型化、脸谱化的修辞方式与"十七年文学"与"文革文学"更是一脉相承。如果说"五七族"作家更多地是回归"十七年文学",那么,"朦胧诗"中那种典型的浪漫主义诗风,那种真理在手,"让所有的苦水都注入我心中"的受难英雄的形象都直接源于刚刚过去的时代。"我来到这个世界上 / 只带着纸、绳索和身影 / 为了在审判之前 / 宣读那些被判决的声音",当我们重新阅读"新时期文学"中这种振聋发聩的诗行时,我们不仅会想起"十七年文学"的经典《红岩》中的英雄人物成岗的诗句:"面对死亡我放声大笑 / 魔鬼的宫殿在笑声中动摇",同时,我们还会很容易地记起充满了献身精神与拯救意识的"红卫兵诗歌"。这种"红卫兵意识"在"知青文学"中对"回归"情绪的书写,是对"新时期"现实的拒绝与对逝去的岁月的怀想,是对被高度形式化与审美化的"青春"、"理想"、"激情"的皈依。抛开一些以"青春无悔"为主题的直接描述知青生活的小说不论,即使是《北方的河》这样描写"后文革"生活的作品,仍然完全可以视为对过去时代记忆的书写,尽管信仰的对象已经由"阶级"、"党"、"革命"、"去远方"等置换成了"黄河"、"母亲"、"人民"、"人文地理学"等另一套现代性的符码。实际上,在"新时期文学"中,连《棋王》这样以强烈的"文学性"著称的作品都无法真正摆脱与过去时代的联系,阿城通过出身于知识分子家庭、热爱杰克·伦敦和巴尔扎克、向往精神生活的小说叙事人"我"与在"吃"与"棋"这种凡俗生活中生存的贫民子弟王一生之间两种不同人生观的撞击,写出了"我"对"民间"凡俗生活意义的发现与认同,再现了知识分子在民众中获得生命意义的历史命题。

事实上,在"新时期文学"中,即使是那些沉默多年的"五四"

一代老作家开始重新写作时，他们的作品也更多的不是以"五四"的方式，而是以他们更熟悉的"十七年"与"文革"的方式进行言说。以巴金的著名作品《随想录》为例，一方面，这部作品充分展示了"文革"违反人性的暴力、或者在人道与道义上的犯罪，另一方面作者回应这个荒诞时代的方式恰恰又是这个荒诞时代最典型的叙事方式——政治道德化的方式，因而，作家开出的"道德形而上学"的药方——"忏悔"，也总是让人联想起"文革"中不断触及灵魂的"批评与自我批评"以及因为"原罪"意识而被不断要求真诚忏悔、强行改造的知识分子伦理学……

我们显然不难举出更多的例子来说明几乎被目前的文学史写作完全割裂的两个时代的联系。非常遗憾的是，甚至在面前的语境中，有关"十七年文学"与"文革文学"的文学史意义的讨论仍然不是一个轻松的话题，因为它常常会被人们理解为一种非"学术"的"政治"表态。事实上，探讨"十七年文学"与"文革文学"的意义，并无意于为"十七年文学"与"文革文学"辩护，因为无须"辩护"，"它们"与"我们"形影相随。作为现代性的重要元素，"道德理想主义"、"政治道德化"的认知方式、"民粹主义"、"民族主义"、对"乌托邦"的梦想等已经与"民主"、"自由"、"个人性"、"文学性"等一道构成了我们在20世纪这个特殊的语境中认识世界和认同自身的基本方式。甚至在目前我们置身的"后新时期"，仍不断目睹其以令人惊讶的方式一再重现。因此，与其将对这种"文学史"的清理理解为一种非学术的价值选择，不如将其视为我们认识自身的一种方式。

近年来，陈平原、王德威等人对晚清文学"现代性"的研究极大地深化了学术界对"20世纪中国文学"的认识，在回答来自"五四"意义的捍卫者的关于"晚清文学"的侵入会模糊现代文学的"性质"与"界限"的诸多责难时，王德威在一篇著名的文章中诘问："没有晚清，何来五四"？

就"中国当代文学"而言，"十七年文学"与"文革文学"对于"新时期文学"的意义，绝不亚于"晚清文学"之于五四文学的意义。因为"文革"结束后，被称为"新时期"的历史阶段的展开，不断地被人描述为另一个"五四时期"。因而，我们完全有理由提出类似的追问："没有'十七年文学'与'文革文学'，何来'新时期文学'？"或许，进一步的追问还可改变为："没有'十七年文学'与'文革文学',何谈'20世纪中国文学'"?

昌 切:学术立场还是启蒙立场

1999年连着出了两部教材,一部是洪子诚著、北京大学出版社出版的《中国当代文学史》(下简称"北史");另一部是陈思和主编、复旦大学出版社出版的《中国当代文学史教程》(下简称"南史")。北史是个人著述,南史实质上也能体现个人的文学史观和文学史构造方式。

南史具有很强的主观性或倾向性,一看就知道是启蒙性的。支撑南史的核心概念是"民间","民间文化形态"、"民间隐形结构"、"民间理想主义"、"无名"和"潜在"等,都是从民间派生出来的。据主编解释,民间指的是国家权力控制相对薄弱的区域,其文化形态是自由自在,同时也杂糅了民主性的精华和封建性的糟粕,藏污纳垢。也就是说,相对于国家这个上层中心,民间位于底层边缘,是一个有着独特文化意蕴的"公共空间"。

南史的基本构架是国家/民间。这个构架似可分为两层,一层是作品的内部构造,一层是作品的间际构造;前者指一个作品由国家与民间两种意识形态(人对世界的想象关系)的成分构成,后者指特定时期的文学由国家与民间两种意识形态的作品构成。南史的评述大体上就是在这两个层次上轮换进行的。至于显在与潜在、共名与无名,其实只是国家与民间的别名,落到实处,意思都差不多,一般情况下可以互换。

国家与民间,或显在与潜在、共名与无名,互为依存,相对见义,缺一不可。我发现,著者的价值天平始终是偏向后者的。从这种价值倾向中,很容易看出著者鲜明的启蒙立场。在上层与底层之间赞扬底层,在中心与边缘之间赞扬边缘,所体现的正是平民本位的启蒙立场。著者有意开发被显在文学压抑的潜在文学的意义,在国家意识形态文学中揭示和高估其民间隐形结构,为无名文学寻找合法存在的依据,所体现的也正是以持护精神自由为内核的启蒙立场。胡风、沈从文、张中晓等以及"文革"中"地下文学"的作者如北岛、牛汉等,他们写作的"异端"姿态表明，流淌在他们精神血脉中的仍然是"五四"启蒙传统。

北史的情况显然要复杂一些，不像南史那样明朗。北史源于对革命与启蒙的双重体认或同情，注重史实概括而少作理论思辨，继承的是古代史家秉笔直书和春秋笔法的述史传统。著者不自拟概念，不以论点牵引史实，而强调每一文学时段的社会文化"语境"对作家写作的决定性影响，评述力求客观中正，态度谨慎谦和，立场似乎更接近中性的学术立场。然而，北史未必就是纯客观的著述。只要是著述，就免不了主观性，著者总会受到时代背景和个人知识状况的限定，作出这样那样的取舍，北史自然也不例外。

北史分上下两编，上编讲前30年即"50—70年代的文学"，下编讲"80年代以来的文学"。上编的着眼点在文学规范的形成和演化，即文学从多元到一体的过程；下编的着眼点在文学规范的松动和解体，即文学从一体到多元的过程。上编开始便讨论"文学的'转折'"，其用意是清楚的，就是追溯文学一体化的历史根源；而下编首章便讨论"80年代的文学环境"，其用意也是清楚的，就是追寻多元文学再次生成的历史（现实）根据。

我注意到，讲前30年文学，北史采用的是双线评述的办法，既关注符合规范的文学，也不轻易放过规范外的文学，避免了把这一时段的文学化约为单一的文学。尽管著者慎用或避用多元或多元化这个概念，但论及90年代的文学环境，他认为其特点之一"是不同的文化形态和文化立场的公开呈现"，说明他对文学的多元化是认同的。不仅如此，联系全书的评述看，多元化与一体化自始至终左右着著者的思路。由此可见，一体／多元是北史的基本构架。

打破"定于一"的秩序，呼唤思想文化多元化，是80年代中后期掀起启蒙思潮的知识界的一大"时尚"。著者受其影响并把一体／多元内化为自己撰史的基本构架绝非偶然。虽然著者谨言慎行，尽量保持中性的学术立场，但是就其选择而言，并未摆脱时代背景和个人知识状况的限定。这种限定是不可选择的，常常导致著者不自觉地偏离学术立场，认同启蒙性质的概念，游移在学术立场与启蒙立场之间。我甚至产生过这种想法：著者有没有可能作出其他的选择？假如有，那么他将从何处获取言说或理论的资源？以著者所受的教育和一贯严谨持重的作风，作出其他选择是不可想象的。只要著者认同从一体到多元，无论他怎样谨守史家笔法，如何具有史家风范，也注定会受到其启蒙内涵的限制。总而言之，从这个意义上讲，北史吸收了 80 年代的思想成果（含文学批评成果），也是一部启蒙性的作品。

换言之，北史的启蒙是学者式的启蒙，沉潜着，稳重含蓄，不事张扬。而南史则不然，是启蒙式的学术，文字激昂，一览无余，不在意什么叫微言大义。南史的主编前些年曾主张退出启蒙的广场，回归学者的岗位，但如果真的归了位，原来呼应"20 世纪中国文学"、提倡"重写文学史"的陈思和也就不复存在。

持守学术立场还是启蒙立场，对于重写文学史的人来说，的确是一个绕不过去的问题。南史完全忽略了这个问题，北史因游移于学术立场与启蒙立场之间，可惜也未能很好地解决这个问题。南史偏重思想启蒙，经常把完整的作品分割成互不相容、互相抵触的两个部分，分而论之，抬一面压一面；也经常故意压低一统文坛的显在文学的调门，抬高受压抑的以及在当时基本或完全没有发挥社会作用的潜在文学的声音。北史倒没有这样的问题，但它过于看重文学规范，而对文学规范与文学作品的血肉联系则或多或少有所轻待，因而没有也不可能从结构—功能上推论和演示二者之间紧密相对应的关系。北史的作品分析相对较弱，也许与此有关。

福建师范大学中文系孙绍振：审美历史语境和当代文学史研究

当代文学史是一门历史科学，它所经历的却不仅仅是同一历史语境。一般所说的文化历史语境并不完全等同于审美的历史语境。就审美历史的建构和阐释来说，它往往跨越了多个文化历史语境，例如，中国古典格律诗的形成，从南北朝沈约开始讲究平仄，到盛唐五七言律诗达到成熟，中间经历了四百多年的时间；小说从情节不完整的魏晋志怪，到情节完整的唐宋传奇，再到有性格的宋元话本，经历了千年左右，从文化历史语境来说，有极大的反差，而从小说和诗歌来说，却具有同一文类的形式的连续的可比性，遵循着统一的艺术准则，可以说，处于同一审美历史语境之中。

与此相反的另一种情况也不可忽略，新时期的新诗从浪漫主义补课，到现代派和后现代诗派的产生，从根本性质上属于三种类型的艺术价值准则，三种审美历史语境，却是发生在同一文化政治历史语境之中。而在散文中，在同样的历史文化语境中，就经历了从审美到审丑，再到审智的三种语境、三种艺术价值准则的飞跃。如果拘泥于单一的文化历史语境，则审美创造的历史发展的特点就可能被遮蔽。

审美历史语境可以是跨历史语境的，也可以是浓缩在同一的历史语境之中的。相对于敏感的政治文化意识形态来说，艺术生命往往经历着超越政治历史语境的更迭和淘汰的过程。随着历史语境的变迁，在政治文化意识形态的价值递减的同时，艺术审美价值的可比性却在递增。一切对于审美积淀作出突破性贡献的作品，不管是李后主的词，还是周作人的散文，越是拉开一定的历史距离以后，其艺术价值就越是受到后人的欣赏。这就为把不同历史语境作品纳入同一审美历史语境作系统的评价提供了基础。

以当代文学中的长篇小说这一文类为例，《艳阳天》的艺术评价具有跨历史语境的奇特性。从纯粹政治文化意识形态价值来说，在中国当代农村题材的著名的长篇小说中，《艳阳天》并不被看好，但是从今天的审美历史语境来说，它不但比之《太阳照在桑干河上》《秧歌》（张爱玲——英文版）、《三里湾》，而且比之《白鹿原》在艺术成就（审美价值）上要高得多。当然，其他长篇小说，都各有其不可否认的艺术成就，无论如何是不应该低估的。此类小说皆属于传统长篇小说（而不是现代派以及后现代派的），在历史群象和政治环境的丰富和独特的统一上，上述作品比《艳阳天》都有逊色的地方。虽然有人称赞赵树理为描写农村生活的"大师"，但和浩然比起来，赵树理比较善于描写农村生活的某一部分，因此在长篇小说《三里湾》中人物就显得单薄。《艳阳天》对于现实农村繁琐的生活过程则有更高的艺术概括力。《秧歌》概念大于人物，《创业史》中的"落后人物"梁三老汉更有生命力，和《艳阳天》中"落后"中农为了一口袋粮食而折腾得要命的喜剧性可以媲美。周立波在《山乡巨变》中的幽默如果更自然一点，不给人一种刻意追求的感觉，就可能比《艳阳天》更有风格。至于50年代的中国文学所最不擅长描写的爱情，在《艳阳天》中，虽然也未能完全突破政治化、实用化的框框，但仍然能比较接近活人的感情，当然我们可以说它比之《青春之歌》可能要逊色一点，但是人物情绪的饱满却要比《青春之歌》略胜一筹。在"文革"浩劫开始的时候，一切当代文学作品都被横扫，而《艳阳天》则仍然称雄文坛，排除了"四人帮"的阴谋，审美形象本身的感染力是不可否认的。

理想意义上的中国当代文学史应该负起揭示审美历史经验积淀的任务，然而，过分地脱离审美价值的理论往往模糊了这个任务。传统的文学理论都异口同声地肯定，文学是语言的艺术，当前许多学者，接受了话语学说，以之作为文学研究的理论基础，但是在具体研究中，最受忽略的常常是语言。最有代表性的是孙犁的小说，50 年代每逢他有了新作，常常受到周扬的批评，有的还是在文代会那样的正式的场合。当时周扬所表扬的，如刘绍棠等青年作家的作品，到了新时期连他们自己都不愿提起了，而孙犁的《铁木前传》《风云初记》之所以有较强的生命，与他将农村口语的超越政治历史语境的诗化是分不开的。在五六十年代，小说语言的审美质量却经历了某种曲折，例如，关于两性的感觉话语，往往以实用观念代替了两性心理的显现，这不但对于五四新文学（茅盾、巴金、沈从文）是一种倒退，而且对于我们所师承的苏联文学也是一种落伍。在小芹眼光中的小二黑虽然比之《子夜》中的男女，多少还残存着一点异性的感觉，而在江姐眼光中的彭松涛，则几乎是无性的。这就为"样板戏"中所有的人物都失去性别准备了前提。而这种情况至今还在艺术上准备比较差的作者身上表现出来，《白鹿原》在写到性事的时候，尽管号称有勇敢的突破，但是，在暗喻上是不断重复的，其喻体总是离不开水和火，总体上话语仍然停留在巴金和茅盾时代。

任何文学史家要有出息，当然要有西方文论的足够修养，但是如果不去防止它对艺术的直觉和悟性的窒息，就难免发生艺术教条主义的倾向；辛辛苦苦地批量生产大量不懂文学的文学史，并不是过去式，而是现在进行式。

福建师范大学中文系南帆：文学史写作：个人话语与普遍话语

文学史写作目前遭遇的一个理论困惑即是，个人话语与普遍话语之间的分歧。

以往，文学史写作通常依附于普遍话语。这可以从历史写作的修辞之中表现出来。一般地说，历史叙述使用第三人称。这是一种不动声色的叙述。个人趣味与抒情语言没有理由修改既定的事实。如同巴特所形容的那样，历史事实仿佛在自言自语。这暗示了历史话语的威信。历史著作是一种中性的、客观的记录。哪些作家、作品、文学社团、文学事件、文学组织机构得到了文学史的叙述，哪些作品入选为经典并且赢得了详尽的诠释，总之，哪些文学事实拥有"载入史册"的资格，种种角逐、竞争、较量以及种种相异的价值判断、体系抗衡都隐没到历史话语的威望背后，接受历史话语的定位。人们可以从这里看出，真实、客观、中性是历史写作遵从的普遍话语的基本特征。对于许多历史著作说来，种种意识形态的效果都是在这些特征的名义之下产生的。这甚至导致了文学研究学科内部的某种"成见"。如果沿袭通常的观点认为文学学科包含的是文学理论、文学批评与文学史，那么，许多人或显或隐地觉得，文学史是一门值得信赖的客观知识——相对地说，文学批评或者文学理论似乎存在过多令人不安的个人风格。

文学史写作被视为某种普遍的话语予以接受，这还表现在文学史著作所产生的效果。一部文学史提出特定的经典名单，编辑相应的选本并且给予权威的诠释，这远远不是一种单纯的记录。文学史著作无形地颁布了两个原则：第一，什么是文学。后人只能凭借这一份书目了解文学。如果他们无法重新翻检文学的原始资料，那么，没有进入文学史的作品等于不存在。第二，什么是好文学。所谓的经典，即是确立一批典范供人研读、参照乃至模仿。所以，文学史隐含的普遍话语的威望将会进入文学体制，影响文学体制的运作。这种文学体制包括了一个社会所有涉及文学的机构，例如中学、大学的文学教育以及文学教材的确定，文学批评，编辑和文学刊物，文学奖，作家协会，文学书店，活跃于文学外围的初学者，如此等等。相同的意义上，人们可以发现，"重写文学史"可能产生多大的震撼。"重写文学史"远远不止是重新勘定或者校正某些文学事实，"重写文学史"意味的是修改上述两个原则，并且动摇围绕上述文学史的文学体制。

如果人们发现一个隐匿的事实——如果人们发现这种普遍话语仅仅是一种个人叙述，以上这些效果是否还能继续维持？这是一个疑问。所以，尽管现今的许多文学史写作者都不惮于承认，他们的文学史著作是一种个人话语，但是，他们必须解决一个问题：他们的个人话语如何袭取普遍话语的威望？这涉及修史者资格的认定。不是任何人都有资格修史。修史者的权威必须证明，他的文学史写作可以充当某种普遍话语——不论是文学史的知识准备还是诠释文学所体现的眼光。另外，如果文学史试图赋予个人话语在历史叙述之中的合法性，那么，修史者必须解除相对主义的理论圈套。一部文学史如果提出新的文学诠释或者新的经典名单，作者必须同时有理由说明，这并不是凭借一己的个人趣味任意地打扮历史——他的个人话语意味的是另一个理论制高点。

文学史写作时常遭遇一个接受美学反复阐述的基本事实——读者对于文学的介入。特定版本的文本固定不变，但是，如同一千个读者有一千个哈姆雷特这句俗谚形容的那样，不同的读者不断地造就不同的文学。这显然意味着世世代代重写文学史的理由。然而，这是否同时意味着历史的断裂——一切文学诠释都从零开始，每一个读者都可以任意地标新立异？事实上，接受美学所谈论的"期待视野"否定了阅读之中以个人为核心的相对主义。"期待视野"指的是读者阅读之际先在的经验结构。某一个时期之内，人们的"期待视野"如此相近，这表明了"期待视野"很大程度地包含了历史的巨大惯性。历史往往按照共同的模式塑造人们的灵魂。赢得了社会接受的个人话语之所以吻合多数人的"期待视野"，这种文学史著作之中肯定包含了某种超越个人趣味的重大意义。

考察"期待视野"的形式，人们就会发现历史语境的存在。历史语境是作品产生意义的文化空间。历史语境不仅包含了作品某一时代的文化视野和文化成规，而且包含了众多得到承传的文化传统。这一切形成的历史评价指标体系——无论是肯定还是否定——均包含了对于单纯个人趣味的有效制约。历史语境超越了个人语境。因此，这个意义上的相对主义是历史的，而不是个人的。

人们接受个人话语还有一个条件是，这种个人话语必须企及特定历史语境之中最高认识水准。这意味了历史主义与理性标准的辩证关系。不论是撼动传统的结论还是阐述新的文学观念，无法企及这个标准的个人话语不会产生革命性的后果。

当然，在我看来，"历史语境"或者"最高认识水准"都不是万无一失的理论防线。历史语境的判断常常是个人的——只有高瞻远瞩的理论家才可能首先意识到历史转折的来临。这从另一个层面上显示了个人话语对于历史语境的突破。其次，"最高认识水准"的认定并非一蹴而就，而是历代持续不断的再认识。这隐含了解构这个条件的可能。尽管如此，"历史语境"与"最高认识水准"仍然是重写文学史的有效理论预设。

浙江大学国际文化学系徐岱：观念更新与当代文学史写作

文学史写作对于作者的要求，主要是"选择"与"评估"，而这两者又都涉及作者对于文学的看法：即何谓（文学）"作品"与何谓"好作品"。返顾我们的文学史写作现状不难发现，形成不同史作的文本间质量高下的原因主要还在于观念。虽然仅仅拥有相对合理的文学观并不意味着一定就能够写出高水平的文学史著作，但反之倘若缺乏这种文学观，不能占据一个时代的文学制高点，则无论怎么花功夫都难以真正有所作为。

文学史写作与文学观念间的这种关系，是文学史毕竟不同于文学年鉴的关键所在。文学史不应是獭祭和饾饤式的，仅仅是对一个历史阶段的文学现象的简单罗列以及一些令人生疑的文学掌故和明星文人们的奇闻佚事的收集改编；而是以作为一种精神（观念）存在的文学作品为核心的文化梳理。这就必然得有以文学批评作为背景的文学观的介入。从经验的角度来看，迄今仍未见有多大改变的文学史家与文学批评划地为营各自为政的格局，很长时间来一直是妨碍我们文学史写作的一个问题。如同我们的批评家常常满足于充当一名文学市场里的美食家，不注意积累对文学活动的整体性认识；许多文学史家也常热衷于将文学批评排斥于其治史活动之外，有意无意地回避这样的事实：他的写作实际上受一种文学观念的支配，也是一次名符其实的文学批评行为。就像韦勒克所言："文学史家否认批评的重要性，而他们本身却是不自觉的批评家，并且往往是引证式的批评家，只接受传统的标准和评价。"

在我们当代文学史写作中，迄今存在着一种鲜明的"文体等级论"："纯文艺"高于"通俗文艺"，精英艺术高于大众文化。等而下之的甚至还有"反市场决定论"：作品的品位即使不同其市场占有率成反比，至少也令人生疑。前几年有学者将金庸列入当代中国小说大家阵营引起那么大的反响，无非在于这种评估与我们久已习惯了的文学观念相悖离。金庸是否能占据那个位置自然可以见智见仁展开讨论，但这种文体等级观的陈旧却毋庸讳言。除此之外，我们的文学史写作长久以来事实上还一直心照不宣地存在着一种"主义优越论"，即把作为一种创作方法的"现实主义"视为上品，而多多少少视"浪漫主义"等而下之。在经历了许多"文学革命"之后，我们是否有必要重新检省一下，由来已久的所谓"现实主义文学的胜利"是否只不过是一种被夸张了的想象？对于文学艺术与现实生活的关系，是否应给予新的认识？为了更好地解决诸如此类的问题，当我们在进行文学史方面的梳理时，显然不仅需要有文学批评的介入，同样也需要有文学理论的支撑。以此来看，要拥有新范式的当代文学史著作，或许我们首先得拥有新类型的，集批评、诗学与史学为一体的文学研究者。

在当下的文学史写作中，有一种观念也颇为普遍：衡量一部文学史著作优劣与否的标准，在于其是否具有科学性。它以这样一种思想预设为前提：只有客观的才是真正有价值的，只有科学的才是客观的。虽然此话听上去显得冠冕堂皇，但操作起来其实无从下手。问题不在于文学史的写作究竟怎样才能达到科学性，这个标准究竟由谁来制定；而在于这样一种思想方法先验地认定了一个"真理中心"。但正如波普尔所指出的那样，即使是某个科学理论，也不能自以为是真理的当然代表。"真理"从来不是一个既成事实，任何一个具体的科学结论都只是对真理的一种"猜想与反驳"。所以，科学主义的以事实为本的价值观，不能成为包括文学史写作在内的人文活动的衡量尺度。因为文学作品的实质并非是物质层面的，无所谓绝对性的"事实"。在这个意义上，我们或许应该倡导一种个体化的文学史写作，有意识地鼓励"多声部"重奏，让每一种不同风格和不同视野的文学史文本，一起接受时间与读者的考察。通过这种方式，让那些经受住了检验的文学史叙述逐渐显露于时代的文化平台。所谓的"重写"，是一个永远没有终结的过程，而不只是一种阶段性的现象。或许是这个缘故，韦勒克曾提出，虽然对于文学活动绝对主义与相对主义二者都是错误的，但比较起来相对主义的危害在今天显得更大。尤其是在这个奉行"怎么样都行"的后现代文化语境。

那么，我们能否拥有一种可真正付之操作的关于当代文学史写作的理想方案？也许我们只有先做起来再说，在操作中发现的问题，最终也只有在操作中才能实际地得以解决。理性言说的意义主要还在于作出一种呼唤。

福建师范大学中文系郑家建：文学史叙述的基本问题：框架、形态和时间

虽然任何一种文学史写作都有自己的话语形态，但就话语方式来看，它与一般的历史著作并无根本性的差别，但是从某种意义上说，二者都是一种叙述方式。那么，关于叙述的一些根本性问题，就成为我们进入文学史的具体写作之前首先要分析的对象。

文学史的叙述框架问题，即应该如何把文学的历史演进放在一个相互联系的关系网络之中来加以叙述。为此，我提出共生互动框架说。就是在新的文学史叙述形态中，我们不能因噎废食，简单地把文化史、思想史、社会史的内涵排除殆尽，只一味地关注形式、风格等诗学因素的演变过程。在这里，问题的关键在于必须找到文化与诗学在历史进程中真正的遇合点。具有普遍性的文化思想、文化精神给具体的诗学创造注进了丰富的意味，同时，诗学创造又把一个时代的文化思想、文化精神加以个性化、典型化和精粹化。在整个历史过程中，文化和诗学一直是处于一种共生、互动的内在关系之中。这种强调共生、互动的叙述框架，能有力地改变已有的文学史叙述中的文化／诗学，独创性／传统，历史性／当代性的相互分离，静态的二元论思维方式，从而把对文学的历史叙述建立在一种综合的、整体性、动态的框架之中。当然，所谓的框架不是一个包含万象的容器或实体，而是一种关系范畴。

文学史的叙述形态问题，即任何一个研究者都不可能把有关文学的一切过去都原封不动地搬上纸面。他必须有自己特殊的眼光、角度和价值立场。这里，我们就接触到了文学史的叙述形态问题，这其中有两个影响深远的理论模式需要检讨：一个是认为文学的历史过程，存在着一种从生到死的封闭进化过程。比如，一个文学类型或一种文体，一旦达到某种极致的阶段，就必然要枯萎、凋谢，最后消失。但是，

在这一文学史的叙述形态中，由于过分突出进化的必然和衰亡的命定，排除了文学演进过程中的偶然性和作家主观努力以及天才发挥的余地，就很难理解文学发展的多种可能性。第二个理论模式就是认为，文学的发展、演变是向一个目标接近的过程，即一种典型的历史目的论的观念。这一隐藏在文学史的叙述形态背后的历史目的论观念，在1949年到新时期之间出版的大量的文学史著作中，都曾留下很深刻的痕迹。由于这种历史目的论的影响，导致了在过去的几十年中，我们对中国现代文学有过许许多多的不同"定性"的理论兴趣，这就把我们理解历史的多样性方式给简化了。马克思曾把一种分析模式和理论方法称为"由抽象上升到具体"的方法，并且指出这种方法"显然是科学的正确的方法"。在文学史的叙述中，我们把具体的作家、作品与一般的历史价值与审美价值联系起来，并不是要把每一个具体的作家、作品贬黜为仅仅是一般历史价值或审美价值的样本，而是在这种一般历史价值或审美价值的背景下，发现出具体作家、作品所内含的新的历史经验与审美经验，给个体以新的历史与美学意义。在新的文学史叙述形态中，感性——知性——理性这三个环节，缺一不可。

文学史的叙述时间问题。仅仅以历法上或政治史的依据来划分文学史，是不足以解释文学变化的。因此，文学变化是一个复杂的历史过程，它随着场合的变迁而千变万化。把历史理解为一浪推一浪，一代胜一代的连续链，那只是一种历史幻觉，但是从当前的文学史写作中，我们却能分明地看到当代人在不同程度上都染上了历史时间的焦虑症，把历史时段划分得越来越短，越来越密，并在每一个限定的时段内，都努力寻找一种所谓的转换。但实际上我们不能从它们之间时段的相邻接这一外在特征，就推导出其中必然存在着某种的转换关系。在讨论文学史的分期问题上，我们应该保持一种开放的心态，充分考虑到历史中的变异和转换，同时也应该拉开更加广阔的历史长度来考察、叙述历史。

福建师范大学中文系毛丹武：文学史写作：诗学还是文化学

文化诗学已经成为文学史研究的一个重要思路。因此，有必要对于文化诗学中诗学与文化学的关系、文学的艺术价值与文化价值之间的关系进行一番探讨。

文学是什么？文学研究者如何看待文化、如何看待历史？文学研究者对历史、政治、意识形态、文化研究的其他学科问题同历史学家、政治学家、意识形态学专家、其他学科的专家看待这些问题有什么区别？这些其他文化形态是文学艺术所要皈依的神明，还是艺术虚构情境所需要的要素？艺术所要做的是为历史、文化素描，还是在这些文化素描所构成的艺术虚构情境中去关怀人的命运和存在的奥秘？亚里士多德曾经指出，历史学家叙述已经发生的事情，而诗人描述可能发生的事情，在今天我们理解这种可能性的时候就是理解在感觉、情感、智性的复合中的人的存在境况和人类精神生成的可能性，艺术家的责任就是以鲜活的、具有独特感受、情感、智性的独特的个人去揭示文化中的人，而不是去反映人的文化。

然而，在文化诗学研究中，把艺术放在人类文化系统中进行考察与研究，从而期待获得一种总体性的文化视野的追求，转变成为为某种总体性的普遍规定作艺术注脚，艺术仅仅成为总体文化普遍性的一种特定显现形式。所以并不令人惊讶的是，在这样一种文化诗学之中并不存在诗学的独立地位，回归艺术本身成了令人生疑的口号，艺术性、艺术价值成为文化价值的附属品，艺术的、诗学的价值仅仅在于它在何种程度上完美地表达了文化的普遍价值。

我们可以将《白鹿原》作为一个富于典型性的个案来进行考察。在众多研究者看来，这部小说在对从上世纪末到20世纪中叶的漫长历史时空中的描绘和叙述中，重现了"一个民族的秘史"，表达了对民族命运的深层反思，是"新时期小说有关'寻根/人性'的双重话语的范例"，"总结了80年代""力图重构整体性的卓绝努力"，是一部中国文化在20世纪历史语境中的命运的厚重史诗，拥有无可置疑的卓越的文化价值。但是，文化价值真的可以拯救《白鹿原》的诗学价值吗？抑或是《白鹿原》艺术价值的迷失无可避免地损害了它的文化价值？《白鹿原》原本企图借白嘉轩这个人物从文化意义上解释历史发展的文化规定性，告诉我们20世纪是中国文化传统延续和毁灭的悲剧史，可是这个文化传统是什么？作者并没有精神上真正的理解，只好无可奈何地用白鹿作为这个精神的象征。但这种象征的意味并没有更多地以暗示的方式渗透、弥漫在文本细微之处，也未渗透到主要人物的感知世界，因为他们根本就没有属于自己独特情感支配下的独特的感知世界，白鹿精神也就成为一个无家可归的游魂。而在结构上，原本可以有的相对宏大的历史视野，在后半部几乎完全消失，前面因果关系的人物纬度，转变成机械时间的维度。后半部体现在艺术上是结构上的断裂，而结构上的断裂又恰好延伸到整个历史文化体系的问题。我们可以合乎逻辑地说，作品艺术价值上的重大创伤必然意味着文化价值的重大创伤，作品的文化价值正存在于作品的艺术价值之中。

离开作品的艺术价值，我们不可能谈论作品的文化价值。艺术是对世界的独特的理解方式，是让人的智性溶解在独特的不可替代的感知与情感的变异与创造中去理解、阐释世界，这是一个属于人的世界，理解和阐释世界就是理解和阐释人，就是在对世界和人的理解和阐释中创造人的精神世界的无限丰富的可能性。对于艺术世界来说，任何其他的文化都必须成为艺术的价值，除了艺术价值之外不再有任何文化价值，艺术的文化价值就是艺术价值自身，只有这样的艺术世界才有可能为我们开辟现实世界之外的另一个可能世界。换句话说，对于文学史研究，诗学是文化视野的出发点，也是文化视野的归宿。

（原载于《文学评论》2001年第2期）

三、反响与争鸣

评四部中国当代文学史

王东明　　徐学清　　梁永安

　　近年来，中国当代文学史的研治工作受到了前所未有的重视。从1980 年 5 月到 1983 年底，已有四部当代文学史相继问世。其中，最早与广大读者见面的，是复旦大学等 22 院校编写的《中国当代文学史》第一册（共三册，福建人民出版社出版，下简称"福建本"，第二册于 1981 年 12 月出版）。同年 7 月，北京大学中文系当代文学教研室部分同志编写的《当代文学概观》（下简称《概观》）出版。其后，受教育部委托，由北京师范大学等十所院校编写的《中国当代文学史初稿》（下简称《初稿》）于 1981 年 7 月出齐上、下两册。1983 年 9 月，教育部委托华中师院中文系编写的《中国当代文学》（共三册，上海文艺出版社出版，下简称"上海本"）第一册出版。

　　短短的几年内，就出现了这样四部有一定质量的当代文学史，这种情形与文革前形成了鲜明的对照。1962 年，华中师院曾编著《中国当代文学史稿》，这是我国最早的一部当代文学史。但由于当时的历史条件和主客观因素的关系，它的缺陷是显而易见的。其后，当代文学史的编写工作几乎成为

《中国当代文学史稿》书影

空白。这种局面一直维持到粉碎"四人帮"后。因而，在这一背景下起步的当代文学编写工作，可以说带有筚路蓝缕的性质。

　　尽管草创之功不可没，然而，用今天的眼光看，这几部文学史都

还有着明显的弱点，并且，无论就编写过程，还是就已成的文学史本身，都带来了一些值得探讨的问题。鉴于此，我们愿谈谈一些不成熟的看法。

一

再现历史发展不同阶段上的复杂文学现象，描绘中国当代文学在矛盾斗争中曲折前行的生动过程——这是对中国当代文学史著作的基本要求。那么，这四部中国当代文学史是否达到了这一要求呢？

四部文学史，首先从纵的方面对当代文学三十多年的历程作了历史分期。虽然结论并不一致：福建本与上海本持"四分法"，《初稿》与《概观》持"三分法"。但在分期的指导思想上，它们又是相通的，即：试图抓住某些文学现象的共同特征，联系当代中国经济、政治、文化状况的变化，寻找出文学史的"质变"点，以此将几个具有相对独立性、完整性的不同发展阶段区别开来。这一点，在四部文学史的"前言"或"结论"中皆有明确的表述。

列宁曾经将历史比喻为"链条"，要求人们"必须善于在每个时机找出链条上的一个特殊环节，必须全力抓住这个环节，以便抓住整个链条并稳稳地准备过渡到下一个环节"[1]。分期研究，正是一项找出"特殊环节"的工作。编写者们在这一方面的努力，使这几部文学史比较清晰地勾勒了当代文学的发展轨迹。这说明，编写者们并没有简单地将文学史看做文学事件的排列，而是在把握当代文学的阶段性、连续性上做了宏观研究，并分别找出了贯穿始终的主线。

中国当代文学具有空前的丰富性，这就要求编写者在总结每一时期的文学状况时，必须从横向上全面地反映文学活动的内容。令人高兴的是，四部文学史都充分地注意到了这一点。在当时的条件下，尽可能多地展现当代文学的各个侧面。为了深入地总结经验教训，编写者们以较多的文字对三十余年来的文艺论争和文艺运动作了描述，福建本、《初稿》及上海本都设了专章。值得注意的是，编写者们重视对文艺运动和文艺思想斗争的研究，并不是要把文学史写成"斗争史"、"运动史"，而是着眼于文艺运动及文艺思想斗争对创作活动的影响，

---

[1]《列宁选集》第 3 卷，第 526 页。

试图寻辨出创作兴衰与文艺运动、文艺思想斗争之间的有机联系，并给以科学总结，表现出尊重历史的态度。这四部文学史的另一个值得称道之处，是它们都充分地注意到中国少数民族文学的蓬勃发展。中国当代文学是多民族文学共同前进的社会主义文学。建国以来，随着少数民族地区政治、经济、文化与各个方面翻天覆地的巨大变化，文学事业也显示出新的生机。民间文学的发掘整理，新的文学作品的大量出现，作家队伍的逐步形成，都说明了这一点。如果我们的当代文学史忽视了这个重要方面的内容，那么，显然是不可能完整地反映当代文学的真实面貌的。

任何文学史都有一个如何掌握入史标准的问题。当代文学尚处于不断新陈代谢的成长期，不少作品都有待于历史的筛选。哪些作家、作品应当在当代文学的发展史上得到反映？在文学史上占据怎样的地位？这四部文学史是颇费斟酌的。它们并不像以前一些文学史所做的那样，采取各取所需的态度，以主观随意性编造文学发展的历史，也不因某些非文学、非历史的缘故，对一些文学现象避而不谈，而是从展现历史的全貌着眼治史。某些复杂的文学现象，今天看来也许并无多高的文学价值，或者存在着这样那样的"难言之隐"。但作为文学发展过程中的一个阶段的产物，一个环节因素，却有其不可忽略的历史价值。编写者们注意到了这一点。因此，在社会上产生过一定影响，在当代文学史上起过一定作用的文学现象，基本上都有所涉及：并且力图遵循把问题摆到一定的历史范围内、对具体情况作具体分析的马克思主义理论原则给予解释。例如，在有关《红旗歌谣》的问题上，编写者大胆肯定了它"崭新的思想内容与强烈的时代气息"，又尖锐地指出了它"违背科学规律、脱离实际的空想"的成分[①]。这样，既不违背历史，又启发人们去正确地认识历史。

这四部文学史不仅再现历史，而且力求以辩证唯物主义和历史唯物主义的观点，对当代文学发展中的兴衰作出比较符合实际的评价、分析。应该承认，当代文学史研究者与研究对象同处一个时代，这固然有其不可替代的长处，如对文学潮流的亲身体验、由此而获得的真切感受，使之对当代文学的发展有较深的理解。但同时又受到多种因

---

① 见福建本第二册第八章第六节。

素的制约，作为局中人的近距离观察，往往很难超脱时代的缧绁作高屋建瓴的透视；也很难弃尽流派的见解或偏见的影响。已有的几部文学史，在克服这些因素的干扰方面，作出了一定的努力。他们首先看到的是，我国当代文学有它自身发展的道路，镌刻在它身上的，正是与社会主义各个时期的经济、政治状况紧密结合互相渗透的文学特征，因此，任何文学现象的起伏变化，都可以从社会的政治、经济状况中寻找动因。这种结合和渗透所达到的程度，在中国文学史上是空前的。一方面，它大大地扩展了作家作品的社会和历史的容量，使文学作品产生巨大的社会效果；但稍有不慎，也容易导致艺术规律淹没于政治口号之中，使文艺的广阔天地变得狭隘，作家的创作个性受到束缚。这几部文学史在对文艺领域里反复出现的一系列重大的思想斗争、文艺运动作分析与评判时，总是与政治、社会的背景对照起来，目的就是为了对这些运动过程中出现的许多理论问题和实践问题作出马克思主义的回答。

在分析过去不正常的文艺现象的起因时，文学史以尊重历史的科学态度，实事求是地指出了党的方针政策在某些方面的失误以及党的文艺工作者在某些方面的偏颇，使教条主义得以在文艺领域占有市场的故实。把文艺问题搞成政治问题，并采用群众性政治运动的简单化的办法，是建国以来文艺运动中常出现的偏向，五七年文艺界"反右派"斗争则是一种比较典型的表现。这种偏向的出现决不是孤立、偶然的，它往往是整个社会政治运动的伴随物，或者说是它在文艺领域的具体表现。这四部文学史总结了这一深刻的教训，提出了"正确地认识和处理文艺和政治的关系"，在肯定政治对文艺的作用的同时，强调文艺有其自身的特点和发展规律。应该说，这是颇具识见，接近于规律性的把握的。

二

这四部中国当代文学史，不仅显示出某些方面的共同努力，而且各自表现出一些特异的风采。

最先出版的福建本第一册，记述了当代文学 1949 年至 1956 年间的历程，由于编写时间紧促，也由于某些重大的历史问题当时尚难作出结论，书中难免粗疏、偏颇之处。例如在"对胡风文艺思想的批判"一节中，有些论点有失公允。尽管如此，福建本仍不失为新时期中当代文学史编写的奠基之作。这是当代文学史编写者们"试图以马克思主义的辩证唯物主义和历史唯物主义的观点，对30年来我国当代文学的发展历史和重大成就，做出比较符合实际的叙述和尽可能准确的评价分析"的初次实践。该书在下面两个方面可以说具有自家特点：

其一，第一次明确地将中国当代文学30年的历史划分为四个阶段，即：1949年—1956年；1957年—1965年；1966年—1976年；1977年—1979年9月。这是比较符合30年来我国政治、经济，特别是文学事业发展的实际状况的，1981年6月通过的《关于建国以来党的若干历史问题的决议》中，明确地将建国以来32年的历史分为四个阶段，中国当代文学史的历史发展是否与此相一致？这是评判福建本"四分法"恰当与否的关键问题。马克思说过："关于艺术，大家知道，它们一定的繁盛时期决不是同社会的一般发展成比例的，因而也决不是同仿佛是社会组织的骨骼的物质基础的一般发展成比例的"[1]。然而，这并不排斥一定历史时期文学艺术同"社会的一般发展"成比例起落的现象。迄今为止的中国当代文学的大部分路程，正是这样走过来的。四部当代文学史在总结教训时都提到了文艺与政治的关系问题，而且都指出：解放以后，在较长的时间内，"文艺从属于政治"，"文艺为政治服务"，曾被认为是具有指导意义的口号，忽略了文艺的特性，压抑了作家的积极性与创造性；另一方面，在党确定的指导方针和基本政策合乎历史规律的时期，这一口号也取得了某些重要成果。这些都证明，当代文学的演进，与当代中国政治、经济的发展同步。因而，这种划分符合历史的本来面貌。

其二，以较多的篇幅评述了当代文艺批评家的活动。文学批评是当代文学的重要组成部分。广大文学评论工作者曾经热情地扶持了一大批新人新作，推动了社会主义文学事业的发展。而"左"倾路线影响下的文学批评，确实也使当代文学的正常发展受到阻碍。已出版的福建本一、二两册，对各个时期的文艺批评都设了专章，论及的批评家有20人左右，基本上包括了"文革"前17年比较有影响的文学批

---

[1]《马克思恩格斯选集》第二卷，第112页。

评家。对一些不足以设专节论述，但在当代文学批评活动中起了一定作用的作者、作品，也尽量收入。例如在第二章第二节中，阿垅与杨绍萱的观点就得到了比较客观的评价。

在记录批评家的活动时，福建本力求站在新的历史高度，指出他们的功过得失，同时又坚持历史唯物主义的立场，在一定的历史范围内评价他们在当代文学史上的地位。例如在"茅盾及其文艺批评论著"一节中，编写者一方面认为茅盾不愧为"坚实的，明白的，真懂得社会科学及其文艺理论的批评家"，然而这并没有妨碍他们去认识与论述茅盾文艺论著的局限，书中指出，茅盾对短篇小说创作还没有"从整体上给予规律性的总结。此外，有时他也发表过不够实事求是的意见，如对创作要不要才能的问题，把整个文学史的发展仅仅概括为现实主义与反现实主义的斗争的历史，等等"。在叙述周扬等人的文艺批评活动时，这一原则也得到了坚持。

仅比福建本晚出两个月的《概观》，虽然不是按照史的体例写成的，却大致勾勒出了建国以来文学创作的轮廓。它的长处，也可归纳为两点：

第一，力求将文学创作活动与社会的政治、经济、思想文化运动联系起来考察。例如，第一编"诗歌创作"概述中，在分析建国之初诗坛显得有些沉寂的原因时，指出："中国历史上最后一个黑暗王朝的结束和社会主义革命、建设的开始所带来的生活巨大变化，对政治与艺术之间的关系的新的要求，表现工农兵的形象和生活作为文学创作压倒一切的任务的提出，……这些，都与诗人已经形成的艺术个性产生某些距离和矛盾。围绕表现新的生活而改变自己艺术个性的不协调部分，建立有新的时代特征的艺术风格，是许多诗人自觉或不自觉的目标。"这种将文学与社会历史综合考察的方法，使《概观》有可能进而对不同时期的文学思潮、风格、流派的共同特征作出比较准确的描绘。这一点在《概观》的编目中便有体现。例如，第二编"散文创作"中第六、七、八节的题目分别为"酿造诗意的作家"、"艰苦创业精神的赞歌"、"艰苦岁月的缅怀与颂赞"，主题清晰，脉络分明。在述及60年代兴起的政治抒情诗、阶级教育戏剧、工业题材短篇小说、军事题材小说创作、山西派作家的短篇小说等时，《概观》也显示了这一特色。编写者的这一努力，使《概观》在文学与社会的统一，作家作品与文学运动的统一方面取得了突出的成绩。

第二，在分析具体作家、作品时，注意到思想分析与艺术批评的结合。思想分析过滥而艺术批评不足是当代文学批评中的一大缺陷。《概观》不然，它以较多的篇幅评论当代作家的艺术特色。如在第三编"戏剧创作"第二节"《枯木逢春》和农村题材的创作"中，该书以较详的笔墨评述了《枯木逢春》的艺术性、《槐树庄》的"胡可风格"和《降龙伏虎》借鉴民族艺术传统的收获。这种写法有助于加强论述中的理论色彩。第一编"诗歌创作"第二节"在探索的道路上"中，编写者认为郭沫若建国以来的诗"保持着磅礴舒放的特色，有的诗，也不乏动人的形象和大胆奇瑰的想象"，但"又由于急于配合政治斗争和运动，诗人来不及把对生活现象的感受熔铸为更有力的形象，往往采用对事件的直接陈述和对思想的显露表白的表达手段"。该书指出："郭沫若诗歌创作上存在的'散文化'、'政论化'的缺点，不应该完全归结为诗歌艺术才能的减弱，这和他在诗与政治的关系的理解上的某种程度的简单化，并因此降低了自己创作的艺术追求有直接关系"。这些观点切中肯綮，颇见深度。

《初稿》是一部篇幅较大的高等院校文科教材，在福建本尚未出齐，《概观》则又侧重创作状况的论述的情况下，《初稿》可谓第一本比较完备的中国当代文学史。该书有这样几点特色：

一，系统地、全面地记载与评析了建国以后文艺运动与文艺思想斗争的历史，有气势，有理论深度，由于把历次文艺运动联系起来研究，从整体上分析彼此之间的相互影响、来龙去脉，就使人们对社会主义文学的曲折道路，对形形色色的文艺思想的流变能够了然于心。以第一章第二节"对资产阶级唯心主义文艺思想的批判及其对文学发展的影响"为例，编写者既肯定了对俞平伯的某些观点进行批评的必要性，又中肯地指出：这场运动"政治批判冲淡了学术探讨，结果对于现实主义这个文学发展中的迫切问题，当时并没有结合文艺创作和文艺批评的实际加以认真的评论。所以，紧接着这一场斗争而开展的对胡风一派人文艺思想的批判中，现实主义问题必然又一次作为争论的中心。"用这样的眼光去看待文艺思想斗争，文艺论争的中心问题就十分清楚，矛盾的发展也较明显。

二，尝试着对"文革十年"的文学创作进行总结，还其历史本来面目。《初稿》设了专章加以论述,写得淋漓酣畅。该书对"文革十年"的创作有这样一个评价:"思想和艺术都好的极少;相当一批作品沦为'四人帮'反动政治的奴婢,宣传极左路线及其反动思想,内容虚假,艺术低下;虽有一定生活基础,但思想内容和创作方法不同程度地受了'四人帮'反动思潮的影响以及从概念出发,粗制滥造,存在着严重的公式化雷同化的作品,则占大多数。"这种粗线条的划分,大致可以反映"文革"期间的创作状况。在谈及这个时期那些有一定的生活基础,艺术上尚有某些可取之处的作品时,编写者仔细地区别作品中两方面的内容:极左思潮的影响与思想艺术上的有益的成分。这样,对《万年青》《金光大道》等作品就能够给予比较客观的评析。但是,对《春潮急》《创业》《闪闪的红星》等作品的评价似乎嫌高。

三,在总结新时期文学方面付出了大量的劳动。从1976年10月到《初稿》下册出版的1981年7月这短短的四年多时间里,尤其是党的十一届三中全会以后,当代文学重新获得了蓬勃的生命力。新人新作的大量出现,思想深度与艺术水准的迅速提高,都是建国以来未有过的。编写者对此倾注了极大的热情,使之及时地反映在《初稿》中。但由于编写者与这一段历史距离太近,落笔未免有些不大准确之处。从微观方面说,某些作品是否经得起时间的考验还是个疑问,书中却给予了过多的评述;从宏观方面来看,对这一时期文学思潮的描绘不够全面,如对影响较大,而内容又比较复杂的以《伤痕》为代表的一批作品,就没有给予应有的注意。尽管如此,《初稿》仍然把握住了这一时期文学创作最显著的特征:革命现实主义的恢复和开拓,并按照这一线索展示了新时期文学的新面貌,对在反映人民生活、愿望、理想方面成就卓著的《班主任》《李顺大造屋》《许茂和他的女儿们》等一批作品作了较高的评价。这些都给人以比较深刻的印象。

《中国当代文学》第一册出版于1983年9月,距福建本的出版已逾三年。人们很自然地期待着它后来居上。编写者果然不负众望,现在,呈现于我们面前的确实是一本有特色、有创新的文学史,这反映在三个方面:

一,论及了一批以往文学史中没有提到的作家作品。与古代文学不同,我国当代文学还很年轻,时间跨度短,中间还有10年荒芜期。因此,对作家作品的取舍不能过苛过严,有一定影响的作家作品都应入史。该书从文学史的事实出发，第一次列专节论述了肖也牧、路翎的创作，对康濯的作品也做了比较详细的评介。可以说，上海本第一册相当完整地再现了1949—1956年的文学状况。

二，在编写体例上，进行了一些新的探索和尝试。该书增设了"少数民族文学"、"儿童文学"专章，这样就给了历来不被重视的少数民族文学和儿童文学比较突出的历史地位，更能鲜明地表现出我国多民族、多层次文学共同发展的全貌。

三，在有关1949—1956年文艺论争的论述中，努力贯彻历史唯物主义的观点，对一些重要的历史问题，作出了比较合乎实际的评价。这一点集中体现在关于《红楼梦》研究中资产阶级唯心论批判、关于胡风文艺思想的批判的章节中。编写者用了不少笔墨总结了批判《红楼梦》研究中的资产阶级唯心论过程中的教训，诸如将思想斗争与政治斗争、考证校勘与繁琐考证，学术观点与政治观点相混淆等弊病，都作了公正的批评。尤其是对胡风文艺观中那些合理的因素，编写者进行了充分的论证，肯定了胡风要求作家按照掌握文艺规律，用适当的艺术形式反映生活，强调作家创作实践的意义等问题上的正确意见，使胡风的文艺思想第一次在文学史中得到较为全面的表述与评析。

三

在对四部当代文学史作了匆匆的巡视之后，我们想就几个问题谈点看法，向大家请教。

宏观研究，这是讨论文学史编写时十分热门的话题。近年来，无论对于中国（古代）文学史、现代文学史，还是对于当代文学史，人们都在强调宏观研究的必要。既然文学史是以揭示特定时期文学发展、变化的规律为旨归，宏观研究也就势在必行。因为规律从来都存在于事物的矛盾运动之中，只有把握了丰富的文学现象，才有可能发现规律。而要做到这一点，微观研究显然难以胜任。同时，当代文学发展的历史中，包含着许多复杂、微妙的现象，只有置于广阔的背景下，进行多方面的、综合的考察和分析，才能得到比较合理的解释。强调宏观研究的重要，并不意味着可以忽略微观研究。应该说，要写出一部优秀的当代文学史来，宏观研究与微观研究不可或缺，二者互相依存，互相渗透。微观是宏观的基础，宏观又可以反过来推动微观的深入。没有微观，宏观所得易流于空泛；没有宏观，微观所得易失于局促。如此，是决然反映不了当代文学几十年间色彩斑驳、头绪纷繁的历史来的。

已有的四部当代文学史在这方面有不少可议之处，现实的情形是，编写者似乎还不习惯于把宏观当做一种高屋建瓴式地驾驭文学现象的多面思维方式来运用，往往只在各编、章前面的概述部分"宏观"片刻，而进入具体的论述时，目光便闭塞了。这样，客观上就回避了诸如当代文学的特点是什么？现实主义传统在当代文学史上几度沉浮的原因何在？为什么长篇小说创作中革命历史题材的成功是其他题材所不可比拟的……这样一些至关紧要的问题，而本来，正视并且回答、解释这些问题，是足以见出一部当代文学史的深度和质量的。

从宏观研究的角度出发，促使我们对于当代文学史的体例进行思考。把这个问题提到议事日程上来，现在看来是很有必要的了。这几部当代文学史的体例大致相同：以"绪论"开头，然后根据当代文学史的分期划成几大部分，再按照时间顺序，分别从文艺运动和文艺思想斗争、小说、诗歌、散文、戏剧和电影文学几个方面，先概述，后具体作家作品展开叙述，末尾加一段结束语。固然，作为大学教材性质的这几部文学史采用这种体例，有其便于基础知识教学的特点，但全面地看，这种体例的不足之处比较明显。首先，它把文艺运动和文艺思想斗争与作家的创作活动机械地割裂开来，各自孤立地加以论述，人为地抹煞了它们之间的相互影响；其次，它把某个作家作品从实际存在的普遍联系中提取出来进行评介，而且这种评介仅限于思想内容、艺术特色、存在不足而已；再次，它反映不出不同体裁的文学创作之间的交互影响和各种艺术风格的流变。总而言之，这种体例不利于编导者开展宏观的、综合的、比较的、历史的研究，不利于当代文学史科学地、系统地体现文学发展的规律。

改进、打破现有体例中妨碍建立当代文学科学体系的部分，在某种意义上说，是提高当代文学史编写质量的关键问题之一。我们可以另辟蹊径，如以文学思潮、文学运动的递嬗变迁为中心线索，写出当代文学思潮史之类的书来；也可以在现有体例的基础上加以变革，在结构布局上作些改动，在突出各种文学现象的多种联系上作些努力，在综合性的和比较的分析上下功夫。从目前的情况看，短时期内达到前一种要求也许有些困难，然而，实现后一种要求则是完全可能的。

如何反映当代文学与现代文学的关系，这是一个与宏观研究密切相关的问题。很长时间以来，从事当代文学史研究工作的同志似乎没有给予应有的重视。值得玩味的是，这个问题最先是由一些从事现代文学研究的同志提出来的。文学研究的基本法则告诉我们，那种封闭式的研究方法是难以对文学史作出准确、深刻的考察和把握的，也难以发现和揭示规律。何况，中国当代文学不是从天而降的，它与现代文学之间，似乎从一开始就存在着天然的血缘关系。在一定意义上，当代文学是现代文学的继续和发展。因此，倘要总结、概括当代文学的历史进程，指评文艺思潮、文艺思想斗争、创作方法以及文学主题的源流变迁、艺术形式的承与变，倘要全面地评价作家作品，不联系现代文学史，进行综合的、比较的研究，恐怕是行不通的。

不能说这四部当代文学史在叙述当代文学的发展时，都割裂了与现代文学的联系，编写者在"绪论"或"前言"中多多少少地都作了一些说明，而上海本在这方面也颇为用力。但严格地说来，这些说明更多起着一些引入正文的"开场白"的作用，只言片语，一笔带过。除此之外，我们就很难感受到这种实际上存在着的联系了，即便在述及一些老作家的生平和创作道路时，涉及现代文学的内容，却也不是从这种联系着眼的，而是平板地介绍，孤立地论述。显然，在编写者的指导思想里，当代文学与现代文学紧紧连着的那根红线是模糊不清的。

实际上，编写者在这方面是大可驰骋笔墨的。在理解、分析一些问题时，如果能从当代文学与现代文学的联系入手，那么对于这些问题的思考和认识是会进一步深化的，一些文学现象的来龙去脉也不难掌握。比如说，如何评价赵树理小说的历史地位？这是几本当代文学史都碰到的一个问题。如果我们结合赵树理40年代的小说创作，把它们放在自从鲁迅开创的农村题材小说的现实主义传统以来这一题材的发展衍变——这个背景下，既对赵树理不同时代的作品进行比较研究，又把它们与赵树理同时代其他作家的作品加以比较，这样，我们对赵树理这样一个伟大作家以及作品的评价，是否可以贴切些呢？再如，农村题材小说创作是当代文学中成绩最为显著的一个门类，这中间，除了社会的、政治的等原因之外，能否从现代文学史的角度提供佐证、给予解释呢？如果我们这样做了，那么，追踪溯源，是否可以寻觅到这一题材创作在漫长的历史中艰难行进的线索，从而有助于达到对某种规律性的认识呢？此外，如何评价《红旗谱》等小说中的人物形象？怎样看待建国后新诗诗风的变化和一些老诗人在当代诗坛上影响不如先前的事实……这些问题，都是可以而且应该从当代文学与现代文学的联系中得到解释的。

一本好的文学史，应该是史与论的有机统一。所谓史，就是要全面地描摹出特定历史时期内文学流变的轮廓，梳理出明晰的历史线索；所谓论，就是要对种种文学史实进行阐述，对种种文学现象作出主观评价。史是论的基础，论由史而生发，史要求真实，论要求深刻，史通常以文学现象为外观，论则以编写者的史识为依托。史中有论，史才不是徒具框架，免入"资料长编"者流；论而有史，论方见出谨严允当，与文学理论异趣。

这几部当代文学史都程度不等地存在着史论彼此脱节的现象。常见的是有史无论或寡论，以勾勒某些文学现象的大致形貌为满足，对于文学发展的一些复杂现象，未能从理论上加以说明。比如，60年代初，在政治形势复杂多变，物质文化生活相当贫乏的情况之下，却出现了《红岩》《李自成》第一卷等优秀长篇小说，这在几部文学史上都有所反映，但何以会如此；却几乎同样地被忽略了。再一就是以论代史，史的线索模糊于一些空泛的议论之中。对作家作品往往只限于就事论事式的思想艺术分析，并以这种缺乏历史感的分析取代文学的历史过程、历史现象的勾勒。拿有关当代散文的叙述来说，编写者似乎偏重于对一个个散文作家思想、艺术特色的概括和评介，这几部当代文学史中几乎任何一部都可以让我们了解一些散文名家的风格、特点等，但倘要从中了解几十年间散文创作兴衰涨落的历史轨迹和这些名家创作的历史地位，就会使我们多少有点茫然了。

作为一门历史科学，文学史必须反映出丰富复杂的文学现象，并给予适当的理论上的说明，因为，规律总是渗透在一定的文学现象及其联系中的。现在看来，四部文学史在这两个方面都有待加强。已经得到反映的文学现象，比之当代文学现实的发展，尚不丰富，能够体现规律的文学现象捕捉得更为不足；而缺乏应有的理论色彩，不能对某些文学现象作出深刻、精辟的判断，只停留于感性认识的基础上对此发些感受式的议论，更是迫切需要我们加以解决的一个问题。众所周知，关于当代文学的性质和特点、经验和教训，关于英雄人物塑造问题的讨论与实践，关于五六十年代出现的新中国文学创作的首次高潮，这些问题都涉及一定的理论问题，从理论上给予充分的考察和阐发，是有助于我们发现规律的。然而，编写者似乎还不习惯于、不善于运用理论，思维还缺乏理论深度。因而，文学史并没有充分反映出人们对这些问题思考的深入和认识的进展，比较多的是在因袭旧有的观点，做一些四平八稳的结论。

看来，加强当代文学史研究工作的理论建设，提高编写者的理论修养，这不仅要成为一项长期的战略任务，而且是提高当代文学史编写质量的当务之急。

"诚望杰构于来哲也"（鲁迅语）。已有的四部中国当代文学史，尽管较之"杰构"还有着很大的距离，但毕竟为"杰构"的诞生付出了不容忽略的劳作。我们相信，只要广大从事文学史编写工作的同志进一步加强当代文学的研究和文学史编写的方法论的探讨，勤于学习，深入思考，精益求精，中国当代文学史的研治工作一定会在现有的基础上出现较大的突破。

（原载于《文学评论》1984 年第 6 期）

敞开与遮蔽：文学史叙述方法及其限度

——以洪子诚著《中国当代文学史》为中心

王金胜

一、启发与突破：以"重写文学史"为学术起点

以"重写文学史"为学术起点，洪子诚（以下简称著者）著《中国当代文学史》（以下简称洪史）为中国当代文学史的深入研究提供了新的学术视角，开拓了新的研究视阈。任何学术新质的出现必然以潜在的薪火传承和新型学术场域的生成为其滋生与成长的背景资源。以唐弢、施蛰存等为代表的老一辈现代文学专家提出的当代文学成不成"史"的讨论①和陈思和、王晓明主持《上海文论》"重写文学史"专栏所引发的"重写文学史"论争，是洪史出现的整体学术背景和学术资源。"重写文学史"作为对既有文学史学科性质和研究模式的反思，一方面强调中国现当代文学学科研究的整体性，另一方面将其指涉为现代文学史研究和当代文学批评两个层面，体现出现代文学学科的优势地位和扩张趋向②。它与"20世纪中国文学"命题以及"当代文学

---

① 唐弢、施蛰存以历史书写的稳定性为基点，指出由于当代文学处于现在进行时所具有的变动性。所以"当代文学"研究应以记录事实和评述思潮现象、作家作品为主，而"当代文学"与"史"所具有的内在逻辑矛盾使它只能在经历时间的淘洗之后以"史料"的形式进入其稳定性构成——现代文学的叙述领域。详见唐弢《当代文学不宜写史》，《文汇报》1985年10月29日。施蛰存《当代事，不成"史"》，《文汇报》1989年12月2日。

② 陈、王指出，开辟"重写文学史"专栏"都是围绕着一点，就是对原来现代文学史上的各种理论，提出某种质疑，或者说提供某种怀疑的可能性。这种怀疑的可能性，我们是在我们所谈的历史的审美的文学史这一范畴里提出来的，是对过去把政治作为唯一标准研究文学史的结果的怀疑。"（陈思和、王晓明《关于重写文学史专栏的对话》《上海文论》1989年第6期），"重写文学史"

不宜写史"的异议具有共同的倾向（或缺陷）：首先是对1940年代以后的"解放区"文艺传统有意无意的忽略，将20世纪40年代尤其是20世纪50—70年代的文学视为对五四新文学传统的离弃，将其作为以"五四"新文学为源头和评判标准的中国现代文学（"20世纪中国文学"）的异质因素处理；其次是将"新时期"文学看做五四文学精神的复归，是现代文学（"20世纪中国文学"）的逻辑演进，属于"现代文学"或"文学批评"的研究范畴①。所以，一方面，"重写文学史"（"20世纪中国文学"）对文学史研究中整体眼光和审美特质的强调，为洪史以新的整体性学术眼光，从艺术角度重估当代文学，提供了新的历史视界和独特的叙史视角；另一方面，它们对20世纪40年代尤其是20世纪50—70年代文学的有意疏漏和异质化处理以及潜在的对"当代文学"的形成历史、艺术特征、复杂内涵及其与五四新文学的内在关系乃至作为一门学科的合理性科学性尤其是历史必然性的漠视和否定，又都构成了洪史独特的学术视点、研究方法、叙史模型的内在动力："继续采用这一概念的另外原因，是它连同相关的分期方法，仍有其部分存在的理由，即可以作为把握20世纪中国文学状况的一种有效的视角。"②因此，洪史既是"重写文学史"的重要收获，又是"带有'权宜'的意味"的写作实践，其中也蕴涵着对"重写文学史"（"20世纪中国文学"）宏大叙事的反思和修正。这使洪史在文学史理念、叙史模型建构及叙史原则等方面呈现出强烈的学术个体性。同时，正如洪史《后记》所言："当代文学史的个人编写，有可能使某种观点、某种处理方式得到彰显。当然，因此带来的问题也不言而喻。受制于

就是"要改变这门学科（指中国现代文学——引者注）原有的性质，使之从置于整个革命史传统教育的状态下摆脱出来，成为一门独立的、审美的文学史学科。"（陈思和：《关于"重写文学史"》（《笔走龙蛇》，山东友谊出版社1992年版。）

① 直到最近，对当代文学学科地位、性质与合理性的质疑仍在持续进行。许志英在《给"当代文学"一个说法》（《文学评论》2002年第3期）中对"当代文学"，"当代文学史"的学科合理性提出了质疑，认为区分为"现代文学"和"当代文学""这种跑马圈地、各立山头的思路已没有多少市场，人们对从1917年开始到今天为止的中国文学只能作为一个学科，已无多少歧异之见"，他指出："不仅现在的文学可叫作现代文学，就是几十年甚至几百年之后的文学也可叫现代文学。"这实际上是用"现代文学"来整合"当代文学"，将"当代文学"限定为对最近10年文学现象、作家作品的批评，它随时间而积淀为"现代文学"。另外，陈思和、郜元宝、张业松等也基本持这种"当代文学"批评化的处理方案。

② 洪子诚：《中国当代文学史》，北京大学出版社1999年版，第2页。以下未注明者引自此书。

个人的精力、学识和趣味的限制，偏颇遗漏将是显而易见的。"在凸现洪史在开创和拓新当代文学史叙述范式、叙述空间上所具有的意义的同时，探讨由此带来的"问题"、"偏颇遗漏"，进而寻找洪史及当代文学史写作中存在的限约和限度，对于此后文学史研究和写作更有不可忽略的意义和价值。

二、"当代文学"内涵：从"话语形成" 到"自然时空"的悄然转化

洪史独到的叙史理念、叙史结构形成于其在《前言》中对"中国当代文学"概念的独特界定："中国当代文学"从时空范围上指涉1949年以来发生在特定"社会主义"现实语境（中国大陆）中的文学；就深层的历史发展来说，它是"五四以后的新文学'一体化'趋向的全面实现，到这种'一体化'的解体的文学时期。"基于对"当代文学"的重新定义，洪史将"当代文学"分为"一体化"逐步全面实现的"50—70年代文学"和"一体化"走向解体的"80年代以来的文学"两个不同的历史阶段，其中包含两种不同的文学格局和文学形态。

洪史对"50—70年代文学"的叙述借鉴了新历史主义尤其是福柯的知识考古学和话语理论的学术思路。福柯的知识考古学的基本方法是运用话语理论对知识的生成变化进行具体的分析，在历史的平面和连续中发现其错乱与断裂，展现被历史叙述所压制和被历史文献所掩盖的另一面和另一性。在知识考古学的眼光中，没有自然平整、纯粹干净的知识，其间不可避免地掺杂着主观意志和权力干预。历史是一种在权力支配下产生的话语系统，是潜藏着权力、斗争和意识形态的权力话语，历史作为话语或语言陈述形式，受到统一的知识范式的支配和文化力量、意识形态的影响。福柯的知识考古学瓦解并悬置了知识的科学性，而对目标进行"历史化的语言分析"，通过对话语实践如何产生了知识的调查，揭示知识背后话语的隐秘活动。著者在考察"当代文学"概念时，指出："这里所要讨论的，主要不是'中国当代文学'（以下简称'当代文学'）的性质、特征，或从概念的'本质'上来讨论其涵义及相应的分期方法的'真、伪'、'正、误'，而是考察'当代文学'这个概念在最初是如何被'构造'的以及此后不

同时期、在不同使用者那里，概念涵义的变异。即概念在特定时间和地域的生成和演变，和这种生成、演变所隐含的文学规范性质。"①借助于知识考古学，洪史不再执著于传统文学史叙述中所极为注重的历史的"本相"、"真实"和"本质"等真理性终极话语，而是将"当代文学"本身就视为一种话语，是权力合法化的历史建构，是制度和秩序的生成、确立和转化的过程。也就是说，"当代文学"不再被视为一个自然生成的光滑平整的有机构成物，而是一个充满矛盾、斗争、悖论和断裂的历史"构造"物。"当代文学"的"构造"性是洪史的重大发现，也是著者展开新型历史叙述的基点。简而言之，"当代文学"是在特定意识形态支配下，通过权力斗争，以程序化、制度化形式固定下来的话语形成。"'当代文学'的概念的提出，不仅是单纯的时间划分，同时有着有关现阶段和未来文学的性质的指认和预设的内涵。""不仅是文学史家对文学现象的'事后'归纳，而且是文学路线的策划、推动者'当时'的设计。因而，当代文学概念的构造，和这一概念所指称的文学的生成，应是同步的。"②所以著者"将问题'放回'到'历史情境'中审察"，实际上就是还原历史，将对"当代文学"概念的构造和"当代文学"的生成的揭示视为同一过程，当代文学（尤其是50—70年代的文学）是构造"当代文学"概念并通过对概念注入新的理解、新的内涵来促进"当代文学"生成、确立并不断进行历史推进的过程。知识考古学既不同于思想史，又非完整的历史理论，而是一门有关"人们说过哪些话、怎样说才算是知识或真理"的历史，它通过查阅研究对象所赖以形成的文化档案，追索它在特定历史语境中的迁移变动，进而分析构成这种观念、理论、秩序、制度的语言陈述形式。以揭示它们实为由知识、权力和语言诸因素合成的"话语形成"。洪史对中国当代文学的叙述切入点和叙述方式是"对于原有的概念、分期方法等加以审察，分析它们出现和被使用的状况和

---

① 洪子诚：《中国当代文学》，洪子诚、孟繁华主编：《当代文学关键词》，广西师范大学出版社2002年版，第1页。相关论述亦可参阅洪子诚：《"当代文学"的概念》，《文学评论》1998年第6期。

② 洪子诚：《中国当代文学》，洪子诚、孟繁华主编：《当代文学关键词》，广西师范大学出版社2002年版，第1页。相关论述亦可参阅洪子诚：《"当代文学"的概念》，《文学评论》1998年第6期。

方式，从中揭示这一切所蕴含的文学史理念和'意识形态'背景。"①
这种对"当代文学"施行的历史化的语言分析，正是秉持福柯知识考
古学和话语理论所进行的文学史写作实践。所以洪史在对50—70年
代中国文学的叙述中打破了以第一次文代会或新中国成立为界限的传
统文学史"自然"分期，而是将学术视野延伸到40年代的延安文艺
整风和文学实验乃至五四文学革命运动，历经40年代末文学格局中
各种倾向、力量的重组，50年代初期"新的人民的文学艺术"的出现，
50年代中期对"当代文学"的"社会主义文学"的定性，至此"当代
文学"方才成为一种独立的文学形态，并确立了其确凿无疑的历史地
位。同时，洪史除了对思潮流派、作家作品的持续关注外，将50—70
年代的文艺政策、文艺方针以及有关的文艺讲话、文艺批评特别是文
学史研究纳入主体对"当代文学"的形成和确立的考辨中，作为"当
代文学"赖以生成的文化档案进行历史化的语言分析，揭示诸种话语
背后的权力运作："破除文学生产、文学文本的'独立性'和'自足性'，
将文学生产、传播、批评纳入国家政治运作轨道上。"②从洪史对50—
70年代文学的叙述模式上看，"当代文学"是一个历史生成和构造的
话语实体，著者对"当代文学"进行"社会主义"历史语境的限定是
其靠近并还原历史的必然选择，这就决定了洪史"'当代文学'的性质、
特征，是在它的生成过程中描述、构造的"基本判断的形成。由此可
见，洪史对"当代文学"指涉中国大陆范围的地域限定中暗含着"社
会主义文学"的性质确认，只不过著者没有对此进行正面的分析，而
只是将其作为一种"话语形成"来展示隐深的知识和权力活动。总的
来看，洪著在其"上编:50—70年代的文学"中是通过对'当代文学"
概念的话语解析中确立起著者个体性的当代文学史叙述的。"当代文
学"以其"社会主义"性质来排斥台港澳等异质文学因素的渗透从而
自成一体。

进入"下编:80年代以来的文学"，"当代文学"作为文艺路线策
划者、推行者的"设计"蓝图，已经无法在新的历史时空中建筑起坚
固牢靠的大厦，"当代文学"概念的涵义已经悄然发生了变化和分解。

---

① 洪子诚:《"当代文学"的概念》,《文学评论》1998年第6期。
② 洪子诚:《"当代文学"的概念》,《文学评论》1998年第6期。

洪史将50年代以后的"当代文学"视为"左翼文学"的"工农兵文学"形态，而50—80年代的"当代文学"则是"工农兵文学"建立起绝对支配地位以及这一地位受到挑战而削弱的文学时期。[1]可见，在洪史中，"当代文学"的实质和具体形态是"工农兵文学"，它是一个有着特定历史内涵和历史依据的实体，无论从时间（"1949年以后"）上看，还是从空间（"中国大陆"）上看，它都超越了作为一个具体的时空概念的存在而具有了特定的意识形态含义。而在80年代以后，"当代文学"的支配地位遭到削弱，它不仅无法作为权力话语而具有意识形态建构和整合功能，而且其"社会主义"性质也变得含混不清，不能在80年代以后的文学文本中得到清晰、明确、有力的艺术呈现，甚至连它在50—70年代文学中所获得并得以彰显、以致作为新型创作道路和新的发展方向来倡导的包括内容上的以社会主义革命和建设为主要表现对象，以工农兵群众为作品的主人公；艺术形式上对民族化和大众化的追求；美学风格上的明朗、健康、乐观、豪迈等内容和形式层面上的某些"崭新"特征，在80年代以后的文学形态中也呈现出整体性的衰颓、虚化趋势。因此可以说，在这一时期，"当代文学"作为一个实体已经逐渐消散而不复存在，它的意识形态建构和整合功能也因进入新的历史语境而遭到极大削弱，而仅仅只是在人道主义、异化、朦胧诗等文艺论争中偶尔浮出水面，但其功效也已今非昔比。可以看出，在80年代以后的文学史叙述中，洪史实际上已经悄然对"当代文学"概念的内涵进行了转换，"当代文学"实际上已经被处理成一个历史概念。尽管洪史在对存在于80年代社会文化语境下的文学现象、思潮流派、作家作品进行叙述、分析时，仍然使用"当代文学"这一概念，并基本注意在文学史流变中揭示其支配地位的逐渐丧失过程，但从总体的文学史叙述来看，"当代文学"更多的是仅仅作为一个时空概念，为了维持文学史叙述对象的完整性、一致性而存在，它不再具有超越概念自身的特定意识形态含义。根据洪史《前言》部分对"中国当代文学"的概念界定，按照基本的叙史逻辑来推论，洪史在"上编"完成对新文学"一体化"趋向全面实现、"工农兵"文学建立起绝对支配地位的叙述之后，在"下编"它应该对"当代文

---

[1] 洪子诚:《当代文学概说》，广西教育出版社2000年版，第61页。

学"在 80 年代以后的遭际、命运及其在文学文本中的艺术呈现进行相应的叙述和评析。著者将 50 年代以后的"当代文学"定义为具有"社会主义"性质的"工农兵文学",是主流意识形态"一体化"的必然结果,"当代文学"由此呈现出泛政治化的倾向。进入 80 年代以后,以"工农兵文学"为存在形态的"当代文学"失去了大一统的绝对权力,作为一个有着特定内涵的整体性概念,它遭到削弱乃至最终解体。但无论是在"外部"还是在"内部",主流话语的整合、构建的意图及功能在新型文学格局的建构中并未完全消失,它仍然拥有文艺政策、文艺方针的制定者和推动者的合法身份,仍然以文艺理论文本、文艺批评文本和文艺创作文本的不同形态出现,并在与精英话语、民间话语的交流碰撞、冲突妥协中呈现为复杂暧昧的存在。可以说,80 年代以后,"体制化"的文学形态和文学规范的支配地位逐渐失去,但"失去"的过程是充满矛盾斗争的,"失去"后主流文学的形态和规范也是大可深究的,这一切都会在理论文本、批评文本和文学文本中以不同的形态,不同程度地存在。其实,各种文学及非文学力量从来不会主动放弃各自"制度化"的冲动,在新的文学秩序和文学格局的形成中,始终充满着各派力量血与火的冲突和争斗。但洪史显然对此作了简单化处理,而将叙述重点放"在不同的社会历史语境中,中国作家建立'多元'的文学格局所做的艰苦努力"上,而所谓的"艰苦努力"也并没有呈现出新型文学形态如何突破"政治"或"经济"等各种力量的约束和压制,后者如何以"文化"为中介而对"文学"产生怎样的效果,"文学"内部如何在迁移流转中呈现出何种艺术形态,这些大多被洪史所有意无意忽视。于是,它关于 80 年代以后的文学史叙述就体现为诸多文学思潮流派、文学现象和作家作品的顺时态叙述和评析。80 年代以后的"当代文学"被置换为 80 年代以后的"中国文学","中国大陆"转化为一个纯粹地域意义上的限定而丧失了其叙史深层逻辑上的存在必要性。从"下编"来看,台港澳文学完全可以纳入 80 年代尤其是 90 年代的历史叙述而不对"下编"的叙史格局产生根本性影响(当然,这会对"上编"所确立的叙史框架造成破坏,但'下编'所使用的叙史结构已经潜在地破坏了整体叙史框架的完整性和统一性)。造成这种现象的根由就是"当代文学"概念的实体性内涵已被抽空,它变成了一个虚化的概念。"上编"是将"当代文学"视为一个由知识、权力、语言三方面因素合成的"话语形成",在对其进行"历史化的语言分析"的基础上进行个体化的文学史建构的,这是一个包含着话语分析和历史还原两个维度的文学史建构实践。而"下编"则由于"当代文学"绝对支配地位的削弱和"一体化"格局的消解,洪史失去了进行话语分析的具体对象和统摄文学史叙述的支撑点和制高点。也就是说,"当代文学"由作为叙史基点和依靠的"话语形成"已经蜕变为一个仅供容纳文学事实和文学史料的"自然时空"。所以洪史"上编"叙述环环相扣、逻辑紧密、衔接自然、严丝合缝,而"下编"叙述虽也有理有据、时有新见,却相对零乱涣散,个别地方只是浮光掠影的现象、文本的评述,止于泛泛而未具备"上编"的叙史深度和学术严整性。

三、"一体化"的实现与解体:文学史观、叙史情节结构的洞见与遮蔽

福柯认为历史是一种在知识范式制导下的话语,是背后隐含着权力(意识形态)的语言叙述形式。受福柯影响的新历史主义认为历史只是一种渗透着个人想象的虚构的叙事话语。"历史学家在研究一系列复杂的事件过程时,开始观察到这些事件中可能构成的故事。当他按照自己所观察到的事件内部原因来讲述故事时,他以故事的模式来组合自己的叙事。"[1]著者也认为:"文学史是一种'叙述',而所有的叙述,都有一种隐蔽的目的在引导"。[2]洪史"努力将问题'放回'到'历史情境'中去审察。……以增加我们'靠近''历史'的可能性。"但由于"历史的'事实',是处在一个不断彰显、遮蔽、变易的运动之中",[3]所以它悬置"评价"、质疑"本质",将个体价值观念和叙述方式隐藏在非个人化的历史场景中:"能整理、保留更多一点的材料,供读者了解当时的情况,能稍稍接近'历史',也许是更为重要的。"[4]对传统文学史叙述模式的反思,形成了洪史内敛性的学术品格,但对

---

① 海登·怀特:《作为文学虚构的历史本文》,张京媛主编:《新历史主义与文学批评》,北京大学出版社 1993 年版,第 165 页。

② 洪子诚:《问题与方法:中国当代文学史研究讲稿》,三联书店 2002 年版,第 31 页。

③ 洪子诚:《问题与方法:中国当代文学史研究讲稿》,三联书店 2002 年版,第 34 页。

④ 洪子诚:《1956:百花时代》"简短的前言"山东教育出版社 1998 年版,第 4 页。

"材料"和文学现象的选择、处理，又不可避免地接受著者文学史观和价值尺度的渗透和规约。洪史以文学"一体化"的全面实现到逐渐削弱作为文学史观和叙史情节结构，将知识考古学和话语理论分析的方法引入文学史叙述，试图将"外部研究"和"内部研究"缝合为一体，把社会历史语境和主流意识形态对文学的制导，内化为文学观念、写作传统和价值取向上的"延续"与"断裂"之争，在文学主题、题材、人物塑造、美学风格以及文学样式的转换中求索主流话语、时代语境的操作方式和运行轨迹，在文学与政治的缝隙中发现历史的真实一面。"上编"叙述"一体化"的实现。所谓"一体化"既指文学演化过程，又指文学组织形式、生产方式的特征，还指文学形态的主要特征。[①]洪史从五四新文学运动的"一体化"垄断倾向，谈到延安文艺整风和文学实验，将"当代文学""一体化"进程梳理为新文学——革命文学——新的人民的文艺——社会主义文学——共产主义文艺——真正的无产阶级文艺这一逐步"进化"的文学过程，从文学机构、文学报刊，作品的写作、出版、传播、阅读、批评等环节探求"一体化"的组织方式和生产方式，从"农村小说"、"革命历史小说"等小说命名的出现和消失、小说题材的分类和等级、叙事诗的潮流和政治抒情诗的形成与变迁、历史剧和革命样板戏创作热潮的出现、杂文的命运以及文本修改和"经典化"、"组织生产"、"集体写作"等文学生产方式等"问题"中探求其背后的意识形态含义。

　　总体来看，"上编"以"一体化"的实现为叙史情节结构和文学史观极具统摄性，这不仅突破了传统文学史叙述中对50—70年代文学"断裂"的武断判定，将其复原为一个有着深刻的内在逻辑性的历史"延续"过程，而且著者务实求真的学术品格和参与现实的知识分子责任承担意识，也在历史叙事中得以潜隐而执著地呈现。"下编"叙述"一体化"解构的过程中作家建立多元格局的文学实践。著者以"思想解放"、"现代化"、"市场化"、"全球化"为思想文化语境概述诸体裁领域内的文学思潮流派、文学现象和作家作品等总体状况。尽管"一体化"作为叙史情节结构仍时隐时现，但其连续性、贯穿性已大为削

---

　　① 洪子诚：《问题与方法：中国当代文学史研究讲稿》，第187—232页。

弱；"一体化"作为文学史观虽仍极力涵盖历史叙述，但其统摄力较之"上编"已大为降低。对"一体化"解构的叙述，除了在"拨乱反正"时期文艺政策的调整、实施新文艺方针的实施、给作家作品"落实政策"，伤痕文学、朦胧诗、现代派文学的论争，对异化、人道主义、主体性等理论和创作问题的讨论和批判等方面有所体现外，文学思潮的嬗变、文学现象的涌现、作家作品等层面上存在的问题都没有得到应有的深度阐释。如果真像著者所说："对'五四'的许多作家而言，新文学不是意味着对多种可能性的开放格局，而是意味着对包容多种可能性中偏离或悖逆理想形态的部分的挤压、剥夺，最终达到对最具价值的文学形态的确立。这就是说，五四时期并非文学百花园的实现，而是走向'一体化'的起点：不仅推动了新文学此后频繁、激烈的冲突，而且也确立了破坏、选择的尺度"，[①]那么"一体化"的解体，也很难说是在顷刻间实现的。"一体化"的实现与解体都与主流意识形态有着密切的关系，政治意识形态的转型尚需经历复杂的矛盾与斗争，作为审美意识形态的文学要完全摆脱"一体化"格局，具有自足独立的艺术形态，无疑需要更漫长曲折的过程。其实，五四新文学所隐藏的"一体化"倾向也很难说是政治意识形态推动的结果，正如著者所说是要确立"最具价值的文学形态"，尽管著者没有进一步"最具价值"的具体涵义，但从著者对"一体化"进程的叙述来看，"最具价值"应是一个不断被历史和时代赋予新质的不断流转变动的概念。若以上推论大体不错，那么无论这种"价值"是启蒙、救亡，是个体、群体，是传统、现代，是本土化、全球化，是主流、精英抑或大众，都很难说 80 年代以后的文学中丝毫不存在"一体化"的或隐或显的冲动并在文学历史的各层面有所闪现。再退一步，即使"一体化"解体后真的完全丧失了这种冲动，那么"一体化"的遗留态还存不存在？如果不存在，那么它是怎样渐趋消失的？如果存在，它又呈现为何种具体形态？这些本应深究的问题，"下编"的处理却显得过于表面化和简单化。因为洪史将 80 年代以后的文学进程确立为"一体化"解体而进入"多元"格局的过程，实际上是认为其"断裂性"是大于"延续性"的，这可在洪史叙述 90 年代文学状况时所作的"与当代文学在

---

① 洪子诚：《关于 50—70 年代的文学》，《文学评论》1996 年第 2 期。

七八十年代之交出现的变化相比，它与80年代文学之间的'延续性'要大于两者的'断裂性'，这是因为八九十年代之交的社会'转型'，主要是由于市场经济的全面展开，社会文化并没有作有意识的全面调整（像'文革'结束那样）"的判断中得到证明。这说明以"一体化"的实现和解体作为叙史情节结构和文学史观是有其适用限度的，在"上编"中它显示出极强的统摄力，而在"下编"它的凝聚力显著降低，与传统文学史叙述几无差异。在著者心目中，他想写的似乎是中国"当代文学"史而非普遍的中国当代文学史，要实现二者的重合就得把当代文学史限定在50—70年代，洪史对80年代以后文学的叙述尽管是以"史"的面目出现，但更像属于文学批评的范畴，这在著者以后出版的《问题与方法——中国当代文学史研究讲稿》将中国当代文学史限定在50—70年代中可以看到一点影子①。那种认为洪史"建立了一个自足的文学史的研究与叙述体系"的观点放在"上编"无疑是准确的，但从"下编"来看，则似乎稍显乐观。这似乎可以说是"当代文学"近于"文学批评"而远乎"史"，但深究则又不然，著者若将"在不同的社会历史语境中，中国作家建立'多元'的文学格局所做的艰苦努力"从具体的分析转入宏观的把握，整体地描绘出各种文学与非文学力量的搏击、冲撞、融合的态势及其在文本层面的艺术呈现，把"上编"对文学机构，文学报刊，作品写作、出版、发行、阅读、批评，文学评奖，经典的确立等诸多因素引入对八九十年代文学进程的叙述，则更利于洪史叙史情节结构的完整和叙史风格的统一。②

以"一体化"的实现与解体作为叙史情节结构和文学史观的背后隐藏着一种二元性的叙述模式。这种模式是洪史力图克服一元性文

---

① 洪子诚在《中国当代的"文学经典"问题》（《中国比较文学》2003年第3期）一文中，一开篇即指出："这里所说的，'当代'，指的是20世纪的50—70年代；文章讨论的，是这个时期中国内地的文学经典的问题。"可见，作者对"当代文学"内涵、外延的界定是以一贯之的。

② 这一缺憾在邵燕君的《倾斜的文学场：当代文学生产机制的市场化转型》（江苏人民出版社2003年版，为其博士学位论文。作者在北大读书时听过洪子诚的文学史讨论课，阅读过洪子诚的有关著述，受其影响颇深。）一书中得到了一定程度的弥补,但相对来说,邵著更注重从文学期刊、版、评奖、批评、作家等构成文学生产机制的诸环节入手,分析其在市场化转型中"制度上的变化"，及其对"当代文学的样貌、成规以及未来走向产生的内在影响。"邵著更重世纪末"文学场域"现状的分析,对"场域"运作中文学文本的艺术形态、深层蕴涵则语焉不详。

学史观"非此即彼"的偏执性，建构客观公正的当代文学史而作出的自主选择。但这种二元性叙述模式也导致了难以避免的新问题：首先，其对客观公正性的诉求，很大程度上是通过价值中立而实现了叙述的非价值化；其次，在具体文学史叙述中，为了维护二元性叙述结构，不自觉地持续强化文学运动、文本蕴涵和价值取向的对立性。洪史对"叙述的非价值化"问题的处理是适当的，它没有停留于对文学现象的单纯"描述"，而是将著者主体的价值体认深隐于"阐释"之中，在"一体化"进程中，有主流文学就会有"非主流文学"，有"中心作家"就会有边缘作家，有正统就会有"异端"，有压抑性力量就会有"被压抑的小说"，有"规范"就会有对规范的质疑，有新人、新诗风的出现就会有"隐失的诗人和诗派"。总之，有"一体化"力量的推进就一定会有非"一体化"、反"一体化"的异质因素与之抗衡。尽管洪史将"非主流"这一术语作为一个"'历史的'概念"并在使用中作了进一步的阐释，但也很难说清"非主流文学"（如"百花文学"）与"主流文学"的深隐复杂关系。艺术的个体创造固然离不开特定的历史文化语境，但对于具体作家、具体作品来说，则未必都有一种"抵抗"意识在起作用。所谓的"潜在写作"中未必没有"主流"的刻痕，"主流"中也未必没有个体的情思。文学是复杂的思、情、意的结晶，放在一种冲突性结构和文学运动的进程中考察，难以穷尽其艺术含蕴的复杂性。洪史在《前言》中强调："尽管'文学性'（或'审美性'）的含义难以确定，但是，'审美尺度'，即对作品的'独特经验'和表达上的'独创性'的衡量，仍首先应被考虑"，但基于"当代文学"的"构造性"，"对'当代文学'的生成，需要从文学运动开展的过程和方式上去考察"[①]，同时，"'当代文学'的特征、性质，是在它的生成过程中描述、构造的"[②]，所以"当代文学"的特征和性质以及文学文本的"审美性"也就生成于"一体化"文学运动的进程。基于此，洪史放弃了以著者个体的审美尺度对文学文本进行臧否评价，即使是对《创业史》《红岩》《青春之歌》等"经典"也只是置于彼时历史语境中，

---

① 洪子诚：《"当代文学"的概念》，《文学评论》1998 年第 6 期。
② 洪子诚：《"当代文学"的概念》，《文学评论》1998 年第 6 期。

在"外部研究"与"内部研究"的结合中揭示其"审美性"得以形成的意识形态本源。可以说，洪史是偏重于历史的观察和叙述而相对忽略文学文本的艺术品评。社会历史语境的严格制约和"一体化"一往无前的推进，使洪史的历史叙述（尤其是50—70年代）笼罩着浓重的历史决定论的魅影。这种凸现"历史"、淡化"文学"而对"当代文学"另一面和另一性的揭示，可谓动人心魄又令人心伤。洪史对"历史"和"文学"关系的特殊处理，显然与著者运用福柯的知识考古学和话语理论对"当代文学"进行"历史化的语言分析"相关，因为知识考古学实际上是一门有关"人们说过哪些话，怎样才算是真理"的历史，"当代文学"则是由知识、权力、语言诸要素合成的"话语形成"。"当代文学"作为"话语形成"，具有强大的制约功能，话语的生产总是遵循一定程序受到控制、挑选、组织和分配。由于权力的暗中操纵，话语在言语禁忌、理性原则、真理意志的控制下，变成了强加于事物的暴力。洪史倚重"历史"而淡化"文学"是著者主体能动选择的结果，其洞见与遮蔽也源于此。①

独特的文学史观和叙史模型的使用，使洪史瑕瑜互见，但瑕不掩瑜，它所建立的历史与现实、文学与世界的开放性对话结构，连同著

---

① 旷新年指出："洪子诚与陈思和都将'审美主义'和'纯文学'固定为文学的本质。他们不约而同地将'十七年文学'和'文革文学'视为'一体化'的和反文学的。这样一种看法体现在其'二元对立'的文学史叙述结构上。"作者进而指出了洪史尽管强调以"审美性"和"文学性"作为评判标准，但实际上"并没有真正贯彻文学性和审美性的叙述原则"，它"对于文学史的整理并不是真正从'审美性'和'文学性'出发的。"作者还引用其他研究成果进一步证明："李云雷指出，洪子诚的文学史写作宣称以'审美性'和'文学性'作为标准：然而，实际上却不是审美的把握，其特色主要在于对文学环境、文学规范和文学制度的深刻剖析与把握。"（旷新年：《"重写文学史"的终结与中国现代文学研究转型》，原载《南方文坛》2003年第1期，收入林建法主编：《21世纪中国文学大系2003年文学批评》，春风文艺出版社2004年版。）在笔者看来，洪子诚尽管将"文革文学"视为"一体化"的完全实现和崩溃的前奏，但在洪史中"文革文学"不仅不是"反文学"，而且是一种激进的文学实验，是40年代延安解放区文学实验的延续和逻辑进展。旷文之所以认定洪史指认"十七年"和"文革文学"为"反文学"，其根源就在于对洪史借鉴知识考古学和话语理论来建立自己的研究方法和学术视角乏明确的理论自觉。其实，洪史叙述风格的形成是特定方法所造成的必然结果。洪史因在"下编"中并没将此方法严格地贯彻到底，也就更具有对文本"文学性"的评介和剖析。而这显然并不仅仅是文学史叙述对象的"文学性"的差异（邵燕君的《倾斜的文学场：当代文学生产机制的市场化转型》注重对20世纪80年代中期以后——所谓回归文学本体的"后新时期"文学的研究，但同样没有多少"文学性"。这自然并非此时的文学是"反文学"的。这自然并非八九十年代的文学现状或者说作者对它的评价是"反文学"的。从洪史和邵著的反差中，我们更可以看出原因所在）。

者的深隐在叙述背后的压抑与兴奋、愤激与困惑，使洪史散发出独特的思想与学术魅力，执著地呼唤着后来的历史书写者新的思索、新的发现和新的超越。

（原载于《云梦学刊》2004 年第 6 期）

当代文学史写作：原则、方法与可能性

——从陈思和主编的《中国当代文学史教程》谈起

李 杨

　　"重写"当代文学史的最便利也是目前最通行的方法是"续写"，没有时间下限的"中国当代文学"具有比"中国古典文学"和"中国现代文学"丰富得多的资源，但或许正是这一特点使"当代文学"始终无法确立相对稳定的学科规范。随着新的文学现象不断被新版的文学史收编，作为"当代文学"重要阶段的"十七年文学"、"文革文学"则不断"缩水"，在各种版本的文学史中占有的比重越来越少，甚至在有的版本中变成了空白。然而，长达27年的"十七年文学"与"文革文学"的重要性不仅因为它们有着比"新时期文学"更长的历史，也不仅因为在这两个时期文学对社会的影响比"新时期文学"、"后新时期文学"要强烈得多，还在于这两个阶段的文学对于"20世纪中国文学史"写作的重要意义。如果将"十七年文学"、"文革文学"与"延安文学"视为一个不可分离的整体进行研究，或者进一步上溯到历史更长的"左翼文学"，那么，我们面对的实际上是20世纪中国文学中一个根本无法回避的文学现象。正是因为这个原因，无论是对于"当代文学"还是"20世纪中国文学"而言，"十七年文学"与"文革文学"都具有不可替代的文学史意义。当代文学研究的结构失衡，一方面源于研究者的意识形态偏见，另一方面——或许是更重要的一方面，是因为研究者缺乏在今天讨论这种文学方式的知识能力。正是在这个意义上，最近由复旦大学出版社出版的陈思和主编的《中国当代文学史教程》（以下简称《教程》）由于在这个当代文学史的著名难题上做出的大胆探索引起了广泛的关注。《教程》集中体现了20世纪80年代风靡一时的口号"重写文学史"的提出者陈思和近年在 20 世纪中国文学背景上对当代文学史问题的思考，以"潜在写作"与"民间意识"两个全新的文学史概念完成了对"十七年文学"与"文革文学"的重新整合，并以此重构了当代文学史的基本架构。考察这些范畴对"当代文学史"乃至"20 世纪中国文学史"的知识结构的冲击，辨析新的探索带来的新的问题，其意义将远远超越对一部文学史新著的评价。

一、"潜在写作"

"潜在写作"是《教程》用来"重写文学史"的一个基本范畴，它指称的是 1949 年至 1976 年间（也就是当代文学史上的"十七年文学"与"文革文学"时期）的一种"特殊现象"："由于种种历史原因，一些作家的作品在写作其时得不到公开发表。'文革'结束后才公开出版发行。"《教程》认为这些作品"真实地表达了他们对时代的感受和思考的声音。这些文字比当时公开发表的作品更加真实和美丽，因此从今天看来也更加具有文学史的价值"①。在这一原则下，被称为"潜在写作"的作品如胡风、牛汉、曾卓、绿原、穆旦、唐湜、彭燕郊的诗，张中晓、丰子恺的散文以及"文革"中的黄翔、食指、岳重、多多的诗，赵振开的小说，等等，都第一次大规模进入了文学史的视野，新的文学资源极大地改变了当代文学史的面貌，正如《教程》的前言所指出的：

> "以往的文学史是以一个时代的公开出版物为讨论对象，把特定时代里社会影响最大的作品作为这个时代的主要精神现象来讨论。我在本教材中所作的尝试是改变这一单一的文学观念，不仅讨论特定时代下公开出版的作品。也注意到同一时代的潜在写作，即虽然这些作品当时因各种原因没有能够发表。但它们确实在那个时代已经诞生了，实际上已经显示了一个特定时代的多层次的精神现象。以作品的创作时间而不是发表时间为轴心，使原先显得贫乏的五六十年代的文

---

① 《中国当代文学史教程》，陈思和主编，复旦大学出版社 1999 年 9 月第 1 版，第 30 页。

学创作丰富起来。"①

应当承认，"潜在写作"的进入，的确使我们看到了一部面目一新的当代文学史。然而，我们在领略"潜在写作"给文学史带来的生机时，也同时面临着这种新的文学史方法带来的新的问题，尤其是这种方式对文学史写作的一些基本原则所产生的挑战。由于"潜在写作"都是在"文革"后才获得正式出版的机会，因此这些作品的真实创作时间极难辨认。《教程》按照"作品的创作时间而不是作品的发表时间"来进行认定，也就是说按照这些作品正式出版时标示的创作时间来确定其文学史意义，显然过于简略地处理了这个对文学史写作而言非常重要的问题。

被称为"潜在写作"的作品的写作、传播、出版的过程都极为复杂，对其创作时间的辨析很难一概而论。目前我们已知的这些作品至少可以分为三类，一类作品曾以手抄本形式广为流传，作品发表的时间往往不是由作者本人提供，如"文革"中流行的食指的诗②，"白洋淀诗歌"中的根子（岳重）的仅存的两首诗《三月与末日》《白洋淀》亦可以归入此类③。这一类作品较为可信，但此类作品在"潜在写作"中数量很少；第二类作品也曾在一定范围内流传，"文革"后由作者本人修改正式出版，如张扬的《第二次握手》、赵振开的《波动》、靳凡的《公开的情书》等作品可归入此类④。这些作品在 70 年代末期至80 年代初期正式出版，时代的反差不大，但这些作品出版时已经经过了作者不同程度的修改，我们很难仍将其视为"文革"时期流传的原作；与第一、二类作品不同，第三类作品则完全没有"地下"传播史，至

---

① 《中国当代文学史教程》，陈思和主编，复旦大学出版社 1999 年 9 月第 1 版，第 8 页。

② 食指的几首代表作如《相信未来》《命运》《疯狗》《四点零八分的北京》等都曾在"文革"中广为流传，这些作品从 1979 年开始在一些刊物上出现，1980 年《诗刊》1 月号上正式发表了他的《相信未来》与《这是四点零八分的北京》。

③ 根子（岳重）曾被称为白洋淀的"诗霸"，但流传下来的"白洋淀诗歌"仅两首，分别为《三月与末日》与《白洋淀》，《三月与末日》有多多保存的手稿，《白洋淀》由上海作家陈村保存。1985 年交湖南《新创作》发表。

④ 张扬的《第二次握手》的写作始于 1963 年。后多次修改，手抄本曾在湖南、北京流传，作者曾因此入狱，1979 年 7 月经作者重新修订后由中国青年出版社正式出版。赵振开（北岛）的《波动》写于 1974 年，曾以手抄本形式传阅，1976 年修改，1979 年再次修改后出版单行本。1981 年2 月在《长江文学丛刊》第 1 期正式发表。靳凡（刘莉莉，即刘青峰）的《公开的情书》，初稿完成于 1972 年，曾以手抄本和打印本形式流传，1979 年经作者修改后，发表于北京《十月》。

发表之日没有任何见证者，我们只能从这些作品正式出版时由作者本人或整理者标明的创作时间来确立其"潜在写作"的身份。"潜在写作"中的大部分作品都是这种真实性几乎无法认定的作品，而且正是因为其真实性无法辨析，此类作品至今仍被源源不断地"发现"——或者被源源不断地"创作"出来。①

这并不仅仅是《教程》遇到的问题，或许是有感于当代文学史资源的匮乏，近年来，在当代文学史的研究和写作中，一直存在一种与《教程》类似的以这种"未正式出版物"重构文学史的努力，"潜在写作"、"地下文学"的发掘引发了持续的热情，缓解了我们的"文学史焦虑"，然而，对致力于以这些"潜在写作"来改写文学史的研究者而言，这些作品的真实性却始终是一个无法回避的问题。我们不妨以"潜在写作"中具有特殊意义的"白洋淀诗歌"为例。近年来，"白洋淀诗歌"的发掘与研究似乎已经成为了当代文学史研究中最激动人心的事件。随着"白洋淀诗歌"的文学史与思想史的意义被不断发掘出来，人们惊讶地发现与"白洋淀诗歌"达到的人性与艺术的深度相比，80年代初红极一时的"朦胧诗"不过是浪得虚名，而80年代中期出现的"现代主义"诗风也只是向"白洋淀诗歌"的回归。被埋没的诗歌英雄和他们生长的土地引发了持续的激动与敬意。白洋淀成为了诗人、寻梦者、怀旧者、文学史家、汉学家和旅游者的圣地，一次又一次由不同国籍的人士组成的寻访活动踏上了朝圣之旅，在1994年春天由一家著名的诗歌刊物组织的由一大批著名诗人与诗评家参加的寻访活动中，人们接受了一位老诗人的提议，决定以一个诗意化的名称——"白洋淀诗歌群落"来为这段历史命名，因为"群落"这个概念"描述了特定的一群人，在一个特定的历史时期，一个特定的区域内，在一片文化废墟之上，执著地挖掘、吸吮着历尽劫难而后存的文化营养，营建着专属于自己的一片诗的净土"②。诗人廖亦武则在他主编的《沉沦的圣殿——中国20世纪70年代地下诗歌遗照》中干脆将"白洋淀诗歌"更形象

---

① 诗人廖亦武曾在发表于1996年第11期《读书》的一篇文章中认为这种对历史名望的追逐是一种"操作历史"的行为，"同作品相比，围绕着作品，最终偏离作品，直指历史和现实地位的后现代爆炒具有深远的战略意义，诗人被这种市场经济中的成名规则熏陶成了从媚俗到领导时尚的阴谋家。"

② 宋海泉：《白洋淀琐忆》，见《沉沦的圣殿——中国20世纪70年代地下诗歌遗照》，廖亦武主编，新疆青少年出版社1999年版，第120页。

地命名为"诗歌江湖",通常出现在武侠小说中与朝廷、政治对立的"江湖"概念,再度使"明眸皓齿"的白洋淀变成了诗歌的故乡。它不仅如同沙漠绿洲与空谷足音那样填补了10年"文革文学"的"空白",更重要的是,它的存在象征出一个黑暗幽晦的年代里文学的反抗与力量。发生在那个令人惊悸的恐怖岁月中的诗歌怀想,在沉沉的暗夜里,散发出不灭而温馨的人性光辉。英雄们高举起诗歌的旗帜,与一百公里以外的京城遥遥相抗,写就了一部形象而生动的"双城记",这是"地下"与"地上"、"乡村"与"城市"的对抗,同时又是诗歌与权力、文学与政治的对决。

在"白洋淀诗歌"的三位主要诗人根子、多多与芒克中,多多是影响最大的一位。早已辍笔多年的根子的诗歌多已散失,而从未被"埋没"的芒克在诗坛一直影响有限,因此,真正被重新"发现"的诗人是多多。多多的"白洋淀诗歌"包括《啊,太阳》《当人民从干酪上站起》(1972),《告别》(1972),《无题》(1974),《夏》《秋》(1975),《夜》(1973),《黄昏》(1973),《致太阳》(1973),《黄昏》(1974),《乌鸦》(1974),《玛格丽和我的旅行》(1974),等等,这些诗歌对现实的冷峻批判以及波德莱尔、本雅明式的抒情风格不仅使"十七年文学"、"文革文学"黯然失色,而且使新时期风头正健的"朦胧诗人"心悦诚服,人们不得不惊叹诗人的想象力以及超越现实的力量。1988年,多多被授予诗歌奖,理由是,"自70年代初期至今,多多在诗艺上孤独而不倦的探索,一直激励着和影响着许多同时代的诗人。他通过对于痛苦的认知,对于个体生命的内省,展示了人类生存的困境;他以近乎疯狂的对文化和语言的挑战,丰富了中国当代诗歌的内涵和表现力。"第二年,多多在一篇题为《被埋葬的中国诗人(1972—1978)》的文章中表达了对当代文学的强烈不满:"我所经历的一个时代的精英已被埋入历史,倒是一些孱弱者在今日飞上了天空",从此以后,多多成为了"白洋淀诗歌"最重要的代言人与阐释者。

迄今为止,还很少有研究者注意到(或不愿意提到)这些给多多乃至"白洋淀诗歌"带来巨大声誉的诗歌第一次与读者见面是在80年代中期。1985年,"北大五四文学社"为出版内部刊物《新诗潮诗集》向多多征集诗歌,多多提供了这些分别注明了创作时间的"白洋淀诗歌",随后,这些诗歌又在1988年漓江出版社出版的诗歌专集《行礼》与 1989 年出版于香港的诗集《里程》中与读者见面，这两个正式版本中的"白洋淀诗歌"又有了新的改动①。包括《教程》在内的所有对多多的评价依据的都是这些 80 年代中期以后的版本。而多多的这些"白洋淀诗歌"是否真正创作于这些诗歌所标示的时代却缺乏有力的证据。我们在大量有关"白洋淀诗歌"的回忆文章中，在最权威的"地下文学"收藏家赵一凡为我们留下的宝贵材料中，在 80 年代以前集中发表过"白洋淀诗歌"的一些诗歌刊物中，都没有找到这些重要的"白洋淀诗歌"②。对于文学史的写作而言，多多的这些诗歌到底作于 70 年代前期还是 80 年代中期决不是一个无关紧要的问题。虽然发表这些诗歌的 80 年代中期距"白洋淀诗歌"时代并不十分遥远，但文学语境已经有了翻天覆地的变化。如果我们始终无法证实这些"白洋淀诗歌"的真实性，我们又如何能赋予一种或许并不真正存在的文学以"文学史地位"，虽然这种文学无论在人性的深度还是在艺术的深度上都更真切地表达了我们对那个时代的想象与希望。

多多的诗歌并不是一个极端的例子，选择多多诗歌来讨论"潜在写作"的真实性完全是因为多多诗歌乃至"白洋淀诗歌"对于"重写文学史"的重要性。事实上，几乎所有的"潜在写作"都存在类似的"版本"问题。以批判"文化大革命"为主题的长篇小说《将军吟》1980年由人民文学出版社正式出版，但从作家莫应丰的回忆文章中我们却得知小说创作于 1976 年 10 月以前，在《将军吟》的结尾中我们也看到作者的题辞："一九七六年三月四日至六月二十六日冒死写于文家市"。这样，对《将军吟》就会有两种不同的评价方式，如果从它的出版日期判断，它应当属于"新时期文学"的范畴，在"新时期文学"

---

① 毕业于荷兰莱顿大学的柯雷（Maghiel vail Crevel）以研究多多诗歌闻名，虽然他并没有关注多多诗歌的版本问题，但他对多多不同时期诗歌的清理，仍使我们再度意识到这些问题的存在。在《多多诗歌的政治性与中国性》一文中，他指出多多发表于老木编选的《新诗潮诗集》的几首重要诗歌与《里程》"略有不同"，而《里程》与《行礼》"两种版本很不一样"。

② 一些关于多多诗歌的回忆文章更加深了这种疑虑，宋海泉在回忆文章《白洋淀琐忆》中提及："毛头（即多多，引者注）对自己的诗改了又改，精雕细琢。很多作品发表时同我当年看到的已大不相同"。多多的另一位朋友周舵在《当年最好的朋友》一文中也表达过这种为好朋友写回忆录的困惑："是要真实，还是要朋友，你必须二者择一"，这篇文章对多多的回忆似乎包含了许多隐衷。廖亦武则说："我们收集到著名诗人多多写于 1972 年的短诗《当人民从干酪上站起》震惊之余又不得其解，因为 70 年代的绝大多数中国人都没有见过'干酪'，更谈不上'从干酪上站起'了。"以上文章，均见廖亦武主编《沉沦的圣殿》一书第 254、203、54 页。

中,《将军吟》这样的作品很难获得较高的文学史评价;如果我们将其视为"文革"时期的作品,《将军吟》在当代文学史上的价值就不应被忽略……

值得指出的是,我们对"潜在写作"的真实性的辨析,并无意于进行一种道德的批评,事实上,对作家而言,如何确定作品的创作时间根本与道德无关,不断修改自己过去的作品常常是艺术家的通病——大多数艺术家并无意为文学史创作作品。而且,更进一步的问题在于,尽管我们无法确认这些作品的创作时间是"真"的,我们也同样无法证明这些作品的创作时间是"假"的。

我们相信将诗歌奖授予多多的理由是非常充分的,甚至我们也无意否认多多是中国当代诗坛不可多得的优秀诗人,对于崇尚艺术永恒的批评家而言,真正伟大的文学创造的文学性是超时代的,这些作品到底完成于何时并不重要。然而,文学史的写作却与此不同。对作品语境的确认历来是文学史最基本的工作之一,按照福柯的"重要的不是话语讲述的时代,而是讲述话语的时代"的"知识考古学"原则,在不同时代讲述的"话语"的文学史意义将迥然不同。因此,我们在这里讨论的只是一个纯粹的"文学史问题"——也就是说,只有当我们尝试以文学史的方式来考察这些作品时,作品的真实创作年代与版本才可能成为问题。

二、"民间意识"

"民间意识"(有时又称为"民间文化形态"、"民间隐形结构",等等)是《教程》中的另一个关键词,它的重要性不在"潜在写作"之下。如果说"潜在写作"的出现补充和丰富了"十七年文学"与"文革文学"的写作,那么,"民间意识"则是对"十七年文学"与"文革文学"原有经典作品的重读。《教程》的作者这样解释所谓的"民间意识":

> 所谓艺术的隐形结构,是五六十年代文学创作的一种特殊现象。当时许多作品的显形结构都宣扬了国家意志,如一定历史时期的政策和政治运动,但作为艺术作品,毕竟不是

一般意义上的宣传读物，由于作家们沟通了民间的文化形态，在表达上自觉或不自觉地运用了民间形式，这时候的民间形式也是一种语言，一种文本，它把作品的艺术表现的支点引向民间立场，使之成为老百姓能够接受的民间读物。这种艺术结构的民间性，称做艺术的隐形结构。①

……这种自民间文化而产生的'隐形结构'不但在京剧里能发现，在芭蕾舞样板戏里同样能发现；不但在戏曲作品里体现出来，而且在五十年代以来比较优秀的文学作品中都存在着，成为主流意识形态以外的另一套话语关系。②

……有没有注入民间的艺术精神往往成了那个时期艺术创作能否取得成功的关键。③

正是依据这一原则，在对"十七年文学"的解读中，《教程》突出了"十七年文学"中作为"民间文化的代言人"的赵树理小说的意义，同时也对根据李凖小说改编的电影《李双双》评价很高，认为它蕴涵的民间艺术的隐形结构"超越了时代的局限，成为艺术生命长远的一部优秀喜剧片"④。《教程》还认为《铁道游击队》《林海雪原》都是"利用传统的民间文化因素来表现战争的成功之作"⑤，尤其是《林海雪原》，"在人物性格配置上受到了民间传统小说的'五虎将'模式这一隐形结构的支配"⑥，在结构布局上，则"带有明显的'两军对阵'的思维模式"⑦。因为同样的理由，直接体现民间精神的《刘三姐》《阿诗玛》等少数民族文学作品在《教程》中也占有了重要的位置，《教程》中单独设置了一个独立的章节"多民族文学的民间精神"进行论述。这一原则同样贯穿在对"文革"主流作品"样板戏"的解读中，《教程》认为"真正决定样板戏的艺术价值的，仍然是民间文化中的某些

① 《中国当代文学史教程》，陈思和主编，复旦大学出版社 1999 年 9 月第 1 版，第 51 页。
② 《中国当代文学史教程》，陈思和主编，复旦大学出版社 1999 年 9 月第 1 版，第 51 页。
③ 《中国当代文学史教程》，陈思和主编，复旦大学出版社 1999 年 9 月第 1 版，第 65 页。
④ 《中国当代文学史教程》，陈思和主编，复旦大学出版社 1999 年 9 月第 1 版，第 51 页。
⑤ 《中国当代文学史教程》，陈思和主编，复旦大学出版社 1999 年 9 月第 1 版，第 51 页。
⑥ 《中国当代文学史教程》，陈思和主编，复旦大学出版社 1999 年 9 月第 1 版，第 51 页。
⑦ 《中国当代文学史教程》，陈思和主编，复旦大学出版社 1999 年 9 月第 1 版，第 51 页。

隐形结构"①。如《沙家浜》的角色原型,"直接来自民间文学中非常广泛的'一女三男'的角色原型",《红灯记》和《智取威虎山》则暗含了另一个"隐形结构"——"道魔斗法"。因此,《教程》总结道:"在文革文学中,由于主流意识形态是以阶级斗争理论来实现国家对政治、经济和文化各个领域的全面控制,民间文化形态的自在境界不可能以完整本然的面貌表现,它只能依托时代共名的显形形式隐晦地表达。但只要它存在,即有转化为惹人喜爱的艺术因素,散发出艺术魅力,从而部分消解了主流意识形态的僵化、死硬与教条。民间隐形结构典型地体现了民间文化无孔不入的生命力,它远远不是被动的,在被时代共名所改造和利用的同时,处处充满了它的反改造和反渗透。"②由于注意到了主流意识形态与民间意识的差异,《教程》中的这种民间意识视角的确使我们看到了一些被我们长期忽略的文学史要素,然而,对民间意识的这种独立性的过分强调带来的一种新的危险,就是对民间意识与主流意识形态之间同构关系的忽略以及因过分强调民间意识的稳定性而忽略了民间意识在近现代中国变化与发展的过程。在《教程》的分析中,作为"隐形结构"存在的"民间文化"或"民间意识",无论在"十七年文学"还是在"文革文学"中都具有稳定不变的形态,这种"民间文化"的理解显然受到著名人类学家雷德菲尔德关于"大传统"与"小传统"③的理论的影响,然而,雷德菲尔德对两种文化的分析并没有忽略其内在的联系——"两种传统并非是相互独立的,大传统与小传统一直相互影响及连续互动"④。事实上,"民间文化"作为一种意识形态,历来是特定的经济基础的产物并随着经济基础的变化而改变着自己的形态。《教程》中讨论的"民间",是一种"与当时意识形态发生直接关系的,仅仅是来自中国民间社会主体农民所固有的文化传统"⑤,然而,中国农民的这种文化传统并不是"固有"的,

---

① 《中国当代文学史教程》,陈思和主编,复旦大学出版社1999年9月第1版,第51页。

② 《中国当代文学史教程》,陈思和主编,复旦大学出版社1999年9月第1版,第51页。

③ 见陈思和文章《民间的浮沉:从抗战到文革文学史的一个解释》,载王晓明主编:《批评空间的开创——二十世纪中国文学研究》,东方出版中心1998年版,第231页。

④ (Robert Redfield : *Peasant Society and Culture; An Anthropological Apporoach to Civilization Chicago*, Univ Of Chicago press, 1956, p. 70—71)

⑤ 见陈思和文章《民间的浮沉:从抗战到文革文学史的一个解释》,载王晓明主编:《批评空间的开创——二十世纪中国文学研究》,东方出版中心1998年版,第218页。

它与农民在古代社会的经济地位、生产方式、土地制度息息相关，当然也随着这些条件的变化而不断改变着自己的形态。20 世纪的"民间"与传统意义中的"民间"并非完全同一，即使是在"十七年文学"与"文革文学"中我们见到的"民间"也呈现出不同的风貌。

在《教程》的分析中，无论在"十七年文学"还是在"文革文学"中，"民间意识"都是以"隐形结构"的方式外在于政治的"显形结构"。这种民间意识与主流意识形态的对立是值得辨析的。因为从 30 年代即已开始并延续到 50 年代的使"耕者有其田"的土地改革在某种意义上可视为对传统的回归——同时也是对民间伦理的回归。平均地权不仅曾是中国农民的持久愿望，同时也是中国封建社会结构稳定运行的必然要求。"十七年文学"的经典作品《红旗谱》就生动地记录了农民朱老巩因反抗地主冯老兰对 48 亩公田的侵吞而结下世代血仇的故事。平均地权不仅仅成为了历代革命家的理想，也成为了包括孙中山与共产党在内的现代革命的目标与口号，因此大多数农民会将实现了自己土地梦的革命视为"自己的"革命。在这一时期，主流意识形态与传统民间意识是紧密融合在一起的，近代以来被不断中断的传统民间意识得到了回归与修复。孟悦在一篇对歌剧《白毛女》的分析中就曾经使我们清晰地目睹了民间意识与主流意识形态共谋的过程①。在《白毛女》叙事开始的地方，出现在观众眼前的是一个由亲子和邻里关系为基本单位、混合传统伦理亲情的和谐的民间社会，这一体现了民间理想的和谐的民间社会随着黄世仁的出现而土崩瓦解，黄世仁以一种秩序的破坏者的身份出场。以一系列的恶行冒犯了一个体现平安吉祥的乡土理想的文化意义系统，而共产党的到来则使被破坏的民间文化——民间意识形态得到了修复，喜儿重新回到了人群中，秩序的破坏者受到了惩罚。在这样的叙事中，"旧社会把人变成鬼，新社会把鬼变成人"的主题建构的是"新社会"的合法性，这里的"人"是一种传统意识，它的合法性是无须证明的，需要证明的是"新社会"——一种新的政权形式。这种政治伦理化的修辞绝不仅仅出现在《白毛女》之中，事实上，它已经成为这一时期文学的基本修辞手段，

---

① 见孟悦文章《〈白毛女〉演变的启示——兼论延安文艺的历史多质性》，载唐小兵编《再解读：大众文艺与意识形态》，牛津大学出版社 1993 年版，第 68 页。

在《王贵与李香香》中，我们看到了类似的结构，"反革命"总是意味着对秩序的破坏，而"革命"则意味着秩序的修复与回归。可以毫不夸张地说，在这样的叙事中，政治的合法性是通过对民间意识的认同与回归获得的。在"十七年文学"中，我们同样清晰地看到这种"显形"而非"隐含"的民间意识，被《教程》视为集中表达了民间意识的《林海雪原》《铁道游击队》一类的作品并不是边缘性的作品，无论就其对社会的影响，还是就其对主流意识形态的表现而言，这些作品都是不折不扣的主流文学作品。此类小说的大量流行，说明"民间意识"在"十七年"尚未结束其历史使命①。

土地改革之后即起的从互助组、初级社到高级社、人民公社的农村合作化运动的确形成了对传统民间意识的冲击，然而，以此断言主流意识形态与民间意识的分庭抗礼同样显得证据不足。公社化运动彻底改变了传统民间意识的经济基础，铲除了传统民间意识的土壤。人民公社的主要内容就是包括土地在内的生产资料收归为集体所有，它带来的一个直接后果就是农民家庭的生产职能荡然无存，而在《李双双小传》中反映的农村公共食堂甚至尝试取消家庭的消费功能。失去了生产功能与消费功能的家庭已经成为了一个空洞的能指，血缘甚至地缘都不再是个体的意义所在，现实中的家庭被"民族——国家"这个想象的共同体所取代，建立在土地私有制基础之上的传统民间意识分崩离析，作为经济集中体现的政治必然创造出与自己相适应、为自己服务的民间意识，政治内容在创造着与自身相适应的修辞形式。"文革"主流文学的代表样式、"自《国际歌》以来无产阶级革命文艺最最光辉的成果"——"样板戏"就是这种全新的内容与形式的结合，京剧特有的程式化、脸谱化、符号化的特征为"文革"主流意识形态的表达提供了有效的形式。《教程》从京剧《沙家浜》《红灯记》与《智取威虎山》等作品中分离出"一女三男"与"道魔斗法"等"民间"模式，认为样板戏的艺术价值正是这些"民间隐形结构"体现的，事实上，京剧"样板戏"的民间意识绝不仅仅是以这样隐含的方式存在。

① 近来不少学者开始关注"十七年文学"中一些充满传奇性的"革命历史题材小说"与传统小说的关系。李陀在1991年提出了"革命通俗文学"的概念；1986年由牛津大学出版社出版的黄子平《革命·历史·小说》一书对这一问题有比较系统的阐述；董之林在1999年第5期《当代作家评论》上发表了文章《"新"英雄与"老"故事——关于五十年代革命传奇小说》，等等。

在某种意义上，戏曲，尤其是集中国戏曲大成、在清代取代文人化的昆曲成为中国第一大戏种的京剧是最为典型的民间艺术，当然也是典型的"民间意识"的承载者，不管我们是否愿意看到和承认这一点，"民间意识"与"主流意识形态"在这里再度融合为一个不可分割的整体。

"民间意识"在《教程》中占有极为重要的位置，是因为《教程》的作者为"民间意识"赋予了"自由"的本质："自由自在是它最基本的审美风格。民间的传统意味着人类原始的生命力紧紧拥抱生活本身的过程，由此迸发出对生活的爱与憎，对人生欲望的追求，这是任何道德说教都无法规范，任何政治条律都无法约束，甚至连文明、进步、美这样一些抽象概念也无法涵盖的自由自在。"①显然，"民间的传统"或作为一种传统的"民间"是否真正具有超历史、超语境的自由本质，或者说"民间"是否能真正独立于主流政治——或者说，民间艺术作为一种"形式"是否与不同时代的"内容"没有关联，这显然都是我们想象"民间"的关键。以最有代表性和最具形式感的民间艺术——京剧为例，传统京剧曲目基本上都是以忠孝廉节这些基本道德观念与君臣父子这类尊卑贵贱的伦理方法为基本内核的。这些道德原则通过反复的程式化处理，使观众不知不觉地接受教化，属于京剧"形式"范围的脸谱、服装、音乐无一不显示价值判断的意义。当观众日复一日地沉醉于京剧的程式——形式时，他不断领略的其实是形式蕴涵的道德原则。"不关风化体，纵好也徒然。"高则诚在《琵琶记》中"副末开场"中的这两句话形象地说明了京剧的这种意识形态本质。因此，虽然京剧不属于"诗文"那样的传道教化的正统文化范围，但传统民间文化，尤其是明清以降，随着市民文化的兴起，民间文化在儒家文化中占的比重越来越大，虽然文人文化总是强调它的异端性，但事实上，民间文化从来没有发展出超越儒家文化的能力，它的所有运作都是在中国传统文化这个固有的框架中进行的，成为封建文化的重要补充；而在现当代，"民间意识"也始终没有真正外在于主流意识形态，无论是在"十七年文学"还是在"文革文学"中，"民间意识"都始终与主流意识形态相辅相成，不可分离，成为了主流意识形态不可分

---

① 陈思和主编:《中国当代文学史教程》，复旦大学出版社 1999 年版，第 12 页。

割的组成部分，当然也就不可能被分离为两个世界或两种结构进行阅读——正如在《教程》中被不断引用而又被不断背离的马克思的名言所指出的："任何一个时代的统治思想始终不过是统治阶级的思想"。

三、"本质论"与"知识考古学"

在《教程》的开篇，作者希望这部新的文学史能够"打破以往文学史一元化的整合视角，以共时性的文学创造为轴心，构筑新的文学创作整体观"①。由于在中国当代文学史写作中所谓的"一元化视角"主要是指"十七年文学"与"文革文学"的写作，因此，重写这两个重要时期的文学史就成为了包括《教程》在内的所有新版当代文学史的共同目标。正因为这个原因，"潜在写作"与"民间意识"成为了《教程》中最重要的概念，它们支撑起了"十七年文学"与"文革文学"的基本构架，成为这两个重要阶段的文学史意义的新的生长点，体现出《教程》作者寻求更完整的当代文学史结构的努力。然而，正如我们在以上的分析中指出的，由于这两个概念难以克服的问题，《教程》作者希望实现的"新的文学创作的整体观"并没有真正完成。仔细分析《教程》的结构，我们不难发现"潜在写作"与"民间意识"在《教程》中呈现的一种"互文性"——它们都是作为这两个时期的主流文学的"他者"存在的，按照作者的理解，恰恰是"潜在写作"与"民间意识"这两种文学方式在主流文学之外，保存和传播了文学的薪火，保留了被主流文学"中断"了的中国新文学的"两个传统"②——"潜在写作"保留了"五四文学"的传统，"民间意识"则保留了"民间文学"的传统。显然，不管是否形成了自觉意识，作者在这里预置了一个潜在的模式，即"非文学"——主流文学与"真文学"——潜在·民间写作的对立模式。这种对文学史的认知方式无疑仍是一种典型的"二元对立"的方式。

指出作者陷入"二元对立"立场多少带有一些讽刺意味，因为，"二元对立"（或称为"一元论"）是作者在整个《教程》中不断批判与解

①《中国当代文学史教程》，陈思和主编，复旦大学出版社1999年9月第1版，第8页。
②《中国当代文学史教程》，陈思和主编，复旦大学出版社1999年9月第1版，第7页。

构的范畴①。《教程》作者在"前言"中解释"多层面"这一概念时，曾表达了自己对文学史的理解：

> 以往当代文学史的研究者常常用一元的视角切入文学史，也即根据当时的国家意志下的时代共名来规范文学，传统的当代文学史在叙述五六十年代的文学时，不管其艺术感知力的高低，都一律以当时占主导地位的文学作品作为其时代的代表作，而当时被忽略或者被否定、甚至是没有发表的作品，一概进不了文学史。所以讲散文就只有歌颂性的散文，讲诗歌也只有颂歌型的诗歌，似乎离开了这些流于时代表层的作家作品，当代文学史就无从讲起……但如果深入一步去看文学史，情况就不一样了。在那个时代里，其实仍然有作家们严肃的写作和思考……而这些被时代的喧嚣所淹没的声音，恰恰充满了个人性和独创性，这同样是时代的声音，而且更本质地反映了时代与文学的关系。②

《教程》对"传统的当代文学史"的批评无疑是非常中肯的，正是因为不满于这种"一元文学史"的武断与粗暴，"重写文学史"才成为了文学史研究者的共同追求，然而，问题在于被《教程》用来替代这种"一元文学史观"的新文学史观是否真正具有摆脱这种"一元的视角"的能力？

如果对文学史的重写只是"将被颠倒的历史重新颠倒过来"，将"边缘"与"中心"进行置换，新旧两种文学史的差异是非常有限的。就如同我们过去对历史进行"唯物主义"分析时总是过分强调"统治阶级"与"劳动人民"的对立一样，过分强调"主流意识形态"与"潜在写作"和"民间意识"的对立常常使我们忽略在同一个社会结构中生存的"统

---

① 《教程》前言曾指出 50 年代文学观的一个重要缺陷是"二元对立思维模式的普遍应用"（见《教程》第 6 页），《教程》还认为这种"在当代各类创作中都是存在的"二元对立模式其实是战争文化的产物，"战争形态使作家养成了'两军对阵'思维模式，因为战争往往使复杂的现象变得简单，整个世界被看成一个黑白分明、正邪对立的两极分化体……这种由战场上养成的思维习惯支配了文学创作，就产生了'二元对立'的艺术模式。"（见《教程》第 57 页）。

② 《中国当代文学教程》，陈思和主编，复旦大学出版社 1999 年版，第 11 页。

治阶级"与"劳动人民"、"主流"与"民间"之间相互依从的关系。应当指出，对于"潜在写作"与"民间意识"的纯粹性，《教程》的作者并非全无疑惑，在《教程》的一些段落中我们也不时读到对相关问题的清醒论述，然而，《教程》的基本结构决定了思想的限度，当《教程》从一开始将"潜在写作"与"民间意识"放置在主流文学的"他者"位置上时，两种文学的二元对立关系就已经不可改变了。《教程》对"潜在写作"与"民间意识"的认同是以对"主流文学"的否定为前提的。在《教程》的前言中，作者曾表示"以往的文学史是以一个时代的公开出版物为讨论对象，把特定时代里社会影响最大的作品作为这个时代的这样精神现象来讨论"，因此"在本教材中所作的尝试是改变这一单一的文学观念"①，应该说作者的目标部分得到了实现。《教程》的确使我们看到了许多被从前的文学史边缘化的东西，然而在这些历史的盲点浮出水面的同时，许多我们曾经熟知的文学史现象竟然又在不知不觉间沦入到历史苍凉的雾霭之中，成为了文学史上新的"失踪者"，我们因之失去了"把特定时代里社会影响最大的作品作为这个时代的主要精神现象来讨论"的可能性。在《教程》的"后记"中，作者坦陈《教程》中没有对一些"比较复杂，需要重新认识和解读的重要作品"如《创业史》《青春之歌》和《红旗谱》等进行细致的讨论②，显然，在《教程》中，这些曾经是非常重要的"十七年文学"的经典作品被忽略了。虽然文学作品的发行量与社会影响力不是衡量一部"杰作"的标志，但对包括在 50 年当代文学史上发行量最大的长篇小说《红岩》在内的许多曾经引起广泛社会反响、参与塑造了数代中国人灵魂的作品熟视无睹，这样的文学史很难说具有真正"完整的"文学史意义，我们完全可以将其理解为另一种形式的"空白论"。如果这种"盲视"并不是文学史的写作者的主观选择，那么就一定是写作者采用的文学史方法存在问题。

《教程》在分析"十七年"小说《红日》时曾论及一些战争小说面临的一个非常重要的难题，即"能不能打破简单化的'二元对立'艺术模式写出反面人物的复杂精神世界"③，《教程》认为这一点对战

①《中国当代文学史教程》，陈思和主编，复旦大学出版社 1999 年版，第 8 页。
②《中国当代文学史教程》，陈思和主编，复旦大学出版社 1999 年版，第 434 页。
③《中国当代文学史教程》，陈思和主编，复旦大学出版社 1999 年版，第 59 页。

争小说的成功非常重要，事实上，我们也可以将此视为对一部优秀的当代文学史的要求，这一原则要求我们的文学史在充分关注非主流文学的价值时，能够打破简单化的"二元对立"思维模式，写出"十七年"与"文革"时代的主流作家或主流作品的"复杂精神世界"，要实现这一目标，应当首先形成方法论的自觉意识。

当代文学史存在的这些问题并不仅仅与文学史观有关，它是建立在一元论或本质论基础上的历史观的再现。在这一点上，近年兴起的后现代主义提供了很多富有启发性的"他山之石"，其中福柯在思考"人文学科的批判哲学"时提出的"知识考古学"方法尤其值得关注。在对人文学科历史的把握中，福柯所关心的主要是某些特殊类型的话语。但他关心的既不是这些特殊话语本身是否具有真理性，也不是如何去整理和寻找那些被证明为是具有真理性的特殊话语的规则，他关心的是如何在不考虑话语"对"与"错"或"是"与"非"的前提下，研究某些类型的特殊话语的规律性以及这些话语形成所经历的变化。他把这种话语研究和分析的方法称为"考古方法"（archaeology）——譬如说，如果一位考古工作者在考古发掘中发现了一本2000年以前的天文学著作，那上面说地球是方的，考古学家不应因为这本天文学著作对地球的形状作了错误的陈述（因为它明明是圆的——椭圆的）就放弃对它的研究，考古学家要问的是这句话在某时某地的出现意味着什么，他想了解的是这样的表述如何表达了这个时代人们想象世界与认识自己的方式——在福柯看来，任何话语都有它自己的规范概念和论述范围，有它自己认可的对象和方法，这一切决定了它自认为具有某种特定的"真理性"，"知识考古学"所需要发掘的正是那些因年代久远或因为想当然而从我们的视野中消失的认识机制。

尝试以"知识考古学"作为当代文学史的一种写作方式，意味着我们将拆解那个已经进入我们潜意识的、其实完全受控于我们当下价值标准的文学/非文学的二元对立认知方式，我们的研究对象将不再是那些以今天的观点看来是"真实"的文学作品，而是那些在当时被称为"文学"与"经典"的文学作品。对文学史的研究者来说，这些作品的价值不在于它是否符合今天的"真实"，也不在于它是否具有我们今天理解的"艺术性"，而在于这些作品在某时某地的出现意味着什么，生活在某时某地的中国人为什么要如此想象世界和自身，这种方法将致力于还原历史情境，通过"文本的语境化"与"语境的文本化"使文学史的研究转变为一个时代与另一时代的平等对话，这不是荒诞地力图否定相对确定的真理、意义、文学性、同一性、意向和历史连续性，而是力图把这些元素视为一个更加深广的历史——语言、潜意识、社会制度和习俗的历史的结果——而不是原因。这种方法不仅可以成为我们讨论"十七年文学"与"文革文学"的方法，同时还将同时适用于对"新时期文学"与"后新时期文学"的研究，它意味着"80年代文学"将被放置在"80年代语境"中进行讨论，同样，"90年代文学"也将在"90年代语境"里进行把握——而不是采用我们通常运用的方法，以建立在"五四文学"基础上的一种被非历史化与高度抽象化的意识形态标准或文学立场研究和把握任何一个时代的文学。或许只有这样，我们期待了很长时间的"20世纪中国文学史"的写作才可能真正由理论变为现实。

非常遗憾的是，我们在这里探讨的仍然只是一种"更好的"理论的可能性，在对中国当代文学史的研究中，关于"如何写作当代文学史"的文章远远多于真正的文学史实践，这似乎进一步印证了钱锺书先生的一句名言："理论是由不实践的人制订的"。或许正因为这个原因，我们应当对陈思和主编的《中国当代文学史教程》的写作实践表示由衷的敬意——这种敬意不仅仅针对这些新完成的文学史所解决的问题，同时也应当针对在这些文学史写作中所暴露出的问题。

（原载于《文学评论》2000年第3期）

当代中华文学：语境、内涵和意义

——以若干当代文学史教材为例

王 晖

一

　　"当代中华文学"一词的提出，并非哗众取宠，而是对当代文学学科进行深入反省的一个结果。"当代文学"的学科构建问题早在1985年唐弢先生的《当代文学不宜写史》(《文汇报》1985年10月29日)那篇短文中就已显露端倪。20世纪90年代起，有关当代文学学科危机的言论便不时出现。①进入21世纪以来，对这些问题的思考仍在持续。杨匡汉近年主编的《中国当代文学》在谈及当代文学学科建设时不无忧虑地指出："当代文学是发展中的学科，也是充满了风险的学科。它的不确定性是制约学科发展的不可改变的因素，也是同其他历史性的学科最大的差异。因此，当代文学研究更应该具有强烈的学科建设意识。这一意识包括当代文学的知识性建构、基本概念的清理与界定、基本史料的整理与识别、重要作家作品的学术化研究，等等。"②近期《文艺研究》(2007年第5期)所载程光炜《当代文学学科的认同与分歧反思》对当代文学的"自足性"、自身与研究对象的"历史化"、研究方式的"具体化"和"精细化"，昌切《再审当代文学》对当代文学研究的"名实不分"和"意义破裂"等问题的阐述成为体现这种思

---

①《文艺争鸣》1993年第3期和第4期曾先后发表蒲河的《什么是当代文学？》，张玦的《当代文学：生存之地》、孟繁华的《当代文学：终点与起点》和张炯的《也谈当代文学研究的危机》等文，引发"当代文学研究危机"的讨论。

② 杨匡汉主编：《中国当代文学》，辽宁教育出版社2005年版，第15页。

考的最新成果。①

　　对"当代文学"学科的反思应当包含多个层面，我以为对"当代文学"命名的反省是其中最为重要的层面之一。"当代中华文学"一词的产生，不仅是反省的结果，也是五十余年来"当代文学"命名及语境变迁的一个水到渠成的归结。众所周知，从中华人民共和国建立直到 80 年代初期，学界对"当代文学"命名的理解基本处于同一层面。在当时国内现当代文学研究的语境下，"当代文学"的命名，乃至"现代文学"的命名，都鲜明地体现出国家意识形态及其文学制度对文学的强力制导，而决非单纯的文学艺术自身律动的结果。陈思和曾经这样解读"现代文学"含义的内蕴："这里所指的'现代文学'，既不是世界意义上的'Modern'也不是时间意义上的'Contemporary'，它是一种特定的政治概念，也就是指 1919 年到 1949 年之间的'新民主主义'革命时期，因此，也有的文学史称其为'新民主主义时期的文学'。其政治对学术的制约是相当明显的。"②与之相对应，"当代文学"则被作为"社会主义时期文学"来界定，按照进化论和阶级论观点，它无疑被视为一个高于"现代文学"的层级。在泛政治化时代，作为审美意识形态的文学并未取得与政治意识形态平起平坐的地位，而是往往成为后者的附属品。一时代有一时代之文学，泛政治化时代的文学必然逃脱不了被政治决定的命运。20 世纪 80 年代之前的文学史著述和教材基本是按照这一理念来组织其文学史叙述的。即使是在 80 年代初期，这种理念仍然占据着支配地位。列举两个有代表性的文学史教材的表述，即可见一斑。一是包含复旦大学、山东大学、四川大学在内的二十二所院校编写组的《中国当代文学史》。这部出版周期长达 5 年的三卷本教材（即从 1980 年到 1985 年），在其"绪论"中写道：

　　作为社会主义革命事业重要组成部分的当代文学运动，也以 1949 年 7 月召开的第一次全国文代会为起点，开始了伟大而艰巨的历程。中国当代文学运动，是"五四"以来的中国新民主主义文学运动的延续和发展。它担当着为社会主义革命和社会主义建设服务

---

　　① 有关当代文学学科建构问题的讨论，在近年出版的温儒敏等著的《中国现当代文学学科概要》（北京大学出版社 2005 年版）一书中也有比较详细的综述。

　　② 陈思和：《中国新文学整体观》，上海文艺出版社 2001 年第二版，第 3 页。

的光荣任务。①

二是冯牧任顾问、华中师范大学教师集体编写、王庆生主编的《中国当代文学》，这部同样为三卷本的教材出版周期更长达 6 年（即从1983 年到 1989 年），它将"当代文学"与"现代文学"作为两个具有承继关系的关联词来加以叙述：

作为中国革命有机组成部分的现代文学和当代文学，都是在共产主义思想体系的照耀下，在无产阶级及其政党的领导下形成和发展的。它们之间，既有紧密的联系，又有一定的区别。由于民主革命阶段的任务所规定，现代文学在指导思想上虽然是社会主义因素起着决定作用，但其基本内容仍是人民大众的、反帝反封建的文学，属于新民主主义范畴。中华人民共和国成立以后，随着社会制度的根本变化，我国当代文学具有了鲜明的社会主义性质和内容，它是以共产主义思想为核心的社会主义文学。②

由以上可见，两部文学史教材都不约而同地将"当代文学"定位于"社会主义文学"，而且王庆生本对此的定义更为明确、具体，也更为高调。直到 1985 年黄子平、陈平原和钱理群在《文学评论》上发表了那篇轰动一时的《论"二十世纪中国文学"》，学界对"当代文学"的命名才出现了转机。"20 世纪中国文学"的命名意义不仅仅在于它扩大了研究领域，更重要的是，它极大地颠覆了原有"现代文学"和"当代文学"的命名内涵，是一种强调文学本体规律的去政治化叙述——"'20 世纪中国文学'这一概念首先意味着文学史从社会政治史的简单比附中独立出来，意味着把文学自身发生的阶段完整性作为研究的主要对象。"③今天看来，这一命名的最大意义在于它将近代、现代、当代和世界统摄为一体的"整体观念"以及力求回归文学自身的"本体意识"，当然，对左翼文学和"十七年文学"的有意规避、忽略，多样性的"悲凉"、现代美感特征的阐发等，又成为其遭人诟病的矫枉过正式的硬伤。而且，尽管"20 世纪中国文学"的这一命名使"现代文学"和"当代文学"的内涵得到了进一步的扩充和整合，但仍然没

---

① 二十二院校编写组：《中国当代文学史》（1），福建人民出版社 1980 年版，第 1 页。

② 华中师范学院《中国当代文学》编写组：《中国当代文学》（第一册），上海文艺出版社1983 年版，第 2 页。

③ 黄子平、陈平原、钱理群：《论"二十世纪中国文学"》，《文学评论》1985 年第 5 期。

有获得这个命名内涵的最大值，即我们看不到论者在这一概念下对中国少数民族文学、特别是有关台港澳文学的论述。对于前者，不知论者是不是有意或无意地忽略；至于后者，也许是受到当时政治因素的制约。这种状况至 20 世纪 90 年代中后期才得以改变。当时，面对"一国两制"解决台湾问题以及 1997 年香港和 1999 年澳门先后回归祖国的时代语境，诸多文学史开始对"当代文学"的内涵表述和叙述结构作出调整，这就是将台港澳文学纳入其叙述范围。从这些文学史的叙述结构来看，比较早的版本是由中国社科院文学所张炯、邓绍基和樊骏主编的《中华文学通史》（华艺出版社 1997 年 9 月版）在"当代文学编"中列专章叙述台湾和港、澳地区的当代散文及文学理论批评。杨义在其 1998 年出版的《杨义文存》（第二卷）即《中国现代小说史》（上、中、下）中也有专章用来叙述"台湾乡土小说"的基本状况，当然，作者在这里主要论及的是"现代"时段即 1919 年至 1949 年台湾乡土小说，但作者将其纳入"中国现代小说史"的势力范围，也可以说明当时已逐渐展开的"现当代文学"的"扩容"趋势。洪子诚出版于1999 年的《中国当代文学史》已注意到台港澳文学的问题，但并未在书中加以叙述，他在该书的"前言"中曾对此做过这样坦率的解释："在《中国当代文学史》这本书里，'中国当代文学'首先指的是 1949 年以来的中国文学。其次，指的是发生在特定的'社会主义'历史语境中的文学，因而它限定在'中国大陆'的这一范围之中；台湾、香港等地区的文学与中国大陆文学，在文学史研究中如何'整合'的问题，需要提出另外的文学史模型来予以解决。"①与洪子诚的谨慎有所不同的是，1998 年以后出版的多部当代文学史或 20 世纪中国文学史教材都在不同程度、不同篇幅、不同结构中将台港澳文学列入其中。譬如，黄修己主编的《20 世纪中国文学史》（上、下卷，中山大学出版社1998 年版）在下卷的最后两章列入台湾文学和香港、澳门文学。於可训的《中国当代文学概论》（武汉大学出版社 1998 年版）在其"下编"的最后一章列入"当代台、港、澳文学概论"。②王泽龙和刘克宽主编

---

① 洪子诚：《中国当代文学史》，北京大学出版社 1999 年版，第 3—4 页。

② 该教材在 2003 年仍由武汉大学出版社出版修订版，总体结构由初版本的"上、下"两编改为"上、中、下"三编，其"下编"的最后一章仍然为"当代台、港、澳文学概论"。

的《中国现代文学》（高等教育出版社 2002 年版）则在其"下编"的
"小说篇"、"诗歌篇"、"散文篇"和"戏剧篇"中分别用该篇最后一
章叙述"台港小说""台港诗歌"、"台港散文"和"台港戏剧"，此种
做法似乎想修补将台港澳文学单列出来以致使叙述结构不能达成前后
一致的缺陷。与王泽龙编本相类似的是，董健、丁帆、王彬彬主编的
《中国当代文学史新稿》（修订本，人民文学出版社 2005 年版）以及
新近出版的朱栋霖、朱晓进和龙泉明主编的《中国现代文学史 1917—
2000》（北京大学出版社 2007 年版）则在历时性叙述结构中穿插进对
于台港澳文学的描述，力图使结构整一。董健等编本可以说是迄今为
止大陆出版的当代文学史中对台、港文学内容叙述最为详尽、整合最
为周全的版本之一，唯一的遗憾是它未能涉及澳门文学，尽管它在"绪
论"中多处论及要将"港、澳文学"纳入考察的视野。既然将台港澳
文学列入了当代文学的叙述系列，并使得 20 世纪 80 年代之前通行的
当代文学史的书写结构获得了改变，那么，这些文学史对于一仍旧贯
的"当代文学"的命名内涵又有着怎样的超越和新解呢？我们不妨列
举一二用以说明。於可训在其修订版的《中国当代文学概论》中指出：

> 台湾省和港、澳地区的当代文学既是整体的中国文学的
> 一个局部的地域的文学，又有别于一般的地域文学的概念，
> 而是一种有着特殊的质的规定性和特殊的表现形态的地域文
> 学。将这样两个特殊的地域文学纳入中国当代文学的整体格
> 局，显然不仅仅是一个量的改变的问题，而是意味着整体的
> 中国当代文学将要容纳一种异质的文学因素，从而也必将带
> 来整体的文学结构的调整和变化。中国当代文学将因此而扩
> 大其民族文学的内涵和外延，它也将因此而显得更加跌宕多
> 姿，更加丰富多彩。①

从以上这段话中，我们虽然还没有清晰地获得作者对于融入了"异
质"的中国当代文学应该拥有怎样的"新质"的准确定义，但对作者
不再独守"当代文学"既有命名的姿态已经能够完全体会。而在我看来，

---

① 於可训：《中国当代文学概论》（修订版），武汉大学出版社 2003 年版，第 21 页。

最具胆量和直截的叙述是来自董健等编本对于"当代文学史"的理解：

> "中国当代文学史"的视野应该摒弃单纯从党派和政治的视角来考察与解释文学史现象的原则，突破多年延续的"社会主义文学"一元的狭窄思路，从文化、语言、民族等角度综合考察这一历史阶段的文学现象，从而将大陆文学、台湾文学、港澳文学统一纳入考察的视野。①

这样一个对于"当代文学"内涵的阐释实际上已经构成了对过去通行的"当代文学"命名内涵的解构，在容纳进台港澳文学之后，至少在逻辑上已经很难阐释"中国当代文学"仅仅具有"社会主义"的一元性质，因此，在今日"一国两制"的语境下，这种解构其实不可避免，仅仅只是时间早晚的问题。实际上，在新的历史文化语境之下，由于近10年来的"扩容"，坚守"社会主义文学"一元性质的"当代文学"既有概念已经无法包容今日之"中国文学"。因此，我试图以"当代中华文学"的命名来回应或解释这种已经变化了和正在变化着的当代文学的发展现实。

二

在进一步阐释"当代中华文学"之前，我想提及与我的这个问题密切相关的一篇文章，这就是雷达、任东华的《"新世纪文学"：概念生成、关联性及审美特征》一文。这篇文章试图以"新世纪文学"来破解"当代文学"因"扩容"而带来的叙述难题。尽管我以为此文的某些观点还有商榷的余地，譬如，此文用"新世纪文学"来涵盖2000年以来的当下文学是完全可行的，但用此概念去概括20世纪90年代的中国文学，至少在"管辖范围"上难以说通。即便如此，我仍然觉得这篇文章中所反省的当代文学史构成理念、写作实践问题以及所提示的一些思路是十分重要的——

---

① 董健、丁帆、王彬彬主编：《中国当代文学史新稿》（修订本），人民文学出版社2005年版，第3页。

与大陆的"共和国文学"同根，但又在文学形态上确实大异的港澳台文学该怎么办，该如何进行当代性定位？众多的文学史把它们作为附录或干脆置之不提，这种主流与边缘的姿态，事实上导致了对它们的误读与偏视，从而也导致了文学史的失真；……如果说在文学史的附录或后缀之中还有着港澳台文学的一席之地的话，作为当代文学重要构成的少数民族文学，却难以发出自己的声音，尽管中国社会科学院主编的《中华文学通史》有关于它的成就斐然的史料保存，但对于具有学术传承意义的众多教材和个人专著而言，或者把少数民族作家置换成汉族身份，如张承志的文学史遭遇；或者用他族语言的文学创作在当代文学的整体意义之外另论；或者把它当成异域风俗展览而非真正的文学。……如何找到与汉族文学对称、平衡与融合的机制，并依据自己的独特性，策略地与汉族文学共构当代文学的民族性与现代性，毕竟是个问题。①

上述这样的思考与我所说的"当代中华文学"的构想在许多方面不谋而合，实际上这也正是我构想"当代中华文学"所要思考和统摄的内容。当然，在我看来，"当代中华文学"的命名也许更具概括性和可操作性。实际上，如果仅就"中华文学"而言，对它的命名和思考其实早在 15 年前就已经开始了。《文艺争鸣》杂志在 1992 年第 4 期曾以整期篇幅设置过"汉语文学与中华文学研究专号"，并发表季羡林、谢冕、郑敏和杨匡汉等人的文章，对"汉语文学"、"中华文学"和"海峡两岸文学"等概念进行深入论析。其中，未民和张颐武在他们的对话中十分明确地提出"中华文学，也就是中华民族的文学，但又以中国境内为限。它所构成的整体就是一种多语言、多民族的中国文。……从文学研究的现实讲，台、港、澳及少数民族文学是我们目前中华文学的研究视野应该扩大进来的。"②

这无疑是对"中华文学"进行当代性命名与诠释的先锋版本。时隔十余年，当我们再回首这一命题时，我不能不感佩《文艺争鸣》杂志在这一问题上所表现出来的强烈的文学使命感以及敏锐之洞察、高阔之视野和过人之气魄。相对于未民和张颐武等学者提出的融汇古今

---

① 《文艺争鸣》2006 年第 4 期。
② 未民、张颐武：《风物长宜放眼量》，《文艺争鸣》1992 年第 4 期。

的"中华文学"概念，我在这里提及的"当代中华文学"应该说是有所侧重的。我以为，"当代中华文学"是一个时间与空间合流的文学史命名，它主要是指 20 世纪 50 年代以来发生于中国大陆、台湾、香港和澳门，包含汉族及各少数民族在内的文学思潮和文学创作、文学理论和文学批评。这个命名包括三个主要元素，这就是时间、地域和民族。关于"时间"元素，我基本沿袭了既有多数文学史的观念，即以 1949 年 10 月中华人民共和国成立这样一个重大政治事件或曰历史转折点作为此命名叙述的开启点。我深知这并不是一个叙述"文学"历史的理想切口，因为这正如有的学者所言："在中国当代文学的历史叙述中，普遍认为它起始于 1949 年中华人民共和国的成立。这一社会历史的断代方式，似乎为中国当代文学学科的建立提供了合法性依据。但事实并不这样简单，或者说，当代文学的发生是一个'历史化'的过程……"①也就是说，当代文学的发生应当体现为一个过程，而并非由一个具体时间来标志，哪怕这是一个十分重要的"时刻"。另外，对于文学本身发展的规律来说，政治事件或历史拐点有可能是也有可能不完全是左右其变迁的根本因素。但在 20 世纪 40 年代以来的中国这样一个泛政治化的社会中，我们还不能小视政治对于文学的支配力量（"文化大革命"中文学的凋敝即是显明的例证）。在此情况下，"艺术家和作家的许多行为和表现（比如他们对'老百姓'和'资产者'的矛盾态度）只有参照权力场才能得到解释，在权力场内部文学场（等等）自身占据了被统治地位。"②当然，"当代中华文学"之命名中时间维度如何标定，也是一个可以探讨的问题。也就是说，至少有三个时间维度可供选择，一是将"当代中华文学"的叙述时间定格于 1949 年之后直至 21 世纪；二是将此命名稍加变通为"20 世纪中华文学"；三是"21 世纪中华文学"，以一个世纪作为叙述的时间起点和终点。在"地域"元素的阐释上，"当代中华文学"强调的是海峡两岸和香港、澳门四地，这主要指的并不是地理因素，而是政治因素，"两岸"既是地理上的状态描述，更是两种政治制度的形象写照。之所以

---

① 孟繁华、程光炜：《中国当代文学发展史》，人民文学出版社 2004 年版，第 1 页。

② ［法］皮埃尔·布迪厄：《艺术的法则：文学场的生成和结构》中译本，刘晖译，中央编译出版社 2001 年版，第 263 页。

要书写台、港、澳，一方面是因为它们确实具有我们在过去未曾发掘或不敢面对的文学与文化的血缘关系，它们"都是在'五四'新文学运动的影响下产生和发展的，它们同祖、同宗、同一文学血脉，有着共同的民族语言文字，有着共同的民族意识、民族感情，有着萦绕于心的爱国主义情绪，它们都是母体文学的一支，与母体有着深刻的渊源关系……"①另一方面，它们又确实因政治和经济制度的不同而呈现出不同的样态，"一国两制"似乎也可以用来说明这个样态。将海峡两岸和香港、澳门四地文学纳入"当代中华文学"的叙述视野，正是体现出我们面对"史实"的"史识"态度以及立足于文学视角、"穿越政治文化现实"的最大限度的包容性。②因此，"正如对抗战以后的文学史应该分头研究解放区文学、国统区文学和沦陷区文学一样，当代文学史研究中也不能无视与大陆文学同时存在的台湾文学和香港、澳门的文学，这一空间区分是不容回避的。"③"当代中华文学"命名的第三个重要元素是"民族"。众所周知，中华民族是由 56 个民族组成的共同体，作为描述当代中国文学发展与流变的文学史理应有这样一个重要的或者说不可或缺的部分。"各种语言的民族文学都有类似的年代久远、传统丰富的历史。它与汉文文学既互相依存又互相区别，既有双向的影响又始终坚持自成系统的发展。要是我们改变一种局限于汉文文学的观念，则可以发现我们所熟视无睹的中华民族文学内部有着令人惊叹的多语言和多语文的民族文学大景观。"④在全球化时代，保持民族文学的个性，是世界上每一个独立的现代民族国家的追求。而推进当代中华民族文学的发展，创造当代中华民族文学的辉煌，绝不可能仅仅只是作为 1/56 的汉族作家和理论家的事情，它应当成为汉族及其他少数民族作家、理论家的崇高使命和责任担当。而作为 56 个民族共同支撑的中华民族文学又将参与当代世界文学的构建，

---

① 王庆生主编：《中国当代文学史》，高等教育出版社 2003 年版，第 5 页。

② 笔者在此引用的"穿越政治文化现实"一语出自吴炫《新时期文学热点作品讲演录》（广西师范大学出版社 2004 年版）一书。作者对此的具体解释是"所谓'穿越政治现实'，既不是'依附政治'，也不是'脱离政治'，而是'尊重、表现政治又不局限于政治'的意思，当然，'穿越政治文化'也不是'对抗政治文化'的意思……"。（见该书第 7 页）

③ 陈思和主编：《中国当代文学史教程》，复旦大学出版社 1999 年版，第 5 页。

④ 谢冕：《多层建构中的中国文学与汉语文学》，《文艺争鸣》1992 年第 4 期。

因为"惟有置于世界性的文学交流之中，任何民族文学才有可能得以发展与繁荣，任何民族文学的特性才有可能得以保存与发扬，任何民族文学才可能以自身的不断发展、不断丰富、不断成熟的民族特性而赢得世界意义和世界地位。"①在这样一种情形下，客观反映当代中国各民族文学创作和理论成果，反映其所贡献的艺术创造伟力和所呈现的独创精神，认真反思各民族文学所经历的曲折路程和多元发展的利弊得失，就是当代文学史的研究者和撰写者们不容回避、同时又必须严肃面对和把握的问题。

客观地说，迄今为止的近10年来的多部当代文学史，都在不同程度上体现或者说靠近了上述所言"当代中华文学"所必需的时间、地域和民族三要素。但令人不能满足的是，仍然有相当比例的这类文学史著述或教材在地域和民族这两个要素的表达上，常常表现出缺位的姿态——对台港澳文学或少数民族文学避而不谈，特别是对少数民族文学的叙述，几乎只有屈指可数的文学史有所涉及，这在很大程度上造成了对这一部分内容的遮蔽和忽视，成为不折不扣的"汉族当代文学史"。就我的视线所及，目前对时间、地域和民族等"当代中华文学"的三要素包容或曰体现得比较充分的文学史教材，我以为是王庆生主编的《中国当代文学史》（高等教育出版社2003年版）。②这部教材共分为"第一编20世纪50—70年代中期的文学"、"第二编20世纪70年代中期以来的文学"和"第三编台湾、香港、澳门地区文学"等三部分。从时间元素上看，它概述的是20世纪50年代至90年代末的五十余年文学发展历程；从地域元素上看，它叙述了中国大陆、台湾、香港和澳门四地的文学状况；从民族元素上看，它以叙述汉族当代文学发展为主，并辟专章或专节详细介绍了"少数民族诗人的诗作"、"《阿诗玛》《嘎达梅林》等叙事诗的创作与整理"、"少数民族小说"等内容。特别值得一提的是，该书用整整一编的篇幅对20世纪50年代以来半个世纪的台港澳文学进行了多达14万余字的全面而详

---

① 曾逸主编：《走向世界文学——中国现代作家与外国文学》，湖南文艺出版社1986年版，第367页。

② 1993年，国家教委高教司委托王庆生教授主持编写《中国当代文学史》教学大纲和教材。《中国当代文学史教学大纲》于1997年由高等教育出版社出版。这部教材于2003年出版，被列为"九五"国家级重点教材和面向21世纪课程教材。

细的叙述，这也许是目前国内除台港澳文学专门史之外的各种"当代文学史"或"20 世纪中国文学史"中对三地文学状况进行叙述的最大篇幅的文字。尽管这部教材比较好地体现了"当代中华文学"建构的主要元素，但我以为它在叙述结构上还有需要进一步完善的地方，譬如对大陆文学的历时性叙述与对台港澳文学的共时性叙述如何获得更为一致的整合，如何更好地实现对少数民族文学叙述的完整性等。因此，从这个意义上说，"当代中华文学"内涵的完美实现，其实仍是任重而道远。

"当代中华文学"的构建，在当下学界反思当代文学学科的背景下具有重要的现实意义。第一，这一命名本身包含着民族复兴与国家完整统一的强烈诉求，是 21 世纪中国崛起的文化反映；第二，它构建的是真正意义上的中华民族国家文学史，是一个具有包容性、现代性、和谐性和开放性，力求从文化、语言和民族的维度考察文学流变的泛意识形态的文学史，因而也是一个更能体现文学自身律动的文学史，"也是在对几十年来中国文学研究的再思考中考虑如何建立一种更本土性，也更广阔更国际化的文学理论和文学史研究的努力"[①]；第三，用"当代中华文学"概念可以修补"意义冲突或断裂"等当代文学的学科弱点，最大限度地成就其学理性，最大限度地扩张其涵盖的叙述空间，使融合、沟通、本土和开放成为"当代中华文学"的生动"表情"。杨匡汉在总结其对"20 世纪中国文学经验"的研究时也曾经谈到类似的话题，他说："所谓'打通断裂'，就是鉴于目前学术史上因历史割断、地域割断和学科各为政而造成的局面，力求在对20 世纪中国文学经验的叙述时，打通'晚清'、'现代'和'当代'，打通'此岸'与'彼岸'，也打通'汉族文学'与'各兄弟民族文学'，从中有效地把握百年文学的学术血脉，也探悉现当代文学对'古典'和传统的回应，倾听其间灵心的律动。"[②]我自以为，自己提出"当代中华文学"的初衷与这段话所表达的意思是颇有些共鸣意味的。

（原载于《文艺争鸣》2007 年第 10 期）

---

① 未民、张颐武：《风物长宜放眼量》，《文艺争鸣》1992 年第 4 期。
② 杨匡汉主编：《20 世纪中国文学经验》（上），东方出版中心 2006 年版，第 3 页。

四、史家访谈

四部当代文学史

许子东

"当代文学"是不是一个年轻的新兴的学科？当复旦大学出版社1999年9月出版后来在学界颇受好评的《中国当代文学史教程》时，不知编著者是否意识到：这已经是中国第56本当代文学史了。北京大学中文系1955级编写过《中国现代文学史当代部分纲要》，但只有内部铅印本，从未正式出版。其实直到70年代末，也只有三四本当代文学史。但截至2008年10月，中国内地（以下若不特别注明，"中国"均指"中国内地"或"中国大陆"）已出版"当代文学史"至少72种（见附表）。我"头昏眼花"不厌其烦抄录这些书目，除了从中可以看到中国目前学术数量之高以及教育割据争夺学生情况外，还想特别指出两个当代文学史出版最密集的年份：1990（10部）和1999（7部）。1999年是因为"50周年"，1990年却是意识形态环境比较紧张的一年，这10部文学史均在省城出版。写这篇论文之前我读了（有的是重读）其中的十余种（主要是近10年的著作），并选择其中四部当代文学史作为主要讨论对象：

一、洪子诚著：《中国当代文学史》[1]此书也是洪子诚《中国当代文学概论》[2]的删改修订版。

二、陈思和主编：《中国当代文学史教程1949—1999》[3]。

三、陶东风、和磊著《中国新时期文学30年（1978—2008）》[4]。

---

[1] 北京大学出版社，1999年8月第一版，"北京大学中国语言文学教材系列"；2007年6月修订版，"普通大学教育'十一五'国家规划教材"。

[2] 香港：青文书屋，1997。

[3] 上海：复旦大学出版社，1999；该书也有台湾版《当代大陆文学史教程1949—1999》，台北：联合文学出版社，2001。

[4] 北京：中国社会科学出版社，2008年10月。

四、顾彬（Wolfgang Kubin）著，范劲等译：《二十世纪中国文学史》Die Chinesische Literatur lm. 20 Jahrhundert[①]。

之所以选择这四部当代文学史，一方面是因为洪陈两书一般被认为是诸多同类著作中的佼佼者，而后两部则刚刚出版，颇能体现这一学科的近况。另一方面也是因为我想通过这几部文学史讨论与当代文学史有关的三个问题：一是写作时间与文学史现场的关系，二是文学史结构与章节安排，三是意识形态管理中的经济因素。

一

当代文学史的始、终、转、接都是政治事件而非文学事件，起点均是1949年7月第一次中华全国文学史工作代表大会，下限则取决于该书的写作、出版时间。中间的转折总是"文革"。近10年各种当代文学史的结构大致有两种，一是先分时段，再以题材、文类、现象排章节，如洪子诚《中国当代文学史》（以下简称"洪著"）分上编"五十至七十年代的文学"和下编"八十年代以来的文学"。金汉总主编的《中国当代文学发展史》[②]则分第一部"现实主义一元化美学形态的文学1949—1978"和第二部"多元美学形态并存的新时期文学1979—2000"，时期加命名，每部再分诗歌史、小说史、散文史，戏剧史。曹万生主编的《中国现代汉语文学史（下）》[③]，则将当代文学部分分成三编，分别为"中国现代汉语文学转型期1949—1976"、"中国现代汉语文学繁荣期1976—1989"和"中国现代汉语文学多元期1989—2006"。每个时期下再列题材、文类甚至地域。

第二种方法是全书顺时序但不分时段，以1949年以来的各种文学（文化）现象作章节标题，顺时序叙述。如陈思和主编的复旦本《中国当代文学史教程1949—1999》（以下简称陈著）分二十二章，其中前30年分别以"迎接新的时代到来"，"来自民间的土地之歌"，"再现战争的艺术画卷"，"重建现代历史的叙事"，"新的社会矛盾的探索"，

---

① 上海：华东师范大学出版社，2008年版。
② 上海文艺，2002年。
③ 中国人民大学，2007年版。

"寻求历史与现实的呼应","多民族文学的民间精神","对时代的多层面思考"和"'文化大革命'时期的文学"等九章叙述。这里除了"文革"一章外,其余皆是排比句形容特定题材、文类和现象。

无论划分时期下列题材、文类或以思潮、现象为线索组织文学史,近年多种当代文学史都不以代表作家或著名作品作为章节题目(这是很多现代文学史和古代文学史常见的体例)。这个问题下面再讨论。

在这两种布局外,也有少数例外,如董健、丁帆、王彬彬主编的《中国当代文学史新稿》①则将 50 多年的文学分为五个时期:分别是1949—1962,1962—1971,1971—1978,1978—1989 以 及 1989—2000。其理据(分割点)分别是 1962 年中共八届十中全会(提出"千万不要忘记阶级斗争")、1971 年"林彪事件"、1978 年中共十一届三中全会和 1989 年。其宗旨是正视而不是回避当代中国政治对文学的制约和影响。另外顾彬的《二十世纪中国文学史》则笼统以第三章写"一九四九年后的中国文学:国际,个人和地域",转点是先从边缘(台、港、澳)写起,然后"从中心看中国文学"。考察"文学的组织形式",综述"中华人民共和国文学",最后是"二十世纪末的中国文学的商业化"。

多种文学史对 1978—1989 即"文革"后文学的看法大致接近,对 1966—1976"文革"时期,列举作品迥异(如洪著评论样板戏,陈著全选地下文学),但价值判断也差别不大。反而最有分歧的是对"十七年",尤其是对 50 年代文学的评价和研究,对 90 年代以后的文学发展也无"共识"。也就是说:60 年当代文学,一头一尾,陷入审美与评说的尴尬。

对 50 年代,是艰难地继承(对 90 年代,则是痛苦的宽容)。洪子诚在为本会所写发言稿中提问:到底十七年文学是我们当代文学的"债务"还是"遗产"?我以为两者皆是,两者相加就是"负资产"——从审美角度看(无论是八十年代眼光,五四精神,或中国传统艺术,或欧洲 19 世纪,或现代主义……),"好作品"实在有限。但毕竟这是"我们"(我们当代文学?我们中国人?我们"社会主义"?我们这一代?……)的"青春期",不能全扔了吧?——这个"我们"是

---

① 人民文学出版社 2005 年版。

怎么来的？这也正是梳理当代文学史的关键。

洪子诚说明过他的文学史标准："尽管'文学性'（或'审美性'）的含义难以确定，但是'审美尺度'，即对作品的'独特经验'和表达上的'独创性'的衡量，仍首先应被考虑。但本书又不一贯地坚持这种尺度。某些'生成'于当代的重要的文学现象，艺术形态，理论模式，虽然在'审美性'上存在不可否认的缺失，但也会得到应有的关注"。①

前些年我也面临过类似的"双重标准"："我编选《香港短篇小说选》试图依据的标准有两条，一是'好作品'——不仅在香港文学范围里看是'好作品'，而且在全部现代汉语的文学中，在文学的一般定义中也是'好作品'；二是'重要作品'——也就是说近年来香港小说发展中有影响有代表性或引起争议的作品。两条标准之中，前者是主要标准。"②

问题是，如何用80年代的"好作品"标准去评论50年代历史现场中的"重要作品"？

不同文学史采用不同的方法和策略。

策略之一是以后来的发展来肯定50年代起步的意义，如杨匡汉、孟繁华主编的《共和国文学五十年》详细解释毛泽东路线与民粹主义的关系③，还以数字说明文学发展：比如，1949到1999，作协会员从401人到6647人；文学书籍出版从156种到15，000种；印数从214万册到一亿五千万册……④

策略之二是提出"新概念"，解释"负资产"当初确有价值。如郑万鹏提出"建国文学思潮"：

> 尽管自一九五一年对电影《武训传》的批判，到一九五六年对"胡风反革命集团"的批判，批判运动连年不断，但是大多数中国人民，包括知识分子，由于刚刚摆脱三十多年的战乱和殖民地的屈辱，无比珍视久违了的统一、独立、大规

---

① 《中国当代文学史》，北京大学出版社1999年版，第4—5页。
② 《香港短篇小说选》（1994—1995），香港三联书店2000年版，第10页。
③ 杨匡汉、孟繁华主编：《共和国文学50年》，中国社会科学出版社1999年版，第38—51页。
④ 杨匡汉、孟繁华主编：《共和国文学50年》，中国社会科学出版社1999年版，第15页。

模的建设局面。他们尚未感觉到这些政治运动会殃及自己，也料想不到一个更大规模的整肃运动会接踵而至。他们在自一九四九年到一九五六年这一相对安定期里，满怀热情和信心，建设着一个新的中国，"建国文学"在这样的社会背景下形成。①

按照郑万鹏的定义，"建国文学"表现的是统一、独立、建设"三位一体的思想，建国文学虽然满身的稚气，是昙花一现，但它却是中国当代文学坚实的基点，永久的精神家园"。以后伤痕文学、反思文学等均与此有关。建国文学"表现出历史的整体感，表现了饱经动荡与战乱的中国人民对于稳定局面的衷心欢迎"（重点字引者所加）。谢冕说："像这样的立论和判断，正是作者学术勇气的证明。"②

称"学术勇气"其实是体谅"建国文学"之类概念的政治苦心。谢冕自己也提出过"计划文学"的概念。③路文彬则命名为"国家的文学"。④事实上，如何评论50年代的中国（及中国文学），可以说是当今中国社会最容易引起争议、分化甚至斗争的话题。可以说社会全无"共识"——一方面，"文革"在80年代作品中早已成了"浩劫"，等同于"旧社会"，《芙蓉镇》否定了"四清"，《剪辑错了的故事》否定了大跃进，《李顺大造屋》形象否定了30年农村政策，《古船》和近来获奖的《生死疲劳》曲折否定了50年代初的镇反、土改和合作化……在严肃文学中，追溯至50年代，几乎没有什么政治事件是正面的。可是在另一方面，与文学的边缘化相反，公民教育和大众传媒却从90年代开始一直神圣化50年代，《红岩》初版时印400万册，80年代以后还印了800万册；红色经典作品不断被改编成连续剧；"红歌会"成了主旋律；样板戏还要进入中学教材……

当代文学史夹在对50年代的文学批判与舆论歌颂之间，处境微妙。

连顾彬远在欧洲也感到类似的困境："难道我们因此就该不再研

---

① 郑万鹏：《中国当代文学史 1949—1999》，华夏出版社 2008 年版，第 1 页。

② 见谢冕为郑万鹏《中国当代文学史 1949—1999》所写的序言（华夏出版社 2008 年版，第 1 页）。

③《文学的纪念 1949—1999》，《文学评论》1999 年第 4 期。

④《国家的文学——对于 1949—1976 年中国文学的一种理解》，《文艺争鸣》1999 年第 4 期。

究大陆从 1949 到 1979 年间的文艺作品吗？难道当年的文学作品果真没有美学价值吗？"①他甚至想到注意样板戏与安迪·沃霍尔（Andy Warhol）之间的关系，或借助这些作品认识毛主义的内在性质。当然他也注意到："为了化解这一窘境，上海的文学专家陈思和提出另一条思路，即研究'抽屉文学'。"②

陈思和和他的学生们在文学史中提出"潜在写作"，倒是将"债务"变成"遗产"的一个有效方法：将沈从文、绿原、曾卓、牛汉、穆旦、张中晓，还有傅雷、丰子恺等人在 50 年代甚至"文革"中私下写作，直到八九十年代才发表的散文书信，和十七年主流作品放在一起"共时态"讨论。既坚持 80 年代的审美原则，又丰富重构了 50 年代的文学现场。

将哪些"抽屉文学"纳入文学史现场，其实有偶然因素（绿原、曾卓、牛汉、张中晓等人与陈思和的老师贾植芳先生同属"胡风集团"）。"抽屉文学"的文学史书写也自然地会带出方法论上的思考和挑战。如果文学史是一系列伟大作品的心灵史（是一个民族的特定时期的精神形态历史），那么不仅作家当初怎么写、怎么说，而且作家当初怎么不写、怎么不说，但坚持怎么想，也的确应该进入文学史的视野，而且是重要资料。陈著很明确是教材，主要对象不是学者而是大学生（包括非中文系的本科生），从阅读效果而言，年轻读者们应该可以同时看到中国作家们在某一特定时期精神状态的多个层面而不至于简单忘却 50 年代。③但形式主义、新批评理论框架下的文学史常常不再只是作家心灵的历史，更是文本与语境与读者的关系史。按照姚斯（Hans Robert Jauss）的理论，文学作品的艺术价值必须通过读者才能体现。文学作品"更多像一部管弦乐谱，在其演奏中不断获得读者新的反响"，④

---

① 顾彬著，范劲等译：《二十世纪中国文学史》，华东师范大学出版社 2008 年版，第 253 页。

② 顾彬著，范劲等译：《二十世纪中国文学史》，华东师范大学出版社 2008 年版，第 253 页。

③ 也难免有不赞同的声音，如董健、丁帆、王彬彬就曾不点名地批评一种"近年来颇为流行的一种研究倾向，即'历史补缺主义'，用流行话语来表述，就是'制造虚假繁荣'。不管出于什么意图，这都是对历史的歪曲。一种情况是'好心的'，一厢情愿地要使历史'丰富'起来。既不想承认那些在'极左'路线下被吹捧很'红'的作品，又不甘心面对被历史之筛筛过之后文学史的空白、贫乏与单调，便想尽办法，另辟蹊径，多方为历史'补缺'。"（见《中国当代文学史新稿》，人民文学出版社 2005 年版，第 5 页）。

④ 汉斯·罗伯特·姚斯：《文学史作为向文学理论的挑战》，参见《接受美学与接受理论》，周宁、金元浦译，辽宁人民出版社 1987 年版，第 26 页。

才成其为音乐。所以，写作时间与文学史现场的关系，存在多种解读可能。

一种情况如王蒙的《青春万岁》，研究作家心态，这是50年代作品，考察读者反应社会影响，这是80年代作品。由于作品的内容、意旨和情调与写作年代血肉相连，客观原因的出版延期对作品的价值体现及社会意义（包含读者参与因素）有明显影响。倘若《青春万岁》在50年代出版，颇有可能成为比《青春之歌》更激动人心一样热销上百万的"红色经典"（《青春之歌》的续集《芳菲之歌》80年代发表全无反响）。倘若《组织部来了个年轻人》《在桥梁工地上》也不巧成为"抽屉文学"要到几十年后才"初放"，其文学价值社会意义又会受到怎样的"折扣"？所以，在这种情况下，如果我们不同于新批评所谓"感受谬误"的观念而将读者反应社会影响都排除在文学史以外，可以说沈从文或张中晓的"五十年代散文"因为"延时发表"，作品的意义（及文学史价值）已经改变。

另一种情况是假设作品意旨情调与时代不那么直接相关，如张爱玲的《小团圆》，或陈著所评的《傅雷家书》，丰子恺《缘缘堂续笔》等，则写作时间与文学史现场错位的影响可能不会那么明确。在傅雷、丰子恺的作品里，我们读到的还是一直熟悉的傅雷、丰子恺，如是这些作品在"文革"中出现，倒是与当时环境不"和谐"的事件了。《小团圆》如果1975年发表会引起胡兰成怎样反应，张爱玲、宋琪、夏志清再怎样接招，是否会演变成一场文坛闹剧以及对张爱玲形象有什么影响，现在都很难重新"沙盘推演"。但至少《小团圆》中对情爱与母亲的刻骨铭心的挑战文字，却不会因为其出版的"时间差"而损失其文学史意义。

作家当年的书信、日记等等本来没想要发表的文字，当然是研究作家精神历程的重要注释，但除了时时记住这是"不在场"的历史文本以外，"抽屉文学"也有其"多层次"。比如近年问世的沈从文50年代书信，既有愤世自杀情绪，也有思想改造的痕迹。和《小团圆》一样，放回文学史，效果是多方面的。

第三种更微妙的情况是作家有意更改写作时间，人为拉开创作与发表的时间差。阿城的中篇《棋王》1984年发表于《上海文学》，其写作发表过程郑万隆、李陀都有回忆，但后来阿城一直坚持说该小说早在云南插队时写成，并以手抄本流传。某日有知青神秘给他看份手抄本，一看才发现原来是自己的作品。听来似笑话，却是作者自述。

同样的情况也出现在马原那里，马原也解释短篇《虚构》最初写于他的东北下乡时期。这种将写作时间"提前"的做法一则更显示作家当初的"先知先觉"，在"文革"当中已是众人皆醉我独醒；二来也突显再超脱的内容与生活背景有历史联系。[1]郭路生（食指）《这是四点零八分的北京》的确应与 1968 年 12 月 20 日这个时间联系起来朗读。赵振开的《波动》因为写于 1974 年而更具文学史上的探索意义。1980 年的《宣告》也修改了写作时间（标明写于"文革"期间）而发表。其实这首诗更重要的一次"发表"是在 1989 年 5 月底："宁静的地平线／分开了生者和死者的行列／我只能选择天空／决不跪在地上……"。稍改时间，比如晚两个星期，人们就读不到这首诗残酷的"预言性"。更有意思的是《回答》的写作时间，也作过修改，但不是通常的"推前"，而是"延后"。原文写于 1973 年，早已流传，1978 年发表在《今天》上略有改动，但标注写作日期是 1976 年 4 月 5 日——一种人为的历史现场感，因为这日期已与作品浑然一体，铸入文学史（心灵史），无法剥离。

第四种情况是由地域隔离形成的"时间差"。比如，顾彬的文学史有一章讨论 50 年代土改时将周立波《山乡巨变》和张爱玲《秧歌》一起讨论。[2]写作时间倒是接近，但《秧歌》里的悲剧其实要"延时"二十多年才会在高晓声、茹志鹃笔下出现。同样道理，能否将陈若曦的《尹县长》放回 1975 年"文革文学"的历史现场考察呢？当代文学 60 年，潜文本加上地域间隔，有时情况真是"吊诡"，比如 1975 年，西西在报上连载《我城》，给天真的阿果阿发加上漫画插图，张爱玲并置初吻与打胎的情感实录在反复修改，中国内地当时最出名的文学杂志《朝霞》上刊出了余秋雨的早期散文……

二

接受美学虽然对陈思和的"抽屉文学"策略构成某种质疑，但对

---

① 顾彬说《棋王》的信息同阿多诺（TheodorAdorno1903—1969）名言"一个在错误中的正确生活是不可能的"完全相悖。也是对《棋王》的另一解读方式。（见顾彬著、范劲等译《二十世纪中国文学史》，第 343 页。）

② 见顾彬著、范劲等译：《二十世纪中国文学史》，华东师范大学出版社 2008 年版，第 269 页。

这部文学史的另一个突破点"民间隐形结构"却有重要理论支持。伊瑟尔（Wolfgang Iser）认为："文学作品的意义并非文本固有。……作品意义只有在阅读过程中才能产生，是作品与读者相互作用的产物。"①所以，文本中的未定性，即"召唤结构"，是创作意识与接受意识的桥梁。"文学作品的意义未定性与意义空白决不像人们所认为的那样是作品的缺陷，而是作品产生效果的根本出发点。"②

像《红楼梦》《呐喊》那样的"召唤结构"固然引人前赴后继不断获取新的意义，即使是《林海雪原》《沙家浜》等宣传文本，人们也可从中获得（或者说是"投入"）集体无意识的"匪"气或江湖女人情趣。"海淫海盗"，即使如样板戏，也难断根。"文革"后大红的"红高粱"等，也是连贯了久违了的"匪"气而已。从这些读者需求和再创造角度出发考察"文革十年"，实在不应该只列地下文学。

回到文学史的体例、布局与章节铺排，前面说过近 10 年各种当代文学史有一个共同点，就是都以题材、现象（而不是以作家、作品）来结构文学史。在夏志清的《中国现代小说史》③中，全书 19 章有 12 章的标题是作家：鲁迅、茅盾、老舍、沈从文、张天翼、巴金、吴组缃、张爱玲、钱锺书、师陀。另有两章讨论几位作家群（第三章"文学研究会：叶绍钧、冰心、凌叔华、许地山"和第四章"创造社：郭沫若、郁达夫"）；在钱理群、温儒敏、吴福辉《中国现代文学三十年》④中，也从 10 年为一编，下分思潮、文类，但全书 29 章中也有 10 章作家专论（鲁迅两章，其他代表性作家是郭沫若、茅盾、老舍、巴金、沈从文、曹禺、赵树理、艾青）这样的章节；而古代文学史书写中，以作家、作品作为章节题目的体例也颇常见。⑤何以在当代文学史中，章节结构却总是以题材或现象加文体而贯穿？⑥（前 30 年总是文艺运

---

① 参见金元浦：《接受反应文论》，山东教育出版社 1998 年版，第 43 页。

② 参见金元浦：《接受反应文论》，山东教育出版社 1998 年版，第 43 页。

③ 夏志清：《中国现代小说史》，香港中文大学出版社 2001 年版。

④ 钱理群、温儒敏、吴福辉：《中国现代文学三十年》，北京大学出版社 1998 年版。

⑤ 如《中国文学史》，全书三卷按朝代分共 72 章，其中 23 章以作家或作品为题：《诗经》、屈原、司马迁、陶渊明、《文心雕龙》、李白、杜甫、白居易、苏轼、陆游、辛弃疾、关汉卿、王实甫、白朴和马致远、《三国志演义》《水浒传》《西游记》《金瓶梅》，汤显祖、蒲松龄、洪升、和孔尚任、吴敬梓、《红楼梦》（人民文学出版社 1962 年版）。

⑥ 孟繁华、程光炜的《中国当代文学发展史》（人民文学出版社 2004 年版）有些章节以作家为标题，但也视为现象，如"赵树理现象"、"姚文元现象"、"贺敬之现象"等。

动—农村小说—革命历史—知识分子，然后散文—新诗—历史剧，再加一章文革。后 30 年总是伤痕—反思—寻根—先锋—新写实，再加朦胧诗—散文—戏剧及九○后……）60 年文学，难道真的太少（抑或太多）代表作家著名作品？

越晚出版的文学史，这种重现象思潮、轻作家文本的倾向越明显。2008 年 10 月出版的《中国新时期文学三十年》以将近一半篇幅叙说 90 年代以后的"众声喧哗"，列出章节标题便不难看出作者的视角："王朔与'痞子文学'"、"人文精神与世俗精神的论争"、"女性写作：从私人化写作到身体写作"（林白、陈染、卫慧、棉棉、木子美《遗情书》）、"大陆文学与经典消费思潮"（周星驰"无厘头"、《水煮三国》《Q 版语文》《云报》及其恶搞版……）以及"青春文学、盗墓文学与玄幻文学"（新概念大赛、80 后写作、韩寒、郭敬明、张悦然、游戏机一代……）。重要的还不是"一地鸡毛"展示种种"新新"现象，而是编著者在文学史建构中试图以这些新的文学（文化）趋向来质疑 80 年代的文学自觉的价值观（洪子诚、陈思和及其他当代文学史编著者虽然在如何补救或解构 50 年代文学时策略不同，但在坚持文学自觉的价值观方向"大同小异"）——

> 新时期文学开始于对新中国建立后特别是"文化大革命"时期的民粹主义思潮的反思和否定，对以"样板戏"为代表的"革命文化 / 文学"的反思和否定，对"以阶级斗争为纲"的"工具论"文学的反思和否定，确立精英知识分子和精英文化 / 文学的统治地位。这个过程，我们称之为精英化过程。①

从"文革"后的"精英化"到 90 年代所谓"非精英化"，有点否定之否定的意思，然而"民粹主义"的定义有些含混。"反精英倾向却是形形色色的民粹主义的共同特征"，依靠民众，怀疑体制，二三十年代"到民间去"、40 年代"文艺工农兵方向"及建国后知识分子思想改造，乃至"文革"，都以民粹主义来贯穿。这倒是对五十

---

① 陶东风、和磊：《从精英化到去精英化——新时期文学三十年扫描》，此文为《中国新时期文学三十年》的"导论"。

年代文学的新的声援方式。而且，"新时期以后确立的精英知识分子的话语霸权在 20 世纪 90 年代文化市场、大众文化、消费主义价值观以及新传播媒介的综合冲击下，受到极大的挑战，精英文学和精英文化感受到了极大危机。去精英化的矛头同时指向了'启蒙文学'和'纯文学'，更直接威胁到了其核心价值，即文学自主性。"①

单独看这段宣言，其间既有进化论的理据（新的潮流自然比旧的风气有力量），也有革命文学的逻辑（多数大众 VS 少数精英，天然道德优势），而且"去精英化"话语，虽然"雷人"，政治上却安全。

但这部文学史是由陶东风与和磊分工合写的，和磊负责的描述 80 年代的章节文风平和、立论规矩，仍然有意无意维护"启蒙文学"和"纯文学"。即使是陶东风执笔的 90 年代部分，对具体现象的分析批判又分解削弱了"去精英化的矛头"。比如"痞子文学"被认为是"去精英化"的重要人物。"甚至可以说，王朔的出现是导致中国知识分子世纪末大分化的重要原因之一。"王朔的反叛、调侃、戏谑、反讽获得很大篇幅的强调，王朔亵渎崇高的文字也被大量引用，但作者也注意到"王蒙对于王朔'痞子文学'以及大众文化的肯定是有其特殊情结的，这种肯定与其说是审美趣味上的，不如说是政治策略上的"。②而且，作者还指出："王朔小说激进的反文化和反智主义姿态，其调侃理想和崇高的话语方式，与一种极其中国特色的，既非大众，亦非精英的'大院文化'有相当紧密的关系。"这里的"大院"，"特指新中国成立后在北京出现的，占有特殊地位的军区大院或国家机关大院，它们常常是中国式特权的象征"。③混杂在太多引文太多情感表达的、不那么学术规范的文学史书写中，陶、和著的有些论点其实颇有见地。比如综述 90 年代"人文精神"讨论："'人文精神'作为一种批判性话题的出场……不能只在思想史、学术史的范畴内加以解释；毋宁说它是知识分子对当今的社会文化转型的一种值得关注的回应方式，是知识分子在面对社会文化现实时重新寻找自己的身份定位和言谈方式的一次努力……'人文精神'这个话题的提出，未尝不可以说

---

① 陶东风、和磊：《中国新时期文学三十年》，第 6 页。
② 陶东风、和磊：《中国新时期文学三十年》，第 287 页。
③ 陶东风、和磊：《中国新时期文学三十年》，第 288 页。

是人文知识分子对于自己的边缘化处境的一种抗拒。"①陶、和著一方面认为"到 90 年代末，大众消费文化已经牢固地确立了自己的'霸主'地位"②，但也清醒看到"文学的去精英化是与全社会的政治冷漠的弥漫、消费主义的膨胀、娱乐工业的畸形发达、叛逆价值的真空状态联系在一起的"。③进而尖锐指出："正是在一些根本问题上的不宽容和受制性，加上在一些无关紧要的消费领域的'宽容'，甚至纵容，使得大众的潜能被有意识地引导到无聊的娱乐和消费领域。"④显而易见，琐碎细密的现象分析，同时在解构"导论"中的"民粹主义"论述。同纵横激昂的文化批评相比，这部文学史里的作品分析少得不成比例，例如对贾平凹《秦腔》，仅引用李建军的一句批评：这部作品充满了无聊琐细的日常生活描写，庸俗和琐碎。⑤同一本书中讨论"芙蓉姐姐"或木子美却花了很大篇幅。看来文学史与时俱进，"好作品"和"重要作品"的优先秩序显然已经调换。

即使在颇受学界好评的文学史如陈思和的《中国当代文学史教程》中，尽管主编一再强调为教学需求要以作品为主，大部分重要作家也都有一篇（也只有一篇）代表作得到重点分析。⑥但这些作品都是归纳在各种文学现象的题目下；现象，只有现象，才是全书的主线。所以，涉及多种潮流现象的作家便要不断分身，如王蒙出现在十一章（"归来者"）、十五章（新的美学原则）、十六章（文化寻根意识的实验）等章节，王安忆更分别出现在十二（人道主义）、十五、十六、十八（生存意识）、二十（个人立场）等章。洪子诚书中也没有专章讨论特定作家。列专节的有赵树理、浩然、穆旦，作品有《创业史》《红岩》《青春之歌》《李自成》《三家巷》《茶馆》。反而 80 年代以后，再重要的作家作品也都只在时期、文类、现象名下"成堆"出现。

更细致又简洁的文学史写法出现在曹万生的《中国现代汉语文学

---

① 陶东风、和磊：《中国新时期文学三十年》，第 297 页。

② 陶东风、和磊：《中国新时期文学三十年》，第 7 页。

③ 陶东风、和磊：《中国新时期文学三十年》，第 20 页。

④ 陶东风、和磊：《中国新时期文学三十年》，第 24 页。

⑤ 李建军诗歌经常挑战贾平凹，《是高峰还是低俗——评长篇小说〈秦腔〉》，见文化研究网 http://www.culstudies.com.2005-7-7.13:21:12。

⑥ 王蒙《海的梦》、张贤亮《邢老汉和狗的故事》、张洁《方舟》、铁凝《哦，香雪》、汪曾祺《受戒》、阿城《棋王》、韩少功《爸爸爸》、王安忆《叔叔的故事》……

史（下）》。这部文学史每章后面附有"阅读书目"、"相关文献"及"复习思考"，显然也是教材格局。材料丰富、论述简洁，也有见解，如论"杨朔模式"：

> ……散文诗意画面美与个人情感假的悖反，给人强烈的作文感……一篇可以，多篇如此，就让散文的美与个人的真情离得太远，显得勉强，从而构成模式上的泥塘与困境……又多少有点像"散文的新八股"，即过多的先写景物，再借喻比人，最后点名哲理，抒发情感的"物—人—理"的三段结构。①

该书篇幅不长，却面面俱到，讲"文革"前后诗歌还涉及歌词创作。90年代部分谈于坚、王家新、《渴望》《中国式离婚》、身体写作、流行曲、周国平、张中行、孟京辉、《一声叹息》、王小帅、张元、下半身、"冲击波作家群"、网络文学……唯恐遗漏了什么。重要作品如《受活》《大浴女》《秦腔》《兄弟》等也都有提及，但只是几行评语，数语带过。

为什么近年当代文学史大都不以作家、作品为主轴而展开论述呢？可能的原因至少有三：

一，前30年的当代中国文学有意无意在几乎是"史无前例"的政教合一文化生态中担任"信服"工具——帮助民众也帮助自己"化服从为信仰"。作协文学主张（其实是领袖文学思想）犹如军队号令②，作品生产则可以组织计划③。写乡村必然为土改、镇反、合作化、统购统销，以农民养城市及苏式军工的政策护航；写历史必须用伦理观念、翻身情感为新政权建构执政合法性及"创世神话"④；写知识分子则总是经过磨炼、动摇、考验，最后在多种选择（常常是多个男人）之中走向"左倾"。本来文学的根本问题看上去就是"怎么写"与"写什么"，既然"怎么写"（倾向、意义甚至方法）已被决定，那作家及

---

① 曹万生：《中国现代汉语文学史》（下），中国人民大学出版社2007年版，第529页。
② 多本文学史均提及战争文化之影响，如陈思和《中国当代文学史教程》第三章第一节"战争文化规范与小说创作"，第65页。
③ 精彩的案例分析如洪子诚《中国当代文学史》第八章第三节《红岩》的写作方式"。
④ 参见黄子平有关论述，《革命·历史·小说》，香港：牛津大学出版社1997年版。

文学史只好按"写什么"（题材、行业以及文体）努力归类。

二，70年代末80年代初，政府与知识分子（作家）及大众读者曾有一段短暂联盟。这个联盟到胡耀邦1980年《在剧本创作座谈会上的讲话》便开始破裂。①这个短暂联盟使得作家、评论家与意识形态管理层分享对"题材"的命名权，于是"题材"成了"现象"："伤痕文学"、"反思文学"、"改革文学"、"朦胧诗"，既是动向、潮流概括，同时也是一种指引规范。为什么很多中国作家愿意强调1985年的转折意义？因为"寻根文学"的主张表面上由作家、评论家提出（1984年杭州会议开始形成新一代作协评论集团），却是1949年以来第一个政治指向不明确的文学主张（后来确实形成了第一个文学界主导的文艺现象）。之后"先锋小说"、"新写实主义"等，也是评论家—作家互动合作的惯性，"关键字"有利于批评家的理论操作、归类，也有助于作家扩大名声（如李杭育、郑万隆、孙甘露、格非及后来陈染、林白等，相反，陈村、史铁生等不属于某潮流的作家，评论界比较沉默）。所以与十七年"题材大于作家"相比，80年代是"现象大于作品"。

三，十七年题材行业划分文学史，80年代"话语"、"现象"支撑文学史，前提都是主流意识形态与文学创作有某种（被迫或主动的）同步协调。这种协调到1989年结束了。90年代意识形态管理部门要回到"红色经典"，市场机制却允许文学从先锋走向边缘，两者之间无法协调，所以便一时"互动"不出有文学史意义的焦点现象和文学潮流（陈思和称之为"无名"②）。这一时期当代文学其实有重大收获，《心灵史》《九月寓言》《废都》《长恨歌》《秦腔》《兄弟》等无法再像以前那样归于某潮流某倾向现象。这里文学史的失职其实也和当代文学批评的自身条件及发展有关。作协评论集团在70年代前主要从社会—政治角度规范文学；80年代中期，这个集团趋向年轻化，转向翻译的形式主义、心理学及各种叙事理论，与寻根、先锋潮流互动"立竿见影"；90年代，这个集团转向学院化，追赶后殖民、女性主义等"后现代"

---

① 这个讲话在各种当代文学史中并没有得到足够的重视，同时期《飞天》《调动》《假如我是真的》等"文革"后首批被批判作品也很少有人提及。陈著将沙叶新剧作列入"改革文学"呼唤公仆主题，颇见创意与苦心。

②《中国当代文学史教程·前言》，复旦大学出版社1999年版，第17页。

话语，学习文化研究——所以，现象新潮一直大于作家作品。其间强调文本独立性的"新批评"理论，不仅在批评界，而且在学院里也一直相对"缺席"。

当然，或许时间也是一个因素，距离有助于产生经典和大家。作家不断变化，新作不停或华丽或郁闷地"转身"，文学史较难处理太"新鲜"的材料。但是，王瑶、唐弢、夏志清写现代文学史时，距离鲁迅、沈从文、张爱玲也只有十几二十年距离。当代文学，仅看"文革"后，也已30年。

三

由于意识形态环境的限制，各种当代文学史中有关意识形态控制的研究论述也通常比较"意识形态化"。

这里所谓的意识形态的因素，并不只有中国内地的政治环境限制。顾彬的《二十世纪中国文学史》资料引文（尤其是海外汉学著作的引文）非常丰富，但总体上没有给中国学界带来类似当年夏志清《现代中国小说史》那样的广义的"意识形态冲击"。其实夏志清的冲击力，主要并不是反共立场，而是离开大陆主流意识形态框架而重新发现了沈从文、张爱玲、钱锺书等作家的文学价值。刘绍铭将 Obsession with China——夏志清这个形容中国现代文学的关键字译成较有文人传统的"感时忧国"；顾著汉译本则直译为"对中国的执迷"，显然较多质疑的成分："'对中国的执迷'，表示了一种整齐划一的事业，它将一切思想和行动统统纳入其中，以至于对所有不能同祖国发生关联的事情都不予考虑……'对中国的执迷'在狭义上会意味着什么呢？这后面隐藏着两重意思。第一，把中国看成一个急需医生的病人。医学的隐喻手段因此就必不可免地在中国现代文学的奠基中扮演了重要角色。然而在这层关系中机械的归类就带来了灾难性的影响：疾病和传统画上等号，以至于现代性成了推翻偶像的代名词。……第二，因为政治理由和社会危机才转向现代。现代对于文人们来说其价值通常不在自身，而在于它服从于实践的需要。它似乎是治愈病夫中国的保证。那就意味着，首先并非是艺术冲动促使作家同过去作别，而是出于政治上的衡量。文学因此主要被看做为社会抗议的手段和实际变革的工具。"①

这些对"五四"精神的反省放在当代中国文学语境，听来颇奢侈：八九十年前的问题是怀疑该不该作社会抗议，八九十年后的问题是可不可以作社会抗议。

顾著在结构布局上与中国内地的同类文学史都不一样。但在1949年以后的论述中有不少细节、选例乃至题目和陈思和的《中国当代文学史教程》颇有类似之处，如第三章第四节第一段"文学的军事化"将建国时期作家分成三类，分类方式、举例均与陈著第一章的有关分类相同；两本文学史在战争小说、历史小说里均选《百合花》《红豆》作主要讨论文本，论"民族性"均以《阿诗玛》《正红旗下》为例，也都断言《剪辑错了的故事》标志反思文学开始，就连一些很反常的选例，如顾著在"改革文学"中讨论高晓声，也可在陈著十三章找到知音。顾彬的文学史出版时间较晚，参考陈著的可能性较大。有些参照也作了注解。除了某些细节失误②和一些流言绯闻不宜入文学史③外，顾著也有不少文本分析细腻简洁，有些批评文字很有锋芒，比如从巴金谈及文革"罪责"问题："七十年代初，一群人以'梁效'为名聚集在北京大学，为毛泽东思想的晚期理论收集材料，恶意曲解中国历史。'梁效'成员包括如今的著名教授汤一介（哲学家1927—）、叶朗（美学家1938—）等，可是没有人会指望他们为自己当年的行为表达某种歉意或公开的反思。"④又如对高行健的"流亡文学"，顾彬也指出："对曾经的故土不作区分的拒斥属于中国知识分子的策略性运作，为了证明他们居留的正当性和获得必要的支持。"⑤这类文本操作外的"实话实说"，在其他的文学史比较少见。

在本文所讨论的四部当代文学史（以及我最近所阅读的十几种当代文学史）中，对当代文学意识形态环境分析比较平实深入的还是洪子诚香港青文书屋版的《中国当代文学概况》。这本书是洪子诚

---

① 顾彬著、范劲等译：《二十世纪中国文学史》，华东师范大学出版社2008年版，第8页。

② 如顾著很注意作协的组织形式，说："中国作家协会成立于1949年6月"，其实1949年7月2日成立的是中华全国文学工作者协会，1953年9月才改名中国作家协会，与全国文联平级。

③ 如谈到张贤亮是某小说中的情人原型，"这种说法反倒令人生疑：像张贤亮这样对女性怀有荒唐想象的作家难道真有令人刮目相看的一面？"见《二十世纪中国文学史》，第332页。

④ 顾彬著，范劲等译：《二十世纪中国文学史》，华东师范大学出版社，第314页。

⑤ 顾彬著，范劲等译：《二十世纪中国文学史》，华东师范大学出版社，第337页。

1991—1993 年间在东京大学的讲稿，成书时曾获刘间文俊、白井启介和陈顺馨的协助。在我读来，该书及后来北大版当代文学史有三个突破：

第一，洪著不仅关注 50 年代作家心态，而且研究作家生态。"在 1949 年以前，现代中国作家的写作收入，主要靠稿费（在报刊上发表作品）和版税（出版著作）。50 年代以后，逐步废除版税制，全部实行稿酬制。（重点字系引者所加）到 50 年代中期，稿酬制在全国范围的报刊社、出版社实行。这种制度，将文稿分为"著作"、"翻译"等门类，以一千字为计费的基本单位，分别规定统一的稿酬等级。除此之外，在书籍的出版上，还规定了"额定印数"的制度。版税制与稿酬制虽有一些共同点，但差异也是明显的。因为主要以计算字数作为稿酬计算的依据，作品的印刷数量和出版次数，对作家收入的重要性大大降低。这样，畅销书与非畅销书在收入上的差距已不存在；而作家实际上也失去其在著作版权上应得的经济利益。"①

这段"经济分析"后来在北京大学版《中国当代文学史》中被简化了，夹在这段文字中的一个重要的数字注解被删除了。这个注解列明 1956 年稿酬标准，中央一级刊物、出版社给文学创作、理论的稿酬是千字人民币 10 元、12 元、15 元、18 元之四级，超过印数可加倍。而当时一直至 70 年代末，大学生、工人工资在四五十元左右，干部、知识分子工资在一二百元，可谓"高薪"。

从经济角度考察文学的政治环境，是一大"发明"。

书在香港出版，读者都会"计数"。香港目前报上刊文千字得二百至五百，以三百计，达到大学生毕业人（均）工（资）一万五，每月要写五万字，达到大学最低教职起薪点四万，要写十二万字。退回 50 年代，香港稿费低生活费用也低，但文化人同时写三五个专栏艰难卖文为生已是传统。同期中国内地，如能发表，最低千字十元，每月五千字已有工人工资，每月二万字达教授、首长月薪，若真写十二万字……确有其事，杜鹏程、柳青、陈登科等一本书热销，稿酬可以买房子同时亦会兼任省作协领导。

---

① 《中国当代文学概说》，第 26 页。在 2007 年北京大学版《中国当代文学史》的修订本第 25 章中，洪子诚对 90 年代的稿酬版税问题也有论述。

　　过去大家只看到 50 年代中国作家开会、"洗澡"、受批判，勉强写规定题材，总之都是政治控制"大棒"。其实也有利益分享"胡萝卜"：稿酬、干部体制、劳保、作协、政协……

　　1949 年前作家的情况和香港类似，所以老舍、沈从文等均要在卖文之余到大学兼职。1949 年以后作家在国家文化制度里才能靠写作为生。但稿酬和版税的区别还不只是洪子诚所说的作家损失著作版权经济利益，更重要的是版税后面是销量，销量后面是读者要求；而稿酬后面是出版社编辑，编辑后面是宣传部、审查机制。经济因素导致的是作家效忠对象的转移。

　　今天中国传媒影视人均知作品要兼顾"二老"（老干部、老百姓）。50 年代版税稿酬制度改革，在文学的生产过程中改变了"二老"的平衡，且当年干部并不"老"，代表"新时代"；百姓趣味倒是"旧社会"过来的。

　　洪子诚将柳青、赵树理、杜鹏程、梁斌等几十位"主流作家"的学历、经历甚至地域、籍贯列表，也是从作家生态到文化性格的一个独到的观察方法。相比"五四"过来的作家宁做闲官也无力卖文，从延安到北京的作家生态心态比较统一（至少 60 年代以前）。

　　第二，洪著比其他文学史都更详细直接历数 1949 年以来的文艺批判运动，但主要不是用形容词控诉政治环境对文学的迫害压制整肃，而是用中性的语言解析左翼文学界内部的思想、人事矛盾，尤其是周扬与冯雪峰、丁玲与胡风之间的分歧斗争，概括出周、冯、丁、胡之间的共同点（乃至类似的悲剧角色）；又梳理几个重要的分歧点：世界观与实践，现实主义的理想与批判，主观与客观，民族与世界等。这些海外学者和中国大众都缺乏兴趣的"理论分歧"却实实在在影响着 50 年代乃至 80 年代的中国文学发展。

　　局外人看不清楚，局内人又各有利益派别立场，洪著在这方面的细密平实的理论辨析，颇为难得。

　　第三，如何既坚持"审美"标准又讨论"重要作品"的生成环境，与陈思和挖掘"潜在文本"不同，洪著更注重研究"重要作品"的生产过程。北大版《中国当代文学史》新加的《红岩》写作方式、第六章第二节题材的分类和等级都开拓了很有意义的研究角度，近年对新一代研究者有影响。时至新世纪，对"题材"的分类和等级处理，仍然是中国意识形态管理的一个重要方法（只不过管理对象更多转向电视、电影或春晚节目单）。洪子诚注意到的"编者按"和"读者来信"的管理功能则在对门户网站首页乃至点击率的操控中得以"与时俱进"。在这个意义上，中国当代文学史真的没有下限，各种意识形态的管理策略、方法、技巧其实没有本质变化。"新时期"从"一元"到"多元"，"去精英化"等等理论概念在文学现实面前，都显得有点过于仓促和一厢情愿。

总之，50年代和90年代（尤其是50年代）是当代文学史写作中较多分歧的时段。写作时间和发表语境之间的距离有多种解读可能。"抽屉文学"策略可以丰富文学的历史语境，也可能重构文学史现场。多种文学史均以题材、现象及文类而非作家名著为主轴，既是由于文学政治互动关系，也和批评集团方法演变有关。在梳理当代文学的意识形态环境时，文学史不仅关注艺术家个人与国家思想制度之间的政治文化精神联系，也研讨作家生态与文学生产群序中的经济因素。后一种研究角度，对于解读50年代和90年代以后的文学现象，都有意义。

仅就本文讨论的四部文学史而言，顾著、陶和著体现了学科的最近动向，洪著、陈著仍然显示当代文学史的学术水准。

（2009年3月17日初稿）

当代文学史叙述与理念建构

——洪子诚教授访谈录

洪子诚　刘新锁

洪子诚　1939 年 4 月生，广东揭阳人。1956 年就读于
北京大学中文系文学专业。1961 年毕业后，

留校任教至今。现为中文系教授，博士生导
师。主要讲授中国当代文学史、当代文学现
状批评、中国新诗等课程。主要著述有：《当
代中国文学概观》（与张钟等合著），（北京
大学出版社 1986 年）；《当代中国文学的艺
术问题》，（北京大学出版社 1986 年）；《作
家姿态与自我意识》，（陕西人民出版社 1991 年）；《中国当
代新诗史》（与刘登翰合著，人民文学出版社）；《中国当代文
学概说》，（香港青文书屋 1997 年）；《1956：百花时代》，（山
东教育出版社 1998 年）；《中国当代文学史》，（北京大学出版
社 1999 年）；《问题与方法：中国当代文学史研究方法讲稿》，
（三联书店 2002 年）；《我的阅读史》，（北京大学出版社 2011
年）等。

刘新锁（以下简称刘）：洪老师，首先感谢您在百忙之中抽出时间，
接受我们的访谈。要谈当代文学史相关问题，您是最有代表性也最有
发言权的学者之一。我打算首先从您影响最大而且目前在当代文学界
已经获得广泛认可的《中国当代文学史》（北京大学版）谈起。

　　您曾经说过，文学史的写作，背后总有一些他要超越、批评或纠

正的文学史的影子存在。在写作这部文学史的那段时间，您对此前的中国当代文学史是否也有较为清晰的超越与纠正的意识？能不能谈谈您当时写作这部《文学史》的背景？

洪子诚（以下简称洪）：当代文学史的写作我从（20世纪）80年代初，确切说从1977年就开始了。除了当时的《当代中国文学概观》外，还参加中央电大的教材编写工作，时间是在1985或者1986年左右。《概观》作为教材，北大一直在用。（20世纪）90年代中期以后，就感觉这个教材太落后了。观念是一方面，材料基本上也是截止到1986年，之后的材料就没有被放进去。我们打算重新编写一部当代文学史，和谢冕老师他们商量后，决定教研室集体合作来完成。因为当时我是教研室主任，我就召集他们开了两三次会。开始就说每个人拿出一个提纲来。

当时文学史的写作和以前不太一样，以前——"文革"结束后那段时间——合作起来非常容易，《概观》的写作基本没有经过详细的讨论，我们分头按照体裁，各自承担一部分，然后就分头去写。当时观点有一些差异，但不是很大，对一些问题的分析，立场和观点也没有太大的分歧，对体例也没有多大异议。我们当时主张避开一些复杂的文艺运动、文学潮流等问题，感觉那个时候谈这些还不是很成熟。基本上就是按照小说、诗歌等文类来组织。当然，因为是多人合作，为了文体、篇幅等的协调，最后还是有统稿的工作。我除了写诗、短篇两个部分之外，也负责了戏剧和部分长篇的统稿；主要是压缩篇幅，还有就是降低批评的语调，尽量靠拢文学史的语言方式。散文部分，佘树森老师写得很严谨、成熟，交来的稿子就是定稿。

但到了90年代中后期，集体编教材就不太容易了，大家的想法不一样。当时大家分别提交了三个提纲，我也拿了一个。这三个提纲差别很大，有的偏重于文化研究思路，有的有很强的理论框架，基本上按"创作方法"来处理文学历史现象。我的提纲比较"传统"，我当时想的还是要适应教学需要，要处理那些基本事实，包括思潮、事件、重要作家作品，要让学生了解基本知识。所以，当时有的老师说我的大纲"新意不多"。这几种提纲真的没有办法捏到一块，我也一筹莫展，这个事情就搁置了一段时间。

后来，就是贺桂梅访谈时我说到的，碰到钱理群老师，（他）说你何不自己写呢？在这之前我确实没有这个念头。你提到对此前的文学史有没有什么超越和突破，肯定在观点、框架等都有一些不同吧。从文学史观说，当时要面对的是当代文学史的两个不同的系列。一个就是五六十年代"革命文学史"的系列，把现代文学史构造成一个左翼文学史，非左翼的或者边缘化，或者被遮蔽，把"当代文学"看成比"现代文学"高，是更高的发展阶段。另外一个就是80年代以后的启蒙主义作为主导观念的文学史观，表现了"去革命化"、"去左翼化"的倾向。我的观点也有偏重，但也不是完全采用非此即彼的立场。也就是在面对这两个系列的时候，不是说要绝对地否定一个，支持另一个。当然，可以看到我这部文学史对"启蒙"思潮还是有更多呼应，但对左翼、革命文学的理念和实践，也不是都采取排斥、否定的态度。我愿意认真察看这种文学理念、诉求的历史依据，和在实践过程中遇到的问题和失误。

刘：您这本著作初版是在1999年，当时"重写文学史"潮流方兴未艾，"20世纪中国文学"的概念在学界也产生了重要的影响。"重写文学史"的潮流对您那一时期的研究及此后文学史的写作有没有影响？您依然坚持沿用"当代文学"这一概念，这是否可以理解为您对"20世纪中国文学"及其背后的"宏大叙事"有一些反思或者或暗含着一种反拨？

洪："革命文学史"的体系是我熟悉的，我上大学接受的就是这个体系，那是用阶级斗争、阶级分析的方法，用无产阶级、资产阶级，用革命、反动等概念来判断文学现象和作家作品。这肯定是有问题的。"重写文学史"、"20世纪文学"的观念，对我有影响，但也有一些疑虑，就是觉得可能会把20世纪以来的左翼文学压缩得太厉害。在90年代出版的20世纪中国文学（史），有的就是这样做的。我感觉，左翼、革命文学以及五六十年代的当代文学，还是有许多值得我们认真思考的元素。当然，我们说"左翼"或"革命"文学，包括内容，其实很复杂，而且也有时期上的衍变。在我这里，"革命"和"启蒙"并不是相互取代或相互对立的关系。

刘：在您的著作《问题与方法》中提到过，当时您这本文学史出版后，陈平原老师说到这本书介乎专著与教材之间；而且据我们在教学中学生的实际反应来看，大部分同学也感觉学理性太强，有些地方他们理解起来难度很大。您当时的写作中，有没有考虑过在教学中使用的问题？但很多在教学中方便使用的教材同时也部分地丧失了学理性和学术个性。我记得您说过，您感觉这部文学史的"教科书意识"还是过强了些，影响了对一些问题的"研究性把握"。在您看来，对一本文学史来说，哪方面的考虑应该更多一些？

洪：前面说到，这本书当时是当教材编写的。教材和个人专著之间的区别，它们各自的"度"，我写作的时候没有很自觉的意识。因此，座谈的时候陈老师提出来，（我）有些意外，意识到可能有这个问题。不过，教材的定位还是主要的，如果是写个人对当代文学的理解，肯定其中有些问题就不会那样处理。比如，作为教材，还是顾及到各个面，各种体裁、重要作家作品，等等。对一些作品的评论，也要顾及研究成果，学界的共识，不能太个人化，太"异端"。如果是个人专著的话，自由度可能更大一点。

但是后来大家反映，这个教材不太好用，我想是有些背景性知识以及论述的一些理论依据没有很清楚（地）写到书里面，没有很好交代，对当代文学不很熟悉的学生理解起来就有难度。比如说，"题材"为什么会成为"当代"的重要问题，长篇小说为什么重视"史诗性"，体制、制度的研究为什么在当代有特殊意义，等等。还有一个原因，在写作的时候，我有意识（地）追求一种比较简洁的语言方式。为了照顾叙述上的连贯性，那种语气不被中断、破坏，就又将很多材料放到注释里，这也造成阅读上的障碍。荷兰莱顿出英译本的时候，提出是否将注释做一些处理，我当时顾不上，没有做。这次日译本，我主动提出删去大部分注释，担任翻译的日本教授又不赞成。可见评价也有不同。但是也有的老师、学生喜欢这种处理方式，认为留下的思考空间比较大，觉得并不是什么事情都需要说得那么清楚。这部文学史出版的时候，当时的责编高秀芹预言，说可以用10年，现在已经过了13年，属于超期服役。况且已经有许多更好的当代文学史出版，它就应该退役了。

刘：昌切先生在《文学评论》发表的学术笔谈中认为组织这部文学史的一对关键词："一体化"与"多元"，依然未能脱离二元对立的范畴，在他看来，这说明您的文学史依然没有摆脱80年代的"启蒙立场"而进入真正的"学术立场"。您当时的解释是即便是到了20世纪90年代，依然不想放弃自己对"启蒙主义"的信仰以及文学的"精英意识"。您现在怎么看这个问题？

洪：昌切老师很敏锐，指出书里的裂痕、内在的矛盾。我虽然很警惕"二元对立"的思维方式，警惕用它来写文学史，但"骨子里"确实没有摆脱；而且在张彦武先生对我的访谈（这篇访谈，收在他用"燕舞"的笔名出版的书《见解》里），还说过在最基本的方面，我是"二元"信奉者。我的观念、方法、情感中，有许多混杂、相互矛盾的东西。有一个时期，曾经努力想将它们理顺，克服这种矛盾。后来发现很难，做不到。如果没有能力做到立场、情感的单一、鲜明，那么，让这种矛盾状况呈现出来，也不就是坏事。不过，我要为自己辩护的是，我说当代文学（指的是 50—70 年代）"一体化"，这个说法有特殊含义，是相对应那个特定历史情境的，有它的具体形态：政治—文学运动开展方式，国家权力控制方式。有的人说现在更"一体化"，我想，那只是大家都在用这个词、这三个字罢了。

当然，问题是有的，就是我对"多元"存在一种浪漫化、理想化的期待。另外，对"文革"以后文学的制度性因素，体制的问题考虑不够，那也是因为事情变得更加复杂，而我自己又没有真正深入研究的原因。在我的文学史里，"当代文学"是特定的时期概念，指的是毛泽东的文学规范全面确立到它的离散、解体的过程。离散、解体不是说不存在了，消失了，而是失去它原来的结构性主导地位，它的内涵、形态也出现了变异。这个过程，从空间说，当然局限于中国大陆，香港、台湾无法包括在内。要把它们容纳进来，就需要提供另外的整合方式，不是在大陆作家作品之后再附上港台作家作品那样简单。从时间说，则是从 1949 年开始到 80 年代末。90 年代以后的情况，就很难再纳入我使用的那个"当代文学"的范畴。因此，八九十年代之交，是文学另一个重要转折点。

刘：目前，有一些研究者对上世纪 80 年代的启蒙文学史观进行了反思，有的研究者甚至认为启蒙文学史观已经失效，您对这个问题怎么看？

洪：反思肯定是必要的。我读到的反思论著，印象最深的是贺桂梅的那本《"新启蒙"知识档案——80 年代中国文化研究》。那时候的启蒙文学史观，对历史，对世界文学，对现代派，主体性，对文学与政治的关系，存在一种"本质化"想象。反思，就是要"重新历史化"，看它们是在怎样的历史情境中产生，有怎样的历史意义，存在怎样的问题（发现了什么，又遮蔽了什么）。在我看来，反思并不就是意味着"失效"，是在揭发它的历史局限的同时，发现它的现实价值。所以，我不大认同失效的说法。就拿人的主体性来说，我们现在当然认识到80年代那种自足、完整的主体想象的"虚妄"，但是并不意味着就放弃主体性建构的努力。

这样的思维方式，也是"当代"的历史遗产。动辄宣布某种观念、思想的"失效"。我读大学的五六十年代，批判右派，批判丁玲、冯雪峰，说是个人主义、个性主义是他们"堕落"的思想根源，说个人主义、个性主义在民主革命时期还有进步性，到社会主义革命时期，就只有反动性了。但事实是，在"文革"后的80年代，在思想解放运动中，个性主义、人道主义发挥了巨大作用。我不相信在今天的现实情境下，启蒙、人道主义等已经失去它们的现实意义。对这些重要思想文化成果的反思，重要的是做分析、"剥离"的工作。

刘：那在您看来，这种对"启蒙立场"或者"精英意识"的坚持，对文学史的写作以及对"治史"需要的冷静与客观是否会有所影响？

洪：这个问题怎么说呢，这也是这几年让我比较苦恼的问题。在处理知识和希望、"信仰"之间的关系上，确实遇到一些难题需要处理。在人文学科方面，知识和信仰等很难分开。就人文学来说，我们要解决的就是信仰和价值的问题，这是工作的目标。但是，承认这一点，并不等于将某种信念、思想，简单当做"意识形态"的旗帜挥舞，成为"意识形态火焰"。对"文学史"的性质从来就有不同看法。如果我们承认"文学史"也部分属于"历史"的话，那么，重视历史复杂性，对历史"真实"的诉求，或者像前些年说的"回到历史"、"触摸历史"，等等，就应该是研究、写作的基本要求。对历史情境、细节的重视，有可能质疑你当初的立场、趣味。这些年的文学史研究，事实上也在改变着我对"文学"的那种原先的理解、想象。我觉得你提出的这个问题，是每一个认真的研究者都会遇到的，在实践过程中必然要面对的。如何处理，也难以给出一个统一的、明确的结论。研究和写作，对许多人来说，也就是面对、回应自身的困惑，这也是研究的动力，是个需要以自己的身心去把握的问题。有的人可能处理得很容易，很明确，或者根本就没有这种困惑、矛盾；我却是经常陷于犹疑状态之中。这种犹疑不仅是思考的过程，也表现在成果里。有先生批评我的书观点有时不鲜明，就是这种状态的反映。文学应当探索人的信仰和精神层面的问题，也就是人的价值、精神归宿；但是，我从自己的生活经历和在文学史研究中获得的认知上，知道这个探索不是简单的信念的发布。

刘：我感觉您这部文学史的立场，内在的激情和价值判断其实是很鲜明的，只是在文字上表现得不是那么明显。

洪：有比较明确的地方，也有含混或隐蔽的地方。有的时候是表达上的"技巧性"考虑，但确实有不少时候难以确定，拿不准，就只是做一种比较"中性"的陈述；对一些现象，一些作品，没有把握，就引用别人的一些观点。

刘：不少研究者认为您这部文学史的写作，似乎受到了福柯的知识考古学、话语理论等学术思路的影响，比如"当代文学的构造性"等提法。但在您的相关文章中提到更多的是韦勒克和伊格尔顿、佛克马等人的影响。您对福柯的理论和学术思路怎样评价？他对您的文学史研究和写作是否产生过潜在的影响？

洪：在写这部文学史的时候，福柯的书看过一些，也读过国内学者对福柯的评述文字，但谈不上真正理解。在80年代后期和90年代的一段时间，确实像韦勒克、伊格尔顿、佛克马的书，以致卡西尔、朗格的符号学以及苏联卡冈的《艺术形态学》，卢卡奇的，还有一些阐释学、文学社会学著作，都对我有许多启发。西方马克思主义的书也读了一些……因为我很想了解他们与"正统"马克思主义的关系，（以及）在变化了的社会情境和历史条件下，如何"改造"、"修正"马克思主义的。在90年代后期，文化研究方面的也零星读过一些。要特别说明的是，我从许多国内学者的著作中也学到很多，甚至更多。可以看出这里面相当杂乱。读的书有"左派"的，也有"右派"的；有重视、强调体系建构的，也有解构、反本质主义的；有坚持文学审美本质的，也有强调文学社会性、文化维度的……我有点"实用主义"，能从它们那里发现对我有用的东西。

有三个方面的理论，对我写作文学史影响比较大。一个是重视一个时期的文学，以致具体某一作家、作品的内部结构、形态，不过分依赖那种浪漫主义式的、印象式的看待文学的方法。另外一个是，内部结构与社会文化条件、因素之间的复杂关系,努力了解形态与"制度"之间的关联。最重要的一点是,逐渐反省、质疑自己原先的那种"本质主义"的思维方式,在尽力掌握材料的前提下,将概念、现象放置在历史具体情境中考察。所以,我大概不会参加那种什么是"真正的"现实主义,什么是"伪"现实主义的争辩。当然,意识到概念、历史的建构性质,意识到对历史的认识存在含混性,我也警惕不要陷入相对主义、虚无主义……

刘:我感觉,在您这里,读那些理论著作更多的是一种方法论上的吸收与借鉴,您已经把它们都内化了,是一种潜在的影响,并不一定非要在文字上表现出来。

洪:其实生活经验对我也是很重要的。这些年思考的重要方面,是对我在"当代"的经历,包括感受、印象、情绪的辨析、清理。完全受自己的经验、感受、情绪支配,肯定有问题,不过不将这种经验通过反省转化为财富,那就有点"白活"了。说真的,关于历史的叙事性质,与其说是从理论上得知,对我来说不如说是从历史经验提取。我们这代人,从50年代到现在,时势的变化,历史的不断改写,真的是印象深刻。概念涵义的激烈变迁,新的概念的产生……有时候将这些放在一起,有一种恍如隔世的感觉、一种强烈的荒诞感;这是容易滋生虚无的土壤。所幸的是感觉自己还有坚持,也还有某种信念在……

刘:对这部文学史的讨论中,有几位学者曾经谈到过上编与下编之间有所"失衡"的问题。从上编来看,您使用的"当代文学"概念似乎具有特定的意识形态含义,而在下编中,对其意识形态内涵,对"一体化"形态和规范的流失、消散过程及其间的各种矛盾冲突描述略嫌薄弱。您怎么看这个问题?

洪:这是确实存在的问题。如果处理到80年代的话,我想把握比较大,一些问题想得比较清楚,90年代以后的文学现象,把握起来就感到吃力。研究不够,也缺乏必要的理论、材料的条件。2007年的修订版试图弥补,但是基本面貌还是难以改变吧。

刘:您在文章中曾经提到对李杨老师、唐小兵、黄子平等先生对当代文学尤其是50—70年代文学经典的"再解读"有所关注。您的文学史研究与他们的研究在进入的侧重点、研究方式和理念上有什么异同点?

洪:他们的研究对我是有启发的。这组论文在集合成书(《再解读——大众文化与意识形态》)之前,就陆续在刊物上发表过。许多刊在香港的《二十一世纪》上,大部分都读过。里面的文章,在理念、方法上并不一致。说到对我的启发,当时主要有两个方面。一个是文本解读上的。他们运用各种方法、手段来进入文本,女性主义、后殖民、精神分析,等等,表现了跨学科研究可能达到的程度。后结构主义的症候式阅读,当时有很深印象。他们这(些)对我都有启发。我虽然很想像他们那样做,但是因为知识、感觉上存在的缺陷,难以实现。不过在我的文学史中,还是从他们那里学到一些东西。"再解读"是另一方面的启发,是怎样理解延安以后的中国当代的文学与文化。唐小兵他们用了"大众文化"的概念,这和我们现在说的"大众文化"不一样。"文革"后,反思延安文化以及当代50—70年代文学(文化),一种普遍认识是,它们是"封建主义"的,"前现代"的,落后的;《再解读》(也包括李杨他们),提出了"反现代的现代性"的说法,也就是认为毛泽东的文化实践是另一种与西方现代性不同的"现代性"实践。这也是关系到近十多年来常说的亚洲、中国的特殊经验问题。对这个问题,学界都有很大争议。我并不是无保留地接受这个说法,但是这个提法对我是有意义的。并不是简单地赞同或者拒绝、否定,而是思维方式上的。也就是将延安文学和当代"人民文学"的理念和实践,作为"他者",作为认真研究的对象,给予研究上必须的"理解"和"同情"的问题。

刘:在您的文学史著述中,"好作品"与"重要作品"都被给予了相当程度的关注。在您看来,究竟应该如何用相对具有永久意义的"好作品"标准去衡量50—70年代的重要作品?这种"双重标准"的坚持会不会对一部文学史价值判断的确定产生负面影响?这种均衡在文学史写作中应该怎样把握才是较为理想的状态?

洪:文学史既是历史,也是文学。作家作品的衡鉴、筛选和经典的确立,总归是它的重要任务。不过,应该有各种不同的文学史,回应不同的目的、诉求,也运用不同的方法。有的可能是更重视从确立文学标准出发的"好作品"的筛选和评鉴,有的可能更重视文学诸种现象的历史呈现,或者偏重于思潮的描述。不同的文学史,对进入文学史的作家作品，标准上就有差异。像"新时期文学"的《伤痕》《班主任》，艺术（上）肯定比较粗糙，但如果着眼当时文学变革思潮，就无法避开。它们显示了一个时期的文学观念转换的症结点，就是从革命的、阶级论的向人性或者对个体命运的转移。另外，如果处理写作者比较靠近的时段的文学现象，作家作品的选择，尺度肯定会比较宽松。这个就要看对你写的文学史的定位了。

刘：就体例来说，似乎近年来的当代文学史越来越侧重于以题材、现象而不是以作家、作品来结构文学史，这是否与当代文学的潮流性特征及其受到外在因素影响较大，相对而言具备"经典性"意义的作家作品较少有关？您如何看待这种现象？

洪：按道理来讲，文学史应该是作家作品占据中心位置，但是结构文学史的方式可以多种多样。在一个长时段里，作家作品不能只是简单排列，需要一种体系、方法将他们纳入其中；你总不能说按音序或者笔画来排列吧？加入文学史还有可能，前提是假定不同作家作品之间有一种时空上的关联：承续、变化、延伸，等等。体裁、题材、流派、思潮、地域、主题、风格，等等，都是常见的结构文学史的方式。使用怎样的方式，和对象特点有关，也决定于写作者要达到的目标，这都需要在深入研究中做出确定、选择。当然，当代文学史确实表现出偏重现象、思潮等的情况，这和前面说的，原因来自和处理时间很靠近的现象。"当下"的现象有许多不稳定性，而"经典化"也需要一个时间过程。还有，正像你说的，也跟50—70年代"好作品"不是很多有关系。现在有的学者对"十七年"评价很高，我并不赞同这个看法，我仍然认为这是文学"贫困"的时期。"贫困"说的当然主要不是数量。

刘：还有一个就是刚才您谈到的方法论的问题。在当代文学研究领域，您是最早具有明确的方法论意识的学者之一。您曾经说过，要在研究中尝试不同立场方法的可能性以及他们各自达到的境地和限度，就您的关注视野而言，当下哪些研究方法是比较有效和可行的？

洪：文学史写作、文学研究，我主张打开边界。打开边界，一个是处理的对象的范围（文学与非文学的界限有时候不是那么绝对的）；另一个是应用的方法。可以运用从文学外部，也就是文学作为知识生产体系的一部分的"知识社会学"的方式，也可以以批判理论和现实"批判"诉求重新解读文学史的方式，……不同方式，触及、解开的可能是"文学"的各个方面，这种开放，很可能会出现立场、方法上分裂的不同的文学史。这并不是坏现象，相反，有积极意义。当然，如果文学还有可能，有存在的必要，在人类精神生活中具有不可替代的作用，那么，从感性上的体验、分析，对"文学性"尺度坚持，我看还是"十分"，甚至是"最"重要的。

刘："时间"距离过近，被普遍看做当代文学史研究的不利因素。但在您看来，当代人的亲历亲闻也能为当代文学史研究提供后来者难以具备的叙述。您认为，其中的关键在于能否将其转化为洞见的优势。您本人就是当代文学史许多事件的亲历亲闻者，对您来说，如何处理您的个体经验并实现这种转化是否也存在着一些情感、价值立场等方面的困难？

洪：从难度、侧重点说，我比较警惕自己个人经验的膨胀和过度介入。这个（问题）赵园老师我们讨论的时候，她认为其实应该有一个更积极的态度。但最近几年，我会更多打开自己的经验和记忆。亲历者的感受，对历史细节、氛围的把握，是其他的人难以企及、复制的。但是确实要警惕这种经验的僵化，固化。做到这一点，就要抱着欢迎、试图接纳的态度，对待不同的材料、看法，在参照中做出修正。在研究中"参考书目"的重要性就在这里，不是只阅读、只应用与自己相同的观点、论述，排斥有可能挑战自己论述的材料。

刘：您经常自谦说对文学作品的感悟力不够强，因而不去做文学批评。事实上您对作家作品的评论极为中肯，眼光也极为独到。在您看来，对作家作品的跟踪式批评与文学史著述之间是一种什么样的关系？有的学者认为就目前当代文学研究现状来看，存在着过度局限于"批评化"而缺乏从"文学史"角度进行观照的缺点，您怎么看待这个问题？在您看来，文学史应该怎样有效地介入文学批评？

洪：就现在的情况来看，我不是特别同意这种说法，我倒不觉得有"批评化"过于严重的问题。怎么说呢，有人就说我的文学史是把批评转化为"史"，这个当然也有一定道理。但是我觉得这两者不能这样分开的。我觉得"当代文学史"的特点就是它的批评性，如果没有这种批评性的话，那跟古代文学史就没有什么区别了，当代性也就无从体现。当代文学史就是要面对当代的问题。目前不是批评泛滥而是批评怎样才能做得更好的问题，和另外一些先生的感觉相反，批评做起来可能比做文学史更难。当然做得好，两者都不容易。为什么从80年代以来我基本上没有做批评，因为觉得能力有限，我讲的就是实话。我也曾写过一点批评文章，但不成功。批评所需要的敏锐，感受力、判断力，学识的综合性运用以及心理承受能力，这几项我都没有够得上基本的水准，不及格。有的学生说，谢冕老师80年代初的那个《在新的崛起面前》，文章里并没有我们现在追逐的复杂"学理"，这个简单的文章怎么会引起轰动和争议？但是谢老师当时的判断力和观察问题的角度，恰恰是批评的必要条件。我们现在常看到的是长篇大论，许多复杂的理论，却较少读到这样简洁却深入肌理的、美丽的文字……批评的敏锐性，艺术感觉的到位，是一个人的修养、学识、精神境界的综合，做得好很难。文学史要是努力一点，肯花力气，大概总能像个"样子"，勉强过得去吧。

刘：还有一个就是文学与政治的关系问题，这个您是最有发言权的了。在您看来，具体到中国当代文学史的研究，我们应该怎样看这个问题？就近年来的文学而言，与政治的关系是怎样的？有没有一些新的质地和因素出现？

洪：哎呀，我就预感到还有这样的问题。最近几年我对这个问题好像已经讲过许多，我真不愿意再饶舌。在《我的阅读史》中，谈契诃夫，谈《鼠疫》，谈牛汉（《树木的礼赞》）……好几篇都和这个问题相关。《问题与方法》里面也讨论过。我倾向于不把这个问题当成一个理论性命题，而是当成文学史上的实践性问题来思考，因此，这个问题的矛盾，处理方式，是历史的，也是个人的……我说不大清楚，只能这样。也许是这个问题我谈得太多了，有一点厌烦，厌烦无论在怎样的情境下，总是把"政治"安置在至高无上的位置，艺术倒好像可有可无。这是90年代后期以来，"纯文学"受到激烈的道德审判，我却总是想方设法为它做一点辩护的原因。

刘：这里聊几句题外话，您对被称为"新左派"的一些研究者和他们的研究成果有没有注意？

洪：不知道你说的"新左派"是指哪些人？"左"、"右"的涵义，现在在不同人那里，理解很不相同，以致南辕北辙。我的朋友、学生中有许多在思想、学习、生活态度上具有"左派"的特征、色彩。比如强调文学的现实参与性，关切社会底层问题，重视革命遗产和经验，等等。在对社会、文学的看法、立场上，我们有分歧，但也有相同的地方。我跟他们是朋友。我也努力去理解他们的思路、根据，从他们的思想学术得到许多启发、帮助。不过我理解这个问题，有超出这种分界的因素。几十年的生活经验告诉我，所谓的"左派"有很好的人，也有不那么好、甚至很坏的人。"右派"也同样如此。我在这方面，很认同米兰·昆德拉这样的话："在我们的时代，人们学会让友谊屈从于所谓信念，甚至因为道德上的正确性而感到自豪。事实上，必须非常成熟才能理解，我们所捍卫的主张只是我们比较喜欢的假设，它必然是不完美的，多半是过渡性的，只有非常狭隘的人才会把它当成某种确信之事或真理，对某个朋友的忠诚和对某种信念的幼稚忠诚相反，前者是一种美德，或许是唯一的，最后的美德。"

刘：最后一个问题，您对您的这部文学史还有没有再修订的打算？

洪：我想是不会了，也不可能，这样的岁数，况且十多年前的那种激情已经失去了。但是台湾的吕正惠教授希望我能写一部给台湾学生用的当代文学史，说大陆现在的文学史，包括我的在内，台湾学生接受有难度。这是一年半之前他提的建议。因为是朋友恳切的建议，就答应。但合同最后的条款是"作者因为各种原因可以反悔"。有了这一条，我到现在就还没有动手。

刘：我们期盼着您的新的大作早日问世！

知识分子精神与"重写文学史"

——陈思和访谈录

杨庆祥　陈思和

陈思和 1954 年生于上海，复旦大学中文系教授，博士生导师，人文学院副院长，中文系主任，教育部"长江学者奖励计划"特聘教授，上海巴金文学研究会会长。兼任中国现代文学学会副会长、中国当代文学学会副会长和上海作家协会副主席等。在巴金研究、20 世纪中国文学史研究、中外文学关系研究和当代文学批评等多方面成绩卓著，出版有《中国新文学整体观》《中国当代文学史教程》（主编）和《中国现当代文学名篇十五讲》等多种专著。

杨庆祥（以下简称杨）：陈老师您好，我的博士论文主要是研究"重写文学史"，想借此机会向您请教一下当年的有关细节以及近年来您对相关问题的思考。在此之前我对钱理群老师进行了一次访谈，主要是谈"20 世纪中国文学"的有关问题，成文大概 15000 字。上海的"重写文学史"，您和王晓明老师是最重要的当事人，知道的情况应该是比较多的。

陈思和（以下简称陈）：你为什么选择"重写文学史"做你的博士论文选题？

杨：最近几年中国社会、政治、经济的转型，对文学史的书写重新提出了挑战。所以这个时候回头去检视 20 年前的事情，我觉得能够发现很多的问题。最近《文艺争鸣》专门开了一个专栏，温儒敏和栾梅健主持的，也在开始反思和探索相关问题，刊发了一系列文章。

自从80年代提出"20世纪中国文学"、"重写文学史"等相关话题之后，对其研究的文章很多，我记得以前《南方文坛》上有专门的栏目讨论这个话题，比如旷新年等人的文章。但在我看来，这些文章多局限在学科范围内，纠缠于理论和理论的演绎之中，对"重写文学史"的历史性和复杂性处理得不够。我更愿意将80年代的"重写文学史"理解为一个历史事件，一个在特定的历史时刻发生的思潮。我觉得仅仅从理论方面谈比较虚，没有什么建设性。我想做实一点，做细一点。我更想从中获得一种历史性来。

陈：你这个想法是很有道理的，"重写文学史"确实不是什么理论话题，而是一个历史事件，是在80年代语境中生成发展的。

杨：那先从您的学术道路谈起吧，您个人的经验、知识结构毫无疑问会对您的学术研究方向产生很大的影响。我记得您也是77级的大学生，和陈平原他们都是一届的。您之前一直是在上海吗？那一段时间您在上海的生活和阅读的经历可以谈谈吗？

陈：我是从小在上海长大的，当时因为我身体不好没有下乡。在70年代后期，大概是1974年，我在淮海路街道图书馆里工作，那个图书馆是属于一个街道下面的小集体单位。当时街道的权力很大，每个街道下面有一个文化馆和一个图书馆，是属于街道的宣传组，当时叫"政宣组"。我当时的组织关系就是在这个图书馆，其实去的时间并不多。1974年，"四人帮"利用国家的权力，发动一个政治运动"批林批孔"，每个单位都成立一个工人理论队伍，起先叫大批判组，后来叫做工人理论队伍，要学马列主义毛泽东思想什么的，实际上是为政治运动写文章。我是在这个街道政宣组的理论队伍里面，参与他们的工作，但是我的关系还是在图书馆。大概到了1975年之后，我就在街道团委里面做点工作。

我当时经常在上海卢湾区图书馆里面读书，那个图书馆是一个非常好的图书馆，它的前身叫鸿英图书馆，是黄炎培办的，里面有很多藏书。50年代后鸿英图书馆有一部分图书并入了卢湾区图书馆。他们还办了一个杂志，叫《图书馆工作》，这个《图书馆工作》当时就是发表一些卢湾区的工厂企业单位工人读书的情况，包括一些政治学习方面的情况。开始我就一直在那里看书，然后就和他们熟了，之后就参与他们杂志的编写，不是写稿子，仅仅是帮他们编校、打印什么的。卢湾区图书馆里面当时有很多老先生，他们在"文革"运动里被批判过，后来都安置在图书馆里面。这批老先生的学问功底都非常扎实。我跟他们关系很好，印象比较深的有两位老先生，一位姓黄，一位姓阮，他们的古典文学修养都非常深厚。

1974年以后，因为政治运动的需要，全国从上到下要求工人、或者比较底层的人学习历史和古代文献。上海卢湾区图书馆这方面工作做得特别好，他们成立了一个书评组，其中有一个人是拖拉机厂的工人，这个工人当时读了一些有关曹操的书，后来写了为曹操翻案的文章，说曹操是一个法家。当时说法家，就是一个正面人物的意思，"儒家"就是一个反面人物的意思。这个人就在报纸上发表了他的文章，他现在用的笔名叫做米舒，那个时候，他用的是另外一个名字，叫曹晓波。当时他很红的，工人学历史也能搞研究，就成了典型，曹晓波当时就是我们书评组出来的。当时我们卢湾区图书馆书评组就很有名了，表明工人也可以学历史嘛。图书馆很多历史书都开放，我们书评组的人都能读。我在书评组里面身份很特殊，因为他们都是工人，我当时是没有职业的，就算是在图书馆帮忙的人，等于现在的临时工。我中学毕业后没有工作，等于就是社会闲杂人员，但是也不是坏人啊（笑）。这个书评组蛮好的，有一些人现在还在上海的媒体工作。当时还经常请一些大学老师给我们上课辅导，我印象中有我们复旦大学很著名的老师，来给我们辅导《红楼梦》，辅导怎么写政治批评的文章。另外还请过华东师大的老师，当时他们有一群研究西方文学的老师，也来给我们讲课。"文革"时候有一个说法，叫"开门办学"，就是大学不能仅仅在教室里办学，也要到社会上去办学。所以他们就找到了卢湾区图书馆这个点，经常来开讲座，为工农兵学员上课，所以我们受的教育还是蛮好的。我在那段时间里面读了很多书，包括《史记》《三国志》，等等，当时我主要是读历史，正史野史都读。

另外，当时刘大杰先生在主编一本西方文艺思潮史，和图书馆书评组一起编写，我没有参与，但我因此读了很多西方的文论，但是"现代派"的没有读，读的都是古典的，所以我们对现代主义的知识特别欠缺，当时读的都是古代小说、诗歌啊。后来，我们参与了中国古代文学的一些研究，卢湾区图书馆申请了一个评法批儒的项目，是写唐代诗人刘禹锡传，我写过其中一部分。当时那些老先生，"文革"里都受过批判，有顾虑，他们愿意提供资料，帮我校正，还跟我讨论问题，但是他们不愿意去写。还没有写完，"四人帮"就粉碎了。

杨：我记得上次采访钱理群老师，他谈到他在贵州 10 年阅读了大量的书籍，和您的情况有些相似，这些阅读其实可以算得上是一个学术的"准备期"了，比如您以后对文学史研究的兴趣可能就和这个时候读了大量历史著作有关系。1977 年您考上复旦大学，可以说人生发生了一个很大的变化，一种严格意义上的学术之路也就开始了。您能谈谈这方面的情况吗？

陈：我在这个图书馆工作，行政上是归街道，业务上是归卢湾区图书馆，所以我的身份就属于两面的身份。当时我的最大心愿就是能到卢湾区图书馆去工作，因为我在那里工作了好几年。但是我的组织关系是在街道里，当时我所在的图书馆是小集体所有制。卢湾区图书馆是全民所有制，是国营单位。那时候身份编制是很严格的，如果你是小集体编制，终身就是小集体编制，不能跨到大集体编制，更不能跨到国营编制，所以这个身份是不能跨越的。当时只有一个出路就是考大学，所以 1977 年恢复高考以后，我就做了一件顺应社会潮流的事情，考上复旦大学中文系了。上了大学后，我马上觉得自己知识欠缺太大了。所以我对复旦大学是终生感激的，我的人生路是复旦大学造就的。也不是说它造就我什么知识，而是它教给我一个人、一个知识分子应该做什么事，有什么担当、有什么责任感；另外一个就是治学方法，怎么找资料，怎么从资料中得出理论。因为当时我们在"文革"中学习理论，都是先有观点，比如先告诉你儒家是不好的，法家是好的，然后你再去读书，是按照这个思路去走的，你先有观点再把理论带出来。在复旦大学读书期间，这种治学方法彻底纠正过来了。当时老师们给我的最大的教育就是必须从史料出发，必须大量阅读史料再去寻找理论和发现问题。我当时听历史系的课，一个老师就说我们历史系的老师不问什么是真理，只问什么叫"真"。这是有道理的，真理是可以解释的，"真"是没法解释的。历史研究就是找出来了就承认它，找不出来就不承认它，就是说我们每个人不能保证我们说出来的是真理，但是我们每个人都会相信真。这个治学方法对于我来说很重要。我觉得理论在史的观念里面是非常重要的，但是现在的问题是，老师总是叫你们先去学理论，最流行的什么你先学，学会以后用这个东西去解读我们的材料，解释材料，弄到最后就是你不知道是证明这个理论（理论也不要你证明，外国人早证明了）还是去解释史料，你和史料是非常隔膜的。所以，我的观点是你先不要理论，先讲史。要在历史当中产生你的感觉，产生你的问题，然后你再去学习理论，去解释你心中的疑惑。首先找到疑惑，因为往往你先读理论，就没有疑惑了，陷在理论体系里面就不存在疑惑了。而从史料出发，你就会有大量的疑惑。

杨：您说的史料问题，宽泛讲是一个治学的基本准则。不过在新中国成立后的人文社科研究中，"论"与"史"的关系，不仅仅是一个学术理念的问题，而是关涉到写作者的"阶级立场"和"政治倾向"，所以对"史"的强调实际上也是对当时文学史编撰原则的一种"拨乱反正"。您当时和贾植芳先生来往很密切吧，我看过贾植芳先生全集中的日记部分，您在里面出现的频率很高。贾先生是现代著名的作家和理论家，他的治学理念应该对您有很大的影响吧？

陈：贾植芳先生等于就是我的导师！不是一般的老师。贾植芳先生治学要求很严格。我最初写了一篇关于巴金的文章，我就送给贾先生看，贾先生当时还在资料室做资料员，他看了之后说你不对的，因为当时我写文章是根据1958—1964年出版的巴金文集十四卷。贾先生就对我说，你研究巴金是不能用那个十四卷的文集，因为那是解放以后出版的，他都改过了，你必须找到初版的，才能够还原到他当年的真实的思想状况。后来我就和一个朋友一起从头开始一本一本地找他的初版的文章，并且校对，就是看里面到底改了多少。当时贾先生给了我们一本美国学者奥尔格·朗的关于巴金的书，书的名字叫做《两个中国革命中间的青年》，是一本英文书，我们读了这本书后，发现里面有很多东西是我们当时不知道的。所以我们就根据这个英文版的书里面的资料，一篇篇地找来看，这样就花了很多时间，这个工作给我带来了非常大的影响，就是要从史料出发，从实际出发，来形成你的疑惑，然后找理论解释你的疑惑，这样就提升了你的研究能力。

第二个影响就是作为一个知识分子的人格力量，这个不是谁都学得到的。我就是有幸恰恰碰到这个机会。刚才讲的治学方法，一般老师都会教你，很多老先生做训诂，他都会教你的。因为那个时候"文革”刚刚结束，知识分子都被批判过，我们有句话叫“心有余悸”啊，大家都不敢说话，叫他说就支支吾吾的。只有少数的老先生敢出来说话的，复旦大学有几个关键性的老先生，这是非常难得的，贾植芳先生就是其中的一个。我的一生碰到贾先生是我的一个转折点，是他让我知道应怎么做人的。贾先生当时是“胡风集团”的成员，我们进学校的时候，他头上还带着反革命的政治帽子，还在资料室里劳动，那时候对他已经比较客气了。贾先生是这样一个人，表面上他非常地热情，你如果不跟他深入相交，你根本看不出他内心的冷静。其实，我后来跟他相交深了以后，感到他心里还是有一些沧桑感，这是表面上看不出来的。贾植芳先生对“五四”这种传统是非常认可的，如果现在我问你什么是“五四”，你可能搞不大清楚，他们是很具体的，“五四”就是跟着胡风，胡风就是跟着鲁迅，鲁迅就是“五四”精神，他们的脑子里面这个线是很清楚的。我们现在讲“五四”，像是讲古人一样，讲李白杜甫一样，是过去的事情，但是对他们来说，是他们亲身经历的事情，所以他们是很有选择能力和判断能力的。贾先生他们对“五四”这种认同感，对胡风的感情，都是非常清楚的。他让你知道一个知识分子是如何对这个社会有所担当的，这样的事情在“五四”以前是没有的。“五四”以前我们只有士大夫阶级，士大夫阶级如果要对社会有所担当，首先要做官，有了权力以后才能担当，在村里做个教书先生是不行的。古代知识分子通过政治的渠道，获得一定权力，进入了庙堂，进入了朝廷，他才有担当。“五四”就创造出了一个新的知识分子的群体，这个群体就凭他的知识、凭他的社会上的一个职业，他就对这个社会有力量说话，能够批判这个社会，能够推动这个社会的进步。你看“五四”运动，就那么几个教授在北京大学搞了一个杂志，提倡一种白话文。按照这个道理，比如现在网上出现火星文，你说会推动社会进步吗？不会的啊！可是当时就是那几个教授在课堂上，在杂志上，提出一种语言，一种白话文，居然改变了我们革命的性质，从旧民主主义到新民主主义。他们在思想领域引进了“德先生”和“赛先生”，这种状况，在我们以前没有，以后也不会有，今天也没有。今天你可以发明点科技，比如说搞个手机，可能会改变一代人，但是你要通过一个观念，一个理论来改变，这个简直不可思议。可是当时就是这样的，当时就是那么几个教授提倡一种语言，提倡一种新文学，提倡一种科学精神，然后就有那么多青年跟着他们。他们不是一个从上到下的运动，不像后面的"文革"，所以说，有些人老是说"五四"和"文革"有什么关系，我认为根本就没有什么关系。"文革"是一个从上到下的运动，而"五四"它不是的，它是一群知识分子在那里造反，这个造反也不是动刀动枪的造反，而是提出一种新的观念，通过一个杂志，通过一个讲坛，说到底就是一个《新青年》和一个北京大学，就这两个东西，通过一批人来改造的。所以知识分子在"五四"是一个特殊的情况，是一个特殊的阶层、阶级，特殊的话语。在这之后，知识分子一直把自己定位在一个既不是官方庙堂也不是普通老百姓的这么一个不上不下位置上，或者说一个阶层，这个阶层一批批地培养我们所谓的"五四"新文学的精神。他们可以批评政府，抗拒政府，批判民众，指导民众。他们担负着一个新的知识力量，比如马克思主义、各种社会主义、民主与科学等等新的观念。这种东西在今天，某种意义上我认为是消失了，因为今天接受西方的东西不特别，你接受别人也接受。今天的社会已经消失了当时的那种条件，但是这种"五四"的精神它一直延续下来，它融入我们今天的社会生活，变成了一种精神资源。我们今天有很多人不承认"五四"是一种新的传统，我们今天讲传统就是孔子啊，庄子啊，但是我们今天的生活在很大程度上是受"五四"传统影响的，比如我们的白话文，我们写文章、说话、演讲都用白话文。

杨：80年代实际上是一个"知识分子话语"占据主流地位的时代，从某种意义上说，当时的中国现代文学研究同样也受到这种话语的影响。我记得您早期的学术研究领域应该是中国现代文学，后来怎么转到当代领域并提倡"重写文学史"来了？我记得您在一篇文章中提到1985年的"杭州会议"对您影响很大，让您觉得应该对当下发言，是这样的吗？

陈：为什么会出现"重写文学史"，这首先要考虑到学科沿革的关系。我们学科原来只有现代文学，只有30年，时间就是从"五四"到1949，具体说就是1919年到1949年，前面稍微延伸到1915年陈独秀办《新青年》。到了60年代就认为新中国的文学已经出来了，所以在60年代，在"文革"前，就搞了一个当代文学大纲，就是指1949年以后大概十多年的文学，把《创业史》《青春之歌》当做尾巴贴在后面。到了"文革"以后，就建立了一个当代文学的学科，时间范围起于 1949 年，后面没有下限的，到"文革"结束时候是 30 年。当时叫做"前三十年"和"后三十年"，设了两个学科，很多学校的教研室就是这么设置的，就是前面一个是现代文学教研室，后面一个是当代文学教研室，但是复旦大学没有。那么，当代文学学科在"文革"以后力量越来越大，现代文学学科反而有点萎缩了，因为它被"前三十年"限制死了，而当代文学学科是不断地发展，所以很多人就转到了当代去。

我当时做的是现代文学研究，主要是研究巴金。但是巴金的很多创作延续到了 1949 年以后，这是一个问题。第二个问题是我当时的《巴金论稿》是 1986 年出版的，但是我写书是在大学里写的，写完以后接着要写毕业论文，我就想换个题目，最早想研究"鸳鸯蝴蝶派"这块，研究通俗文学。为什么呢，我当时认识一位老先生，是研究旧文学的，我受了他一点影响，后来发现我也不大喜欢这方面，就放弃了，但换题目也来不及了，我就把《巴金论稿》里面的文章当做毕业论文。

当时还有一个人对我影响很深，就是李泽厚。李泽厚有本书《中国近代思想史论》，这本书影响非常大，《中国近代思想史论》后面有个后记，写了六代知识分子相互交替的现象，我完全受他的影响，想把李泽厚的这个六代知识分子的观点移植到文学史上面，写六代作家的演变。这篇文章我一直到 1984 年才写完，给《复旦大学学报》，是 1985 年登出来的。正好那时候在北京开"青年学者创新座谈会"，这个会上，我发言的时候主要就谈了这些想法。后来我就写了《中国新文学整体观》，这个跟老钱他们撞上了，他们当时正在搞"20 世纪中国文学"，我的"整体观"某种意义上和他们是相同的。但是樊骏老师当时说，我跟他们是不一样的，因为我的格局比较小，我是从"五四"开始的，老钱他们是从整个 20 世纪出发的，把"通俗文学"什么的都放进去了。我那时候的想法比较简单，我还是比较认同"五四"的，我不大喜欢通俗文学，我觉得不好看。我的想法还是从贾先生那里来的，贾先生认为"五四"就是鲁迅，鲁迅以后就是以胡风和巴金为主，恰好这两个人都是我研究的对象，我的文学史观实际上是这样建构起来的。

杨：您和王晓明老师主持并倡导"重写文学史"的主要目的是

什么？

陈：当时我们俩共同的想法就是消解 1949 年作为划分文学史的界限，一些老先生跟我们的想法也是一致的。这种消解的办法就是把前 30 年和后 30 年打通，所以我们就是要搞现代文学 60 年。这两个阶段的文学拼在一起，后面就跟着出现很多问题。因为当时当代文学研究方法是模仿现代文学研究方法，现代文学研究方法是模仿古代文学研究方法，基本就是做年谱、搞资料，研究一个个作家，现代文学研究就是这样的，当代文学也这样研究。比如郭小川，我也研究过郭小川，做过他的年谱，但是发现这样做有很大的问题，显然这些作家的成果、影响、水平都不好评价啊。当时 79 届有一个学生叫赵祖武，写过一篇文章，好像题目叫《一个不容回避的历史事实》，当时发在《文艺论丛》上，主要内容就是说"前 30 年"文学成就大于"后 30 年"，认为"后 30 年"是不行的，这个文章发表出来以后遭到了批评。这个人说话胆子大，敢说很多尖锐的话，如果当时他的这篇文章受到了支持，他肯定会发展成为一个很好的学者。但是因为遭到批评，大家就有意地疏离他，毕业的时候，把他分派到上海郊区的一个旅游学校，慢慢地就离开这个专业，去搞古代红木家具收藏了。我觉得赵祖武的胆子是很大的，也很敏锐，欠缺的一点就是史料方面功夫不够。如果有大量的史料来支持，就会看问题很辩证。但是没有史料，仅仅有一个情绪化的观点，虽然当时很招人注意，但是往后发展就会经不起推敲。

杨：那么您对"前 30 年"和"后 30 年"的看法呢？

陈：我也觉得是这样，但我是根据史料来的。我们和老钱他们都认为"五四"文学肯定比当代好，我们的基本描述就是把它连在一起对比着看，然后看出 1949 年以后的文学如何被政治（意识形态左右），这是我们的基本思路。

杨：当时为什么把"重写文学史"的专栏放在《上海文论》？

陈：当时的情况是这样的，《上海文论》是一个理论刊物，是由上海作家协会和上海社科院文学所联合主办的，主编徐俊西原来是我们复旦大学中文系的书记，后来到社科院当文学所所长，后来又当上海市委宣传部副部长，这个刊物就是他当所长的时候主编的。有一次他把我和王晓明找过去，商量怎么做关于文学史方面的一个栏目，然后我们就讨论通过了"重写文学史"专栏的设想，当时我们的想法很简单，就是希望实事求是地从材料出发，实事求是地来看一些作家的问题。开始这个栏目主要是王晓明和《上海文论》编辑部主任毛时安编的，我当时在香港，1988 年我在香港待了四个月。

我们把专栏的方针商量好后就去约稿子，我去约了我的学生宋炳辉，他写了一篇关于柳青的研究文章，晓明也约了他的同学戴光中谈赵树理的文章，这是第一期。第二期我记不住了，好像也是约的。后来就是自发来稿，我和王晓明的工作就是每一期我们写一段"主持人的话"，通过这种方式就把我们的观点谈了。当时想法也很简单，就是想恢复历史真相，因为当时研究当代文学的一些老师把现代文学的研究方法拿来看当代，要树立大师，把一些作家吹得很高，但是事实上，这些作家的作品里面都有很大的时代局限，显然这样写出来的文学史禁不起考验。比如说新中国的农村题材小说，当时家庭联产承包责任制已经证明了以前的农村政策是不对的，实践是检验真理的唯一标准，那么，为什么还在吹捧明明是错误的政策？这里就有一个"真"的问题。"大跃进"都饿死人了，为什么没有一个作家写"大跃进"饿死人，却在作品里歌颂大跃进呢？这里最直接的一个问题就是作家有没有良知的问题。你到底是跟着政策走还是根据底层百姓的实际状况走呢？其实当时作家是很清楚那些情况的，他们不是不知道当时农民的生存状况，是不敢说真话，还要昧着良心说假话来欺骗读者。所以这个时候根本谈不上什么真实，谈不上什么良知。

杨：专栏里面还刊发了一些现代文学方面的文章，比如对《子夜》的重评。

陈：那是后来，起先主要是当代，后来因为这个影响大了，我们当时希望得到更多的支持。因为我们是重写文学史嘛，原来的文学史就是王瑶先生他们写的，当时编辑部怕得罪老先生，就去北京开了个座谈会，结果老先生非常支持，王瑶先生、唐弢先生、包括我们的老师贾植芳、钱谷融、徐中玉都站出来支持，那么我们就放心了。

杨：王瑶曾经批评过"20 世纪中国文学"的提法，说他们不提左翼文学，那他有没有批评过你们的一些想法？

陈：没有，后来他写了篇文章《文学史要后来居上》，还是很支持的。不过严家炎先生有一些看法，当时专栏发表了王雪瑛一篇文章叫《论丁玲的小说创作》，严家炎就是研究丁玲的，严家炎觉得这篇文章写得不客观。这种情况肯定会有的，包括戴光中那篇写赵树理的文章也不是太客观的。只不过我们当时是为了表示一种倾向，为了强调一个方面啊，其实我们对赵树理，对柳青都很尊重，他们都是被"四人帮"迫害死的。但我觉得我们对待他们的创作要实事求是，要看到他们的处境，他们的困难，包括他们受到的局限，这很正常啊。

杨：我记得蓝棣之的那篇《一份高级形式的社会文件》影响不小，当时钱理群他们在《现代文学研究丛刊》上面也刊发了一篇汪晖的关于《子夜》的文章，这样你们是不是就形成了一个"南北呼应"的局面？

陈：老蓝这篇稿子是自己投来的，还有一个小插曲。蓝棣之是我们的朋友，可是他没有把稿子寄给我和晓明，直接寄到编辑部，留了电话。我们都没有看到这份稿子，不知是哪位编辑处理审稿时，觉得文章里有些地方要修改，就给老蓝打电话说了意见。老蓝很生气，说蓝棣之的文章还需要修改？那个编辑很惶恐，就来问我谁是蓝棣之？我赶快出面打圆场，老蓝就是这样的人，他用这样的方法支持了我们。当时我们在办"重写文学史"专栏的时候，老钱他们在《现代文学研究丛刊》上办了一个"名著重读"的专栏，意思差不多的，也是对文学史的重新评价，但是我们的"重写文学史"的名字好听，被大家记住了。

北京学界比我们尖锐得多，当时有一位《文学评论》的老编辑叫王行之，写了一篇文章叫《我看老舍》，发在《文艺报》上，对老舍的讨论非常深入，文章也写得好。他们都是比较有权威的学者写文章，我们这里的作者大多数都是年轻的学生啊，我们的专栏里，蓝棣之属于最有权威的专家。后来到了80年代末，在北京开了一个"反自由化"的座谈会，当时一个老作家发难说上海那个"重写文学史"是资产阶级自由化，后来还有一批人，主要是与徐俊西就"典型"问题进行过论战的人都跟着起哄。后来我们就发了个专号，1989年6月整个一期全包了，把当时手头的积稿全部用掉，同时我和王晓明做了一个长篇对话，把我们的立场阐述得更加清楚。

杨：你们当时比较强调"审美原则"，是不是受到康德的"审美无功利"理论的影响？在我看来，"重写文学史"对"审美性"的理解实际上是比较偏狭的，专栏里面的很多文章完全把"审美"等同于"非功利"，甚至极端强调"形式"和"怎么写"的问题，有一种类似于"新批评派"的"作品中心主义"倾向。

陈：是从恩格斯那里来的，不是从康德来的。恩格斯早就提出了评价文艺作品要用历史的、审美的观点，不要用党派的观点。另外一点是，我们还是强调鲁迅的传统的，要有担当，不喜欢纯美学的东西。所以我们提出既要历史的，也要美学的，这两个是不能分离的。历史的，就是你要把所有的作家还原到当时的历史环境下去考察；所谓审美的，就是文学有它的特征，它的社会性、政治性都是通过美的方式来表达的。

杨：我觉得您后来的《中国当代文学史教程》实际上是"重写文学史"的一个延续和实践的成果，是不是这样？

陈：对，因为"重写文学史"是一个实践性的东西，所以你把它定位为一个事件，我认为是有道理的。当时"重写文学史"引起很多反响，有人提倡重写古代文学史，甚至有人提出重写音乐史，影响很大。虽然1989年以后不再提那些口号了，但是实际上并没有中断。

杨：我看了您近年来的一些文章，您始终还在思考文学史的相关问题。现在回头看当时的"重写文学史"，您觉得有哪些是值得称道的地方，有哪些是不太满意的地方？

陈：20年过去了，当时的文章在学理上看是很浅的，但是我觉得我们的立场是对的，"重写文学史"只能是两个标准，第一就是良知和道义的问题。我们要有良知，我们要说出真话。文学史就是这样，不能指鹿为马，明明是不好的你说成是好的。第二个我认为就是要从史料出发，一切都要从材料出发，从当时的一个实际情况出发。这两点后来我也一直坚持下来了。

杨：后来您还提出了"民间"、"庙堂"等一系列概念。

陈：因为当时理论上是欠缺的，我提出这些就是要弥补这个理论上的欠缺。这些概念是可靠的，但必须要依靠大量的史料，根据历史实际。

杨：实际上，你们这个"重写文学史"走得还是很远的，钱老师他们提出的"20世纪中国文学"后来就没有继续研究下去了。

陈：我们还一直研究下去了，他们主要是只有老钱一个人在做，黄子平走掉了，他的太太是外籍的，他就跟他的太太出国去了。陈平原转到近代甚至古代做学问去了。

杨：我以前写过一篇研究"重写文学史"的文章：《审美原则、叙事体式和文学史的"权力"》，发表在《文艺研究》上。我在那篇文章中提出了一个观点，我觉得"重写文学史"其实与80年代的"先锋文学"和"先锋批评"在上海的兴起有一定的关系，一来您和王晓明老师当时都是上海新批评的圈内人，另外当时"先锋文学"的批评标准（如形式分析、叙事学、语言学等）也对文学史观念产生了影响。您怎么看待这个问题？

陈：我觉得这两者之间没有必然的联系。"先锋文学"我是关心的，80年代杭州会议后，某种意义上我们反感传统的现实主义的写法，提倡西方现代主义的东西，所以当时比较注意莫言、韩少功等人。"先锋文学"到最近对我的影响更大些，因为这几年我对余华、贾平凹都比较看重，这条线对我现在编的《现代文学史教程》有一定启发。所以我最近提出了"五四"以来的文学史上的"常态"和"先锋"的两种状态。

（原载于《当代文坛》2009年第5期）

文学、历史和方法

——程光炜访谈录

杨庆祥　程光炜

　　程光炜 1955年生于江西婺源县。文学博士，教授，博士生导师。中国当代文学研究会副会长；中国人民大学文学院现当代文学专业学术委员，文艺思潮研究所所长。主要从事中国当代文学研究。出版的主要著作有：《中国现代文学史》（主编，国家"十一五"规划教材）、《中国当代诗歌史》《文化的转轨》等；在《文学评论》《文艺研究》《当代作家评论》《文艺争鸣》和《南方文坛》等权威杂志上发表论文近百篇。近年来，专事于"80年代文学史问题研究"，在《当代作家评论》《南方文坛》主持有"重返80年代"的讨论专栏。完成和承担教育部和北京市人文规划的一般和重点项目多项。

一、80年代文学作为方法

　　杨庆祥（以下简称杨）：还是让我们从80年代文学研究谈起吧，这几年在您以及其他一些学者的倡导和推动下，80年代文学研究成了学界的一个比较有导向性的研究思潮。据我了解，您已经在人大开了近5年的80年代文学研究博士生讨论课，李杨、贺桂梅在北大、蔡翔等人在上海都开设了相关的研究课程。您能不能简单地介绍一下您目前这方面的研究情况以及存在的一些问题？另外，我个人觉得每个学者进入 80 年代的重点其实是有不同的，您觉得您和其他学者研究方式的主要区别在什么地方？

程光炜（以下简称程）：我是 2005 年 9 月在中国人民大学文学院为博士生开设这门"重返 80 年代文学史"课的。刚开始，我还没有你说的这么自觉清楚的"问题意识"。开这门课，主要是出于对当代文学史研究现状的不满，想带博士生做一点比较切实的研究，先从一些小的个案入手，再对某一局部问题做整体性的考量，但方法上仍然坚持实证研究与理论思辨相结合。几年下来，再回头看我和同学们的研究成果，才发现我们的工作并不都是盲目和缺乏理性的，而是在慢慢形成一种比较清晰的研究方向，一种看问题和处理问题的角度。在具体工作中，我会要求博士生先到图书馆查资料，通过对当年历史文献的鉴别、挑选，过滤出一些问题来，然后再从这些问题中想问题和寻找处理它们的办法。后来，我把这种方式表述为"历史分析加后现代"，或叫中国传统的史学研究加福柯、埃斯卡皮、佛克马和韦勒克的方法。这种表述当然比较简单。具体点说，我更倾向于从文学当时发生的实际历史情况出发，对历史抱着同情和理解的态度，而不是拿某种既定的理论方法去找问题，强行让历史材料服从这些理论方法。自然，在收集、消化和整理这些材料的基础上，我们会用一些所谓的"理论"，这种理论我觉得也不尽然是福柯啊、佛克马啊、韦勒克啊、后现代什么的，而是从理论中提取一些与今天语境比较密切的成分，然后再通过它们去重新激活问题。如果更准确地概括，可以称之为"文学社会学"的研究方式罢。这就是把过去当代文学研究比较强调作家作品的研究方式，稍微往文学及周边研究方面靠靠，通过把过去的研究成果重新陌生化，再重新回到作家作品研究当中去。我们的目的，是最后推出一套"80 年代经典文学作品"。从既往文学史研究的经验看，没有经典作品作支撑的文学史研究，不可能获得学科的自主性。这几年，我本人的研究基本是在这两条线上展开的：一条是个案研究，比如 2009 年 9 月北大出版社出版的《文学讲稿："八十年代"作为方法》，选择的都是 80 年代比较重要的文学思潮、现象和作家作品，紧扣它们做具体研究，并适度展开；另一条是对当代文学史研究比较宏观的反思性的东西，比如 2009 年 2 月河南大学出版社出版的《文学史的兴起》这本书。我的反思不仅针对别人，也包括我自己研究中亟待反省的问题，或者更多是以我个人为对象而展开的。如果说，这几年的研究还有什么不足，我们可能会对问题阐释过度，或者在充分释放、呈现和扩大作品"社会周边"容量的过程中，作品文本内涵因为受到明显挤压而趋向减缩。蔡翔、李杨、贺桂梅等人的研究成果是我非常注意的。我们之间看问题的角度存在某种差异，但显然构成了一种相互激发的学术关系。蔡翔的研究中有一个马克思的视角，他喜欢从思想史的角度进入问题，注意贴着历史语境去分析作家作品，比如，他把"劳动"、"劳动阶级"、"克服危机"、"革命中国"和"现代中国"等概念引入对"十七年文学"的观察。李杨使用的是"再解读"方法，但他的问题意识比较强。贺桂梅整合问题的意识好，她的理论出发点和要处理什么问题都很清楚。如果说我们有什么不同，坦白地说我宁可将学术意识与历史对象之间的关系处理得再松弛和模糊一点儿，让理论意图稍微向后面靠靠，对我思考的问题不产生强迫性和干扰性。因为，当我们真正接近所谓的"历史遗址"的时候，会发现它原本存在的复杂性、丰富性和多样性实际涨出了理论预设的空间，如果非要把它们硬塞进理论框架去的话，那么必然会牺牲其丰富性，出现简化问题的现象，这是我比较担心的事情。如果那样，我们不是又重新回到"20世纪中国文学"、"重写文学史"和"再解读"他们那里去了吗？这就需要我们的工作带着一点包容性、理解性，而不能一味地概括和整合，把研究对象都主观地说成你希望的那种样态。

杨：这里实际上就涉及一个历史研究的方法问题。在我看来，与一般的文学史研究、经典重读不同，您的80年代文学研究一个最大的特点就是有比较明确的方法论意识，您最近出版的《文学讲稿：八十年代作为方法》一书就很直观地体现了这一点。也就是说，八十年代文学研究在您的规划中针对的不仅仅是作家、作品、现象、思潮的罗列和排比，而是某种文学史研究"范式"的变化和重构，是一种带有综合意义的方法论和研究思路，我想这可能是对当代文学史研究的一个激活和推动，您刚才实际上已经对这一方法论进行了阐释，不过方法论这个东西也不是一个预设的观念，而是与一定的历史语境联系在一起，您能否谈谈这方面的问题？在我看来，当代文学研究目前存在的一个很重要的问题就是方法论意识的薄弱，这也可能是造成整个当代文学研究（也包括现代文学研究）整体水平偏低的一个重要原因，您是怎么看这个问题的？

程：前面讲到，刚开始我的方法论意识并不是很明确。读者大概已注意到，2005、2006 年两年我在《南方文坛》《当代作家评论》等杂志上发表的"重返 80 年代文学"几篇系列文章，还处在摸索阶段，残留着不少知识转型的生硬痕迹。但做着做着，就开始意识到这有问题了，需要做些调整。调整的理由是，我们所处理的"80 年代文学"，实际是经过 80 年代文学批评、文学史研究与改革开放相结合而共同塑造的一种文学形态，比如"启蒙论"、"重写文学史"、"文学主体性"、"纯文学"，等等。它在形成的过程中，当然有自身的历史逻辑和问题意识。但随着 90 年代市场经济的兴起，一切都发生了深刻变化。这种变化使我们在重新认识 80 年代文学的兴起、传播和读者接受时，突然有一种"醒悟"的感觉，这就是：即使在 80 年代，文学对社会公众的影响力也不像我们这些中文系的师生想象的那么大。我们那时候既是中文系学生，也是"文学青年"。这种特殊的双重"身份意识"会把个人的历史感受无限制地膨胀，有意放大甚至覆盖整个民族的历史感受。而实际上，文学的影响恐怕只限于中文系师生和城乡文学青年这一很小的社群范围。主管国家的人考虑最多的还是农村改革、城市改革、价格调整、姓社姓资什么的，而老百姓最关心的则是"三大件"，都不是文学的问题。这就使我们的历史判断出现了严重偏差。虽然新时期最初几年，文学讨论确实在某种意义上促进着社会观念的进步，但也不像人们估价的那样高。我以为正是这种"判断偏差"的存在，使人们普遍对 80 年代文学采用了一种夸张并且放大的历史想象方式，他们会把作家和批评家看做国民的精神导师。出于这种估计，我并不认为 80 年代文学对 80 年代有那么大的影响力。所以在文学史研究中，先不妨把 80 年代文学稍微放低一点，也不要急于把它作为你研究文学的真理性原点，应该意识到它不过是你研究的对象而已；另外，需要自觉与它保持一点距离。应该去拥抱包含了我们精神思想痛苦和文学生活的"80 年代"，但同时也应意识到，它已经成为一种"过去"的文学。比如，一说到《苦恋》批判，你上来就那么"义愤填膺"，这怎么行？把"批判方"的道德立场完全等同于你所要研究的历史对象，对"同情方"拼命加分，却对"不被同情者"拼命减分。这就使你的研究孤立于历史之外，退回到当时的文学史认识水平上，而没有把它充分"历史化"。按我的理解，"《苦恋》批判"牵涉的面很广，它包含着七八十年代之间社会转型过程中的很多复杂问题和隐蔽层面，它可能只是当时历史即将发生重大变动的一个测绘点。通过对这个测绘点的具体、深入和具有包容性的历史观察，我们才能清楚地看到 80 年代人们思想、生活的状况，看到 80 年代中国社会的多层性变化的微妙律动。无须隐瞒，在面对这些复杂情况时，我的研究状态经常是模糊的、不确定的和尝试性的，但有一点我很明确，这就是 80 年代文学已经成为一座"历史文化遗址"，我意识到我们只能通过"重访"的方式，才可能比较客观和真实地接近它，把其中已经被当时各种叙述所覆盖、压制和埋葬的东西尽可能地揭示出来。这种揭示的目的不是"揭破历史真相"，"发现历史隐秘"，而是把它变成研究今天文学问题的一个重要参照物。因为我坚信，"历史"从来都不是按照"今天"的愿望而存在的，而是源自历史本身当时的状况而存在的，所以，只有把历史本身当时的状况包容进来的"今天的研究"，才能说得上是一种真正的和有效的历史研究。

至于你说目前当代文学史研究的方法论意识薄弱，是导致它整体水平偏低原因的看法，我深有同感。中国当代文学研究会自 1979 年成立至今已有 30 年，与中国现代文学研究会的起步时间和历史差不多。但为什么现代文学已成为一个独立完备的学科，当代文学还一直被视为"文学批评"，被认为仍停留在比较低的状态？更令人不解的是，当代文学（学科）有的人甚至要求把 1980 年前的文学都交给现代文学去做，当代文学仅仅负责当前文学的跟踪和批评吗？这里恐怕有两个原因：一是现代文学起步时，处在第一线的都是学问家，如李何林、王瑶、唐弢等。而当代文学的一线人物都是从延安来的，如冯牧、陈荒煤、朱寨等，当代意识都比较强，而学问意识则比较弱（当然，朱寨的《中国当代文学思潮史》还不错）。由于刚打倒"四人帮"，为文学正名的批评任务非常繁重，所以需要大批文学批评家承担这一历史任务，所以不光第一代，连第二代"当家人"都卷入了当时无休止的论争、批评之中，这就奠定了当代文学研究过于"当下化"的传统和历史积习。二是 80 年代当代文学研究的"学院意识"普遍不强，杂志上频繁露面的是大量的批评家，而现代文学那时已经开始资料汇编等学科基础建设工作，在自觉走上"学院化"的道路。由于学科意识天然地缺乏，使当代文学的从业人员至今都对"学院意识"存在很大误解。到今天还有人一听说"学院批评"就跳起来指责，好像当代文学的"学院研究"都是死学问，只有"文学批评"才鲜活和有真正的生命活力，这其实是对学术研究与批评之间关系的非常幼稚的看法。关于这一点，韦勒克和沃伦在他们著名的《文学理论》一书中说得再明白不过了。我认为，真正有成效的学院研究是最具有"批判性"的，它的历史力度和后发的敏锐性，丝毫都不逊色于感性文学批评。我也认为真正好的文学批评有自身的价值，它可以丰富学院化的学术研究。但我觉得需要警惕的是，由于近年反对"学院化"的声浪越来越高，这就容易使感性化和宏观化的"当代文学研究"仍陷于自我膨胀状态，更不愿意反省自己。而在我看来，所谓方法论意识首先是一种历史意识，没有历史意识并把历史作为批评的重要知识参照物的批评工作，水平恐怕是很难上去的。现代文学为什么一直看不起当代文学，很大程度是由于他们看不到当代文学的"历史化"，老看到当代文学的人在那里奔来跑去，作品研讨会呀，出席颁奖呀，老坐不下来，会认为那是一个浮躁的知识群体。而对当代文学研究存在的问题，很多当代文学研究者都不肯去面对，启动自我反省的程序。

杨：确实如此，如果没有一个"历史化"的认识，估计很难推动学科研究的深入。我注意到在您的一系列文章中，"历史化"是一个出现频率比较高的关键词，也可以说构成了处理研究对象的一个基本原则。在我的理解中，"历史化"有两个方面的含义，一是要回到历史现场，还原历史语境，二是意味着"知识观念"的重构和再配置（所谓一切历史均是当代史就是从这个意义上说的），但是这两者之间并不总是能够协调一致的，甚至存在有很多的矛盾和冲突，那么，我想问的是，有没有这么一种理想状态的"历史化"研究，能够在这两者之间求得平衡并构成一种比较有效的、有张力的研究方法？

程："历史化"观点的提出，针对的是始终把"当代文学"当做"当下文学"这种比较简单化的历史理解。具体地说，我试图用知识观念和知识范畴把总在变动无常的"当代文学史"暂时固定住，就在暂时被固定的当代文学史范围内中开展对它较为客观和具有历史感的研究。"历史化"确实有你所说的那两个方面。但是仅仅有这两个方面还不够，而是要对具体问题做具体分析。比如，我们在重新讨论一些已经被"结论化"的思潮、现象、论争、团体和杂志等时，这种"历史化"的工作相对好做一点，因为你可以把它们表述得相对准确、具体，具有某种可操作性。例如，我们说"重写文学史"思潮其实是在拿"纯文学"观念简化"左翼文学"，用"五四文学"理念来重构一个理想化的"当代文学"，等等，这种历史化分析容易被人们接受。但是，如果研究具体文学作品，可能就会有麻烦。举例说我们做刘心武小说的研究，通过对刘心武小说《5·19长镜头》的分析，可以说作为作品主体叙事的"足球事件"，表明"西方舆论"试图把80年代中国理解成还在"文革"的混乱阶段，但滑志明等球迷的叛逆行动却表明了80年代青年对"新国家"的想象和重塑。这种将小说"文本历史化"的工作也稍微容易一些。但是，我们如果再走进80年代更为复杂一点的小说，例如路遥的《人生》《平凡的世界》、王安忆的《本次列车终点》、张贤亮的《男人的一半是女人》、高晓声的《李顺大造屋》，等等，就发现问题不那么简单了，要处理的问题堆积很多，常有顾此失彼这些令人头疼的事情。具体地说，假如我们把这些小说文本过分地问题化、历史化，非要求证出一个什么结果来，是不是也容易牺牲掉它本身的丰富性？而假如不首先把它们问题化、历史化，就很难说得上是对当代文学史研究的重新讨论与进展，这实在是一种两难的研究处境。这种麻烦不光我的研究，在我的博士生们的研究中也经常碰到，大家一直感到很难处理好。

所以，我理解的"历史化"，不是指那种能对所有文学现象都有效处理的宏观性的工作，而是一种强调以研究者个体历史经验、文化记忆和创伤性经历为立足点，再加进"个人理解"并能充分尊重作家和作品的历史状态的一种非常具体化的工作。所以，我前面强调具体问题要具体分析，就是这个意思。至于你所说的"有没有这么一种理想状态的'历史化'研究，能够在这两者之间求得平衡并构成一种比较有效的、有张力的研究方法？"这个问题提得非常好，很敏锐。但我觉得很难做到。你想想，如果所有研究工作都是非常个人化的，每个人的知识感觉和观念感觉都不一样，怎么要求一个人先实验出一种理想化的"历史化"的研究方式后大家纷纷去仿效？恐怕不存在一种"真正理想"的研究状态。有的只是你怎么根据自己面对的问题，设想出一种能够贴着问题本身，且有一定隐含的理论张力和历史感的东西在后面支持它，用一种比较符合自己知识状态的表达方式去接近问题自身，与它能够达到一种"历史性"对话效果并用你"自己的话"将其表达出来的问题。我的意思是，你得根据研究对象，来设想你自己的研究路径，然后再根据你希望的效果比较谨慎、妥帖地对所研究的问题加以整理。因为处理的问题不同，采取的方式也得有变化。在这个意义上，所谓"理想"的"历史化"的研究，我觉得主要是根据自己的问题而开展的与历史语境相结合的研究，具体到每个研究者，情况可能都不一样。

杨：我记得詹姆逊在《60年代断代》这篇文章中曾经说过，一个历史时期无论如何不能认为是一种无所不在的共同思想和行为方式，而是指一个相同的客观情境，在这一情境中总有林林总总的不同反应。联系到您刚才对"历史化"的阐释，我觉得"历史化"不仅是一种情境化、语境化，其实也是一种"经验化"，总是在这样不断的互动中才能发挥效用。

程：你说得对，是这个意思。

二、文学史研究的兴起

杨：您2009年初出版了一本书叫《文学史的兴起》，我觉得这个书名很有深意，让我想起了P.伊恩·瓦特的《小说的兴起》。从您书中的内容来看，我觉得您大概的意思就是对当代文学研究局限于"批评化"的现状不是太满意，试图从"文学史"的角度重新观照当代文学。在我个人看来，目前的当代文学研究两方面都是很糟糕的，一是批评让人不满意，没有特别厚重的、有建树的批评，批评流于时评；一是文学史研究也让人不满意，缺少真正有理论建构、有历史意识的研究。当然这是一个比较大概的认知，不一定很准确，我想问问您是怎么看待目前当代文学研究的这种状况的？

程：你的批评非常尖锐，也很到位，具体情况我就不说了。我写《文学史的兴起》的大部分文章时，是有你说的那种比较明确的通盘考虑的。现在很多人都说过，当前文学批评存在的问题是作品生产过分"市场化"造成的，然而不少人都担心，在"新作品研讨会"上露面少了，会对名气的保持有损害。在这样一种文化生态中，即使批评家再有思想、有建树能力，也禁不起这么出场的重复折腾，人的精力毕竟有限嘛。其实文学史研究同样不理想，主要是太在意"海外学者"的动静，什么"再解读"啊，暑假回国见面啊，什么做"国际学者"、"亚洲想象"啊，这都会管不住自己，不愿在书斋中枯坐、耐得住寂寞。这些现象真实反映着人们的研究心态，根本问题是名利思想太重，互相攀比得厉害。所以我建议年轻的研究者，当然也包括我自己，能够真正"坐下来"，冷眼观察周遭的一切，耐住性子做自己的研究，长时期地有明确方向感地朝既定的目标去努力。如果这样的人多了，我想当代文学批评和文学史研究的状况就会得到改善。

杨： 在您一系列文章发表后，在学界产生了一定的反应。在肯定赞赏的同时，也有学者提出了一些问题，在一些学者看来，当代批评可能是当代文学最有活力和创造力的部分，文学史的研究是不是就会削弱批评的地位和作用？也就是说，如何确认当代批评在文学史研究中的位置？我个人觉得，因为中国当代文学特殊的历史构造，仅仅的学术史研究估计也是不够的，那么文学史如何介入批评？而批评又如何建构起文学史？我觉得这是您整个研究需要面对同时也是一直在试图处理的问题。

程： 前面我说过，关于文学批评与文学史研究各自承担的任务和它们的关系，韦勒克、沃伦在《文学理论》里有非常精彩的界定和辨析，这些观点至今都对我有很大的启发。你知道，我以前也是从事文学批评的，曾在诗歌批评上下过很大力气。后来我洗手不干了。但这种经历却对我后来做文学史研究帮助很大，所以我并不后悔当年与诗人们混在一起，甚至还遇到不愉快的事情。我在《当代文学学科的"历史化"》这篇文章中说，"文学经典化"必须经过"文学批评"—"文学课堂"—"文学史研究"这几个环节才能完成，所以文学批评对文学史研究其实起着很大、很关键的作用，当然这是指有见解、有深度的文学批评，而不是那种空洞无物的批评。不过，比较一般的文学批评也能帮助文学史研究，它们尽管只是一些临时和零散的历史材料，也会让文学史家意识到当时文学的时代性症候。在这个意义上，文学史研究一定得有非常敏锐的批评眼光，通过这种眼光再去整理文学史，而文学史研究的重要任务之一就是将裹挟在作家作品研究深处的批评意识加以归类、整理和分析，由此推导出某种历史性的看法。这样，文学史研就负起了对许多年前的文学现象进行历史批评的责任，而这种历史批评对当前文学创作也是具有建设性的和启发性的，是能形成有价值的对话的。我2007年花费很大力气查找资料，通读能找到的王安忆的所有的小说，写出《王安忆与文学史》这篇文章。让我没想到的是，听说一些作家读了比较认可，他们好像意识到"文学史"与他们的"创作"并不是完全没有关系的了。换句话说，我们的文学史研究与当前的文学批评难道没有关联点吗？过去，我们总是把"文学史研究"与"文学批评"（包括"文学创作"）对立起来，或者有意识地分离，好像井水不犯河水，其实并不完全是这样。李健吾在他的《咀华集》（一、二）中，有很多关于这方面的精辟论述，我看了很佩服，也意识到我们的工作终于不是所谓的"死学问"了。确实如你所说，我们的工作就是要唤起人们对实证性研究的尊重。

杨：我记得《王安忆与文学史》这篇文章我是一气读完的，当时感觉很震惊，因为以前很少读到这种历史研究和现场批评如此契合的研究文章。实际上我也是从那个时候开始尝试在个体的作家作品研究中引入宏观的历史视野和批判意识。但有时候不得不面对一个很尴尬的问题，那就是发现一切必须从头开始。以我最近重读路遥的《人生》为例，我发现近20年来对于该部小说的相关研究都停留在一个非常浅的层次上，除了很少的几篇文章外，绝大部分文章都是一种很简单的印象时评，比如人物分析、故事重述等。也就是说我必须以一种完全"无知"的状态进入该作品，这就让我的研究缺乏一种历史感，而这种缺失，我觉得并非我个人造成的，而是我们这个学科，我们的批评史和文学史没有给我提供这种有历史感的语境，我觉得这可能是当代文学研究者不得不面对的一个很尴尬的难题。如何处理这个问题？如何在学科史的范围内建构起研究的历史意识和理论意识？在这个意义上，相比"十七年"、"文革文学"、"新世纪"文学研究，您为什么特别强调要从80年代文学研究做起，是不是因为"80年代"作为一个认识装置已经内化于现当代文学研究者的研究中，比如纯文学、个人写作等观念，其不证自明性还没有在学科史的意义上被充分揭示出来，从而影响了对其他文学史阶段和文学史范畴的判断？

程：你抱怨80年代以来很多评论《人生》的文章没有提供必要的历史意识和历史感，我能理解。不过，我以为你自己的"历史感"

是可以建立起来的，就是通过阅读当时——也许有很多你不喜欢的评论文章，在对这些文章加以反省、甄别和挑选的过程中找到适宜自己知识状态和知识感受的"历史位置"（或叫研究位置），也就是"历史感"。你们这代人是有自己的"历史位置"的——当然会与我们这代人不一样——这种历史认识的差异性实际就是你的"历史感"。不知道我这样表述是否清楚？但是，确如你指出的，当时很多文章确实没有留下值得珍惜的思想材料，这毋庸讳言。然而，我又不愿意相信你和80年代批评家之间真的存在"经验断代"这个事实。我总以为，"社会思潮"总在变来变去，但社会思潮、文学创作和批评内部的"结构性"东西却不会变化。这是由于，什么时代都会有高加林因为要改变自己生存环境而决然抛弃自己恋人的情况，什么时代都会有路遥这种明知文学已经转型到"先锋文学"阶段，"现实主义文学"不吃香，却偏偏要继续做艰苦思想探索，一心要成为有气节的"大作家"的文学苦行僧。我们这代人经历的人生无常和太多的戏剧性，你们这代人难道就能避免，就一定能够规避掉？我是深怀疑问的。所以，我相信，"人性"是能够穿透历史而呈现出普遍性的，正是在这条线索上，我觉得你反而特别能够理解路遥，包括高加林的莽撞和痛苦，你写的《重读〈人生〉》这篇文章事实上已经告诉我了。

你刚才问得好："如何在学科史的范围内建构起研究的历史意识和理论意识？""您为什么特别强调要从80年代文学研究做起，是不是因为'80年代'作为一个认识装置已经内化于现当代文学研究者的研究中？"这个原因很简单：一是"80年代"是整个新时期文学30年思想最为活跃和解放，同时为知识界提供了最为丰富的知识话语和思想见解的10年。如果做"知识考古学"研究，我们发现后来20年文学的很多现象都能在这10年找到"起源性"、"原点"性的资源。所以，我觉得要想了解"新时期"、"当代文学60年"，一定要把它作为一个"认识性装置"内化在我们的研究工作中。二是我们这代人的思想和知识都是在80年代形成的，因为我们这代人的存在，这些思想和知识至今仍在各大院校里传播，影响着一届届的本科生和研究生。所以，要整理今天之学术，应该首先整理80年代之思想。第三，我们应该怎样在学科范围内建立起研究的历史意识和理论意识呢？那就应该选择一个最为典型的"年代"为对象，作为相对稳定的文学史研究的知识平台。首先把它"历史化",建立一种知识谱系和系统,然后再通过它重新去整理别的文学年代。如果不这样做,那么当代文学学科就会永远陷入一种无政府主义的混乱中。现代文学不就是首先建立起关于"五四"、"鲁迅"的"历史意识"和"理论意识",才逐步发展成一个相对成熟的学科的吗?所以,如果我们花上几年甚至更长一点时间集中精力去研究一个文学年代的问题,对很多沉埋在批评状态中的作家作品、现象和问题开展非常耐心的大规模的发掘工作,深入细致地研究具体问题,一步一个脚印地走下去,"当代文学"的历史意识和理论意识,我想自然就会慢慢出来了。

杨:我很赞同您的观点,对于我们这些更年轻的研究者而言,如何把"知识"转化为"经验"和"感觉"可能是一个更有难度的问题。实际上,任何一个学科的合法性都必须建立在一定的"共识"上,这些"共识",往往是这个学科需要解决的"元问题",而这些问题,往往是与该学科的历史维度和社会维度密切相关的。我注意到您在文学史研究中非常关注文学与政治、意识形态、历史转折点、社会改革、文化结构的变更等社会内容的紧密关系,比如关于"伤痕"的那篇文章以及新时期文学起源等论题的探讨都是围绕这些展开的,这里面也就包含了这样一个视角,即在对当代历史深刻地理解的基础上,从而更全面和更具洞察力地来审视当代文学,这也是当代文学研究较为欠缺的维度。那么您如何理解当代文学研究与当代史以及这两者中都包含的当代性的关系?如此看来,"80年代文学研究"实际上是包含了两个面向,一是"作为方法的80年代文学研究",另一个就是"作为问题的80年代文学研究",前者涉及历史化、知识化的研究立场,后者则是对80年代的知识立场、价值观念、情感关怀、文学范式等历史叙事的怀疑主义态度,进而展开的知识考古,从而进一步地审视我们面对的是何种文学,何种历史以及我们具有何种的文学可能性和历史可能性的问题,这也使得当代文学研究能够在历史的深层脉络中展开。请您谈谈您对这一问题的设想和计划。

程:过去,我们的"当代文学史研究"总习惯把"文学挫折"归罪于"当代史",这种思维习惯至今还在学科里盛行。这样做对不对呢?当然对。你不能强要一个被历史伤害过的人,会一下子原谅了历史本身。比如,你无法要求犹太人原谅希特勒和纳粹,正如我们不能要求在"文革"中被迫害和无端死去亲人的人，轻易地忘掉"文革"的残酷。但这是社会伦理层面上的事情。我们的文学史研究，一方面要对这种情况抱着深切的同情和理解，另一方面也不要被这种社会情绪绊住手脚，让研究被它牵着鼻子走，从而丧失学术研究的自主性。这是一个非常复杂的辩证法。正像你已经意识到的，怎样来理解"当代文学研究"的"当代性"呢？套用老黑格尔一个观点，这就是没有包含当代文学史研究与当代史历史关系的"当代文学史研究"，是不可能产生真正的"当代性"的，我所认为并一直在强调的"当代性"，正是在"文学"、"政治"、"社会意识形态"、"历史转折点"、"社会改革"、"文化结构变更"这些多层次复杂的历史关系中，最后生成出来的。

至于我对这个问题的设想和计划（如果说有"计划"的话），我想应该在两个方面来展开：一是花上若干年的时间，与中国人民大学文学院现当代文学专业的同事及博士生们合作，编出比较系统的"中国当代文学史资料汇编"。就像我曾经在《"资料"整理与文学批评》一文中说过的，事实上并没有所谓"纯粹"的资料整理，资料整理其实就是"整理历史"，它包括"整理历史"的"问题"和"方法"。我们要按照自己对"当代史"的理解，整理出一套相对比较完备（当然也无法避免缺点和局限）的"资料汇编"（估计有甲、乙、丙、丁等多种，几十部资料吧）。它的目的，是形成一个学术研究可依托的"历史框架"，让人们在这些历史文献中体会到什么是"当代史"；二是继续做"80年代文学"研究，也可能逐步会扩大到"80年代社会"、"80年代媒体"、"80年代中国与世界"、"80年代都市与乡村"等"泛文学"的研究。因为，你只有建立起一个相对比较宽阔的历史研究范围，一个较大规模的宽幅的历史图景，更贴切、生动的"80年代文学"，"当代文学60年"才会可能从中整体性地浮现出来。前一段应《文艺争鸣》杂志社之约，我写过一篇五万字的《当代文学六十年通说》。尽管它因写作时间仓促还比较粗糙，不少观点没有来得及细化和深化，但我突然意识到，以研究"80年代文学"为基础而形成的新的学科意识，不是正在那里要求着我们"重写文学史"吗？这当然是一部新的《中国当代文学史》。不瞒你说，我自己都为这种"不切实际"的大胆想法弄得惊讶不已了，尽管它也许永远都不能实现，但我们的"历史视阈"不是正因为这几年的"80年代文学研究"

而忽然扩大了许多吗？仅仅如此，就是值得的。

三、整体观和经验论

杨：在您的多篇论文中，都可以看出一个整体性的视野和研究观念，从学科史的角度来看，真正的文学史研究实际上已经暗含了一种整体的观念，因为没有"整体"实际上也就谈不上有效的历史研究。就中国现当代文学史而言，我们知道，从 1917 年到 2009 年近 90 年的文学历史，实际上是由很多不同的断裂的历史阶段组成的，比如学术界一直讨论的三个 30 年（1917—1949，1949—1979，1979—2009），实际上复杂性远不止如此，在每一个 10 年内又有不同的断裂，而且这种断裂不仅是时间性的，同时也是不同的空间和文化建制的结果。在这种情况下，整体性的研究视野是否有效？或者说，何种意义上的"整体观"是可以被建构起来的？

程：我承认这是受到了老黑格尔的影响。他在《哲学史讲演录》第一卷中，对个别／全部的复杂关系有长篇严密而精彩的论述，这种论述显示了他思考问题的深度和厚度，也为我们讨论问题提供了一个具有相当深广度的历史视野。"整体性"的观念和经验我是最近几年才逐渐萌生的。90 年代初在武汉大学跟随我导师、著名新诗研究专家陆耀东教授作研究时，刚开始我对他强调的"整体性"历史观并不理解。原因可能是我们这代人受"文革"后长达 30 年的"断裂论"等主流思想的影响很大，它让我们对"历史"抱着简单怀疑甚至盲目敌视的态度。好像一谈整体观，就与民族、国家扯到了一起，成为所谓宏大历史叙述的思想附庸，从而阻碍对历史本身清醒自觉和总体性的理解。80 年代，整体观曾经在学术界热闹过一阵子，但那种强调"宏观研究"方法的整体观，与我所理解的这种整体观不太一样。我理解的整体观不是它本来就在那里原封不动地存在着，是一种预设的"真理性"的东西。比如"20 世纪中国文学"论者等提出的那种，他们认为通过"纯文学"，就能够把被"左翼文学"和"非文学"破坏的"文学史"再整合成一个整体性的符合知识界愿望的"20 世纪中国文学"。他们那样做当时有进步意义，但其实很简单，包括认识历史和分析历史的方法，都存在着过于简单化的问题。这种简单化，就是采用"排斥性"

的理解问题的方式把历史整体性缩小压瘪，变成历史功利性的东西，这种所谓整体性，实际是一种产生于狭隘历史观的整体性。而我认为的整体观，则是从"个体观"出发的。因为我发现，被"新时期叙述"强行拆解、撕裂和断开的若干个"文学期"，是能够通过讨论和辨析的工作重新整合起来，在它们之间的差异性和关联点上整合起来的。套用一句流行的话："没有个体性，哪有整体性？"在这个意义上，我认为"新时期叙述"实际上就是一种新的历史语境中出现的粗暴的"文化建制"，它出于自己的历史企图（如打倒"四人帮"，启动改革开放），把不利于这种新的"政治正确性"的"过去文学"设置为"思想对立面"，在不同"文学期"和"文学现象"中再设置一个过滤性的装置，从而达到某种历史目的。因此，我强调的整体观，首先是"重回80年代"，找出隐藏在那10年的"文化建制"和"思想对立面设置系统"深处的差异性，进而重建各个文学期和文学现象的历史关系。比如，我会在80年代与"十七年"的关系中来重新认识"十七年"的"意义"；同样，也在这种关系中重新思考80年代为什么会变成"这个样子"的。我还会在"80年代文学"与"90年代文学"、"当代文学"与"现代文学"、"80年代与新时期文学"等等错综复杂而且多层的历史关系中，重新去思考"当代文学60年"究竟是怎么建立起来的这样一些具体的"文学史问题"。诸如此类的"文学期"比较性研究，可能会使我们的历史眼光变得不再狭小和狭隘，更具有历史的包容性和理解能力。正是由于对历史整体产生了包容性和理解性，这样的整体观才是比较贴近和比较符合历史实际的，而不只是为少数知识精英集团服务的。

前两天，我在北京郊区的九华山庄主持了一个"当代文学研究的'历史化'研讨会"的小型对话会，罗岗和倪文尖两位在会上也谈到如何在"断裂"关系中重新思考新时期文学30年乃至60年的整体性的问题，我想也是这个意思。

杨：一谈到整体观，我们都知道在80年代的"重写文学史"思潮中它是一个非常热门的理论概念，甚至可以说今天的现当代文学史都是在80年代整体观的观照下重写的结果。我想问的是，在今天看来，80年代的整体观存在的问题是什么？它对于文学史研究已经面临一个新的临界点，这一临界点要求提出一种不同的文学史的整体观，那么，这种整体观与80年代的整体观的本质性区别应该在什么地方？

程：对这个问题，我前面已有所涉及。至于它最大的问题是什么？我认为宏观研究的祖师爷是苏俄理论模式，"十七年"流行的大批判的文学批评跟它有关，非常强调作家的思想感情、立场什么的，喜欢用一种预设的历史观强求文学服从它。也不能说这种模式一无是处，比如，宏观研究在80年代学术意识建立的过程中确实起过很好的作用，比如，它把"五四"吸纳进来，从而强调了80年代必须通过"回到五四"才能建立自己的历史合法性，等等。这种整体观确实刷新了大家的历史结构和知识视野。但同时它带来另一个问题，就是宏观研究的方法并没有在90年代的知识转型中得到应有的反思，它还在学术界扮演"范式"的作用，误导年轻的研究者，这就使很多人由此养成了使用"大概念"、"大视野"去处理具体问题的坏习惯，好像宏观研究是一件一成不变的法宝，能够克服所有的研究难题似的。宏观研究的负面影响，不光当代文学研究中有，现代文学研究中也有。而且现代文学的人至今还对它津津乐道，深以为然。我们注意西方的新批评、后学，还有日本、中国台湾地区的学术研究就不是这样。那里的学者都非常注重实证性的个案研究，看不到这种所谓的宏观研究。在那里，很多有影响力的思想、观点，都是通过这种具体研究和细致整理显示出来的，如福柯的"知识考古学"，竹内好关于鲁迅的"原点"，柄谷行人的"风景"，等等。

说这种文学史的建构和书写是否已经完全失效，这得从两个方面看：在80年代中期后，这种建构和书写是非常有效的，因为它解决了一个长期受困于"学术即政治"的中国当代学术如何从极左思想路线中解脱出来，创制一种"纯文学"意义上的"20世纪中国文学"的问题。这种新问题的提出，对整个80年代的中国现当代文学研究影响很大，重布了现代文学的格局；但在另一方面，这种受惠于"启蒙论"的"重写文学史"观，并没有在90年代的历史语境中完成自我清理和转型，相反，它还在统治着中国现代文学的研究，这问题就大了。也就是说，由于学术创造力的衰落，现代文学研究在今天实际已变成一种"夕阳学术"，尽管大多数人感情上都不愿意承认这一点。这种"夕阳状态"，就在于它丧失了与90年代中国现实最起码的对话能力。所以，确如你所说，今天的文学史研究面临着一个新的临界点，它要求一个新的文学史的整体观出现。它与 80 年代的整体观的本质性区别，就是它把被前者抛弃、撇清和极力回避的"左翼文学"与当代文学中的"社会主义经验"重新拣起来，并且把它重新设置成一个问题的出发点，一种新的知识对象。因为，它认为只有"重回十七年"、"重回社会主义经验"之中，中国现代、当代文学研究才能获取新的历史动力，才能在面对今天社会大量现实问题和历史问题的处境中，建构文学史研究在新的历史语境中的可能性。

杨：当代史研究的一个很大的问题就是我们自己也构成该历史的一部分，从这个意义上说，整体性的研究也应该把研究者自身的经验考虑进去。我自己的感觉是，中国当代学者在这一方面做得比较欠缺，要么毫无节制地沉溺于自己的经验，要么是刻意回避自己的历史经验，我觉得这都是不可取的。个体的经验既然来自于历史，就应该构成历史经验之一部分，也就应该成为反思和研究的对象，并予以理论的建构和创制，唯其如此，经验才不会成为一个僵化的、死气沉沉的化石，而是可以被不断激活的"历史潜流"。这一点我觉得日本的学者做得非常好，我在读竹内好等日本学者的著作的时候，时常感叹于他们对自我历史经验清晰深刻的反思和建构。我的问题是，对于出生于 50 年代的您这一代学人，经历了国家和社会激烈变动的各个时期，在不断的历史调整和自我调整中，也形成了独特的个人意识、家国观念、文学经验、审美偏好，等等，您在最近的很多文章中也一再提及自己的一些历史经验，比如谈到浩然的小说、李瑛的诗歌还有 60 年代的电影等对您的影响。那么，您是如何处理个体历史经验和文学史研究之间的关系？是否有一种内在于我们生命和历史的经验论（如歌德所提及的那样）。最终能够普遍化为一种文学研究方式和历史认知形式？

程：你这个问题问得好。你看，都把我难住了。我这些年做事，反复考虑并一直努力的就是如何在个体历史经验与文学史研究之间建立一个相对适宜的平衡点的问题。具体点说，就是如何掌握一种"历史分寸"、一种历史叙述的"度"的问题。另外，我还经常想，这种内在于我们这代人历史创伤、生命和经验论内部的表达方式，最后是否能够获得一种普遍化的历史认知方式和文学研究方式？这是迄今困扰我的最大问题。

你知道，50 年代出生的人，经历的是中国当代最为激烈、动荡和混乱的历史时期。那时候，政治运动不断，阶级斗争成为国家哲学，而亲人、夫妻、父子之间告密背叛的日常化，它们都被赋予了崇高的革命内容与合法性。相反，中国传统的伦理观念，比如"长幼有序"、"温柔敦厚"等行为操守，再比如"相信别人"等社会认知，都降到了历史最低点。我们这代人，就是在这种酷烈的历史环境和文化环境中成长起来的。与此同时，我们也在这种极其复杂的历史环境和人际环境中逐渐养成了敏锐的社会观察力和批判性的文化性格。新时期伊始，这种当代传统和知识都被排斥掉，很多人都主动把它们从自己的历史思考和学术研究中整体性地拿出来，它们好像一下变成了与我们的历史毫无关系的东西，变得"陌生化"起来。这种"历史遗忘"，成为80 年代学术建立的一个根本前提。这种"历史断裂论"的"形成史"，恰恰是今天最需要反省和总结的东西。但这个问题牵涉面大，说起来比较复杂，还是就我自己的问题说起罢。具体地说，我的个体经验来自三个点：第一，我在新时期之前读过的所有的书，接受的所有思想、观念和意识；第二，"文革"后形成的具有历史虚无主义精神特征与个人感伤性的知识感觉和生活感受；第三，90 年代的市场化、大众化与西方后现代主义理论，对我思想储备的进一步的激发。这三个点的交叉、渗透以及它们之间产生的某种互文性冲突，就是我个体历史经验的全部。由此我想到，所谓文学史研究，事实上是与每位研究者的个体历史经验紧密联系在一起的，但是，它们并不是简单的因果关系，而是一种互文性的、相互辩论和激发性的关系。我终于意识到这些，是经历了一个较长的自我认识和反省的过程的。80 年代，我像很多人一样深受启蒙论的影响，我会把这种没有经过反思的个体历史经验当做进入和理解文学史的一种重要前提，一种选择标准。我会不自觉地把对历史的感受，不加检讨和过滤地带到文学史研究之中，以致用它来代替文学史研究的结果。最近几年我开始意识到，作为研究者其实有两个角色：一个是历史的亲历者，另一个是坐在书斋里从事专门研究的人。作为亲历者，你不可能完全置于自己生活的年代之外，没有自己非常具体、甚至细微的生命感受，包括一些特殊的个人经历蕴涵在学术研究中；与此同时，你要意识到，你是一个专业性的文学史研究者，而不仅仅是一个历史亲历者。因此，这两个观念意识总在你的工作中打架，争吵不休。例如，怎么看80年代的"清除精神污染"、"现代派文学"、"朦胧诗论争"，当然也包括怎么看"寻根"、"先锋"文学对当代文学转型的作用，等等，我们都会因为自己个体历史经验与文学史研究关系的变化而发生变化。因为某种意义上，个体历史经验不仅在每个人身上存在差异，而且即使同一个人也会遭遇被新的历史语境重新塑造和安排这样一种境遇。这就使我们"过去"看待批评现代派文学、朦胧诗的文章时，会带着厌恶的情绪，并且在文学史叙述上有所体现；而当我们意识到，"历史的发生"是有它自身的逻辑的，而且是有着比较复杂的逻辑的时候，我们激烈的反感情绪会逐渐舒缓，会产生出一种距离感，甚至产生出一种"陌生化"的感受，它促使我们在重新看待它们的时候，会情不自禁地把"历史的同情和理解"带入到新的文学史研究中。对后一点，我记得在《批评对立面的确立——我观十年朦胧诗论争》这篇文章中曾经仔细讨论过，大致意思是，为什么我们只把"历史的同情"给予支持朦胧诗的谢冕老师，而不给反对朦胧诗的郑伯农等人呢？我们的理由在哪里？对这些不同理由内在逻辑的反省和整理，正是我们能够意识到当年历史与今天文学史研究关系之复杂性的地方。

总的意思是，无论个体历史经验还是文学史研究，都会因为时代的变化而变化，不可能总停滞在那个地方，那种自认为已经掌握真理的认识水平上。所以，就需要将二者的关系不断地进行"微调"，不断加以反思，我们文学史研究的魅力和活力，就在这种不断调整的工作之中。而这种把自己的个体经验完全摆进去的不断自我反省、检讨和整理的过程，也许就是你开头说的"文学、历史和方法"吧？

（原载于《当代文学的"历史化"》，
程光炜著，北京大学出版社2011年版）

中国内地已出版"当代文学史"73 种

（截至 2008 年 10 月）

序号	书　名	
1	山东大学中文系编写组：《中国当代文学史》（上册）	山东人民出版社 1960 年版
2	华中师范大学中文系编：《中国当代文学史稿》	科学出版社 1962 年版（写于 1958 年）
3	中国社会科学院文学研究所编：《十年来的中国文学》	作家出版社 1963 年版
4	二十二院校合编：《中国当代文学史》	福建人民出版社 1980—1985 年版；海峡出版社 1987 年版
5	郭志刚、董健、曲本陆、陈美兰等主编：《中国当代文学史初稿（上、下册）》	人民文学出版社 1980 年版
6	张炯等主编：《中国当代文学讲稿》	中央广播电视大学出版社 1983 年版
7	王庆生主编：《中国当代文学史》（三卷本）	上海文艺出版社 1983 年版，1984 年版，1989 年版
8	吉林五院校合编：《中国当代文学史》	吉林人民出版社 1984 年版
9	张炯主编：《新时期文学六年》	中国社会科学出版社 1985 年版
10	汪华藻等主编：《中国当代文学简史》	湖南人民出版社 1985 年版
11	公仲主编：《中国当代文学史新编》	江西教育出版社 1985 年版
12	北京自修大学教材：《中国当代文学》	北京广播学院出版社 1986 年版
13	张钟、洪子诚、佘树森、赵祖谟、汪景寿编著：《中国当代文学概观》	北京大学出版社 1986 年版

（续表）

14	邱岚主编：《中国当代文学》	辽宁教育出版社 1986 年版
15	谭宪昭等主编：《中国当代文学史简史》	广东高教出版社 1986 年版
16	王锐等主编：《中国当代文学简明教程》	吉林大学出版社 1986 年版
17	周鉴铭：《新时期文学》	云南教育出版社 1986 年版
18	朱寨主编：《中国当代文学思潮史》	人民文学出版社 1987 年版
19	吴之元主编：《中国当代文学》	天津教育出版社 1987 年版
20	张钟等著：《中国当代文学》	北京大学出版社 1988 年版
21	李丛中主编：《新中国文学发展史》	云南教育出版社 1988 年版 1993 年版修订本
22	张暹明主编：《当代文学新编》	辽宁大学出版社 1988 年版
23	邱岚主编：《中国当代文学史略》	高教出版社 1988 年版
24	郑观年主编：《中国当代文学教程》	浙江大学出版社 1989 年版
25	陈涛主编：《中国当代文学扫描》	四川文艺出版社 1989 年版
26	吉林师范学院等 7 院校合编：《中国当代文学史简编》	吉林教育出版社 1989 年版
27	李达三主编：《中国当代文学史略》	浙江大学出版社 1989 年版
28	高文升等主编：《中国当代文学史稿》（上下册）	河南人民出版社 1989 年版
29	陈慧忠、高文池：《中国当代文学概观》	上海外国语大学出版社 1990 年版
30	周红兴主编：《简明中国当代文学》	作家出版社 1990 年版
31	戴克强等主编：《中国当代文学》	陕西人民教育出版社 1990 年版
32	田怡主编：《中国当代文学论稿》	内蒙古人民出版社 1990 年版

33	舒其惠、汪华藻等主编:《新中国文学史》	湖南文艺出版社 1990 年版
34	林湮、金汉、邓星雨等主编:《中国当代文学发展史》	江苏教育出版社 1990 年版
35	江西大学中文系编:《中国当代文学史》	百花洲文艺出版社 1990 年版
36	王惠云等主编:《中国当代文学教程》	花山文艺出版社 1990 年版
37	雷敢等主编:《中国当代文学》	陕西师大出版社 1990 年版
38	舒其惠、汪华藻等主编:《中国当代文学史》	湖南师大出版社 1990 年版
39	刘文田、周相海、郭文静等主编:《中国当代文学发展史》	河北大学出版社 1990 年版
40	高文池、陈惠忠著《中国当代文学概论》	东北师大出版社 1991 年版
41	《当代文学 40 年》	山东大学出版社 1991 年版
42	李旦初:《中国当代文学》	北京师范大学出版社 1992 年版
43	陈其光、赵聪、邝邦洪编著:《中国当代文学发展史》	广东教育出版社 1992 年版
44	鲁原、刘敏言主编:《中国当代文学史纲》	中国文联出版公司 1993 年版
45	冯中一、朱本轩主编:《中国当代文学史论》	中国海洋大学出版社 1994 年版
46	阎其男主编:《中国当代文学》	中国文学出版社 1995 年版
47	何寅泰主编:《中国当代文学史纲》	杭州大学出版社 1996 年版
48	刘锡庆主编:《新中国文学史略》	北京师范大学出版社 1996 年版
49	张炯、邓绍基、樊骏主编:《中国文学通史·当代卷》	华艺出版社 1997 年版

（续表）

50	孔范今主编：《二十世纪中国文学发展史》（上下册）	山东文艺出版社 1997 年版
51	於可训：《中国当代文学概论》	武汉大学出版社 1998 年版
52	国家教委高教司编：《中国当代文学史教学大纲》	高等教育出版社 1998 年版
53	陈其光主编：《中国当代文学史》	暨南大学出版社 1998 年版
54	特·赛音巴雅尔主编：《中国当代文学史》	民族出版社 1999 年版
55	杨匡汉、孟繁华主编（白烨、陈晓明等参加编著）：《中国当代文学五十年》	中国社会科学出版社 1999 年版
56	洪子诚：《中国当代文学史》	北京大学出版社 1999 年版；2004 年再版，2007 年修订版
57	陈思和主编：《中国当代文学史教程》	复旦大学出版社 1999 年版；2005 第二版
58	张炯主编：《新中国文学 50 年》	山东教育出版社 1999 年版
59	张炯主编：《新中国文学史》（上下册）	海峡文艺出版社 1999 年版
60	朱栋霖、丁帆、朱晓进主编：《中国现代文学史（1917—1997）·下册》	高等教育出版社 1999 年版
61	张永健主编、万国庆，陈敢副主编：《中国当代文学史参考资料》	华中科技大学出版社 2001 年版
62	金汉总主编：《中国当代文学发展史》	上海文艺出版社 2002 年版
63	吴秀明主编：《中国当代文学史写真》	浙江大学出版社 2002 年版
64	唐金海、周斌主编：《二十世纪中国文学通史》	东方出版中心 2003 年版
65	李赣、熊家良、蒋淑娴主编：《中国当代文学史》	科学出版社 2004 年版
66	孟繁华、程光炜著《中国当代文学发展史》	人民文学出版社 2004 年版

（续表）

67	董健、丁帆、王彬彬主编：《中国当代文学史新稿》	人民文学出版社 2005 年版
68	杨朴主编：《中国现当代文学史（下册）》	人民教育出版社 2005 年版
69	欧阳祯人主编：《中国现当代文学史教程》	北京大学出版社 2007 年版
70	曹万生主编：《中国现代汉语文学史（下）》	中国人民大学出版社 2007 年版
71	郑万鹏著：《中国当代文学史，（1949—1999）》	华夏出版社 2008 年版
72	顾彬著、范劲等译《二十世纪中国文学史》	华东师范大学出版社 2008 年版
73	陶东风、和磊《中国新时期文学 30 年（1978—2008）》	中国社会科学出版社 2008 年版

（以上书目并不包括在中国内地以外出版的"中国当代文学史"，如：林曼叔等《中国当代文学史稿（1949—1965 大陆部分）》，巴黎第七大学东亚出版中心，1978 年版；洪子诚《中国当代文学概说》，香港：青文书屋，1997 年版。

编者附言：经核对，该表有两处需要订正：①孔范今主编《二十世纪中国文学发展史》（上下册）书名应为《二十世纪中国文学史》。②杨匡汉、孟繁华主编《中国当代文学 50 年》，书名应为《共和国文学 50 年》。）

（原载《一九四九以后——当代文学六十年》，王德威、
陈思和、许子东主编，上海文艺出版社 2011 年版）

后 记

　　文学资料工作不易，当代文学的资料工作更不易。这是编这本资料书的体会。近代以来的文学研究中，资料工作显然不平衡，越是接近当代越是薄弱。当代文学研究应当在综合性资料收集上做抢救性工作。上个世纪80年代尚有一套研究专集问世，可惜未能延伸。现在做当代文学史研究的"历史档案"之不易，一是因为有的文献未曾解密，材料不充分，观点却纷纭；二是由于版权的规范，编辑出版不可越雷池，每一个环节都必须有所遵循，时间和效率必须服从程序。但是，这毕竟是一件有意义的工作，将有关当代文学史研究的资料辑录成集，对我而言，是一次综合性学术资料工作的有益尝试。

　　感谢文献著述原作者的大力支持，他们都是大方之家，于百忙之中审阅本书稿件，在通讯中给予我们热情鼓励。特别是北京大学洪子诚先生，专门安排时间接受我们采访，他的从容而睿智的谈话使我们的收获大大超过预期。不妨说，辑录当代文学史研究资料的过程其实是我们重新学习的过程。

　　本书的完成，有赖于刘新锁博士的勤勉扎实的治学态度和稔熟高效的电脑技艺，同时，仰承人民出版社领导以及责编李惠同志的指导和帮助。在此，一并致谢。

　　当代文学研究的资料工作虽然不求圆满，但是，由于本人学力不逮所致偏颇，难免遗憾。敬候各位专家和读者补正。

王万森

2014年6月20日

责任编辑:李　惠

装帧设计:雅思雅特

图书在版编目(CIP)数据

文学历史的跟踪:1980年以来的中国当代文学史著述史料辑

　王万森　刘新锁 编. -北京:人民出版社,2014.7

(20世纪中国文学主流·历史档案书系/魏建主编)

ISBN 978 - 7 - 01 - 011856 - 7

Ⅰ.①文…　　Ⅱ.①王…②刘…　　Ⅲ.①中国文学-当代文学-文学史研究

　Ⅳ.①I209.74

中国版本图书馆 CIP 数据核字(2013)第 051681 号

文学历史的跟踪

WENXUELISHI DE GENZONG

——1980 年以来的中国当代文学史著述史料辑

王万森　刘新锁　编

人民出版社 出版发行

(100706　北京市东城区隆福寺街 99 号)

环球印刷(北京)有限公司印刷　新华书店经销

2014 年 7 月第 1 版　2014 年 7 月北京第 1 次印刷

开本:710 毫米×1000 毫米 1/16　印张:21

字数:300 千字　印数:0,001-1,500 册

ISBN 978 - 7 - 01 - 011856 - 7　定价:46.00 元

邮购地址 100706　北京市东城区隆福寺街 99 号

人民东方图书销售中心　电话 (010)65250042　65289539